ミネルヴァ日本評伝選

人間は電車ぢやありませんから

# 夏目漱石

佐々木英昭著

ミネルヴァ書房

# 刊行の趣意

「学問は歴史に極まり候ことに候」とは、先哲荻生徂徠のことばである。

歴史のなかにこそ人間の智恵は宿されている。人間の愚かさもそこにはあらわだ。この歴史を探り、歴史に学んでこそ、人間はようやくみずからの正体を知り、いくらかは賢くなることができる。新しい勇気を得て未来に向かうことができる。徂徠はそう言いたかったのだろう。

「ミネルヴァ日本評伝選」は、私たちの直接の先人について、この人間知を学びなおそうという試みである。日本列島の過去に生きた人々の言行を、深く、くわしく探って、そこに現代への批判を聴きとろうとする試みである。日本人ばかりではない。列島の歴史にかかわった多くの異国の人々の声にも耳を傾けよう。

先人たちの書き残した文章をそのひだにまで立ち入って読み、彼らの旅した跡をたどりなおし、彼らのなしとげた事業を広い文脈のなかで注意深く観察しなおす——そのとき、はじめて先人たちはいまの私たちのかたわらによみがえってくる。彼らのなまの声で歴史の智恵を、また人間であることのよろこびと苦しみを、私たちに伝えてくれもするだろう。

この「評伝選」のつらなりのなかから、列島の歴史はおのずからその複雑さと奥ゆきの深さをもって浮かび上がってくるはずだ。これを読むとき、私たちのなかに新たな自信と勇気が湧いてきて、その矜持と勇気をもって「グローバリゼーション」の世紀に立ち向かってゆくことができる——そのような「ミネルヴァ日本評伝選」にしたいと、私たちは願っている。

平成十五年（二〇〇三）九月

上横手雅敬
芳賀　徹

夏目漱石（満42歳頃）

『草枕』掲載の『新小説』（明治39年９月）口絵
（小林萬吾画）

東京帝国大学講師時代（明治39年，卒業記念）

夏目漱石――人間は電車ぢやありませんから　目次

目　次

目次

# 図版一覧

# 序章　日本人の先生

漱石先生。先生が逝かれてついに百年を経ようとしています。ともなれば、先生からじかに教えを受けた者はおろか、お目もじに与った者さえ、もはや一人とて存在しようとは思われません。にもかかわらず、ついあなたのことを「先生」と呼んでしまう私のような人間が、まだまだ消滅していないことをご存じでしょうか。

「死んでも自分はある」とお書きになった先生のことですから、ひょっとしたら泉下まで届くのでは、という夢想に伴われながら書き始めた次第ですが、やはりこれはあくまで正確を期す伝記であり、夢想に流れることは厳に戒めなくてはなりません。そこで、実際にあなたを「先生」と呼ぶ幸福を享受した者の一人、内田百閒氏にご登場を願い、代わって語っていただくことをお許しください。

先生がその五〇年に満たない生涯を閉じられたのは、大正五（一九一六）年のことでしたが、一一年後の昭和三年に『漱石全集』の刊行を開始した岩波書店は、その七年後の昭和一〇年には早くも第二期『漱石全集』の刊行を始め、さらに一五年後の昭和二五年には、創元社が『夏目漱石作品全集』の刊行を始めました。百閒氏は第二期『漱石全集』とこの創元社版とに推薦文を寄せていますが、前者の結びと、後者の書き出しを並べるとこうなります。

漱石全集は既に日本人の経典となつてゐるのではないか。

夏目漱石は日本人の先生であり、その作品は日本人の教科書である。

そのように言う根拠について、百閒氏は前者の推薦文のなかで、おおよそ次のように述べています。中学校時代に漱石先生の作品に接してはじめて「自分の言葉を文章に綴る事を知り、同時に感じる事と考へる事の順序方法を教はつた」。それ以来「常に漱石先生が私の中のどこかに在つて指導し叱咤する」。自分の文章を推敲する時の「標識」となっているのは漱石先生の文章であるし、またほかならぬ先生ご自身の表現について否定的な評価をしたくなる場合も、その判断がどこから来るのかを考えてみると「矢張り私のうちにある漱石先生の示唆である事を恐ろしく思ふ」。

ところで、これははたして「私一個の事」であろうか、と百閒氏は問いかけます。「今日文を解する同胞の中に全く漱石先生の影響を受けてゐないと云ひ得る者が果して幾人有るかと思ふ」。だから、二つ目の推薦文では、こうも書いています。

我我が自然や人生や自分の事に就いて感じたり、考へたり、迷つたりする時、自分の内にゐる夏目漱石が共に迷つたり考へたり感じたりする。指導されるとか、指図を受けるとか、さう云ふ事ではない。夏目漱石と云ふ偉大な作家がその作品を読んだ者の中に溶け込むのである。夏目漱石は我我の今日に生存する。
（傍点は引用者による。以下、断りのないかぎり同様）

この意味では、漱石を一行も読んだことのない人のうちにさえ漱石は「生存」しているかもしれないのです。今もなお、読者の私たちと「共に迷つたり考へたり感じたり」してくれる「先生」として、あなたが生きているのだとしたら、その人の生涯に、またあなたがその類まれな頭脳をもって考察された事柄の内容に、可能なかぎり明るい光を当ててゆく伝記の試みは、大いに意味のあることではないでしょうか。

もちろん漱石伝とそれに類する書物は、すでにおよそ一人の人間が生涯をかけても読み切れないほどに蓄積されています。ただその多くは、崇敬してやまない弟子による聖人伝の類でなければ、ありもしない恋愛沙汰や、『心』の「K」はKoreaを意味するとかの根拠のない空想を捏ね上げて戯れる類のものです。書き残されたあらゆる文章と着実な証拠のみにもとづいて、あなたの思考とその推移を生涯にわたって隅々まで照らし出す——その意味で内的な——伝記は、まだ一つとしてないといっていいくらいなのです。

漱石先生。この意味において最初の内的な漱石伝となると自負するこの書物を、あなたに献呈いたします。

# 第一章　七人の親たち

## 1　夜店にさらされる赤ん坊

### 「面目ない」懐妊

慶応三（一八六七）年一月五日（太陽暦では二月九日）、江戸牛込馬場下横町（現・新宿区喜久井町一番地）の名主《なぬし》、夏目小兵衛《こへえ》直克《なおかつ》の第八子が産声を上げた。産褥の千枝（ちゑ）は、二九歳で逝った先妻の後添えとして二七、八歳で直克に嫁して以来、四男一女を挙げた人で、このときすでに四〇歳を越えていた。「私を生んだ時、母はこんな年歯《とし》をして懐妊するのは面目ないと云つたとかいふ話が、今でも折々は繰り返へされてゐる」とは、産声を上げた当人の四八年後の記述。漱石と号した作家の晩年の随想『硝子戸の中《うち》』（大正四年一～二月、二十九）である。

幸いにというべきか、結果的に末っ子となったこの男児は「金之助」と名づけられたが、それは、生誕の日が干支で庚申《かのえさる》の日に当たり、この日に生まれた子はたいへん出世するか、さもなくば大泥棒になる、それを避けるには名前に「金」の字か金偏の字を入れればよいとの言い伝えがあったことによるという（松岡譲『漱石・人とその文学』昭和一七年ほか）。略称は当然「金」で、漱石は後年も親しい友人や弟子に宛てた書簡ではそう署名することがあった。

それにしても、「金」でなくても金偏の字ならよいのだから、「銀」なり「鋼」なり、あるいは後年その金之助が妻の名とした「鏡」なり（妻の戸籍名は「キヨ」）、ひと工夫あってよさそうなところだ。ただの「金之助」とは、いささか安易ではあるまいか。ちなみに兄たちの名は上から大助（のち大一）、栄之助（のち直則《なおのり》）、和三郎（のち直矩《なおかた》）、久吉。そういえば、四十余年後の小説『それから』（明治四二年）の主人公の「代助」という名も、兄に事があった場合の「代わり」という意味しか読まれない名付けであったが、「金之助」もそれと同じか、それ以下の期待しか込められていない名なのである。

## 泣く子も黙る名主の五男

それはさておき、夏目家は代々、町名主として東は神楽坂から西は高田馬場に至る道筋の行政権・警察権を握る家柄であった。「士分」ではなく、したがって夏目姓も維新前は公式のものではなかったとはいえ、一般の町人との格の違いは歴然としていた。家のあった牛込馬場下横町あたりの現在の名「喜久井町」にしても、夏目家の紋が井桁に菊であったことから直克が命名して自家を一番地としたものだし、「夏目坂」の名も同様という（漱石談話「僕の昔」明治四〇年二月。また森田草平「幼年と青年時代」『新小説』大正六年一月など）。

近辺はまだ畑半分の田舎町にすぎなかったとはいえ、「牛込見附を入ると、町家の人達が、それ馬場下の名主様のお通りだと泣く子をなだめたと伝へられ」るほどの権勢を誇っていた（松岡前掲書）。

文字どおり、泣く子も黙る名主様、当然のことながら使用人も多かった。やがて金之助の養父となる塩原昌之助《しおはらまさのすけ》（姓の読みは「しおはら」。その根拠は金之助の高等中学校時代の英作文の署名"Shiohara"）はかつて書生として当家で働いており、里親となる古道具屋の妻もここで女中をしていた者という。

「是でも元は旗本だ。旗本の元は清和源氏で、多田の満仲の後裔だ。こんな土百姓とは生れからして違ふんだ」と息巻く『坊っちゃん』（四）の語り手（おれ）の家系も、もちろん夏目家を意識したものである。腕白仲間の篠本《ささもと》二郎も「夏目の祖先は、甲斐の信玄の有力な旗本であつた」と自分の親族から聞かされていたし（小宮豊隆筆「腕白時代の夏目君」『漱石全集』月報第三号、昭和一一年一月）、漱石当人もまた「僕の家は武田信玄の苗裔《いへすぢ》だぜ、ゑらいだらう」と吹いていた（「僕の昔」）。が、小宮豊隆の調査によると、ここには多少の誤伝があって、夏目家の先祖は多田の満仲でなく満快から八代目、功により源頼朝から信濃国夏目村に補せられた地頭であったという（小宮『夏目漱石』昭和一三年）。

### 里子に出され、養子となりまた戻る

さて、二七、八歳で嫁した千枝は、先妻こと（琴）の遺した佐和、ふさ（房）の二人の娘の継母となり、かつ自ら五男一女をなした。長男大助は、やがて開成学校（東京大学の前身）で化学を研究することになる秀才にして白皙の美男で、跡取りとして親の目に頼もしく映じていたにちがいない。この立派な長男から見ると、二男栄之助は勉強嫌いの遊び好きで、いかにも望み薄。三男和三郎もこれに近かったが、生まれつき虚弱で、金之助のように「乱暴」でないところがかえって両親の愛を呼び込んだらしい。四男久吉と三女ちかはさらに虚弱で、同じ年に、四歳と二歳で相次いで死んでいた。金之助の懐妊に千枝は「面目ないと云つた」らしいが、

齢五〇を越えていた直克の方も、喜んだ形跡は見当たらない。

両親は生まれて間もない金之助を里子に出した。その「里」というのは、「何でも古道具の売買を渡世にしてゐた貧しい夫婦もの」だったと聞いている、と『硝子戸の中』（二十九）の漱石は続ける。

私は其古道具屋の我楽多《がらくた》と一所に、小さい笊《ざる》の中に入れられて、毎晩四谷の大通りの夜店に曝されてゐたのである。それを或晩私の姉が何かの序《ついで》に其所《そこ》を通り掛つた時見つけて、可哀想とでも思つたのだらう、懐へ入れて宅《うち》へ連れて来たが、私は其夜どうしても寐付かずに、とう〳〵一晩中泣き続けに泣いたとかいふので、姉は大いに父から叱られたさうである。（二十九）

その後、金之助はいったんは「里から取り戻された」ものの、「ぢき又ある家へ養子に遣られた」。その時期について「慥《たしか》四つの歳」と漱石は続けているが、これには諸説がある。後年下谷区役所に提出される「戸籍正誤願」の記述を信じるなら、それは明治元年一一月のことで、数え年で二歳（満一歳）の時となる（荒正人『漱石研究年表』昭和四九年）。

**養父、塩原昌之助**

ともかくその家が塩原昌之助宅で、「物心のつく八九歳迄其所《そこ》で成長したが、やがて養家に妙なごた〳〵が起つたため、再び実家へ戻る様な仕儀となつた」（『硝子戸の中』二十九）。『硝子戸の中』から五か月ほど後に連載開始した唯一の自伝的小説『道草』でも、この出戻りの経緯が重要な縦糸となっているのだが、そこに示された事実認識には、塩原側からすれば容認しがたい部分もあったらしい。

漱石没して間もない大正六年二月に現れた関荘一郎による長文「『道草』のモデルと語る記（名作者夏目漱石先生生立の記）」（『新日本』大正六年二月）は、塩原夫妻自身に取材したもので、塩原家側からするほぼ唯一の〝金之助物語〟である。鏡子夫人の『漱石の思ひ出』（『改造』昭和二年一〇月～三年一〇月。単行本は四年刊）が、「塩原のはうの虫のいい話をそのまゝ鵜呑みにして」「夏目といふ人は不人情だとかなんとか、事実も究めずに攻撃」した「中傷記事」として言及しているのもこれにちがいないのだが、その言い分のすべてを虚偽と断ずるには証拠が不足している。

金之助の生い立ちについてその「モデルと語る記」が語るところによれば、「夏目家→古道具屋→塩原家」という『硝子戸の中』や『道草』に記述され、また『漱石の思ひ出』を含むほとんどの漱石伝で踏襲されている順序は実は不正確なのであって、事実は、金之助が塩原家に貰われることは里子に出される以前からの取り決めであった。

この塩原家は、内藤新宿北町裏一六番地（現・新宿一丁目二三番地）にあり、当主昌之助は四谷大宗寺門前名主の地位を世襲するが、少年期、一〇歳から元服の一五歳までの間、名主組合の縁故から夏目家で養育されたという恩顧があった（石川悌二『夏目漱石――その実像と虚像』昭和五五年）。金之助の養父となるには、そのような前史があったわけだが、ともかく子宝に恵まれなかった塩原夫妻が、慶応三年正月四日、夏目家に年始に行き、ちょうど出産間近だった千枝の腹の子を「私に下さらないか」と申し出たところ、「何ならくれてもいゝ」と言われたのだという。

出生後、約束どおりに引き取ると、塩原は「後日の面倒を恐れて、すぐにその子を自分の実子にして届けてしまつた」ともいう。「実子の長男で戸主」としての届け出があったのは事実だが、その実際の時期は民法改正後の明治五年三月であるから（荒前掲書）、「すぐに」ではない。これは、元年一一月の養子の届け出と混同したものだろう。

ともかく、妻のやすには乳が出ないので困ったが、「夏目の家の女中にお松と云ふ者の姉で、道具屋みたいなことをしてる女があつた。この女が乳が沢山だから育て丶みたいと云ふことになつた。お爺さん（塩原を指す）は思ひ切つてそこへ金の助《ママ》を里子にやつた」というのである。

### 古道具屋の我楽多といっしょに眠る

さて、勤めの行き帰りにこの古道具屋の前を通った塩原は、だんだん自分の顔を覚え、声をあげてあとを追うようになった赤ん坊が「可愛くつて〳〵堪らなくなつた」。「そこで翌年の四五月頃、まだ少し早いだらうと云ふものを、無理に家へ赤坊を連れかへ」り、「おも湯とおぢやで育てた」という。すなわちこの証言からすれば、「里から取り戻され」「ぢき又ある家へ養子に遣られた」という『硝子戸の中』の記述は誤りで、実際は「取り戻され」ることなく塩原家へ移されたわけである。

実はこの里親については異説もあって、漱石の兄和三郎の友人から小宮豊隆が聞いたところによると、金之助は佐々木吉蔵という者の世話で源兵衛村（現・新宿区戸塚）の八百屋に里子に出されたが、その八百屋が新宿の通りへ夜店を出し、金之助をかごに入れて地べたに置いていた。異母姉が彼を実家に引き取ったのは、その吉蔵がこれを見て憐れんで彼女に告げたことによるのであって、結果的に金之助はそこで「三つの歳まで育てられた」のだという（小宮前掲書）。「三つの歳」といっても数え年で、生後二年は越えていないだろうから、これが事実なら生後最長で二年弱、また「翌年の四五月頃」に古道具屋から連れ帰ったという塩原の記憶が正しければ一年二、三か月の間、金之助は古道具屋または八百屋の夫婦によって養育され、その後は『硝子戸の中』にいう「八九歳」までを塩原家に養われたのである。その間、夏目家に滞在することはあっても短期間であり、そこで育ったわけではない。

どんな人間であれ、生後一、二年の間、どのような環境で、どのような親に育てられるかで、その人となりの原型は形成されてしまうものではあるまいか。この意味では、漱石伝にとってこの期間ほど重視すべき時期はないのだが、いかんせん、手がかりはほぼ皆無である。

「古道具屋の我楽多《がらくた》と一所に、小さい笊《ざる》の中に入れられて」夜店にさらされているところを、姉が見つけて「可哀想」に思い「懐へ入れて宅《うち》へ連れて来た」という『硝子戸の中』の記述はいかにも痛切で、現代風にいえば完全に「ネグレクト」された不幸な子を映しだすかのようでもある。が、その像はおそらく事実から遠い。第四章以降に見るとおり、青年期以降の金之助に精神病的な傾向が見られたとしても、漱石文学の豊饒きわまりない情操が、生後一、二年の間なんの愛もなく放置された子の内部に育つとは考えられないからである。

夜店にさらされていたという話を漱石自身の口からたびたび聞いたという森田草平は、これについて「手が足りないから、先生ひとり家に残しておくわけにもいかない。そこで……」と補う書き方をしているが（前掲書）、まさにそのとおりなのであって、むしろ里親の近くにいることで、金之助は安心できたのではあるまいか。姉が夏目家に連れ帰った「其夜どうしても寐付かずに、とう〳〵一晩中泣き続けに泣いた」のは、「古道具屋の我楽多《がらくた》と一所に」眠っていた方が幸せであったことの表現だったかもしれないのである。

## 2　乱暴な坊っちゃん

### 新宿の妓楼「伊豆橋」跡に住む

　この金之助が三十数年後には『吾輩は猫である』（明治三八〜三九年）で一躍有名作家となる。すでに引いてきた自伝小説『道草』も、三〇代後半の大学教師としての生活を主軸としているのだが、その巧妙な仕掛けは、あるきっかけから主人公の健三が回想することになる幼少年期の経緯をたびたび挟み込むところにあり、これによって『道草』は、三〇年以上にわたる半生を縮約的に浮かび上がらせ得ている。

　そして、そのきっかけというのが、健三がある日街頭でかつての養父島田を目にすることで、ここから彼との交渉が始まり、ことあるごとに幼時の記憶が蘇ってくる次第だ。島田のモデルはもちろん塩原昌之助。このような方法で導入される幼児期の叙述のうち、一定の長さをもつ最初の塊が第三十八回から四十四回にかけての連載七回分にわたる部分で、そこでの時間移動の語りは、「意識の流れ」小説の先駆をさえ思わせる、斬新なものである。

彼は自分の生命を両断しやうと試みた。すると綺麗に切り棄てられべき筈の過去が、却つて自分を追掛《おつか》けて来た。彼の眼は行手《ゆくて》を望んだ。然し彼の足は後《あと》へ歩きがちであつた。

さうして其行き詰まりには、大きな四角な家が建つてゐた。
（三十八）

これに続いて、この「大きな四角な家」の遙かな記憶の叙述に、連載のほぼ一回分の行数が費やされる。それが回を閉じるところまで来て「自分は其時分誰と共に住んでゐたのだらう」との自問が浮かび、「頭は丸で白紙のやうなもの」だけれども「理解力の索引に訴へて考へれば」それはやはり島田夫婦しかない、と自答される。

謎めいたこの「大きな四角な家」は、「新宿で一、二のお女郎屋」であったという妓楼「伊豆橋」が維新後に廃業してできた空家で、「江戸三大閻魔」の一つ、霞関山大宗寺《かかんざんたいそうじ》（新宿二丁目九の二に現存）の真向かいの位置にあったとされる。塩原一家がそこに住むというのは一見不可解な話だが、大宗寺といえば、塩原家は代々四谷大宗寺門前名主であったという縁もあり、この空家を所有していた質屋の福田庄兵衛（この人が金之助の実母千枝の父であるという縁もあった）が「顔の利く昌之助に伊豆橋の売却方を依頼し、昌之助も売れたときの謝礼金を目あてに引き受けた」（石川前掲書）というようなことが考えられる。

塩原一家がここに居住したのは明治四年六月から翌年七月までの約一年間で、これは東京府の改革で「中年寄・添年寄」に替えて「区長・戸長・副戸長」の制が敷かれた際に、昌之助が任用されず一年間の浪人を余儀なくされた時期に当たる（石川前掲書）。それ以前はどこにいたかといえば、昌之助は明治二年四月以降浅草一帯の「添年寄」であったから、その管区内と見て間違いない。

ただ『道草』の語りを信じるなら、漱石に追想しうるかぎりでの最初の住居は「伊豆橋」跡以外になく、このとき数え年五、六歳。どうやらこれ以前の記憶は欠落しており、養子にやられた時期を「慥《たしか》四つの歳」とする漱石のあやふやさも、おそらくこの欠落に絡んでいる。

**疱瘡のあとが痘痕として残る**

ともかく明治五年七月に至って「伊豆橋」跡を出られたのは、昌之助が「第三大区十四小区の副戸長に任用された」（石川前掲書）ことによる。『道草』第三十九回で語られる「裏通りらしい町の中」の「表に連子窓《れんじまど》の付いた宅《うち》」はこの時からの住居と考えられ、その住所については諸説あるが、浅草三間町（現・台東区寿町四丁目の一部）とするものが有力である（石川前掲書、荒前掲書）。

第三十九回では「彼は其所《そこ》で疱瘡《ほうそう》をした」ことも語られている。「種痘が元で、本疱瘡を誘ひ出し」「惣身《そうしん》の肉を所嫌はず掻き挘《むし》つて泣き叫んだ」という。いわゆる「種痘令」は明治三年四月だが、東京府がこれを強化敷衍して府下四か所に「種痘所」を設置して接種を推進したのは四年三月のことなので（石川前掲書）、金之助のこの悲劇も四年の春から夏にかけてのことだろう。

これが悲劇だというのは、その痕跡が鼻の頭と右頬に生涯の痘痕《あばた》として残ってしまったからである。写真では美男とも見える漱石だが、それは修正のお蔭でもあって、実際の見た目は、肌の浅黒さや短軀ということも手伝い、水もしたたるいい男とは言いかねた。

ともかくこの疱瘡をした家は、隅田川河岸らしい土地の「細長い屋敷を三つに区切つたもの、真《まん》中《なか》」という「変な宅《うち》」で、「河岸に面した長方形の広間」で西洋人が英語を教えていたことがあったが（三十九）、いつの間にかこの人が消え、その広間は「扱所《あつかひじよ》」という「今の区役所の様なもの」に変わっていたという（四十）。その「区役所」の長なのだから、相当のご身分にはちがいない。

**浅草戸長の坊っちゃん**

「その時代の戸長はなか〳〵幅の利いたもので、したがつて金銭の廻りなども豊であつた」と「モデルと語る記」も強調している。だからこそ「金目の高い玩弄品も買つてや」ることもでき、浅草で「大きな舟の模型に目をつけて」買ってくれというので、主人の言い値の「弐拾両」（二〇円）をぽんと出して買ってやったこともある。「可愛い金之助のためにはどんな無理も通してやつた」、「金之助のためには、何物を犠牲にしても惜しくないと云ふ様な慈愛心は、寝ても起きてもお爺さん〔昌之助を指す〕の胸に宿つてゐた」（引用文中〔〕内は本書筆者による注記。以下同様）と繰り返す。

「尾の長い金魚」やら「武者絵、錦絵」やら、なんでも「彼の云ふがまゝに買つて呉れた」という『道草』の追憶にそれは合致する。「大人さへあまり外国の服装に親しみのない」時分に「小さい洋服を拵らえ」てくれ、「調馬師でなければ履かない」ようなズボンやフェルト帽も身につけて「得意に手を引かれて歩いた」こともあった。「自分の身体にあふ緋《ひ》縅《（おど）》しの鎧と龍頭《たつがしら》の兜さへ持つてゐた」が（十五）、これは七五三の祝いに造ったもので、これを着て観音様へ参ったと漱石その人から草平は聞いている（草平前掲書）。

五歳の祝いでの浅草寺参詣後

さらには美しい彫刻の入った「子供の差す位な短い脇差」をも渡されて、「日に一度位づゝ其具足を身に着けて、金紙で拵えた采配を振り舞はした」（『道草』十五）。『道草』では「抜けなかつた」とされている脇差だが、「モデルと語る記」によれば、「刀が大好き」な金之助が「しまひに本物でなければいけないと言つて駄々をこねた」ので、昌之助が「危なくない様に刃を落として」やった。それを抜いて「下女や下男や、乃至老人の部下の人達などを斬るぞなどと言つて追つかけたりした」という。

「部下の人達」まで追っかけられたのは、「住居と扱所とは、もとより細長い一つ家を仕切つた迄の事」だったからで、昌之助は通勤の必要さえない殿様身分。その坊っちゃんである金之助は「時々公けの場所へ顔を出して、みんなから相手にされ」る自由を有していた。「好《い》い気になつて、書記の硯箱の中にある朱墨を弄つたり、小刀の鞘を払つて見たり、他《ひと》に蒼蠅《うるさ》がられるやうな悪戯《いたづら》を続けざまにした」が、それでも養父は「出来る限りの専横をもつて、此小暴君の態度を是認した」（『道草』四十）。「モデルと語る記」でしばしば補助的に語りだすのが後妻（石川前掲書によれば未入籍）の日根野かつだが、彼女の表現を借りれば、それこそ「金ちゃんは塩原の殿様だから」という次第である。こうして「殿様」には「どんな無理も通してや」りながら、それでも塩原夫妻、とりわけ先妻のやす（『道草』の御常）の「吝嗇」は並大抵でなかった。「爪に火を点《とも》すつてえのは、あの事だね」（『道草』四十）。

**下性の悪い子**

「要するに彼は此吝嗇な島田夫妻に、余所《よそ》から貰ひ受けた一人つ子として、異数の取扱ひを受けたのである」（同前）。明治二年から六年にかけて、すなわち金之助満二歳から六歳にかけての家族環境はこの「異数の取扱ひ」の上に築かれた。その結果「彼の我儘は日増に募」り、「自分の好きなものが手に入らないと、往来でも道端でも構はずに、すぐ其所《そこ》に坐り込んで動かな」いという問題児になっていた。

ある時は小僧の背中から彼の髪の毛を力に任せて挘《むし》り取つた。ある時は神社に放し飼の鳩を何《ど》うしても宅《うち》へ持つて帰るのだと主張して已《や》まなかつた。養父母の寵を欲しいまゝに専有し得る狭い世界の中に起きたり寐たりする事より外《ほか》に何にも知らない彼には、凡ての他人が、たゞ自分の命令を聞くために生きてゐるやうに見えた。

（『道草』四十二）

「乱暴で乱暴で行く先が案じられる」と母親に言われる『坊っちゃん』（一）の「おれ」は、かなりの部分、漱石自身を描いたものといえるが、その「乱暴」さはこのようにして、養父母との暮らしのなかで育まれたのである。

ともかくこの「横着」が「もう一歩深入りをした」例が、ある朝、例のごとく縁側から「用を足しながらつい途中で寐てしま」い、目覚めると「小便の上に転げ落ちてゐた」という事件である。この家の縁側は普通の倍も高かったので「腰を抜かし」、治療に長くかかったという（四十二）。

高い縁側から毎朝放尿とはいかにも「殿様」だが、このことは、健三が総体に「下性が悪くつて寐小便の始末に困」る子であった（四十四）ことに関わる。これについて「トイレット・トレーニングの不満足な成果を示すこの事実が『不純な』養育関係を逆に証明する」可能性に言及したのが、現代の精神科医、福島章である。すなわちこの養父母は、子どもに依存されるよりむしろ「逆に少年に必死で依存し、すがりつく者たち」なのであって、このように「大人たちの不安と依存性が大きければ大きいほど」、子どもの「『天性』を損なうもの」であるから、と（『甘えと反抗の心理』昭和五一年）。

「『天性』を損なう」という福島の表現は、『道草』第四十二回冒頭の「同時に健三の気質も損はれた。順良な彼の天性は次第に表面から落ち込んで行つた」を意識したものである。それでは、「逆に少年に必死で依存し、すがりつく」ことで健三の「天性」を損なったとされる養父母のこの「不安と依存性」とは、具体的にはどのようなものであったのか。

## 3　ダブルバインド・ゲーム

「『道草』のモデルと語る記」が伝える塩原側の言い分としては、「可愛い金之助」のためには「何物を犠牲にしても惜しくない」という「慈愛心」がつねに夫妻の胸に宿っていた。ところが、それは『道草』側からすれば「何かに付けて彼等の恩恵を健三に意識させ」「自分達の親切を、無理にも子供の胸に外部から叩き込まうとする」努力にほかならなかった。「御父ッさんと御母さんを離れたたゞの菓子を食つたり、たゞの着物を着たりする事」は許されず、その不自由さは「却つて反対の結果を其子供の上に引き起こした」。「健三は己れ独りの自由を欲しがつた」のである（四十一）。

ただ、塩原夫婦の「慈愛心」をそのように歪ませてしまうのは、彼らの「心の奥」潜む「健三に対する一種の不安」であった。そのことにも『道草』の筆は届いている。

### 本当の御父ッさんは誰？

彼等が長火鉢の前で差向ひに坐り合ふ夜寒の宵などには、健三によく斯《こ》んな質問を掛けた。

「御前の御父《おとつ》ッさんは誰だい」

健三は島田の方を向いて彼を指さした。

「ぢや御前の御母《おつか》さんは」

健三はまた御常の顔を見て彼女を指さした。　（四十一）

「或時はこんな光景が殆ど毎日のやうに三人の間に起つた」というほどに定例化していたのだが、父母が誰であるかに疑問の余地のないところに、このような儀式は発生のしようがない。健三は島田と実の親子でないことを明確に告げられていたわけではなく、その点は金之助の事実においても同じであったと見られるが、そこへこのような問いを投げることは、父母が誰であるかに疑問の余地があることを子どもに告げるのと同じである。眼前の二人が父母であるという、ふつう子どもが疑念をはさむはずのないところへ、わざわざ罅《ひび》を入れて疑惑を発生させる行為を夫婦は楽しんだのである。

とはいえ、彼らの演劇的な問答ゲームがこれで終わるなら、疑念は膨らまなかったかもしれない。二人は「是で自分達の要求を一応満足させると、今度は同じやうな事を外《ほか》の形で訊いた」。


「ぢや御前の本当の御父ッさんと御母さんは」

健三は厭々ながら同じ答へを繰り返すより外に仕方がなかつた。然しそれが何故だか彼等を喜こばした。彼等は顔を見合はせて笑つた。　（同前）

「ぢや御前の本当の」という表現でわざわざ先の問い（「御前の御父ッさん〔と御母さん〕は誰だい」）との差異化を明確にしている以上、回答は前問と異なるものであるはずのところを、むしろ「同じ答へ」（「あなたがただ」を意味する指さし）をすることが、彼らを喜ばす。健三はこれに「苦しめられるやうな心持」になり、「向ふの聞きたがる返事を与へずに、わざと黙つてゐたくなつた」というのだが、それは自然の理だろう。別の答えの可能性はおそらく健三の頭にないのだし、仮にあっても、それを言えば彼らの不興を買うことは目に見えているからである。

**正解を言えば罰せられる**

幼児のこの苦境になんら頓着することなく、養父母はゲームを続けた。「ことに御常は執濃《しつこ》かつた」。彼女の問いかけはほかにも、「御前は何処《どこ》で生れたの」「御前誰が一番好だい。御父ッさん？　御母さん？」などがあって、いずれについても〝正解〟は確定していた。御常はいつこれらの質問をかけても「健三が差支なく同じ返事の出来るやうに、彼を仕込んだ」からである。

この馬鹿げたゲームで「器械的」な返答を繰り返すことに「腹が立つ」て「わざと黙つて」いても、その無言を御常は「只年歯の行かないためとのみ解釈し」、このような御常の「簡単」さを健三は「忌み悪《にく》んだ」（四十一）。

「文脈《コンテクスト》の把握において正しいという、まさにそのことによって罰せられる経験」――。統合失調症（schizophrenia）の病因論で「ダブルバインド」理論を提起したグレゴリー・ベイトソンはこの概念をそう定義したが（*Steps to an Ecology of Mind*, The Univ. of Chicago Press, 1972, p. 236.）、この意味での「ダブルバインド」に健三（つまりは金之助）が追い込まれつつあったことの描出に『道草』は意を注いでいる。夫婦の繰り出す問答ゲームの「文脈《コンテクスト》」を正しく把握すれば、「あなたがたは本当の親ではない」という真の正解が浮上するが、それを口にすれば罰せられるにちがいない……という窮鼠猫を噛むこともならぬ状況である。

ベイトソンの「ダブルバインド」概念は統合失調症患者の幼少期の調査データから割り出された理論だが、それらに酷似した状況を生きた金之助は、生涯に幾度か精神病的な危機に陥りはしながら、やがては健常の側に立ち戻るという反復のうちに生を全うした。なんとか持ちこたえられたのは、健全な情操と自律的な思考力が、塩原家での生活が始まる以前にすでに一定程度育っていたことによると見るべきではないか。

第四十一回で「ダブルバインド」状況を描き出した『道草』は、続く四十二回をこう書き出している。

同時に健三の気質も損はれた。順良な彼の天性は次第に表面から落ち込んで行つた。さうして其陥欠を補ふものは強情の二字に外《ほか》ならなかつた。 （四十二）

ここでは塩原家に入る以前の「順良な彼の天性」が、なんの疑念もはさむことなく前提されている。「強情」がその「順良」に取って代わってしまったのは塩原家での特異な生育によるのだ、と。だが、それではその「順良」さはそもそもどこから来たのか。もし里親となったあの古道具屋（または八百屋）夫婦から自然の愛を受けることがなかったなら、この「順良」さも育っていたはずはないのだ。

# 4　殴打しあう父母

**艶福家の夫と嫉妬妻**

『道草』は健三の「強情」の例として、来客の前で真っ赤な嘘をついた御常に、その場で「あんな嘘を吐《つ》いてらあ」と「一徹な小供の正直」を披露して激怒された、という事件を挙げている。

「御前と一所にゐると顔から火の出るやうな思《おもひ》をしなくつちやならない」といわれた幼児は「御常の顔から早く火が出れば好《い》い位に感じた」という。いくら可愛がられても「それに酬いる丈の情合が此方《こっち》に出て来得ないやうな醜いものを、彼女はその人格の中《うち》に蔵《かく》してゐた」。そして「彼女の懐に温められて育つた」健三にこそ、その「醜いもの」が最もよく見えた（四十二）。その醜悪さは彼女の心の奥に潜む「一種の不安」によって倍加されていたが、この「不安」とは、要するに昌之助がほかの女に心を移すことへの不安であった。

この点は「『道草』のモデルと語る記」にも異論がなく、後妻かつが語るところでは、塩原昌之助は「若い時分はなか〳〵の色男」で、金之助の異母姉の二人ともを「情婦にしてゐた」というほどの艶福家であった。その女癖をめぐるやすの「不安」が金之助に対する「不安」をさらに錯綜させていた、というわけだ。

旧旗本の未亡人であった日根野かつと塩原昌之助との交渉は、はじめは仕事上のものとして明治六年に始まり、やがて金銭の遣り取りがあって、七年の一月にはこれがやすに知れて騒ぎとなる。「モデルと語る記」での昌之助の言い分では、まだ「恋愛などの成立つほど」ではなかった時点で早くも「世間の口に立つ」てしまい、そうなると「やす子はもうさうだに極めてしまつて、狂気のやうになつて老人〔昌之助〕に食つてかゝつた」（傍点原文）。

それでなくてさへ「吝嗇で嫉妬屋である女房には、内々愛相のつきかゝつてゐた」昌之助は、これに怒りをもって応じ、別れ話になった。「慾に渇いてゐるやす子は手切れ金を二百円老人からとるが《ママ》否や、金之助のことなど何とも思はないで、さつさと実家へ帰つてしまつた」という。

## 打つ音、踏む音、叫ぶ音

『道草』第四十三回で「其中《うち》変な現象が島田と御常の間に起つた」として語られるのがこの経緯である。夜中に健三が目を覚ますと「夫婦は彼の傍《そば》ではげしく罵り合」っており、「彼は泣き出した」。こうした「騒がしい夜が幾つとなく重なつて行くに連れて、二人の罵る声は次第に高ま」り、「仕舞ひには双方共手を出し始めた。打つ音、踏む音、叫ぶ音が、小さな彼の心を恐ろしがらせた」。最初は彼が泣くとやんでいた喧嘩も、やがては寝ようが覚めようが「彼に用捨《〔ようしや〕》なく進行するやうになつた」。日根野かつこと「御藤さん」を御常は涙ながらに罵り、「彼奴《あいつ》は讐《かたき》だよ。御母さんにも御前にも讐だよ。骨を粉にしても仇討《かたきうち》をしなくつちや」と「歯をぎり〳〵嚙んだ」。「朝から晩迄彼を味方にしたがる御常」から健三がむしろ「離れたくなつた」ことは、すでに彼が抱いていた憎しみからして当然であり、また「寧ろ島田の方を好いた」のも自然の流れであった。

その島田こと塩原昌之助は、しかしこのころは家を空けることが多く、顔を合わせる機会も減っていたが、たまには金之助をつれて外出することがあり、ある晩には「御藤さんの娘の御縫さん」すなわち日根野れんを伴って三人で汁粉屋に寄るということがあった。が、帰宅するや、やすはまたその経緯について根掘り葉掘りの訊問を怒濤のように浴びせ、金之助に「愛想を尽かされても」気づかない（四十三）。やがて昌之助は「突然消えて失《な》くな」る（四十四）。

**塩原昌之助の離婚と再婚**

『道草』も後半、ついに老いた御常が訪ねて来る段になると、健三の脳裏には昔「島田の家庭に風波の起《おこ》つた時」に、彼女が健三の実父を前に「有るだけの言葉」を並べ、その上にまた「悲しい涙と口惜しい涙とを多量に振り掛け」て「感動」させ、手もなく「味方」にしてしまったその見事な手際が甦る（六十四）。これが明治七年の春ごろ、仲人でもあった夏目直克とやすとの会談の情景と考えられる。

こうして浅草の家を飛び出したやすが、「ていのいい人質」として金之助を連れ回し、一時夏目家に身を寄せて、その後引き移った家は、小石川のやすの実家、榎本現二宅かその近くの借家であった（石川前掲書）。今や「何の影像《イメジ》も浮かべ得な」いこの「見慣れない変な宅《うち》」について、『道草』は、「時」が「綺麗に此侘《この》びしい記念《かたみ》を彼のために払ひ去つてくれた」と語る。ただその家の表には「門口《かどぐち》に縄暖簾を下げた米屋だか味噌屋だかゞあ」り、「彼の記憶は此大きな店と、茹《う》でた大豆とを彼に連想せしめた」。「毎日それを食つた事」だけは忘れていなかったからである（四十四）。

榎本家には年下の継母と三人の子もいることで居づらい上に、毎日「茹でた大豆ばかり」の暮らしに我慢も限度を超えたか、やすはついに金之助を浅草の昌之助のもとに返し、明治八年四月には離婚届が出され、実父榎本現二方に復籍した（石川前掲書）。

塩原昌之助がかつを娶る経緯として「モデルと語る記」が語るのは、上野広小路の戸長であった人の強い勧めがあって、はじめて「それでは」ということになったのであって、時期も明治一一年春に下るという。『道草』の記述からすればにわかに信じがたい次第だが、ともかくそのかつは「三十一の未だ水々しい中年増で、一寸評判に立つたほど意気な女であつた」。

塩原家のこの激動が明治六、七年、すなわち金之助六歳から七歳にかけてのことである。

## 5 美しい母娘

**褒美を抱いて喜んで帰宅**

明治七年一二月に、浅草寿町（現・台東区蔵前四丁目）にあった戸田学校の下等小学校第八級に、金之助は一年遅れで入学した（当時の小学校は八年制で上・下等に分かれ、上等卒業は標準一四歳だが、飛び級で早く卒える者も少なくなかった）。ただこの浅草の家にはすでに昌之助の後妻（石川前掲書によれば未入籍）日根野かつ（『道草』では「御藤さん」）とその娘、金之助より一歳上のれんとが住んでいたので、入学とほぼ同時にこの二人を含む四人での家族生活も開始したわけである。

夏目夫妻と塩原夫妻に、名も知られない古道具屋の「里親」夫妻を加えれば、金之助にはこの時点ですでに六人の親がいたのだが、ここで日根野かつが新しい母として加わることで、彼の親は都合七人となった。「親」または「父」「母」について問われるような場合、七人のうちどれを指すのか迷うような経験が金之助になかったとはいえないだろう。通常の子どもに共有されないこの種の経験は、その後も漱石の深いところに根を張っていたはずである。

夏目家残存の免状からすると、金之助は明治七年一二月に入学した戸田学校の「下等第七および第八級」を早くも翌八年五月に卒え、九年五月には同「第五級」を卒業している（石川前掲書）。すなわち通常は四年かかるところを「半期に二級ずつ二度進級して」（小宮前掲書）一年余で終えてしまったわけで、当時は飛び級が普通のことであったとはいえ、さすがである。『道草』の比田（異母姉ふさの夫、高田幸吉がモデル）のいう「此方《こち》とらとは少し頭の寸法が違ふんだ」（百一）に類する見られ方は、このころすでに生起していたにちがいない。

さて、その『道草』の前半には、兄が届けてくれた古い「書付の束」から出てきた小学校の卒業証書や「賞状も二三枚」を懐かしく見入った健三が、さらに「書物も貰つた事があるんだがな」と、「勧善訓蒙だの輿地誌略だのを抱いて喜びの余り飛んで宅《うち》へ帰つた昔を思い出」すというくだりがある（三十二）。小宮豊隆の調査によれば、この二書のうち『勧善訓蒙』は戸田学校での第七・八級で飛び級した際に授与されたものであるから（前掲書）、日根野かつを母とし、その娘れんとともに住む家がご褒美の書物を抱いて「喜びの余り飛んで」帰る類の、心地よい「宅《うち》」であったことはたしかである。

## 日根野れん（御縫さん）の魅力

ところで、「半期に二級ずつ二度進級」するという尋常ならざる速度も夏目家に帰ってからはなかったわけだし、この種の「喜び」は、あるいはこの家での一年半の方が、夏目家に帰ってからよりも強かったのかもしれない。そう考える場合に浮上するのが、かつの連れ子、れんの存在である。「養母やすとの茹でた大豆ばかり食べていた寂しい生活から解放され、可憐な少女れんと一緒に起居し、同じ小学校に通学したことは楽しかったに相違ない」（傍点原文）と石川悌二はいう。金之助の好成績もこのことが大きな励みとなってこそのことだと（前掲書）。

実際、「御縫」の名で導入されるれんの容色を、『道草』も隠そうとはしていない。

御縫さんは又すらりとした恰好の好《い》い女で、顔は面長の色白といふ出来であつた。ことに美くしいのは睫毛の多い切長の其眼のやうに思はれた。（二十二）

ただ、ここで追想されているのは、健三が「十五六の時分」以降、ということは彼女が十七、八から結婚のころにかけての、まさに妙齢の御縫さんであるから、同居時代の十歳前後の彼女に金之助がすでに恋愛に近い感情を抱いたかどうかは不明である。つまり、次章に見るとおり、明治九年に夏目家に戻って以降も金之助は頻繁に塩原家に出入りする生活を続けるのだが、金之助がその種の視線を彼女に送り始めたとしても、それは何年か後に、容色いや増さったれんに打たれてからのことであったかもしれないのである。

れんへの思慕はさておくとして、その母かつとの関係はどうであったろうか。御常が「死んで祟《た》つてやる」と泣いた（四十四）その「御藤さん」について、『道草』は、祟るに値するともしないとも、内面や人柄には立ち入らないまま終始する。これに対して「『道草』のモデルと語る記」のかつ評はもちろん大変好意的なもので、「かつ子が塩原家に入つてから、急に来客が加えて来た。さうしてやす子のゐた時分とはまるで家庭の模様が一変して、始終華やかな平和な光が座敷へ流れてゐた」とさえいう。

### 持て囃される金ちゃん

だからこそ夏目家に戻されてからも「金之助は毎日の様に夏目の家からやつて来た」。塩原のほかにも高田（『道草』では「比田」。塩原の借家に住む姉夫婦）などへも行き来して、「四方から金ちゃん金ちゃんと持て囃されてゐた。かつ子は絶えず金之助に小遣い銭をくれてゐた」。

この時期について『道草』の記すところは、「健三は海にも住めなかつた。山にも居られなかつた。両方から突き返されて、両方の間をまご〳〵してゐた。同時に海のものも食ひ、時には山のものにも手を出した」（九十一）というもの。が、これも塩原側に言わせれば「まご〳〵してゐた」どころか、むしろ堂々たる「殿様」のごとくで、「海のものも食ひ、時には山のものにも手を出し」ていたのである。

金之助は髪の毛のふさ〳〵した、笑ひ顔の可愛い子であつた。金ちやんが笑へば、口元のあたりへ食ひつきたい様な気がするとは、かつ子はもとより、その周囲をとりまく女達の一般の賞め言葉であつた。金之助は何を失敬な——などと怒つてる癖に、やつぱりお洒落をしてゐた。

（「『道草』のモデルと語る記」）

このような記述からすると、夏目家復帰前の一年半の間における「母」日根野かつと金之助との関係になんらかの葛藤があったようには見えない。ただその平穏が、「モデルと語る記」が繰り返すように、ちやほや「持て囃」してやることによって保たれていたのだとすると、それはそれで禍根を残したことだろう。少し前まで「本当の御母《おつか》さん」と思わされていた養母やすが「死んで祟《た》つてやる」とまで怨んだその相手が、いま「母」の位置にある。「本当の御母さん」でないことは知れているが、にもかかわらず、あるいはそれゆえにか、甘えはいくらでも通る……。

塩原やすとの特異な親子関係によって「順良な彼の天性は次第に表面から落ち込」み、「其陥欠を補ふものは強情の二字」だったというのが『道草』（四十二）の見方だったが、日根野母子との一年半の甘い生活は、その「順良」な天性を呼び戻し、根を張っていた「強情」を矯める結果をもたらしたのだろうか。「我儘」の通る家庭生活が続いたのであれば、それはむしろ増長さえしたのではなかったか。

## 6　実父に愛想をつかす

**夏目家へ戻される**

夏目家へ戻されることで、金之助が初めて実の父母と寝起きをともにすることになったのは、明治八年の一二月末または九年春のことで、同年六月ごろには学校も牛込区市が谷山伏町（現・新宿区市谷山伏町）の市が谷学校に転校したものと推定されている。この年の二月に塩原昌之助は戸長を罷免され、一〇月には実父夏目直克もまた老年のゆえをもって戸長を退任して東京府所管の警視庁八等警視属に再就職。これに伴って月給は四五円から二〇円に下がったという（石川前掲書）。籍は塩原のまま身柄を実家に戻すという理解しにくい経緯には、こうした経済事情も絡んでいた。

『道草』の導入部に「健三は自分の父と島田とが喧嘩して義絶した当時の光景をよく覚えてゐた」（十五）とあるが、この「喧嘩」について石川悌二は、昌之助が直克を訪ねて就職の斡旋を依頼した際のものと推定し、金之助の夏目家復帰はこの時の直克の激怒が引き金であったと見ている（前掲書）。実態がそんなところなのであれば、この父が金之助の夏目家入りに、少しも喜ぶ風を見せなかったこともうなずける。

実家の父に取つての健三は、小さな一個の邪魔物であつた。何しに斯《こ》んな出来損ひが舞ひ込んで来たかといふ顔付をした父は、殆んど子としての待遇を彼に与へなかつた。今迄と打つて変つた父の此態度が、生《うみ》の父に対する健三の愛情を、根こぎにして枯らしつくした。彼は養父母の手前始終自分に対してにこ〳〵してゐた父と、厄介物を背負ひ込んでからすぐに慳貪に調子を改めた父とを比較して一度は驚ろいた。次には愛想をつかした。

（『道草』九十一）

「食はす丈は仕方がないから食はして遣る」が、ほかのことは「先方《むかふ》でするのが当然だ」というのがこの時の「父の理窟」であり、対する島田の腹は、実家で「何《ど》うにかするだらう。其内健三が一人前になつて少しでも働けるようになつたら、其時表沙汰にしてでも此方《こつち》へ奪還《ふんだ》くつてしまへ」というところだった、というのが『道草』（九十一）の見方である。

## 土蔵に閉じ込められ、放尿する

だが、この父と二人、一つ部屋で寝ることもあった。コレラの流行したある年の夏、明け方に金之助がいきなり吐瀉を始めた。「そら、コレラだ」と父は蚊帳を飛び出し、「どうするかと思ふと、何もすることがないものだから、まだ星が出てゐるのに庭を箒で掃き始めた」という。吐瀉はたんに前夜の豆の食べすぎによるもので、「この事があつたために」自分は「人間の父たるもののヱゴイズムを知つた」と漱石は晩年、話したという（芥川龍之介「コレラと漱石の話」大正一一年）。

直克は「元来子供が嫌ひ」であったともいわれるところへ、このころの金之助は「随分腕白振りを発揮」するばかりでなく「依怙地で、強情で、云ふことを諾《（き）》かないと云ふのが、今なほ一族の間に残つた定評であつた」から、父に愛されなかったことも怪しむに足りない。「腕白」も度を越えると、土蔵に押し入れられたが、「先生は開けて呉れと言つて謝罪《あやま》る代りに、手水《ちょうず》がしたい」、「開けて呉れなければ、此処でして仕舞ふと威嚇」し、「毎もの嘘だからと抛つて置くと、本当にして仕舞ふ」のだった（森田草平「幼年と青年時代」）。

「腕白」「依怙地」「強情」もここまで来れば見上げたものだが、その根底にはもちろん〝甘え〟があって、それはこの父母を実の親と認識しているか否かと無関係ではありえないだろうが、実はこの認識にいたる経緯にも一つのドラマがあった。

**祖父母でなく父母と初めて知る**

塩原の家では実はこの父母を「御爺《おぢい》さん、御婆《おばあ》さん」と呼ばせていたから、浅草から牛込へ移された金之助は「生れた家《うち》へ帰つたとは気が付かずに、自分の両親をもと通り祖父母とのみ思つて」、「相変らず彼等を御爺《おぢい》さん、御婆《おばあ》さんと呼んで毫も怪しまなかつた」。そこへある夜、ある下女が枕元で「貴方が御爺さん御婆さんだと思つてゐらつしやる方は、本当は貴方の御父《おとつ》さん御母《おつか》さんなのですよ」と耳打ちしたのだという（『硝子戸の中』二十九）。

これに先立つ部分に「馬鹿な私は本当の両親を爺婆《ぢいばゞ》とのみ思ひ込んで、何《ど》の位の月日を空《くう》に暮らしたものか（中略）丸で分らない」とあるので、この事件がいつのことかは不明だし、その前と後とで〝甘え〟ぶりがどう変わったかも突きとめようがない。ともかくこの下女の耳打ちのシーンのあとには彼女の「親切」を大変「嬉しく思つた」記憶が、大変美しく綴られているのだが、この「嬉し」さの因が仮に母を実母と知ったことの側に偏るのだとしても、父の側をあえて排除するような記述にはなっていない。

「僕はおやじで散々手コズッタ。不思議な事はおやじが死んでも悲しくも何ともない」（小宮豊隆宛書簡、明治三九年一二月二日）というのが後年の述懐だが、悲しくないことを「不思議」に感じているところにまだ救いがある。死ねばさすがに悲しいかもしれないという予期が潜在していたことを示すからで、憎しみや侮蔑以外に何もなかったのであれば、こうはいかない。父直克は〝甘え〟を受けとめる壁ではあったのだ。

## 7　母はすべて「夢である」

### 品位のある床しい婦人

『硝子戸の中』第二十九回で初めて自らの生い立ちを語った漱石は、そのあとの七回を別の話題に費やし、第三十七回に至って、「私は母の記念の為に此所で何か書いて置きたい」と、思い出したように母を語り始める。千枝という母の名を今も「懐かしいものゝの一つに数へて」いて、それは「たゞ私の母丈の名前で、決して外の女の名前であつてはならない様な気がする」という漱石は、「まだ母以外の千枝といふ女に出会つた事がない」幸いを喜んでもいる。

明治一四年に五四歳で死んだ母の「今遠くから呼び起す彼女の幻像」は、「常に大きな眼鏡を掛けて裁縫《しごと》をして」いるもので、どうしても「御婆さんに見える」。唯一残された写真はこの「幻像」をある程度に伝えるものだが、往年の美貌をいくばくかはとどめ、漱石の顔に通ずるものを宿すようにも見える。

悪戯《いたづら》で強情な私は、決して世間の末ツ子のやうに母から甘く取り扱かはれなかつた事を知つてゐる。それでも宅中《うちぢう》で一番私を可愛がつて呉れたものは母だといふ強い親しみの心が、母に対する私の記憶の中《うち》には何時《いつ》でも籠つてゐる。愛憎を別にして考へて見ても、母はたしかに品位のある床しい婦人に違《ちがひ》なかつた。さうして父よりは賢こさうに誰の目にも見えた。

（『硝子戸の中』三十八）

実母 千枝

千枝は四谷大番町の「鍵屋」という大きな質屋の三女で、武家屋敷に十年ほど奉公したのち、下谷のさる質屋に嫁いだ。が、漱石次男、伸六が聞いたところでは、「養母と養子の関係が妙であったとか」の理由で里に戻った。この際、一時身を寄せたのが、鍵屋が借金の抵当流れに譲り受けて次女夫婦に経営させていた新宿仲町の「伊豆橋」という遊女屋で、のちに金之助も塩原夫妻とともに住むことになったあの「大きな四角な家」（『道草』三十八）である。ここに身を寄せた経緯が誤解を生んで、千枝自身「遊女屋の娘」であるという説もなされたが（小宮、松岡前掲書）、これが誤りであることを伸六は調査によって裏付けている（夏目伸六『父・夏目漱石』昭和三一年）。

### 殿様が離してくれなかった

「よくもあんな親父のところへ来たものだ」と漱石自身もらしていたという直克との結婚は、二七、八歳になってからであったが、婚期が遅れたのは、下谷の質屋へ嫁ぐ以前に「永く明石の殿様の奥向きに御殿奉公をして居て、気立てもよく、其頃の女としてあらゆる教養も積んで居て、立派な婦人であつたが為め、容易に手離して呉れ」なかったからともいわれている（松岡前掲書）。

その千枝が四十路を越えてなした〝恥かきっ子〟金之助は里子に出されるわけだが、その経緯にふれた『硝子戸の中』第二十九回冒頭の文章には、母が高齢であったことを述べたあとに「単に其為ばかりでもあるまいが」とあった。ほかにも理由があったとすれば、何だろうか。一つは母乳が出なかったことだが、ほかにも次のような事情があったことを、昭和六年まで存命した金之助のすぐ上の兄、和三郎が語っていたという。

すなわち二男栄之助の誕生間もなく懐妊した千枝は、もし次に女の子が生まれると、自分の腹を痛めた子の方が可愛いという人情から先妻の遺した娘たちを継子扱いするかもしれないと気遣い、むしろ流産を望んで、女の血が荒れるといわれていた黒鯛やするめをすすんで食べたり、「おろし薬」をのんだりした。にもかかわらず生をうけたのが和三郎で、この子は生まれた時から発育が悪く、体格も大変ひ弱だったので、彼女は妊娠中の自分の所業を深く悔い、その罪悪感から和三郎を溺愛したのだ、と（松岡前掲書）。

養子に出されたこと自体は当時としては珍しいことではないし、現にこの和三郎もその上の栄之助も他家と養子縁組されてはいたのだから（石川前掲書）、とくに金之助に愛情が薄かったことによるとはいえない。ただ、里子に出すというのはどうか。乳が出なければ、『道草』の御常が長い手紙で訴えていたように「最初からおぢや丈で育て」る（四十四）という方法もないわけではないのである。

金之助を手放す千枝がどのような心理にあったのか、詳細を知る手がかりは残されていない。ただ、金之助の側から見れば、一度は捨てられたという動かしがたい事実と、すぐ上の兄和三郎を自分より可愛がるらしい情景が、心の傷として残っていったことは想像にかたくない。

### 何処か怖いところがある

ともあれ千枝が「立派な婦人」であったことは衆目の一致するところで、千枝の長姉も「常にこの妹を利口者だと褒めて」いたし、その娘すなわち千枝の姪も、「夏目の叔母さんは何といってもここが違うからと、自分の胸のあたりを押える仕草をしながら、いつも千枝の人となりを慕っていた」という（仲六前掲書）。

「ここ（胸のあたり）が違う」、「あらゆる教養も積んで居て」「賢こさう」に見える「品位のある床しい婦人」……。「気《き》六《む》づかしい」長兄大一も、母には「畏敬の念を抱いて」いて、「御母さんは何にも云はないけれども、何処かに怖いところがある」と評したと『硝子戸の中』（三十八）の文章は続けられている。この「怖さ」がなんらかの意味で金之助にも共有されたことも間違いない。

金之助の「悪戯《いたづら》で強情」も度が過ぎると、「阿母さんも耐り兼ねて、或時先生を土蔵の二階へ喚んで、短刀を突き附け」たことさえあった。

これから改心して勉強すれば好し、さもなければ此処でお前を殺して自分も死んで仕舞ふと言つて諫められたさうな。それから少し先生も勉強する気になられたと云ふことだ。

（草平前掲文）

## 夢なのか、半分丈本当なのか……

この千枝をようやく「母」と認めての生活は、五年のうちの何年あったかも分からないのだが、母の死によって断ち切られた。この間の母子の交流も、『硝子戸の中』はほとんど筆に上すことができないでいる。「私の母はすべて私に取つては夢である」、「途切れ〳〵に残つてゐる昔さへ、半ば以上はもう薄れ過ぎて、しつかりとは摑めない」と。とすると土蔵で短刀を突き付けられたのも夢だったのだろうか。ともかく『硝子戸の中』の漱石が唯一語り出す挿話は、まさに「夢」をめぐる事件である。

そのころ金之助が昼寝をすると、いわゆる金縛りに遭ったり、親指が巨大化を始めて止まらなかったり、天井がだんだん下降してきて胸を圧迫したりといった「変なものに襲われがちであつた」が、この日も、ひとり二階で昼寝していて「変なものに襲われた」。夢の中で「自分の所有でない金銭を多額に消費してしま」い、「小供の私には到底《とても》償ふ訳に行かないので」大変苦しくなり、「さうして仕舞ひに大きな声を揚げて下にゐる母を呼んだ」のだという。

母は私の声を聞き付けると、すぐ二階へ上つて来て呉れた。私は其所《そこ》に立つて私を眺めてゐる母に、私の苦しみを話して、何《ど》うかして下さいと頼んだ。母は其時微笑しながら、「心配しないでも好《い》いよ。御母さんがいくらでも御金を出して上げるから」と云つて呉れた。私は大変嬉しかつた。それで安心してまたすや〳〵寐てしまつた。（三十八）

「此出来事が、全部夢なのか、又は半分丈本当なのか、今でも疑つている」と漱石は続けているのだが、この記憶は夢であるより「願望にもとづく幻想」の可能性が大きいと福島章は見ている。つまるところ漱石は「本当に安心して甘え、救いと保護をもとめうる『母』を体験しなかった」のであり、この特殊な生い立ちこそが逆に「後に創造者として、理想の女性や真実の愛に『救済』を見出そうという試みを反復」する作家的生涯を導いた。すなわちそれこそが彼にとっては「痛切な『必要』であったから」と（前掲書）。

「世間の末ツ子のやうに母から甘く取り扱かはれなかつた」理由として、『硝子戸の中』は「性質が素直でなかつた」（二十九）こと、また「悪戯《いたづら》で強情」（三十八）だったことを挙げている。この判断の正否は誰にもいうことができない。ただ明らかなのは、塩原昌之助・やす夫妻との家庭生活を通して「順良な彼の天性」に取って代わった「強情の二字」は、夏目家に戻った金之助においても健在であったこと、「順良」さが再浮上して「強情」を抑えるという逆転的な推移は、すくなくとも漱石自身によって認識されることがなかったということである。

# 第二章 “Be studious”（勉強するんだぞ）

## 1 金之助武勇伝

### 乱暴で行く末が案じられる

「おれを見る度《たび》にこいつはどうせ碌なものにはならない」と親父が言い、「乱暴で乱暴で行く末が案じられる」と母が言ったというのが『坊っちゃん』（明治三九年）の主人公の自己紹介だが、父母のこの評価は漱石自身が少年時代に受けたものをほぼ忠実になぞっていた。「親譲りの無鉄砲で小供の時から損ばかりして居る」坊っちゃんは、「小供の時分には腕白者で喧嘩がすきでよくアバレ者と叱かられた」（談話「僕の昔」明治四〇年）金之助の自画像と見て、大きな間違いはないのである。

小学校時代「学校の二階から飛び降りて一週間ほど腰を抜かした」が、それは「別段深い理由でもない」。二階から首を出していたら、同級生の一人が「いくら威張つても、そこから飛び降りる事はできまい。弱虫やーい」とはやしたからである（『坊っちゃん』一）。

続けて語られるのが「ナイフ」事件。すなわち親類のものから貰った西洋製ナイフを友達に見せたら、切れそうもないといわれたので「何でも切つて見せる」と請け合った。「そんなら君の指を切つて見ろと注文したから、何だ指位此通りだと右の手の親指の甲をはすに切り込んだ」という。より自伝的な『道草』にも「悪戯をして、小刀で指を切つて、大騒ぎをした事がある」（九十五）とあることからして、この挿話が事実に基づくことは間違いないだろう。「何でも切つて見せる」と口にした以上、自分の指でも切る。武士に二言はない、というわけである。

『道草』に描かれた幼い健三の「我儘」ぶりはすでに見てきたとおりで、「自分の好きなものが手に入らないと、往来でも道端でも構はずに、すぐ其所に坐り込んで動かなかつた。ある時は小僧の背中から彼の髪の毛を力に任せて挘《むし》り取つた」（四十二）というほどの乱暴者であった。

**悪太郎の大将を征伐**

金之助少年の武勇伝を最も精細に伝える資料が、市が谷学校時代の悪友にして二十余年後には熊本の第五高等学校の同僚ともなる篠本《ささもと》二郎の、前章にも引いた談話「腕白時代の夏目君」である。『坊っちゃん』にも、たとえば栗を盗みに来る二歳ほど年長の少年、勘太郎を捕まえる話があって、二の腕に食いつかれて「痛かつたから勘太郎を垣根へ押しつけて置いて、足搦をかけて向へ斃《たお》してやつた」というような武勇が語られるが、篠本の回顧談はどうしてそれどころではない。

たとえば金之助が学校帰りに篠本の家に寄ろうとすると、いつも苛めにかかる「悪太郎」どもがいて、彼らの背後には四、五歳上の「大将」がいる。二人してこの「大将を懲らしてやらう」と決め、ある日、篠本は家から「短刀二振り」を持ち出す。

「当時武士の斬り捨て御免とか云ふ無上の権威が、猶ほ町人や其子供の頭に残れる時分であつたから」、二人が「短刀を抜き放ちて彼の前後より迫れば」、大将「忽ち顔面蒼白」。小路へと逃げようとするところを「夏目君は手早く短刀を鞘に収めて、悪太郎に飛び付きて、双手にて胸元を押へて、杉垣根に彼を圧し付けた」。篠本は「短刀を彼の胸元へつきつけて、夏目君と共に彼を殺して仕舞ふと威嚇して居た」。

するとそこへ「大将」の家の弟子らしい若者が現れ、「太き棒切れにて夏目君の向う脛を横に払つた」。このとき金之助は倒れて手を放しはしながら、「腰に差したる短刀を抜き放ちて、倒れながら弟子を目掛けて短刀を投げ付け」、短刀は「彼の脛に触れて軽からざる傷を負はした」。金之助はしばらく脛の痛みに苦しんだが、その後苛められることはなくなったという。

一つ間違えば実際「斬り捨て御免」に至ったかもしれず、現代なら傷害事件として補導されるところである。かほどに「夏目君は此時代、性質活発なると共に、疳癪も著しかつた」。また世間の気風もまだ「廃刀令前後」のこととて、「士族の子供が平民の子供を抑圧する度も、亦甚しかつた」。法的には旧名主の夏目家は「平民」であって士族ではなかったが、「是でも元は旗本だ。旗本の元は清和源氏で、多田の満仲の後裔だ。こんな土百姓とは生れからして違ふんだ」という『坊っちゃん』（四）の武家意識は、たしかに金之助のものでもあった。

## 婦女子を賤しんで悪戯

また「此時代は婦女子を賤みて、学校にて男女席を同うして教を受くるさへ不快を感じて居た」ともいい、女子といえども容赦はしなかった。鈴木先生の妹でお松さんという才色兼備の生徒がいて、教室で金之助らの不出来を不埒にも嘲笑するので、「一つお松さんを酷く苛めてやらうと云ふことを相談した」。

とはいえ、相手は先生の妹、「打《うつ》たり抓《つねつ》たりすれば先生より大変な返報を受くる」。放課後、彼女がまだ席にいる時「お松さんの両端より腰掛けながら、余等《よら》一度にお松さんを肩にて押しつぶす程に圧し付けて苦しめてやらう、さうすれば何も証拠を残さぬから」と策を練った。さっそく決行したものの、彼女が大声で泣いたため、自分らはあわてて門外に逃げ出したが、たちまち捕らわれて罰せられた。「其日より十日間、毎日課外に一時間宛、双手に水を盛りたる茶碗を持たせられて、直立せしめられ」、またその後の席替えで「同室中一番薄暗き片隅に移され」るという罰に、金之助と篠本は並んで服したのである。

このように「婦女子を賤」むことをも含んで、武士的な気風が金之助の体内に強く組みこまれているようであったことは、「共に幕臣であつた」という同等の家格の子、篠本をもしばしば驚かした。この気風はもちろん階級意識と無縁ではなく、喧嘩相手の「悪太郎」らが属する庶民の生活からは隔離したところに金之助は生きていた。

のちに親しくなる、やはり武家出身の正岡子規は、大学予備門時代に金之助と二人、喜久井町の夏目家を出て歩いた時、そこから一、二丁もない早稲田の水田のほとりでの会話で、「漱石が、我々が平生喰ふ所の米は此苗の実である事を知らなかつた」ことに驚くことになる（『墨汁一滴』明治三四年）。

### 先祖の主君裏切りを恥じる

「金之助」という名も、この意識からすれば、実はありがたくなかった。「君の名の夏目金之助と云ふのは、何んだか芸人らしい様で、少しも強かりさうでない。玉川鮎之助〔当時人気の手品師〕と餘り異らない。もつとえらさうな名に変じたらどうだ」という篠本の無遠慮な提言にも「僕も密かに気にして居るが、親の付けた名前だから、今更変へることが出来まいとあきらめて居る」とのみ。

また「甲斐の信玄の有力な旗下であつた」という夏目の家系への自負も強かったが、このことは、かえって篠本に弱みを握らせることにもなった。すなわち篠本はかねて伯父から、夏目の先祖は「信玄の重臣某が徳川家に内通せし時、共にあづかりて徳川家の家臣となつた」という話を聞かされていた。口にはしないようにしていたのだが、あるとき大喧嘩になって、ついこの歴史を持ち出し「嘲け」るや、「夏目君は俄かに色を変じて引別れ、逃ぐるが如く立去つた」。その後仲直りはしたが、「喧嘩の場合、此事が一番同君をへこますに有効であつたから、其後も折々此策を応用した」という。「内通」や裏切りへの嫌悪、また自家がそれに関わることへの羞恥を強くにじませる逸話だが、この道義感は、満一一歳で書きあらわすことになる漢文調の作文「正成論」（明治一一年二月。後出）にも端的な表現を見ることになる。

## 2　武士に二言なし

**罰があるからいたずらも気持ちよくできる**

金之助と組んでやったいたずらのうちに、悪質というほかないものもあったことを篠本は告白している。「盲人に似ず活発」な若い按摩がいて、「よく余等を悪罵し、時に杖を打振りて、喜んで余等を逐ひ廻した」。「一つ按摩を嬲《なぶ》つてやらうと色々に協議し」、彼が塀の下を通過するのを狙って、「小便の滴る紙屑」を長い釣竿の先に付けて塀の上から掲げ、「按摩の額上二三寸の所に降ろして、一二滴小便を額上に落した」。

按摩「忽ち憤怒の形相となり、阿修羅王の荒れたるが如く」杖を振り回すが、人の気配なしとみて思案の体。そこへまた「二三滴を落」とす、ということを繰り返して逃げたというのである。「今も其時の光景を思出しては、私かに微笑を浮べる」という一方で、さすがにこれは「小供心にもそゞろに罪深く感じて」二度としなかったともいう。

金之助はこれほどに悪かったのだが、捕まってしまった場合に罰を受ける覚悟があったことは、お松さんへの悪戯の場合にも窺われた。

　おれなんぞは、いくら、いたずらをしたつて潔白なものだ。嘘を吐いて罰を逃げる位なら、始めからいたづらなんかやるもんか。いたづらと罰はつきもんだ。罰があるからいたづらも心持ちよく出来る。

（『坊っちゃん』四）

この倫理はおそらく金之助自身のものでもあって、嘘を言って罪状を逃れようとはしなかったはずだし、いたずらといっても、嘘で人を欺して喜ぶたぐいの行為はなかったのだろう。思えば『坊っちゃん』という作品全体の主題もこの「嘘を吐かない」という倫理をめぐっている。虚言を許容する世間人は「わるくならなければ社会に成功はしないものと信じて居るらしい」という皮肉を「おれ」は飛ばすのだが、そここそは普通名詞としての「坊ちゃん」が導入される唯一の箇所である。

たまに正直な純粋な人を見ると、坊ちゃんだの小僧だのと難癖をつけて軽蔑する。夫《それ》ぢや小学校や中学校で嘘を吐くな、正直にしろと倫理の先生が教へない方がいゝ。いつそ思ひ切つて学校で嘘を吐く法とか、人を信じない術とか、人を乗せる策を教授する方が、世の為にも当人の為にもなるだらう。

（五）

### 嘘つきと言われることを神経質に嫌う

実際、「夏目君は幼時より嘘を吐いたことがなかつた」とは篠本が印象深く追憶するところだ。もちろん維新後間もない旧武士階級の子弟として「虚言《ウソ》を吐くな、人の物を盗むな、喧嘩したら負けるなを、言はず語らず、固く守つて居た頃」であつたとはいえ、それにしても「殊に夏目君は虚言つきと言はるゝことを、神経質かと思はるゝ程に、気に掛けて居た」というのである。

たとえばある初夏の日、彼がある小丘に木苺が多く熟しているから摘みに行こうと誘い、二人で弁当持ちで出かけた。ところが、木苺は取り尽くされた後で収穫はほとんどなかったため、金之助は悄然として謝罪した。その後、ある機会にこの日のことを持ち出して「君は虚言を吐く」と笑ったところ、金之助は「俄に色を変へて真面目にな」り、「決して虚言を吐いた訳ではないから、是非更に一回同行し呉れ《ママ》」と何度も繰り返した。篠本は「全く一寸戯れに言つたことで、毫も君が心を疑つて居らぬ」とそのたびに弁疏するものの、「当分同君自から苦悶して止まなかつた様である」。

出自、境遇、教育歴とも似通う悪友、篠本にして理解しかねたらしい金之助のこの「神経質」さは、異常の域に近かったのではないか。武士道的な格言においては「武士に二言なし」、「二君ニ仕ヘズ」としばしば「一」が尊ばれ、「二」が排斥されるが、この種の「一」へのこだわりには常軌を逸するものがあったように見える。

そう考える場合に想起されるのは、「順良な彼の天性」を「強情の二字」が抑えるにいたったことの因をなしたと『道草』で概括される、六、七歳までの塩原夫妻との特異な家庭生活である。「御前の御父ッさんは誰だい」「ぢや御前の本当の御父ッさんと御母さんは」という問答の反復で、「ダブルバインド」すなわち「文脈《コンテクスト》の把握において正しいという、まさにそのことによって罰せられる経験」に絡め取られながら、同時にそれへの反発心を抱えてきた金之助であれば、この種の経験において意識される「ダブル」（二重性）を忌む性向が、異常なまで広い範囲に拡散することもありえただろう。虚言や裏切りへの金之助の忌避の極端さは、あるいはここに根をもつのではあるまいか。

### 「紀元節」か「記元節」か

虚言への金之助の神経質な反感は、本来「一」であるべきものが、「二」分するという事態全般への、深いところでの忌避感に基づいているように見える。たとえば、「AはBである」という前提に安住していたところへ、教師が「AはCである」という。生徒の意識には「二」が発生し、これをなんとかしたいと思う。さて、どうするか。

金之助とともに通った小学校での経験として、篠本が語るところによれば、たとえば世界地図を拡げた先生が、「真面目に南亜米利加を指して、〔中略〕平然として、亜非利加《アフリカ》として教へられ」るようなこともあった。「現今ならば生徒は忽ち挙手して先生の誤解を正す所なれど、此時分は先生の威厳隆々として、そんな事をすれば直に体刑を課せらるゝ恐れあるにより」誰も何もいわぬまま授業を終えたという（前掲文）。

『永日小品』（明治四二年）の「紀元節」で回顧されているのは、これをあえてやった小学生金之助の心理である。先生が黒板に「記元節」と書いて教室を出ると、彼は出てきて白墨を取り、「記元節の記の字へ棒を引いて、其の傍《わき》へ新しく紀と肉太に書」いて席に戻る。先生が戻ってくると、「誰か記を紀と直した様だが、記と書いても好いんですよ」といって一同を見回した。

恐れられていた校長先生でなくて、「みなから馬鹿にされて」いた爺むさい福田先生を標的にしたことが、三十数年後の今も「思ひ出すと下等な心持がしてならない」という。「罰があるから」こそ、という金之助持ち前の気風がほの見えるが、そもそもこういう訂正をせずにいられないところも金之助らしい。「一」であるはずのものが正当な理由なく「二」分することに抗わずにいられないのだ。

**値切った本で損をする**

「太田南畝の自筆」だという写本の遣り取りで「何の意味なしに二十五銭の小遣を取られてしま」う小学校時代の話が『硝子戸の中』（第三十一〜三十二回）で懐かしく語られているが、この心理も、右のような意味での「二」への忌避感を表現したものではないだろうか。

友達の「喜いちゃん」（桑原喜市）は「漢学が好き」という点で「私」と同好の士であり、その方面の知識で「私を驚かす事が多かつた」。ある日彼は「太田南畝の自筆」という写本を見せて、「僕の友達がそれを売りたいといふので君に見せに来たんだが、買つて遣らないか」と持ちかける。五〇銭といわれたところを「何しろ価切《ねぎ》つて見るのが上策だと考へつ」いた「私」は二五銭で買う。ところが、翌日また喜いちゃんが来て、例の友達の「阿爺《おやぢ》」に知れて、怒っているので「返して遣つて呉れないか」という。「何しろ二十五銭ぢや安過ぎるつていふんだから」。

> 此最後の一言で、私は今迄安く買ひ得たといふ満足の裏に、ぼんやり潜んでゐた不快、――不善の行為から来る不快――を判然《はつきり》自覚し始めた。さうして一方では狡猾《ずる》い私を怒ると共に、一方では二十五銭で売つた先方を怒つた。（三十二）

商人の論理からすれば少しも「狡猾《ずる》」くないわけであるが、喜いちゃんの「一言」で、前日には

「満足」していた取り引きが急に「不快」に感じられ、「不善の行為」とまで自覚されてきたのだという。このとき金之助の意識に呼び起こされたのは、値切るという行為自体が含む「二」への漠たる拒否感であったろう。すなわち、五〇銭を二五銭に値切るとき、値段は二個に分離し、統一を欠くことのこの「不快」が、決して「狡猾《ずる》」くないはずの「二十五銭で売つた先方」にまで差し向けられるのである。

金之助は「ぷり〳〵して」、本は返すが、喜いちゃんが袂から出した二五銭をあくまでも「取らない」と言い張る。「一旦買つた以上は僕のものに極《きま》つてる」、だから返すけれども「僕は金を取る訳がないんだ」、だから「僕は遣るんだよ。僕の本だけども、欲しければ遣らうといふんだよ」という論理を押し通す（三十二）。

こうして「私は何の意味なしに二十五銭の小遣を取られてしまつたのである」という苦いユーモアでこの回は結ばれる。だが、もちろんそこには、値切ったことの「二」的不快を帳消しにするという「意味」ならばあったわけだし、またあえて二五銭の損をしてでもこの「片意地」を通したところに、なにがしかの満足も伴わないではなかったろう。

『硝子戸の中』は、書き継ぐうち徐々に自伝的な動機を加えていった自由気ままな随筆であったが、その流れで、人によっては記憶から消えてしまうであろうこのような些事が箱の底から引き出され、一つの短篇小説として読まれる作品性を与えられた。そのことの背景に探知されるのは、この種の「片意地」を自分らしさの一環として捉えかえす明晰な意識である。

## 3　塩原の殿様

### 海にも山にもいられない

漱石の『道草』と、それへの異議申し立てである関荘一郎「『道草』のモデルと語る記」との間に、様々な食い違いがあることを前章に見た。金之助が塩原から夏目へ戻された際の両家の態度もその一つで、仕方がないから食わしてはやるが、それ以外は「先方《むかふ》ですのが当然だ」と夏目では考え、塩原は塩原で、夏目で「何《ど》うにかするだらう」から、少しでも働けるようになったら「此方《こっち》へ奪還《ふんだ》くつてしまへ」という腹だった、というのが『道草』（九十一）の見方だった。これについて「モデルと語る記」は、とんでもない、「こちらでかへされぬと云ふものを、金ちゃんのお父さんが無理に連れて行つた」のであって、その後も「金之助は毎日の様に夏目の家からやつて来た」のだという。

金之助がかなり頻繁に両家を往復したことはたしかで、『道草』（九十一）の次の記述はそれをいったものだが、その表現は妙に隠喩的で、前後の坦々たる文章から遊離した感がある。

健三は海にも住めなかつた。山にも居られなかつた。両方から突き返されて、両方の間をまご〳〵してゐた。同時に海のものも食ひ、時には山のものにも手を出した。（九十一）

この詩的な表現によってもやをかけられているのは、おそらく「山」すなわち塩原に「居」たり「手を出し」たりしたことの頻度や深さである。考えられるのは、この事実について深入りしたくない意識が漱石にあったことで、すくなくとも「モデルと語る記」で爆発している塩原側の怒りの焦点の一つはそこにあった。

### 「楽園」塩原家の酷薄な父

塩原昌之助は明治一〇年一月に下谷区西町（現・台東区東上野）に家を新築した。貸家も二三軒持ち（それは金之助名義になっていて）、その一軒に高田庄吉夫妻を住まわせていた（荒前掲書）。金之助は「毎日の様に夏目の家からやつて来」、また貸家の高田へも始終出入りして、「四方から金ちゃん金ちゃんと持て囃されてゐた」というのが「モデルと語る記」の状況説明である。

「かつ子が塩原家に入つてから、急に来客が加えて来た。さうしてやす子のゐた時分とはまるで家庭の模様が一変して、始終華やかな平和な光が座敷へ流れてゐた」。だから、夫婦が殴打しあうような、前妻やす（『道草』の御常）がいた塩原家とはまったく違うのだ、と強調するわけである。あのころからは想像もつかない楽園がそこには出現し、金之助も「持て囃されて」わがまま放題にふるまうことができ、「かつ子は絶えず金之助に小遣い銭をくれてゐた」のだと。

「金之助は髪の毛のふさ〳〵した、笑ひ顔の可愛い子」で、笑えば「口元のあたりへ食ひつきたい様な気がする」とまで、塩原の後妻かつやその周囲の女たちに「持て囃されてゐた」。どんなわがままも「金ちゃんは塩原の殿様だから」と許された、と「モデルと語る記」は続くのだが、これらすべてを額面通りに受け取るとしたら、『道草』のさきの引用に続く次のような記述は虚構と見なすほかなくなる。

「もう此方《こつち》へ引き取つて、給仕でも何でもさせるから左右《さう》思ふが可《い》い」

健三が或日養家を訪問した時に、島田は何かの序《ついで》に斯《こ》んな事を云つた。健三は驚ろいて逃げ帰つた。酷薄といふ感じが子供心に淡い恐ろしさを与へた。其時の彼は幾歳《いくつ》だつたか能《よ》く覚えてゐないけれども、何《なん》でも長い間の修行をして立派な人間になつて世間に出なければならないといふ慾が、もう充分萌してゐる頃であつた。

「給仕になんぞされては大変だ」

彼は心のうちで何遍も同じ言葉を繰り返した。（九十一）

昌之助のこの「酷薄」におびえる日があったにしても、「訪問」が続いたところを見ると居心地の悪い思いが長く続くことはなかったのだろう。その要因の第一は、やはりかつとの相性ということになる。

「可愛い」とはやされた金之助は「お洒落」でもあって、書生の間に白帯が流行したころには、「おつかさん僕白い帯が締めたいが」とねだった。かつは直ちに願いをかなえずにいなかった。昌之助から出る「表向きの学資」以外に「お小使いはよくかつ子をせびつた」といい、「あんまりお小使を貰ひすぎて、きまりが悪くなると、何時でもお道化た様な葉書をよこし」て一座を笑わせたという。
「君、銭くれ給へ。明日行く。」

## 4　好んで漢籍を学びたり

### 漢文を愛した家

「何でも長い間の修行をして立派な人間になつて世間に出なければ」という「慾」が萌したのは、金之助が何歳のころであったのか。特定はむずかしいが、この「慾」と学問への意欲とが同時並行的に高まっていったであろうことは想像にかたくない。その意欲の差し向けられた学問の主たるものが「漢学」であったことも、漱石が自ら少年期を語る際に強調されることの一つである。

「元来僕は漢学が好で随分興味を有つて漢籍は沢山読んだ」という談話「落第」（明治三九年）などが好例で、東京帝大での講義録『文学論』（明治三六～三八年講述／四〇年刊行）の序文でも、「余は少時好んで漢籍を学びたり」とあえてこれに言及している。「之を学ぶ事短かきにも関らず、文学は斯くの如き者なりとの定義」を自分は漢文学から得たのであって、「英文学も亦かくの如き者なるべし」とひそかに思っていたら当てが外れ「裏切られたる心地す」、というのがそこでの論旨である。「文学」と呼ばれるものの「漢／英」ないし「東／西」での差異は漱石終生の課題ともなったわけだが、これに悩んだことの前提として、かなり高度の漢学愛好があったことを押さえておく必要がある。

実母に「短刀を突き附け」られた事件の後、「それから少し先生も勉強する気になられた」という
それからの勉強のうち、自ら特に意を注いだものが「漢学」であったことは間違いない。家庭環境も有利に作用し、そもそも自分が「文章を好むやうになつた原因」は「幼少の頃から私は漢文を盛んに読ませられた」ことだと思うと、後年の談話「文話」（明治四三年）で述べている。「私の父も、兄も、一体に私の一家は漢文を愛した家で、従つて、その感化で」読ませられたのだと。

やがてどういう機縁からか、旧清水藩の儒者という島崎酔山なる人が開いていた「寺小屋見たいな」漢学塾に通うようになった（草平「幼年と青年時代」）。さきにふれた金之助の「正成論」は、この酔山先生の子であった島崎友輔（柳塢《りゅうう》）の主宰する回覧雑誌に掲載されたもので、「正成論」を含め、掲載作にはすべて「圏点」と「甲・乙・丙・丁の評価」、「批評」が書き込まれていたが、それらはすべてこの友輔によるという（小宮豊隆『漱石全集』（昭和一〇年）「解説」）。

このときにはすでに「漢詩を作る」ことも始まっていたはずで、「詩を作り、段々面白くなって、少年時代、漢詩文をもって将来世に立とうと一時は決心したという程熱中した」と柳塢は「思い出」として伝える。小学校時代の漢詩は発見されていないが、すでに「相当数の詠草があったものに違いない」と松岡譲は見ている（『漱石の漢詩』昭和四一年）。

## 「正成論」の美文

さて、その「正成論」（明治一一年二月）だが、三〇〇字あまりの短文ながら、満一一歳の少年のものとはにわかに信じがたい、「漢文の素養が相当のものであった事を立派に証明」する「堂々たる文章」からなっている。幼友達で唯一有名になった人として漱石

が名を挙げている学習院教授、山口弘一（「僕の昔」）も、これに関して金之助の「作文のづばぬけて甘《うま》かつた旨を記して居る」という（松岡『漱石 人とその文学』）。

この作文、「凡ソ臣タルノ道ハ二君ニ仕ヘズ心ヲ鉄石ノ如《ごと》シ身ヲ以テ国ニ徇《したが》ヘ君ノ危急ヲ救フニアリ」と書き出して、その範例として「忠且《かつ》義ニシテ智勇兼備ノ豪俊」楠木正成の生き様を讃美してゆくことが主な内容である。正成は帝のために奮戦しながら「尊氏ノ叛スルニ因テ不幸ニシテ戦死」し、帝は「却テ尊氏等ヲ愛シ」たために「乱ヲ醸スニ至」ったのだと論じ、絶唱の結びに至る。

然ルニ正成勤王ノ志ヲ抱キ利ノ為メニ走ラズ害ノ為メニ遁《のが》レズ膝ヲ汚吏貪士ノ前ニ屈セズ義ヲ踏ミテ死ス嘆ニ堪フベケンヤ噫《ああ》

楠木正成といえば、江戸期にはさほど知られず、むしろ明治に入って国定教科書『小学読本』（文部省刊、明治七年）『日本略史』（同、明治八年）での宣揚など忠君愛国の発揚という国策に乗って急造された「偉人」であり、漱石後年の書簡でも「僕の小児の時分は楠正成論とか漢高祖論とかいふのが流行つたものだ」（森巻吉宛、明治三九年）と、一つの流行現象として追憶されている。

## 東京中の講釈を聞いて回る

教育の場ばかりでなく広く大衆的な文化事象として「流行つた」のだが、そう書く漱石個人の意識に甦っていたのは、主として講談（講釈）の世界だろう。「小供の時分には講釈が好きで、東京中の講釈の寄席は大抵聞きに廻つた」（「僕の昔」）というほどの講釈通が、「正成論」の筆者であった。馬場下の夏目家に近い「豆腐屋の隣に寄席が一軒」あって、「よく母から小遣を貰つて其所へ講釈を聞きに出掛けた」といい、そこで聴いた講釈師に「南麟」（旭堂南麟）が記憶されていることから（『硝子戸の中』二十）、金之助満八歳時にはすでに講釈好きが始まっていたものと見られる（水川隆雄『漱石と落語』昭和六一年参照）。

のちに成立学舎で親しくなる、岡山出身の橋本左五郎は、自分の寄席好きは「全く夏目の影響」だとし、金之助が「講談の話などをして興に乗つて来ると、左手で扇を持つてパチン〳〵やつてその真似をしたものです」と、金之助の好きぶりを伝えている。「左手で」というのは「夏目は左利きでした」から（田内静三「橋本左五郎先生の談話」昭和一一年）。

これほど入れ込んでいた講談の語り口や構成法は、「正成論」の「甘《うま》」さにも滑り込んでいたにちがいない。実際、松林伯円《しょうりんはくえん》の「楠公桜井駅訣別《なんこうさくらいえきのわかれ》」のような、正成その人を扱った講談を聴いた可能性もあり（水川前掲書）、講談の世界の関与は否定しにくい。

たとえば正成の美徳のうち特に「二君ニ仕へ」ぬ忠義を顕揚し、対する足利尊氏には否定的な言葉を重ねることでその引き立て役にしてゆく、という勧善懲悪的な対比の書き振りにもそれは顕著だが、そこには、「二君ニ仕へ」ること、あるいは一君への忠義を全うしないことへの峻拒という、金之助少年の温めてきた主題がたたき込まれている。またその背後に、武田の家臣でありながら徳川家に「内通」した家祖を恥じるという私情が潜むらしいことも、すでに見たとおりである。

ともかくこれが夏目家に戻されて以後の、市が谷学校に通った時代のことである。

## 中学で〝道草〟を食う

その後の学歴をたどっておくと、「正成論」を書いて三月後の明治一一年五月ごろに神田区猿楽町（現・千代田区神保町）の錦華学校に転校し（荒前掲書）、翌一二年三月には東京府第一中学校の「正則科」に入学する。ところが、英語漬けになる「変則科」と違って「正則」では英語を教えないため大学予備門進学がむずかしいとわかり、二年ほどで退学。明治一四年四月（荒前掲書の推定）になって別の学校に入り直すのだが、その学校は英語を教えるところではなく、三島中州主宰の漢学塾「二松学舎」であった。

ただ、一年後にはそこも出て、英語を多く教える「成立学舎」に入り、結果、大学予備門では自分より年少の者と席を並べることになるのだから、「正則」から「二松学舎」へという経路は回り道、それこそ〝道草〟であったようにも見える。思えば中学入学に際して「変則」を選ばなかったことも、夏目家には高学歴の兄もいて助言もあったろうことを考え併せると、一つの謎であって、「それにしても不思議」と小宮豊隆も首をひねるばかりだ。この謎への解答としては、結局のところ、「漢詩文をもって将来世に立とうと一時は決心した」その「決心」以外にはないのではないか。

「余、児《じ》たりし時、唐宋の数千言を誦し、喜《この》んで文章を作為《つく》る。（中略）遂に文を以て身を立つるに意有り」というのが、二二歳時の漢文による紀行『木屑録』（明治二二年九月。『漱石全集』書き下し文による。以下同様）の書き出しである。『思ひ出す事など』（明治四三〜四四年。六）には「子供の時（湯島）聖堂の図書館へ通つて、徂徠の蘐園十筆を無暗に写し取つた」ともあり、『蘐園十筆』の内容の高度さからすると、「子供の時」が二松学舎時代であったとしてもなお、その「早熟に驚かされる」（桶谷秀昭『漱石全集』「注解」）。

成立学舎で親しくなった太田達人《たつと》（漱石は「タッジン」と読み慣わす）の回想によれば、入学時点で「漢籍の読破力」、その「解釈の力」には「恐ろしいものがあつた」。全篇漢文で書かれた雑誌『虞初新誌』を当時から楽に読んでいて、面白いから読めと彼に勧めたという（「予備門時代の漱石」昭和一一年）。

## 5 漢詩を見る、南画を読む

**少作に似ぬ好い詩許り**

二松学舎で友となった安藤真人との付き合いはその後も続いたが、これも紐帯となったものは漢学にほかならない。そこに安藤の縁者で、茨城県下館から出てきて「神田の共立学舎と下谷の漢学塾に通つて」いた奥田光盛（のち必堂、月城と号す）が加わって「三人大の仲好しに成」り、それから「御互に漢詩や漢文が好きなんで、毎日作り合つて居た」という経緯を、後年、漢学者になった奥田が著書『漢詩の作り方』（昭和七年）に書いている。時には「あの喜久井町のお宅へも遊びに行き、一度は金之助君と俺と一所に神田西紺屋町の金子と云ふ家に下宿して居つた事もあつた」と。

その「毎日作り合つて居た」という漢詩のごく一部、わずかに八首が、昭和三七年に至ってようやく発見され（松岡譲「新発見の漱石詩」『図書』昭和四二年一月）、現在では『漱石全集』第十八巻に収められている。下館町で発行されていた文芸雑誌『時運』明治三九年六月号に奥田が選者となって載せたもので、署名は「枕雲眠霞山房主人詩草　文学士夏目漱石」。その前書きに「此の詩草は氏の少年時代の旧識稿に係る」とあり、また奥田は『漢詩の作り方』でも「少作に似ぬ好い詩許りである」と評しているところから、この八首が金之助二〇歳以前のものであることは間違いなく、二人が親しく交わった一五、六歳のころのものと見るのが最も妥当と思われる。そこから二首ばかり、『漱石全集』（一海知義注解）の書き下し文とともに紹介しておこう。

鴻台　二首
其一
鴻台冒暁訪禅扉
孤磬沈沈断続微
一叩一推人不答
驚鴉繚乱掠門飛

鴻の台　二首
その一
鴻台　暁を冒して　禅扉を訪《と》う
孤磬《こけい》　沈沈　断続して微かなり
一叩　一推　人答えず
驚鴉《けいあ》　繚乱　門を掠めて飛ぶ

「禅扉を訪う」とあるが、二十代での円覚寺参禅の経緯を語る談話の口ぶりなどからして、この時期すでに参禅があったとは思われない。ただ「孤磬」（鉦）の音のみあって、人の応答なく、驚いたカラスが暁に乱れ飛ぶという情景は、幽玄が視覚と聴覚の両界に交差するようでもあって、これを「禅」的と評することは可能だろう。禅への関心がすでにあったことを示す点でも貴重だが、それ以上に、構成や描写の精妙さにおいて、一〇代の「少作」としてはやはり「づばぬけて甘《うま》い」ことが人を打つ。

題画
何人鎮日掩柴扃《さいけい》
也《ま》是乾坤一草亭
村静牧童翻野笛
簷《のき》虚闘雀蹴金鈴
渓南秀竹雲垂地
林後老槐風満庭
春去夏来無好興
夢魂回処気冷冷

画に題す
何人か　鎮日　柴扃《さいけい》を掩う
也《ま》た是れ乾坤の一草亭
村静かにして　牧童　野笛を翻し
簷《のき》虚しくして　闘雀　金鈴を蹴る
渓南の秀竹　雲　地に垂れ
林後の老槐《ろうかい》　風　庭に満つ
春去り夏来たりて　好興無きも
夢魂回《かえ》る処　気冷冷たり

**絵画的な詩想**

「題画」という題が示すとおり、ある絵画によって触発された詩想を作品化したものにちがいないが、発想と展開は大いに独創的だ。「扃」は門のカンヌキのことで、

「柴扃を掩う」で「粗末な門を閉ざす」の意。「乾坤の一草亭」は杜甫の詩からの借用だが（『漱石全集』での一海知義注）、この門内もまた一個のそれだとするところに独自の詩想がある。

続く描写は、絵に描かれた情景を漢詩の骨法たる対句表現に溶かし込んでいったもので、読者はのどかな情景の連鎖を追い、その「乾坤」に遊ぶことを許される。ところが掉尾、その安らかな世界に詩人自ら「夢魂回る処　気冷冷たり」と冷や水を浴びせて一編の詩を閉じるのである。

「すべて夢であった」というこの意表をつく、〝夢落ち〟的な結びは、語りが物語内容の外部に飛び出て物語を額縁で囲み、その額縁も含めた世界を作品として提示するというメタ＝ストーリー的な構造を発生させるが、形式上のこの結構は、「柴扃を掩」われた門内が「乾坤の一草亭」、すなわち「乾坤」内の一「乾坤」だとする物語内の意味内容と見事な対応を見せてもいる。この呼応に金之助少年が意識的であったか否かはともかく、形式・内容の両面にわたってのこの種の趣向には、いくばくかの禅味が読まれる。

この年齢で？　と訝しむ向きもあろうが、若さに似合わぬといえば、「枕雲眠霞山房主人」という謎めいた雅号がすでにそうなのだ。最新『漱石全集』の漢詩注解者、一海知義によれば、「枕霞」ならば唐の韓偓の詩に見え、「枕霞老人」と号する人物も清代にいた。また「眠雲」なら唐の劉禹錫や陸亀蒙の詩に見え、江戸時代の朝川同斎は「眠雲山房」とも号した。「ところがかんじんの枕雲・眠霞という語は、なかなか見当たらぬ。これは漱石の独創なのか」と碩学も頭を抱える次第だが（一海『漱石と河上肇――日本の二大漢詩人』藤原書店、平成八年）、考えやすいのは、たんに「枕霞・眠雲」を入れ替えた諧謔ということで、この種の茶目っ気なら「漱石」の号にもまた『吾輩は猫である』の世界にも通ずるものであるから、これもまた金之助らしいという理解が可能になってくる。

### 「自分の気に入る」か否かのみが尺度

さて、この詩から『思ひ出す事など』（二十四）の回想を想起する読者も少なくないだろう。「小供のとき家に五六十幅の画があつ」て、床の間や蔵の中で「余は交《かは》る〴〵るそれを見た。さうして懸物の前に独り蹲踞《うづく》まつて、黙然と過すのを楽《たのしみ》とした」という部分だ。「画のうちでは彩色《しき》を使つた南画が一番面白かつた」といい、そこから自らの芸術的「趣味」の形成について述べてもいるので、漱石の芸術観を窺うに欠かせない一節である。

そこで漱石が強調するのは、「鑑識上の修練を積む機会」がなかったこともあって、「余の趣味」は「山水によつて画を愛」しはしても「名前によつて画を論ずるの譏りも犯さずに済んだ」、すなわち「如何な大家の筆になつたものでも、如何に時代を食つたものでも、自分の気に入らないものは一向顧みる義理を感じなかつた」ということである。とすれば、晩年の講演「私の個人主義」などで明確に主張される「自己本位」の芸術・学問観、その若年における萌芽がここに語り出されているわけだ。それだけでも貴重なのだが、ここでさらなる注意を喚起したいのは、この「自己本位」的「趣味」の発生を言うに際して、漱石が「丁度画と前後して余の嗜好に上《のぼ》つた詩と同じく」と付言していることである。

すなわち「自分の気に入」るか否かのみを尺度とする自立した「嗜好」、「自己本位」の審美眼がどのように発生したかを振り返る場合、それは、南画などの東洋絵画と漢詩との両ジャンル以外にはなく、かつ両者が「余の嗜好に上《のぼ》つた」のはほぼ同時であった、という。このことは、のちに大学で学ぶ英文学への違和感から、東西の「文学」観の差異を『文学論』の主要課題に据えるにいたる漱石の経歴に鑑みて、大いに示唆に富む。絵画について、それが「わかる」がゆえに「面白い」と感じ始めたのと、漢詩についても同様に「わかる」がゆえに「面白」く思い自作も試みるようになったのがほぼ同時であったことは、その「面白い」と感じる心的メカニズムに、ジャンルを超えて通有する部分の大きかったことを意味するからである。表現を換えるなら、金之助は絵画を読み、漢詩を見ることの愉楽を知ったのである。

ともあれ、長じて漢学者となった友人に「少作に似ぬ好い詩許りである」と評されるほどであるから、十代半ばの金之助には、詩想やその表現のうまさばかりでなく、漢文の学力自体もかなりのものが備わっていたはずである。すでにふれた『木屑録』が書かれるのは二〇歳を過ぎてからだが、その文章を精査した高島俊男は「これはだいぶ江戸時代式の訓練、すなわち文字言語として支那文をよみ、あやつる訓練をうけていると感じられる」としている（高島『漱石の夏やすみ』平成一一年）。この種の「訓練」をどこで受けたのかといえば、二松学舎以外にはありえないのだろう。

## 6 迂路《まわりみち》して大学予備門へ

正則中学校を退学

少々先走ってしまった時計の針を小学校時代にまで戻すことにしよう。中学進学まで一年もないはずの明治一一年五月ごろになって、金之助が市が谷学校から神田の錦華学校に転校したことはすでに見た。「市谷学校は大変なボロ学校であつたといふから、当時名家の子弟が多く来て居たといふ錦華学校の方が、上の学校に行くのに好都合でもあつたものであらう」（松岡『漱石・人とその文学』）ということ以外に理由は見つけにくいが、やや不可解なのは、「モデルと語る記」が、この転校について「そのうち、老人は金之助を小石川の折原小学校に入れた」と述べていることである。

折原学校はのちに市が谷学校と合併して愛日小学校となる小学校で（荒前掲書）、金之助在学の記録はない。最も考えやすいのは、昌之助が錦華学校とこれとを混同してしまったことで、彼のいわんとするところは、要するに、この転校は塩原側の意向と財政負担によるものだということだろう。が、それにしては、学校名を間違えるというのはいささかお粗末で、「給仕でも何でもさせるから左右《さう》思ふが可《い》い」と「酷薄」に告げた養父にこの粗雑さは符合するようでもあるが、ともかく「学資や下宿料や小使い一切」は大学予備門入学後もすべて出していたというのが塩原側の言い分であった。

いずれにもせよ、おそらくは「立派な人間になつて世間に出なければ」との明確な意志をもって、金之助は神田一ツ橋の、当時東京に一つしかなかった東京府第一中学校「正則科」に入学する。すでにふれたとおり、「正則といふのは日本語許りで、普通学の総てを教授されたものであるが、その代り英語は更にやら」ず、これに対し「変則」では「たゞ英語のみを教ふる」のであった（談話「一貫したる不勉強――私の経過した学生時代」明治四二年）。

当時はこの「変則」を希望する者の方がはるかに多く（小宮前掲書）、同級の岡田良平、上級にいた狩野亨吉、柳谷卯三郎、中川小十郎など将来名をなした者はみな「変則」であったが、それは理の当然で、大学予備門入学には英語が必要であったし、また「変則」卒業者はほとんど無試験で入学許可されたらしいからである（荒前掲書）。

「これではつまらぬ」から、「是非廃《よ》さうといふ考を起したのであるが、却々《なか〳〵》親が承知して呉れぬ」ので、「拠《よんどころ》なく毎日々々弁当を吊して家は出るが、学校には往かずに、その儘途中で道草を食つて遊んで居た。その中《うち》に、親にも私が学校を退《しりぞ》きたいといふ考へが解つたのだらう」、退学を決めた（「一貫したる不勉強」）。

二松学舎で漢学を学ぶ

その「親」の一人、千枝の病死が明治一四年一月のことである。これに関わる『坊っちゃん』（一）の語りは、死の二、三日前に台所で宙返りをして肋骨を打撲したのを母が怒って「御前の様なものゝ顔は見たくないと云ふから、親類へ泊りに行つて居た」ところ、訃報が来て「もう少し大人しくすればよかつたと思つて帰つて来た」ということだが、実際の金之助はこのとき長兄大一の官舎に行っていて、死に目に会えなかったという（荒前掲書）。

このこととの時間的先後も因果関係も不明ながら、ともかく金之助は中学を中退し、一四年四月（荒前掲書の推定）に二松学舎に入学する。それが英語を教えるはずもない「漢学塾」二松学舎であったことは既述のとおりである。談話「落第」（明治三九年）によると、校舎は「往昔《むかし》の寺子屋を其儘、学校らしい処などはちつともなかつた」。「講堂などの汚なさと来たら今の人には迚も想像出来ない程」で、「真黒になつて腸《はらわた》の出た畳」に「順序もなく座り込んで講義を聞くのであつた」。

この二松学舎も翌一五年の春にはやめ、一六年九月ごろ、神田駿河台に同年開設されたばかりの私塾、成立学舎に入学することになる。こちらは大学予備門受験のための予備校という色彩の強い学校で、もちろん英語を多く教えたが、教える教師は「大抵大学生が学資を得る為めの内緒稼ぎが主だつた」（松岡前掲書）。

校舎の汚さでは二松学舎にひけをとらず、「古い屋敷を其儘学校に用ひてゐるので玄関からが既に教場であつた」（『満韓ところ〴〵』二十一、明治四二年）。「ひどい廃屋《あばらや》のやうな殺風景な校舎で不潔極まるところ」（松岡前掲書）、「ボロ学校で有名なもので、皆下駄ばきの儘、ガラガラ教室へ出入り」していたという（田内静三前掲文）。

**成立学舎の友人たち**

この成立学舎で親しくなった者に、既出の太田達人のほか橋本左五郎、佐藤友熊、中川小一郎などがおり、口はきかなかったが新渡戸稲造の存在にも気づいていた（「一貫したる不勉強」）。ところで前節で、絵画と漢詩とが「前後して余の嗜好に上つた」経緯を『思ひ出す事など』（二十四）の一節に見たが、それに続く段落に出てくる「友人」こそ、岩手県盛岡の出身で大学では物理学を専攻することになるこの太田にほかならないと見られる。

　或時、青くて丸い山を向ふに控へた、又的礫と春に照る梅を庭に植へた、又柴門の真《まん》前を流れる小河を、垣に沿ふて緩く繞らした、家を見て――無論画絹《えぎぬ》の上に――何うか生涯に一遍で好いから斯んな所に住んで見たいと、傍《そば》にゐる友人に語つた。友人は余の真面目な顔をしけ〲眺めて、君こんな所に住むと、どの位不便なものだか知つてゐるかと左も気の毒さうに云つた。此友人は岩手のものであつた。余は成程と始めて自分の迂闊を愧づると共に、余の風流心に泥を塗つた友人の実際的なのを悪《にく》んだ。

　前半の描写はそれこそ南画の世界、さきに見た一〇代の漢詩「画に題す」の再現を読むようでもある。こうした境涯への金之助の憧憬は、作家となってのちも絵画や漢詩の制作において表現されてゆくもので、それらが特に没後に強まった「風流漱石山人」のイメージの源ともなった次第である。ただ、金之助もそうそう「迂闊」であり続けたわけではなく、やがて「余も岩手出身の友人の様に次第に実際的になつた」と後続部分で語っている。地方各地から来た友人たちとの交わりによって鍛えられた部分も大きかったことだろう。

　学舎の玄関兼教場に、ある雨の日「黒い桐油〔桐油ガッパ〕を着て饅頭笠を被つた郵便脚夫」がなぜか「鉄瓶を提《さ》げ」て、しかも「全くの素足」で入ってきたと思ったら、それが佐藤友熊だったので

「大いに感心した」とは、旅順警視総長となった佐藤に満州で再会した漱石の追想である。普段でも「筒袖に、脛の出る袴」という「異様」の風体で通学し、「丁度白虎隊の一人が腹を切り損なつて、入学試験を受《うけ》に東京へ出たとしか思はれなかつた」が、佐藤は「友熊の名前が広告する通りの薩州人」（『満韓ところ〴〵』二十二）。当時の東京にはこんな書生も闊歩していた次第だ。

### 友らとの共同下宿

岡山出身の橋本左五郎と「小石川の極楽水の傍で御寺の二階を借りて一所に自炊をしてゐた」（『満韓ところ〴〵』十三）のも、成立学舎入学まもない一七年九月ごろと推定される（荒前掲書）。このころは「隔日に牛肉を食つて、一等米を焚いて、夫《それ》で月々二円で済んだ」といい、牛肉は「大きな鍋へ汁を一杯拵へて、其中に浮かして食つた。十銭の牛《ぎう》を七人で食うのだから、斯うしなければ、食い様がなかつた」とのことで、七人も寄っての共同生活であった。橋本は「ろくに拭きもしない火箸」で掻き回して「この大鍋で莢豌豆を煮て食つた」とも付け加えている（田内前掲文）。

友人との共同下宿といえば、漢学仲間の奥田光盛が「一所に神田西紺屋町の金子と云ふ家に下宿して居つた事もあつた」と書いていたが、明治一四年ごろから金之助は「家にゐると勉強が出来ない」と称して「下宿屋生活を好んだ」とは「モデルと語る記」の伝えるところでもある。二松学舎時代から何回かにわたって、このような生活をした時期があったようだ。

また後年の小説『彼岸過迄』（明治四五年）で小川町停留所が舞台に採り上げられたのは、ほど近い佐藤恒祐の診療所に通った時期のあることが主な要因と見られるが、実はそればかりでなく「イヤ、子供の時に甲賀町にゐた」と漱石の口づから佐藤は聞いたという（佐藤「漱石先生と私」昭和一五年）。「子供の時」といった表現には、『思ひ出す事など』（二十四）でもこの表現で一五、六歳時分のことが語られていたことが示すように、かなりの年齢まで含まれるようなので、小川町に近い神田甲賀町にいたという話も、「モデルと語る記」でいう明治一四年ごろからの「下宿屋生活」の一つをいっている可能性が高い。

ともかく極楽水の寺での下宿生活では「橋本と一所に予備門へ這入る準備をした」と明記するほどであるから、いよいよ本腰を入れて勉強したのだろう。いざ入試の日には「代数が六づかしくて途方に暮れたから、そつと隣席の橋本から教へて貰つて、其御蔭でやつと入学した。所が教へた方の橋本は見事に落第した」（『満韓ところ〴〵』十三）。このことについて橋本は、教えた覚えはないとしながら、こうもいう。「私が机の上に紙を一杯にひろげてやつてをつたのを、夏目が隣にゐて見ていたのかも知れません」（田内前掲文）。

ともあれ、こうして「非常に迂路《まわりみち》をした」（「一貫したる不勉強」）大学予備門入学となる。太田、橋本、佐藤、中川ら成立学舎以来の友に、新たに知り合った柴野是公《よしこと》（のち中村。漱石はゼコウと読み慣わす）らを加えた「十人会」が組織されるのはそれから間もないことである。同級にはほかに南方熊楠、芳賀矢一、山田武太郎（のち美妙）もいた。

## 7　長兄との永別

「元来僕は漢学が好で」という前掲の談話「落第」での自己規定は、「英語と来たら大嫌ひで、手に取るのも厭な様な気がした」という記憶との対照において語られていた。その金之助が、成立学舎に入るころには「好きな漢籍さへ一冊残らず売つて了ひ」、英語を「夢中になつて勉強した」という。そのように物語化されると、成立学舎入学以前には英語のエの字も知らなかったように聞こえかねないが、それは事実ではない。実際、「落第」でもこう語っていた。

### 「ナシヨナルの二」まで兄に習う

兄が英語をやつて居たから家では少し宛教えられたけれど、教える兄は癇癪持、教はる僕は大嫌いと来て居るから到底長く続く筈もなく、ナシヨナルの二位《ぐらゐ》でお終になつて了つたが、考へて見ると漢籍許り読んで此の文明開化の世の中に漢学者になつた処が仕方なし、別に之と云ふ目的があつた訳でもなかつたけれど、此儘で過すのは充《つま》らないと思ふ処から、兎に角大学へ入つて何か勉強しやうと決心した。　（「落第」）

「ナシヨナルの二」というのは、英語教科書として当時最も広く用いられていた『ナショナル・リーダー』の第二巻の意で、「二位でお終になつて」いたとはいっても、裏返せばともかくも「二二」までは進んでいたということである。この「二二」に相当するはずの *Second Reader*（春陽堂、明治三〇年）をひもとくと、“Lesson I” から “Lesson LVI” にいたる五六話が収められており、“Lesson I.—Story of the Bee” は、“Frank, I am going to drive my new pair of horses. Do you wish to go with me ?” という会話文で始められている。現在の中学二年生用教科書と同程度と思うのは大きな間違いで、かなりの語彙と文法力がなければ読み進めることができない。「手に取るのも厭」とはいいながら、「二二」を終わる、あるいはその半ばまででも進んだのであれば、基礎学力はこのときすでに養われていたものと見るべきだろう。

右引用文でもう一つ注意したいのは、後半、「考へて見ると」からあとで語られている「兎に角大学へ入つて」という意志決定の経緯である。文の流れからしても、この決定が兄の意向に沿うものであったこと、すくなくとも最大の関与者がこの長兄大一であったことは、疑えない。「此人が大層先生を可愛がつて、自分で仕込むやうにした」と、漱石自身からの伝聞として森田草平も書いている。

　これが又、大の肝癪持で、出来ないと、先生の頭なぞを殴つたものださうな。皮肉で、気難かし屋で、おまけに口が達者と来て居るから耐らない。先生もつく〴〵愜《かな》はないと思つて、矢張学問が出来ると、あんなに弁口も達者に成るものかと感心して居られたさうなが、余り口惜しいので、一度前から言ふことを考へて置いて、言つて〳〵、言ひまくつて、到頭言ひ負かすことが出来たさうだ。それから何でも言はなくちゃ駄目だと、大いに自信を得られたと云ふことである。

（草平「幼年と青年時代」）

とにかく何かを「言ふ」方法を自ら開発せしめ、かつ「何でも言はなくちゃ駄目だ」と悟るに至らしめたのだから、大一は偉大な教師であったと言うべきかもしれない。その兄に、「漢書や小説などを読んで文学といふものを面白く感じ」ていて、自分もやってみたいというようなことを告げたのは、数え年で「十五六歳」というから成立学舎入学前後、奥田らとの漢詩作りに夢中になっていたころなのだろう。

**文学は職業にやならない**

このとき兄は「文学は職業にやならない、アッコンプリッツシメントに過ぎないものだ」と叱ったというのだが（談話「時機が来てゐたんだ――処女作追懐談」明治四一年）、この時点で「アッコンプリッツシメント」（accomplishment、ここでは「社交上のたしなみ、才芸」といった意味）のような高度な語彙がやり取りされたことから、金之助の英語力も推して知るべきである。

ともかく成立学舎では、「唯早く、一日も早くどんな書物を見ても、それに何が書いてあるかといふことを知りたくて堪らな」いという思いから「矢鱈に読んで」勉強したものだといい、勉学の動機づけがすでに「文学」的であったとわかるが、ともかく「三年位から漸々《だん〳〵》解るやうになつて来た」（「一貫したる不勉強」）。もちろん「頭の寸法が違ふ」人であるから、その気になればたちまち上達したであろうこと、想像にかたくない。「夢中になつて勉強したから、終にはだん〳〵分る様になつて」

（「落第」）、二年後の明治一七年夏には大学予備門入学を果たすことになる。

さて、この教育的な兄、大一は、開成学校（東京大学の前身）で化学を学んでいた秀才で、父直克が警視庁で樋口一葉の父の上司であった関係から、一時は一葉その人との縁談もあったというが（仲六前掲書）、肺結核のため学校を退き、その後は陸軍総務局の翻訳部に勤務していた。すぐ上の兄直矩（和三郎）の息子、夏目孝《たかし》によれば、シーボルトとも親交があり、「まことに、あの漱石の有つ非凡な漢学と語学の教養は長兄大一に負ふところが多いのである」（孝「三田附近と漱石」昭和一二年）。

漱石自身もこの兄の追懐に『硝子戸の中』の一回（三十六）をさいている。「何処かに峻《けわ》しい相を具へてゐて、無暗に近寄れないと云つた風の逼《せま》つた心持を他《ひと》に与へた」といい、一一歳も年長なので「兄弟としての親しみよりも、大人対小供としての関係の方が、深く私の頭に浸み込んでゐる」という。

## 色男の若様、大一

ただ、学校を出たころは「四角四面で、終始堅苦しく構へてゐた」のが「何時か融《と》けて来て」夜遊びを始め、家でも直矩に相手をさせて「藤八拳」などをやり出したという。三一歳で病死するのだが、葬式も終わってから、ある芸者が訪ねてきて「兄さんは死ぬ迄、奥さんを御持ちなりやしますまいね」と問うたという逸話も『硝子戸の中』に書きとめられている。「い、え仕舞迄独身で」の答えに「それを聞いてやつと安心しました」と芸者は口にしたという。大一は「色の白い鼻筋の通つた美しい男」で、開成校では「或上級生から艶書《ふみ》を付けられた」と自ら金之助に話したことがある（『硝子戸の中』）。開成校にもちろん女はいない。

長兄 大一（大助）

「白皙長身の大一は末弟金之助を愛した」と夏目孝。「身持は堅かつたけれど、吉原へ行つても美男若様で通る大一は、ひどくサバけた人間だつた」（前掲文）と、「何時か融《と》けて来て」からの大一の遊びぶりをも伝えている。明治一七年の九月といえば金之助の大学予備門入学の月なのだが、孝によればこのころ、大一は病気療養のため金杉（現・港区芝一丁目。当時は東京湾の砂浜に近い）の、夏目家と縁のある炭商高橋家に寄留しており、この間金之助も来て、その滞留は「一年か一年半位」に及んだともいう（荒前掲書）。「『坊つちやん』の清のモデル」だと孝のいう「おます婆や」と一緒に来ていて、金之助は役所から大一に届く書類の「代訳」をすることもあった（伸六前掲書）。

高橋家から「使用人十数人と金之助を引連れて夜の雑踏へ出」ることもあったが、「色の真つ黒な金之助」は「兄貴と歩くとお供にされるから」嫌だ、とぼやいていた。「僕は大声で兄さんと呼んでも、明日行くと、また、お供さんと云つてザルを持つて来やアがる」（孝前掲文）。塩原の家では「笑ひ顔の可愛い子」とちやほやされていた金之助も、いかんせん色黒の短軀、しかも顔にはあばたと来ては（前章参照）、「美男若様」の弟とは見てもらえなかったらしい。

ともかく維新前は名主で羽振りをきかせた家の跡取りであれば、「若様」と呼ばれてもおかしくない。その夏目には「道楽者」の血が流れているともいわれ、直克の父、直基《なおもと》は「一代に身上を傾け悉したという猛者。雑司ヶ谷鬼子母神の茗荷屋で、酒の上で頓死をした」と伝わり（小宮前掲書）、「玄《げん》関様《かさま》」と呼ばれたその馬場下の家も「兄哥《あにき》らが道楽者でさん〴〵にかつて家なんかは人手に渡して仕舞つた」と漱石（「僕の昔」）。

## 英作文「兄の死」

「一番上の兄だつて道楽者の素質《たち》は十分有《も》つてゐた、僕かね、僕だつてうんとあるのさ」という次第で、学者肌の二人も決して遊び嫌いではなかった。が、金之助の道楽は、早くからの寄席通いなどには大いに発揮されたが、兄たちのような「芸者買やら吉原通ひ」の方面には発展した形跡がない。「何分兄等が揃つて遊び好きだから自然と僕も落語や講釈なんぞが好きになつて仕舞つたのだ」といい、「小供の時分」すでに「東京中の講釈の寄席は大抵聞きに廻」る（「僕の昔」）という域に達していた。

漢学や英語ばかりでなく、遊びも教えてくれた長兄、大一。「おやじが死んでも悲しくも何ともない」とうそぶいた実父直克に代わる「父」的な存在があったとすれば、この人をおいてはない。明治一七年一月には家督相続して夏目家戸主ともなり（荒前掲書）、法的にも「父」の位置につく。金之助を「可愛がる余り、自分は病身で妻帯する気もないから、先生を準養子に家督を譲りたいと言つて居」たが、「これは阿父さんが不承知であつた」（草平前掲文）。

二〇年には死の床につき、主として金之助が、屛風のかげで書を読みながら看病に当たった（同前）。三月、大一はついに逝くのだが、このときの思いを綴った英作文“The Death of my Brother”

（兄の死）は、二年後の二二年二月、すでに英文科に進学していた金之助が「英語会」で朗読したもので、約六〇〇語、三段落からなり、構成といい、表現といい、まことに聡明な仕上がりである。小学校時代すでに「づばぬけて甘《うま》かつた」という「作文」の才が、漢詩の多作と英語の修練を経ることで、早くも秀麗な開花を見ているとさえいえそうだ。段落ごとにかいつまんで、拙訳をまじえながら紹介しておく。

（第一段）「何にもまして私を悲しく感じさせる記憶があるとすれば、それは兄の死だ」と書き出し、兄は“really handsome”（実に美男）というべき容貌に恵まれていた、とその容姿の描写に行を費やすことから始める。“his image（and it is such a handsom image!）”（兄の面影〔そしてそれはかくも美しい面影！〕）のように“image”の語を反復的に用い、兄のこの美しい“image”こそ、今も自分を堕落や悪習から引き戻してくれる貴重な存在だとする。

（第二段）病床の兄に私が付き添うことは兄にとっても慰めとなったこと、病苦をやわらげようと愛読書を読んであげるなどしたことを書く。死相の兄の微笑みも、私には天使の微笑のごとく“serene and lovely”（静穏で愛らしい）ものに見えた。「おれが死んだら、おれのためと思って体に気をつけろ」と兄は言い、私は悲しみに息が詰まった。結局、最期の言葉となった“be studious”（勉強するんだぞ）の一言、これを私は兄の遺贈として保有している。

（第三段）去る一月の墓参の記憶を綴る。墓前に跪いて祈った私は、小児のように泣き出した。「摂理の前に人命ははかない。だが、いま私が兄を夢みるように、兄も私を夢みているのかもしれない。The pathos of love is mutual and affection is coexistent（愛の力は相互的で情愛は共在する）」。そう思うとたまらず「兄さん、この苦い涙を受けてくれ」と叫び、墓地から駆け出ていった。

大一が教えながら、末弟の頭脳に驚いていたことはおそらく間違いない。ひょっとすると、こいつは大きなことのできる人間ではないか。自分にはもはや与えられていない未来がこの弟にはある。だから金、おれの代わりと思って、それを悔いなく伸ばしてくれ……。兄の遺志をそのようなものとして金之助は受けとめた。その感懐の遺憾ない表現がここにある。

## 8　美しい伛

**図抜けた偉物**

余命の長くない大一と金杉の高橋家で過ごし、役所から届く書類の代訳をすることもあったのは大学予備門入学後の明治一七、八年のこと。金之助の「我儘が一層ひどくなつて来た」と「モデルと語る記」が特定する時期でもあった。

「明日家へ友達を二三人連れて行くから、牛肉を何斤と葱を何束、飯は櫃で一つ、香の物はどんぶりで幾個、それだけの者を整へて午後の三時をきつかけに一家を明け渡せ。下女も婆やも誰も残つてゐることを許さない」というような申し渡しを一方的に行い、養父母はまたそれを聞き入れる。言われたとおりに外出して、帰ってみれば「食べ殻がそこらぢう散らか」って「畳の上は狼藉をきはめ」る「呆れ」た状態。

それでもかつは「金ちゃんは塩原の殿様だから」と受け入れ、昌之助も「苦笑する外なかつた」。『道草』では「酷薄」とされた養父のこの忍耐は、しかし、この頃ではどうやら新しい要因に支えられていたらしい。


「金ちゃんは我儘も我儘だが、何しろ図抜けた偉物だ。追ひ附けどんな立派な学者になるかも知れない。」

さう云ふ賞め言葉の四方から起りだして来たのも、その時分からであつた。

塩原夫婦はほく〳〵もので喜んだ。

夏目の父親の胸には、内々塩原へ呉れなければよかつたと云ふ様な、そんな残念に《ママ》心持の起りかけて来たのもその頃であつた。

（「『道草』のモデルと語る記」）


どちらからも「突き返されて、両方の間をまご〳〵してゐた」子が、今やどちらからもおいでおいでをされている。大学予備門に入った時点で将来への期待は膨まずにいなかったであろうが、なんとその中でも「図抜けた偉物だ」という。「追ひ附けどんな立派な学者にな」って稼いでくれることか……、ほくほく顔で「我儘」を許したとしても不思議ではない。

## 塩原家の吸引力

ただ、この「図抜けた偉物」とまでの評判は、次節で見るとおり、おそらく二年ほどして金之助が首席に立つようになってからのことで、入学当初は遊びがすぎて落第するほどであった。そうはいっても大学予備門。一般庶民からは「図抜けた」高みに違いない。「酷薄」な養父も顔色を変えた。地位を築いた三十男に金をせびりに来る老養父という『道草』の物語的な骨子は、このころすでに種が撒かれていたのである。

ところで、この変化以前の、両家の間を「まご〳〵してゐた」ころの心理について、『道草』の語りが「同時に海のものも食ひ、時には山のものにも手を出した」（九十一）という、不明瞭ともいえる隠喩表現に蔽われていたことをさきに見たが、この「手を出した」に、実をいうと一般読者が想到しないであろう深い意味を読む向きもある。

すなわち、「山」こと塩原の「もの」のうち、金之助を最も強く惹き寄せたのは、かつの娘、れんにほかならなかった――つまり「昌之助にとってのれんは、金之助を実家から引き戻すための美しい囮だった」――というのが石川悌二（前掲書、傍点原文）の仮説である。「手を出した」とは実はこの「囮」にであり、実はそれこそが金之助の塩原を好んだことの最大の要因であった、と。手出しとまでは行かなかったにもせよ、それに近い心の動きこそが金之助を塩原に引き寄せていた、という可能性は否定しきれない。

翻って『道草』に目をやると、留守中に島田が来たことを妻が健三に報告する場面で、「娘の所で」という島田の言葉から、妻が「大方あの御縫さんて人の宅《うち》なんでせう」と妙にこだわるくだりがあるが、それも、この「御縫」ことれんの容色を聞き知っているからにほかならない。御縫の面影を健三はこう想起する。

御縫さんは又すらりとした恰好のいい女で、顔は面長の色白といふ出来であつた。ことに美くしいのは睫毛の多い切長の其眼のやうに思はれた。(二十二)

「御縫さんて人はよつぽど容色《きりやう》が好《い》いんですか」「だつて貴夫《あなた》の御嫁にするつて話があつたんださうぢやありませんか」と妻は絡み(二十二)、ついには「貴夫何うして其御縫さんて人を御貰ひにならなかつたの」とまで突っ込む。「丸で問題にやならない。そんな料簡は島田にあつた丈なんだから」と弁明に追い込まれた健三は、実は自分でなく兄(季兄直矩を指す)の方に嫁がせる考えもかつにはあった、と記憶をたどる。「一体御縫さんは何方《どつち》へ行きたかつたんでせう」「そんな事が判明《わか》るもんか」……(二十三)。

平岡に嫁したれん

「モデルと語る記」のかつは、そのいずれに「嫁せたい」という企みについても真っ向から否定し、『道草』のほのめかしは「真紅な嘘で、まつたく金之助の作ですよ」としている。これを信ずるなら、かつの思惑は、夏目家側または巷で勝手に発生した憶測の類にすぎないわけだ。そうした憶測や噂の舞い上がらずにはいないほどに「美くしい」人であった、ということか。

石川悌二が遺族から聞き取ったところによれば、「れんは浮世絵風の非常な美人で、ある大手の茶舗がれんの写真を商品の引札（ポスター）に使って評判を高めた」。二〇代に入ってからの金之助の密かな恋情の対象もこの日根野れん以外ではない、というのが石川の「確信」である（前掲書、傍点原文）。

このれんは結局、石川の調査によれば平岡周造という名の軍人の妻となる。『道草』ではこれが柴野という名で、「肩の張つた色の黒い人であつたが、眼鼻立からいふと寧ろ立派な部類に属すべき男に違なかつた」とされる（二十二）。『彼岸過迄』で須永と千代子の間に入る好青年、高木を思わせないでもない描き方である。またこの「平岡」が『それから』での恋敵の名に用いられるところに、石川は漱石の固執を嗅ぎとり、平岡周造への金之助の意識は生やさしいものではなかったとの推論に及んでもいる（前掲書）。『道草』の筆致は微妙で、深入りを拒むふうでもあるが、自分のものになってもいい女を横から来た男に奪われた、という意識が金之助のどこかに残存した可能性は否定しきれないだろう。

## 9 落第から首席へ

勉強なんかしなかった

金之助の「図抜けた偉物」ぶりは決して誤報ではなく、『第一高等中学校一覧』（大学予備門は明治一九年四月に「第一高等中学校」に改称）の「生徒姓名」中「予科第二級

（英）一之組」の首席には、明治二〇年一月から二三年七月の卒業まで「塩原金之助」の名がつねにあった（小宮前掲書）。ただ問題はそれ以前の二年間。すでに幾度か引いてきた談話「落第」で強調される漱石の「落第」物語の種の撒かれた期間である。

「何とか彼《か》んとかして予備門に入るには入つたが、惰《なま》けてゐるのは甚だ好きで少しも勉強なんかしなかつた」と漱石はそこで、兄の遺言も忘れ果てたような口ぶりで語っている。「同じ級《くらす》」に芳賀矢一など勉強家のグループはあったが、「彼方《むかう》でも僕等の様な怠け者の連中は駄目な奴等と軽蔑して居たらうと思ふが、此方《こつち》でも亦試験の点許《ばか》り取りたがつて居る様な連中は共に談ずるに足らずと観じて、僕等は唯遊んで居るのを豪《えら》いことの如く思つて怠けて居たものである」と。

　生来「アバレ者」の運動好きで、「器械体操など、群を抜いて旨かった」（松本亦太郎前掲文、小宮前掲書）。暑中休暇には友人「O」と毎日、そのころ両国に設けられた大学の水泳場に泳ぎに行ったという話が『硝子戸の中』（九）に出ているが、「O」こと太田達人の回想もこれを裏書きしており、金之助は「毎日のやうに早稲田からてく〳〵歩いて来て」彼を誘ったという。ただ泳ぎに関しては「夏目君はから初心者」で、遠泳の競技にも「出場するにはしたが、途中でへばつてしま」った。ともあれスポーツには意欲的で、「短艇《ボート》」に「乗馬会」、さらには「講道館」も、彼は「何でも遣りよつたから、少しは通つたらう」。

　そのころ一ツ橋にあった大学内の「草ぼう〳〵の野原」で、「ベースボール」の仲間に入れられることもあった。

或時夏目が球を受取り損ねて、睾丸《きんたま》に当つたものと見え、頻りに「痛い、痛い！」と云つてゐたが、明くる日から学校を休んで出て来ない。さては球が睾丸に当つたせゐだなと心配してゐたが、よく聞いて見ると、その前からお汁粉を飲み過ぎて盲腸炎になつたのでした。（太田前掲文）

しかしながら、『満韓ところ〴〵』によると、金之助が「盲腸炎に罹つた」のは予備門入学直後のことであったから、ここで太田がいうのは、落第の一因をなした「腹膜炎」のことかもしれない。ただ病因を「お汁粉」に帰すことでは『満韓ところ〴〵』も一致している次第で、そこでの回想によれば、橋本左五郎と下宿していた極楽水の寺の門前に汁粉屋が毎晩来て団扇を「ぱた〳〵と鳴ら」す。その音を聞くと、「どうしても汁粉を食はずにはゐられなかつた。従つて、余は此汁粉屋の爺《おやぢ》の為に盲腸炎にされたと同然である」（十三）。酒はいける口でない金之助は甘党の方で、「お汁粉」には目がなかった。

## 落第が薬になる

塩原家での「狼藉」に近い悪戯は、教室でも行われた。冬には「ストーブ攻」といって、教室のストーブに薪をいっぱいくべて「ストーブが真赤になると共に」先生の真面目な顔が「矢張りストーブの如く真赤になるのを見て、クス〳〵笑つて喜んで居た」り、黒板に向いて一生懸命説明している先生の背中にチョークで「怪しげな字や絵を描いたり」、授業前に教室を真っ暗にして先生を驚かしたり、「そんなこと許りして嬉しがつて居た」（「落第」）。

それにしても、のちに首席を通す人の「落第」には驚かされるが、これに絡むのがすでにふれた

「腹膜炎」である。予備門は五年制で、予科を三級から始めて一級で終え、それから本科に進むことになっていたが、その二級であった明治一九年七月、腹膜炎を患って試験が受けられなくなったのである。追試験を願ったものの、当時学校は合併のことなどでゴタゴタしていたこともあって「教務係の人は少しも取合つて呉れない」。

そこで考えたのは、こうなったのは「第一に自分に信用がないからだ」、「信用を得るには何うしても勉強する必要がある」、「今迄の様にウツカリして居ては駄目だから、寧《いつ》そ初めからやり直した方がいゝ」ということで、友人が止めるのも聞かず「自分から落第して再び二級を繰り返すことにした」のだという。

それまでの成績は、第一学期（一七年一二月）「百十六人中二十二番」、第二学期（一八年三月）「二十七番」（荒前掲書）と決して下位ではなかったのだから、友人が止めるのももっともであったが、ともかくあえて選んだこの落第が「非常に薬になつた」というのが、談話「落第」の主たるメッセージとなっている。もしあのとき落第せず「唯誤魔化して許り通つて来たら今頃は何んな者になつて居たか知れない」と。

真面目に勉強し直したおかげで、それまでうまくできなかったところも、やれるようになっていった。たとえばすでに得意であったはずの英語でも、元来「訥弁」の「性《たち》」のため、教室で訳す際「分つて居乍らそれを云ふことが出来ない」という難点があったのだが、これも決心して「拙くても構はずどしどし云ふ様にすると」、今まで言えなかったことも「ずん〴〵云ふことが出来る」ようになってしまった。予備門入試でも手こずった数学などはどうかというに、このときの猛勉強以降、非常にできるようになり、ある日親睦会での「誰は何科に行くだろう」というような投票で「理科へ行く者として投票された位であつた」という。

# 第三章　文科大学の偉物「狂にくみせん」

## 1　居移気説

**次兄の死と銀側時計**

明治一九年七月、半ば意志的に「落第」した金之助が、その後の発奮により「二十七番」から首席に躍り出るのが明治二〇年一月。その背中を押した長兄大一が世を去るのがその二か月後のことで、さらにその三か月後の六月には、電信中央局の技手を務めていた次兄、直則を同じ肺結核で喪うことになる。

やはり早すぎる死であったが、それを悼むような文章を漱石は残していない。『道草』には、遊び人のこの兄の生前の言葉が遺族に感情的な齟齬を置き土産とする結果となったことへの、恨みめいた記述があるのみだ。この兄が平生から「両蓋の銀側時計」を見せて「是を今に御前に遣らう」と口癖のようにいっており、死んだ時にも妻がその通りにすると明言した。にもかかわらず、そのとき質に入っていたため受け出しに数日かかり、出てきた時には義兄比田（高田）から季兄（直矩）に、健三には何の断りもなく渡された、という経緯である。

「腹の中で甚しい侮辱を受けたやうな心持がした」ものの、権利の主張も説明を求めることもしなかった。「たゞ無言のうちに愛想を尽かし」、そのことが「彼等に取つて一番非道《ひど》い刑罰に違なからうと判断した」。「貴夫《あなた》も随分執念深いわね」と妻に言われるが、「事実は事実だよ。よし事実に棒を引いたつて、感情を打ち殺す訳には行かないからね」と、こうした感情が永久に消えないことを強調する（百）。

ともかく「両蓋の銀側時計」をもらった直矩が、七月には夏目の家督を相続した。金之助に継がせたいとの大一の遺志もあったので、一応打診したが、「こんな家の跡を取るのは嫌だと断」ったという（荒前掲書）。

## 塩原への「一札」

その金之助は九月ごろに急性トラホームに罹患したこともあって夏目家へ呼び戻され、家から通学するようになっていたが、夏目家から塩原家へ、金之助の籍を夏目へ戻すことの交渉が行われたのもこのころからと思われる。翌二一年一月には妥結し、二八日付で復籍。その際、塩原の要求に応じ、金之助は次のような「一札」をしたためるが、それこそが、十数年後の塩原昌之助によって、金之助から金をせびり取る材料に使われることになる（『道草』九十五）。

今般私義《ママ》貴家御離縁に相成、因て養育料として金弐百四拾円実父より御受取之上、私本姓に復し申候。就ては互に不実不人情に相成らざる様致度存候也。（荒前掲書に拠り、句読点を補った）

このようにして金之助は、二〇歳を過ぎるころまで、姓を変え、また住居と同居人をたびたび変えた。このこともまた作家漱石の誕生に大きく関与したはずで、夏目に復籍した翌年、二二年六月に彼が高等中学校に提出した漢文による作文「居移気説」（居は気を移すの説）は、まさにそのような観点からわが半生を振り返るものとなっている。

### 性情は外物に左右される

「居は気を移す」とは『孟子』にある言葉で、「趣味の遺伝」（一、明治三九年）や『虞美人草』（六、明治四〇年）でも用いられることになる、金之助お気に入りの警句である。「蓋し人の性情は、境遇に従いて変ず。故に境遇一転して性情も亦た自ら変ず。是れ居は気を移す所以也《なる》歟《か》」と前置いて、次のように自らの半生を概括する。

まず浅草にいること四年にして「鄙吝の徒と為らんと」したが、やがてこれを去って「都西」高田の馬場で「蕭然」と「書を読み詩を賦し、悠然と物我を忘」れることができた。が、その境もこの学校に入り「校課に役役《えきえき》たり、実学に汲汲たり」となることで失われた次第で、このように自分の「性情」も「三遷」した。かくも「外物」に左右されるとは「定めて嘆く可き」こと。「山中の賊を去らしむるは易く、心中の賊を去らしむるは難し」と王陽明は言ったが、まことに「心、虚霊不昧」の境地に至って後「人始めて尊し」である……。

環境が人の「性情」を変化させるという摂理のこの軽妙な表現には、十数年後の英国で醸成される《暗示がFを推移させる》という金之助独自の哲学の基盤というか、それを可能にした聡い着眼を読むことができるが、その詳細は第六章に譲らねばならない。

## 2 生徒にして私塾教師

**江東義塾に是公と住み込む**

明治一九年の「落第」の秋から、金之助は仲のよかった柴野（のち中村）是公と二人組で「江東義塾」という私塾に住み込み、月給五円、食費二円で毎日午後に二時間ほど英語や幾何を教えるという新しい生活を開始した（「一貫したる不勉強」）。それまで住んでいた夏目の家も出て稼ぎ始めたわけだが、その背景には、「落第」後の心機一転ということのほかに、高齢の父直克の警視庁警視属退職という経済事情もあっただろう。

明治四二年一月から新聞連載された『永日小品』の一篇「変化」は、このころの是公との生活ぶりを描いたもので、それによると「二人は三畳敷の二階に机を並べ」「肩と肩を喰つ附ける程窮屈な姿勢で下調をし」「朝起きると、両国橋を渡つて、一つ橋の予備門に通学した」（「予備門」はすでに「第一高等中学校」に改称していたが）。月々の会計としては「二人は二人の月給を机の上にごちや〳〵に攪きぜて、其の内から二十五銭の〔高等中学校の〕月謝と、二円の食料と、それから湯銭若干《そくばく》を引いて、あまる金を懐に入れて、蕎麦や汁粉や寿司を食ひ廻つて歩」き、「共同財産が尽きると二人とも全く出なくなつた」。

この相棒、是公はのちに満鉄総裁となって漱石を満州に呼ぶ人で、『永日小品』で新聞に登場した数か月後に、同様に新聞連載された『満韓ところ〴〵』に再登場することにもなるのだが、この人物の個性がふわりと立ち上がるところに小品「変化」の味わいがある。たとえば彼が「端艇《ボート》競争のチヤンピヨンになつて勝つた時」、賞金で書籍を買って教授に記念の辞を書き入れてもらうことになっていたのだが、是公は気前よく、おれはいらないから「何でも貴様の好なものを買つてやる」といって、「アーノルドの論文と沙翁のハムレットを買つて呉れた」。

この時「始めてハムレットと云ふものを読ん」だが「些《ち》つとも分らなかつた」というのがこの挿話の落ちのようになっているのだが、実感だったにもせよ、あえてそれに言及するところに、つい二年前の、『文学論』の「序」で英文学に「裏切られたる心地す」とあえて書いていた漱石の面目を見ることができる。実際には、このころの金之助がいかなる英文学も楽しめなかったかといえば、そんなことはないのであって、現にこの話の直前には、ある日是公が「貴様の読んでゐる西洋の小説には美人が出て来るか」と尋ねるので、「自分はうん出て来ると答へた」が、それが「何の小説で、どんな美人が出て来た」のかは覚えていないともある。口ぶりからして、「西洋の小説」の一定数をすでに英語で読み込んでいたと見るのが妥当だろう。

### トラホームを患い　夏目家へ戻る

さて、この年が明けて明治二〇年になると、三月に長兄大一を、六月に次兄直則を相継いで喪うという不幸に見舞われる。直則死去後に銀側時計の遺贈をめぐる行き違いがあり、続いて夏目家の跡を取るかとの打診を断った経緯はすでに見たところだが、経済的にはすでに自立していたという事情も、この身の振り方に関与したかもしれない。

その結果、七月には直矩が家督相続の届け出をし、そのころ金之助は是公を含む数人の友人らと江ノ島に遊び、続いて御殿場に一泊後、富士登頂を敢行した（荒前掲書）。九月には進級して高等中学校予科一級となったが、このころ急性トラホームを患い、病因として「江東義塾」での不潔な生活が考えられたため、夏目家に呼び戻され、そこから通学する生活に戻った。

その夏目家では、家督を継いだ直矩がこの九月に朝倉ふじと最初の結婚をしたものの、一二月には離婚する。金之助はまだ塩原籍であったが、このころから年末にかけて、夏目家から塩原家に対し籍を夏目に戻すことの交渉が持ちかけられ、翌二一年一月二八日、ついに復籍が成立して例の「不実不人情に相成らざる様」云々一札が交わされた。直矩はこの年四月に水田登世と再婚するが、金之助と同い年のこの登世とも三年後には死別することになる。

## 3　「真性変物」米山保三郎

『心』のKのモデルか

このような金之助の高等中学校時代、中村是公以外で特に親しかった友といえば、まずはのちに俳人子規となる正岡常規《つねのり》が知られており、ついで『吾輩は猫である』でも言及を受ける「天然居士」曾呂崎こと米山保三郎《やすさぶろう》があるが、実はこの米山と子規とは、金之助と子規が親しくなるより二年以上前に、知的な交流を開始していた。

その交わりは、明治一九年の秋に米山がふらりと子規の下宿を訪ねたことに端を発するという。この時まで子規の知る米山は、たんに数学のできる者でしかなかったが、やがて談話が「数学上の最高等なる部分」に及んだことに「余は一驚を喫し」、「話が数理より哲理にうつ」ったことに「二驚を喫した」。さらにはスペンサーの『哲学原論』など「哲学書の幾分」をすでに読んでいることに「三驚を喫し」、あげくに米山が自分より二歳若いと知って「四驚を喫した」という（「悟り」『筆任せ』第二編、明治二三年）。

この日の驚愕から間もなく、子規は友人の菊池謙二郎に「君、実に豪い男が我々の級にゐるよ。（中略）将来哲学を専攻するさうだが、あんな男がゐてはとても競争は出来ない」と洩らしたという（菊池「予備門時代の子規」『子規全集』別巻三）。「競争は出来ない」とは思いながら、子規も哲学に食いついた。二年後の二二年一月から付き合い始めた金之助も「僕などより早熟でいやに哲学などを振り廻すものだから僕などは恐れを為してゐた」（談話「正岡子規」）と怯えるほどで、実際、それから一年半後、二三年秋の大学入学に際して子規は米山とともに哲学科に進んでいる。

哲学科一五人に
英 文 科 一 人

とはいっても、この年の哲学科はこの二人を含む九名の新入生を迎えて在籍者総数一五名（全学科中最大）に及ぶという繁盛ぶり。これに対して英文科は金之助ただ一人、それも前年度はゼロという不人気であった（大久保純一郎『漱石とその思想』昭和四九年）。

哲学の隆盛という当時の文科大学を包んでいた空気は、漱石後年の小説『心』（大正三年四〜八月。

「こゝろ」の表記は単行本（九月）の背文字と本文のはじめにある表記に起因するもので、必ずしも正しくない）にも映されていて、主人公「先生」の親友として登場するKは「宗教とか哲学とかいふ六づかしい問題で」先生を困らせるし（下、十九）、学生の「私」も「現代の思想問題に就いて、よく私（先生）に議論を向け」ていた（下、二）。

この二人に対して「先生」は、専攻は不明ながら、哲学より文学に近い人のようにも見え、そのことは、この人物に漱石その人を重ねて見る当時の読者の傾向に、多少関与したはずである。とりわけ昵懇の弟子たちにこの傾向は強かったが、Kについてたとえば森田草平は「Kといふやうな友人も、あんな関係は別として、先生の物故した友人の中にあつたと聞いてゐる」と書き（『夏目漱石』昭和一七年）、小宮豊隆も「あるいは多少この米山の面影を伝えているものではないか」としている（前掲書）。『心』執筆時点ですでに「物故」していた「友人」にKの面影を求めるとすれば、米山以外にはまず見あたらない。

「シユエデンボルグが何うだとか斯うだとか云つて、無学な私（先生）を驚か」すK（下、二十七）に、先生は何をしても「及ばないといふ自覚」があった。ただ「事理を弁へてゐる」といった、常識的な穏健さにおいては優越感をもっており（二十四）、窮境にあるKを救うべく、彼を自分と同じ下宿に入れる。下宿の奥さんの反対を押し切っての断行であり、そこに悲劇の端緒があったともいえるのだが、ともかく投宿したKは、御嬢さんから「火鉢に火があるか」と問われて「ない」と答え、では「持つて来よう」には「要らない」、「寒くはないか」には「寒いけれども要らないんだ」とのみ返答してあとは無言という変人ぶり。「取り付き把のない人」だと奥さんも笑う（二十五）。

### 空間を研究し、鼻汁を垂らす

米山保三郎は、金沢藩の武家で数学者として知られた熊三郎の子で、早くから数学に秀で、金之助や子規より二歳年少ながら俊秀の誉れ高く、哲学科へ進んで将来を嘱望されながら、大学院で「空間論」を研究中の明治三〇年、金之助もかつてわずらった「腹膜炎」にあえなく命を取られた。「文科大学あつてより文科大学閉づるまでまたとあるまじき大怪物」「蟄龍未だ雲雨を起さずして逝く」と金之助もその死を悼むことになる（六月八日斎藤阿具宛書簡）。つとに鎌倉円覚寺に参禅し、今北洪川管長から「天然居士」の号を与えられてもいた次第で、『吾輩は猫である』（三、四、六）での名「曾呂崎」は虚構ながら、「天然居士」は事実であった。

「天然居士は空間を研究し、論語を読み、焼芋を食ひ、鼻汁《はな》を垂らす人である」とはそこで苦沙弥先生が着手する追憶の書き出しだが（三）、これらはすべて米山を正しく伝えるものという。後年、第一高等学校長ともなる狩野亨吉は二三年九月には哲学科三年となる先輩で、新入の金之助や米山らを含む「紀元会」と称するグループを組織して交流を深めた人だが、この狩野によれば、「米山の頭脳は実に良かつたが、二重人格か三重人格か、一面には何とも分けの分からぬところがあつた」。「何しろ大学生で鼻汁を平気で垂らし」「平生は無口で、ろくろく物をいはない」。かと思うと人のところへ来て「滔々と談じて、夜を徹する」ことなどもある。「朝起きると、論語を懐へねじ込んで厠に行つて」そのまま一時間も読んでいるらしかった（森銑三「天然居士の墓」昭和一四年。『月夜車』〔昭和一八年〕所収）。

「自分でまた世界第一といふ意気組を持つてゐて頗る変つた男」で、「奇人であるが研究すべき奇人であつた」。そこで死後「友人達が話して、彼の伝記を夏目君が書き、その遺稿は自分が見ることになつてゐたが、伝記は出来ずに終」った（狩野亨吉「漱石と自分」昭和一〇年）。苦沙弥の起筆は、このいまだ果たされていない「伝記」への申し訳という意味を帯びていたにちがいない。

## 建築より文学の方が生命がある

ともかくこの「奇人」がある日「滔々と談じ」た説諭が、金之助の生涯を左右することになる。すなわち高等中学校の予科二級（第二学年）であった明治二一年九月、一級（第三学年）に進むに際して専門を絞ることを求められたのだが、「落第」後の猛勉強で数学にも自信をつけた金之助が二部（工科）の「建築科」とフランス語を選ぼうとしていた時、これを制止し、「文学」に向かわせたのが米山だというのである。

「文学は職業にやならない」と大一兄に諭されたという昔語りを前章に見たが、同じ談話で漱石はこう続けていた。「自分は何か趣味を持った職業」に就きたいが、それが同時に「何か世間に必要なものでなければならぬ」。なぜなら「困つたことに自分はどうも変物である」と、「当時変物の意義はよく知らな」いながらに自らそう任じていたから。つまり、たとえば当時、変人として知られていた佐々木東洋や井上達也のような医者は、「世間から必要とせられて」いるから変人で通すことができる、自分もそれで行けばよい、というわけである。ただ「医者は嫌ひ」だ。そこで思案するうちに思い当たったのが「建築」であったと。

そんな考えでいたところへ、「常に宇宙がどうの、人生がどうのと大きなことばかり言つて居る」

米山が、ふらりと現れる。

ある日此男が訪ねて来て、例の如く色々哲学者の名前を聞かされた揚句の果に君は何になると尋ねるから実はかう〳〵だと話すと、彼は一も二もなくそれを斥けてしまつた。其時かれは日本でどんなに腕を揮つたつて、セント、ポールズの大寺院のやうな建築を天下後世に残すことは出来ないぢやないかとか何とか言つて、盛んなる大議論を吐いた。そしてそれよりもまだ文学の方が生命があると言つた。

（「時機が来てゐたんだ――処女作追懐談」明治四一年）

「文学ならば勉強次第で幾百年幾千年の後に伝へる可き大作が出来るぢやないか」というのである（「落第」）。米山の説は「何だか空々漠々とはしてゐるが、大きい事は大きいに違ない。衣食問題などは丸で眼中に置いてゐない」。敬服した金之助は「成程又さうでもあると、其晩即席に自説を撤回して、又文学者になることに一決した。随分呑気なものである」（「時機が来てゐたんだ」）。

かつて兄に諭された時に意識していた「文学」は漢文学であったが、この時は、「国文や漢文なら別に研究する必要もない」から「英文学を専攻することにした」（「落第」）。しかもこの意志は「外国語でえらい文学上の述作をやつて西洋人を驚かせやうといふ希望」にまで膨らんでいった（「時機が来てゐたんだ」）。振り返れば「随分突飛なことを考へて居た」（「落第」）ということにもなるが、実際このとき金之助が英文学を選ばなければ、文豪漱石は、すくなくとも今ある形では実現しなかった。

## 同性社会的感情の優位？

年少ながらこうしてむしろ上位に立ち、「変物」の度においてはるかに金之助を凌駕した米山は、もちろん『心』のＫとは似ていない面もあって、完全なモデルというわけではない。ただ、『心』の「先生の遺書」末尾近くで前面に出てくる、「私は仕舞にＫが私のやうにたつた一人で淋しくつて仕方がなくなつた結果、急に所決したのではなからうかと疑ひ出しました」（下、五十三）云々の語りには、妻よりむしろ亡友に自らを重ねてゆく心理が露呈しているが、そこに漱石自身の経験がまったく反映しないとは考えにくい。それが仮に米山でないとしても、若き日の特定の友人の記憶が用いられた可能性は否定できない。

この傾向への着眼は、結局「先生」に自死への引き金を引かせたのが、明治天皇の死に続いた乃木希典大将の自決であったこととも相まって、同性社会的《ホモソーシャル》な感情の優位という漱石文学総体を蔽う微妙な問題を呼び込むだろう。さらにこの感情は、『心』の導入部で学生の「私」の先生への感情について、先生が、それは「恋」と同じだ、「異性と抱き合う順序として、まづ同性の私の所へ動いて来たのです」と断ずる（十三）ことなどとも絡んで、同性愛的な主題という問題群を喚起することにもなる。

これらの傾向が漱石に皆無とはいえないとしたら、その素地を培った一因子として、男ばかりの下宿や寄宿舎で多くの時間を費やした青少年期を考えなくてはならない。森鷗外『ヰタ・セクスアリス』（明治四二年）などから窺われるとおり、すくなくとも明治前期までは、そうした生活空間での同性愛にはほとんど公然たるものがあった。それが後期には禁忌の色を帯びてきた次第だが、米山と同い年の大町桂月がこう書いたのは明治四〇年、漱石が『虞美人草』を書いた年である。

東洋の男色、西洋のソドミー。これが肉体的であれば、断じて許されないけれども、これを精神的にするならば、十分に女性に代用するに足るものである。〔中略〕しかし今の世において、真の友情はすたれてしまつた。友人といつても、まつたく赤の他人のやうなものだ。これでは青年も、心中の寂しさに耐へられなくなつて仕舞ふ。ついに断念して、交りを男性に求めず、女性に求めるに至るのである。これすべて、真の友情がすたれてしまつたためなのだ。

（『青年と煩悶』明治四〇年、『桂月全集』第九巻）

### 至極常識 円満な夏目君

それが「肉体的」なところに及んだ形跡は見られないけれども、桂月が「真の友情」と呼ぶところの、明治後期にはすたれてしまった関係を、金之助は何人かの青年との間にもったといえるだろう。その一人に米山保三郎がいたことは明らかで、彼との関係の心地よさには、「困つたことに自分はどうも変物である」という意識をもっていた金之助にとって、米山の途方もない「奇人」ぶりが、ある種の救いとして働いたという側面があったとはいえそうだ。「大分懇意にして居た」（「落第」）二人に接する周囲の者の目にも、どちらがより「変物」かは明瞭であった。たとえば大学の寄宿舎で金之助と同室だった斎藤阿具によれば、

明治25年の金之助（左）と米山保三郎（右）

> 夏目君の学生時代は、至極常識円満な人だつたやうに思ふ。後のやうに圭角のある人ではなかつた。而うして非常に親切な人だつた。同窓の米山君なだ《ママ》と異つて、決して一方のみ偏した天才風の人ではなかつたと覚へてゐる。（「学生時代」大正六年）

「一方のみ偏した天才風」のKに対して「至極常識円満」な先生という、『心』の二人に呼応する印象だが、ただその金之助も「後のやうに圭角のある人」云々と、終始一貫「常識円満」だったわけではないことが示唆されている。

「夏目君は一体気品高く、温情に満ち、常識に富んだ人で、学生時代は後年と違つて晴やかで、角がなく、さばけてゐた」と斎藤は同じ見方を繰り返し書いており（「漱石の『猫』とその家」昭和九年）、後に目立ってきた「圭角」の印象も強かったことが偲ばれるが、それはもちろん本人も生来の「強情」「片意地」「我儘」を意識し、「変物」を自任する人間であったのだから、そう驚くに当たらない。むしろこの、「気品高く、温情に満ち、常識に富んだ人」として自己形成しえた学窓における和合の世界の方こそ、金之助の生育史からすれば例外的だったのかもしれない。

## 4　子規、絶倒す

### 何でも大将になる男

『心』のころすでに「物故」していた友人というなら、正岡子規にも指を屈しなければならないわけだが、金之助と子規との間柄は、「先生」とKというよりむしろ『三四郎』の小川三四郎と佐々木与次郎との関係に似ていたといわれる。同い年ながら「何でも大将にならなけりや承知しない」男で「まあ子分のやうに人を扱ふのだなあ」。「すれつからし」の面もある男で、金之助は「或部分は万事が弟扱ひだつた」という（「正岡子規」）。

明治一七年の大学予備門入学以来、特に接触もなかった二人が急に交遊するようになったのは二二年一月のことで、たまたま寄席の話をしたことがきっかけという。「大に寄席通を以て任じて居る」子規が、金之助を同好の士と知って「それから大に近寄つて来た」（同前）。三四郎を寄席に引っ張り込んで「小さんは天才である」などと落語論をぶつあたりの与次郎（『三四郎』三）には、子規の影を見てよいのだろう。

前章に見た金之助の英作文 "The Death of my Brother"（兄の死）は子規との交遊が始まって一月とたたない二月五日、大学英文科の「英語会」で朗読したものであったが、子規が『筆まかせ』第三編「第一高等中学校英語会」に載せたプログラムによると、この会で金之助の朗読は三番目で、実は一番が子規の "Self-reliance" であった。子規には「政治家的のアムビシヨンがあつ」て「頻りに演説などをもやつた」（『正岡子規』）という活動の一環か。ともかく英語に関して金之助の助けを借りた気配が濃厚である。

## 兄の如きは千万人に一人

授業には出ず、試験前には金之助のノートに依存することの多かった子規だが、実は独自に日本文学、とりわけ俳諧の研鑽を進めていた。だから「弟」分の金之助に対しては「頻りに僕に発句を作れと強ふる」こともあり（同前）、彼の英語での傑出は認めながら、「西に長ずる者は、概ね東に短なれば」と、「和漢の学」の方面では高をくっていた（『木屑録』評。原文は漢文）。その子規をして一転「吾が兄の天稟の才を知れり」「吾が兄の如き者は、千万人に一人のみ」（『木屑録』末尾に付した評）とまで驚倒せしめたのが、金之助の紀行文『木屑録』（明治二二年九月）である。

これはもともと子規個人に宛てた私信の形をとった文章であり、それを誘発したのが、前年の夏から この年の春にかけて制作された子規の文集『七艸集』（〝Nanakusa-Shu〟と子規自身表記）であった。漢文、漢詩、短歌、発句（俳句）、謡曲、和漢混淆文、雅文の七種の文をまとめて五月一日に完成させ、友人に回覧したもので、これを読んだ金之助はまずそれへの批評として五月中に「『七艸集』跋」を書き、ついでその夏『木屑録』を書き上げた。

ところでこの五月、子規と金之助のその後の軌跡から振り返る場合、きわめて大きな意味をもつ月となってくる。まず九日、子規が喀血し、肺結核と診断される。一三日、金之助は米山保三郎、龍口了信とともに常盤会寄宿舎（旧松山藩子弟のための寮）に子規を見舞う。その帰途、担当医のところへ立ち寄って「委曲質問」などして帰宅。それから子規宛てに手紙を書くのだが、残存する漱石書簡中最も古いこの手紙は、書簡集の巻頭を飾るにふさわしい、感動的なものとなった。

**生は人間の唯一の目的**

あんな「不注意不親切なる医師は断然廃し」て別の医院への入院を勧めることから始め、「生あれば死あるは古来の定則」とはいえ「喜生悲死も亦自然の情」なのだから云々の議論めいた数行が続く。ついで「小は御母堂の為め大にしては国家の為め自愛せられん事」を、「平生の客気を一掃して御分別」をと、ほとんど切々たる情愛の言葉で友を励ます。

その結びに"to live is the sole end of man!"（生きることは人間の唯一の目的だ）という英語が置かれているのだが、これは、先行する「生あれば死あるは」云々の、おそらく見舞いの際の子規の発言に対する反論の、いわば駄目押しである。金之助としては、それが「定則」だからといって「生」を諦めるべきではないと論ずる必要から、「御母堂の為め」とか「国家の為め」とかの理由も繰り出した模様だ。

ところで、この手紙の末尾には次の二句が添えられていた。

帰ろふと泣かずに笑へ時鳥

聞かふとて誰も待たぬに時鳥

子規が「頻りに僕に発句を作れと強」いたのはこれ以前からのことだろうから、最初の作句というわけではないとしても、この二句が、知られるかぎりで最も古い漱石の俳句である。そしてそれを誘発したのもやはり子規の作で、喀血以来四、五〇も作った句を見舞いに来た金之助らに見せて、もう学業をやめて帰郷するなどと弱音を吐いた（坪内稔典『俳人漱石』平成一五年）。たとえば「卯の花をめがけてきたか時鳥」「卯の花の散るまで鳴くか子規《ほととぎす》」のような句で、自ら子規と号する機縁となったものとされる。

「時鳥」「子規」また「不如帰」とも書かれるホトトギスは、鳴くとき赤い喉が見えるので古来「啼いて血を吐く」といわれ、喀血ないし肺結核の隠喩ともなった。また「卯の花」には卯年生まれの子規自身が重ねられている（坪内前掲書）。金之助の上記二句はこれらを「発句」として受けての、連歌でいう「付句《つけく》」の意味を帯びた作ともいえる。血を吐いて「帰るに如《し》かず」と泣くのか、正岡よ「泣かずに笑へ」、君の泣く声など「誰も待たぬ」のだから、と。

ところで、金之助の右の二句、俳人たちの間での評価は芳しいとはいえない。理に落ちた「月並調」であって、すくなくともその後の子規が「発句」を「俳句」と呼び換えて芸術化したその理想からは遠い、ということになる。ただそこには、「帰るに如かず」のような故事を踏まえることや、「啼く」に「泣く」を重ね、またそれを「笑う」に反転することなどの諧謔が読まれるわけで、やがて開花する俳人漱石の世界を予告しているとの評価も可能だろう。

ともかくこのようにして五月も下旬となり、二五日には子規の『七艸集』を評する「跋」を書き上げた金之助は、その末尾に「辱知　漱石妄評」と署名した。「漱石」の号はこれに始まるとされるが、それは子規が小学校以来用いてきた一五〇にも及ぶ雅号の一つに重なるともいう（子規「雅号」『筆任せ』第二編）。

### 明治漢文の最高作

「居移気説」が書かれたのもこの時期で、提出の日付が六月三日。ともかくこの夏、病める子規が松山で静養している間、金之助は大いに活動的であった。七月下旬に病後の兄直矩とともに興津に静養旅行し、その紀行を漢文に著して八月三日付で子規に書き送り（「東海道興津紀行」として『漱石全集』収録）、七日からは同窓生四人とともに房総半島を旅行して三〇日にようやく帰京した。この旅行の紀行を主体とした文集『木屑録』が子規を唸らせてしまうわけだが、実はそれに先だって、巻中の一篇となる下記の漢詩を書き付けた葉書を金之助は送っており、これに子規は「一読して殆ど絶倒す」（「木屑録」『筆まかせ』第一編）という衝撃を受けていた。

鹹気射顔顔欲黄　　鹹気《かんき》　顔を射て　顔　黄ならんと欲す
醜容対鏡易悲傷　　醜容　鏡に対すれば悲傷し易し
馬齢今日廿三歳　　馬齢　今日　廿三歳
始被佳人呼我郎　　始めて佳人に我が郎と呼ばる

「佳人に我が郎と呼ばる」云々は、その前の手紙で子規が戯れに自分を「妾」、相手を「郎君」と呼んだのを受けたもので、軽妙な作のようでもあるが、子規によれば「意は則ち諧謔なるも、詩は則ち唐調にして、吾が兄、此の境を独擅し、吾輩の門戸を窺うを許さず」(『木屑録』評)という絶品であった。

さて、上記を含む一四篇の漢詩とその前後の漢文からなるこの『木屑録』に驚倒したのは子規ばかりではない。専門的な学者の評価も同様で、高島俊男がそこに「江戸時代式の訓練」の跡を見ていることは前章に見たが、その高みからは『七艸集』の漢文など、「甚だまづい」と金之助も貶したとおり、およそ足下にも及ばないという(高島前掲書)。

吉川幸次郎もまた「日本人離れのした正確な漢語の措辞と、強烈な描写の意想が、写し難き景を、目前に在るがごとくに、写している」として、「後年の大散文家としての技倆とつらなるばかりでなく、明治に書かれた漢文としてもっともすぐれたものの一つ」とまで推奨する(『漱石詩注』「序」昭和四二年)。漱石の詩に感動する中国人も少なくないなかで「特に『木屑録』を激賞していた」留学生のいたことを書きとめてもいる(『続人間詩話』昭和三六年)。

### 漢詩に擬人法を持ちこむ

『木屑録』がこれほどの賞讃を集める要因として、まず漢詩の「唐調」に達成された「独擅」の「境」があったわけだが、驚くべきはそればかりでない。たとえば吉川のいう「強烈な描写の意想」がどのように現出しているかを、子規は具体例をもって解析している。すなわち小湊の誕生寺(『心』(八十四)で、先生とKも訪れることになる)に向かって舟を出し、岸を距てて数丁のところで「一大危礁」に当たるという場面の、「濤勢の蜿蜿として、延長して来たれる者、礁に遭いて激怒し、之を攫み去らんと欲して能はず、乃ち躍りて之を超え」と続く一節であり、その衝撃を子規はこう語った。

濤勢云ゝの数句は英語に所謂 personification〔擬人法〕なるものにて　波を人の如くいひなし　怒といひ攫といひ躍といふ　是の如きつゞけて是等の語を用ゐしは恐らく漢文に未だなかるべく　漱石も恐らく気がつかざりしならん、されど漱石固より英語に長ずるを以て知らず〳〵こゝに至りしのみ実に一見して波濤激礁の状を思はしむ。

（「木屑録」『筆まかせ』第一編）

高島俊男も、この「ちからのあふれる描写」はたしかに「擬人法」であって「支那文にはない手法」だとし、子規の「漱石は英語ができるからこういう表現を思いついたのだ」とする批評も「さえている」と認める（前掲書）。実際、これに類した擬人法なら、四年後の論考「英国詩人の天地山川に対する観念」（二六年三〜六月）に引かれる英詩のいくつかにも含まれているもので、『木屑録』に浮上したこの表現は、金之助の英文学への参入がすでにかなり進んでいたことをも、同時に示している。和漢文の世界にのみ生息してきた者には切り開きえなかった「前人未だ道破せ」ざる領野が、「英語に長ずる」者の参入を待って初めて出現した、その歴史的事件に立ち会っていることに子規は興奮を抑えきれないようだ。この事件の出来《しゅったい》は、もちろん「英学者」金之助にすでに蓄えられていた漢文の技倆と相まってこそのものであった。

作家として登場して後も、漱石は日本語の文章の趣味として「漢文的」なものへの愛好を隠さなかった。「日本の柔らかい文章より好きだ」「所謂和文といふものは余り好かぬ」（「予の愛読書」明治三九年）等の発言があるが、それでも『木屑録』に前後するこの時期、金之助は「日本の柔らかい文章」で書くことも試みなかったわけではない。高等中学校提出物として残っている「対月有感」（明治二二年）、「山路観楓」（同年一一月）、「故人到」（二三年二月）、「母の慈 西詩意訳」「二人の武士 西詩意訳」（以上同年五月）などがそれで、これらもなかなかの美文ではあるのだが。

## 5　奇人マードックに食らいつく

### 私宅迄押し懸けて話を聴く

五月の子規喀血から九月の『木屑録』に至る明治二二年の夏が、金之助のその後の歩みにとって大きな意味をもつ時期であったことを見てきたが、これに続く秋もまたそれに劣らぬ、ただ多少方向の異なる意味深さを有していた。

この九月、金之助は第一高等中学校本科二年すなわち最終年に進級するが、それを待ち受けていたのが、この年に来日し同校に着任したばかりの外国人教師、英語と歴史を教えるジェイムズ・マードックだった。このときから二〇年以上を経て金之助の博士号辞退が喧伝されるや、「それを喜ぶ旨」の手紙をよこすことになるあのマードックで、その「奇人」ぶりは、漱石自身の随想「博士問題とマードック先生と余」（明治四四年）にも窺われるが、その特異な起伏に満ちた生涯は平川祐弘の「漱石の師マードック先生」（昭和五六年）に詳しい。

その「純然たる」スコットランド訛りの英語に「同級生は悉く辟易の体」ながら、「性質が如何にも淡泊で丁寧で、立派な英国風の紳士と極端なボヘミアニズムを合併した様な特殊の人格に敬服して」いたから、苦情をいう者はなかった（漱石前掲文）。この文章に滲むマードックへの好意は、いくつかある漱石の外国人教師の回想のうち最高級と思われ、やはり金之助は「奇人」と馬が合ったのかと思わされるが、ともかくこの一年間は「毎週五六時間必ず先生の教場へ出て英語や歴史の授業を受けた許《ばかり》でなく、時々は私宅迄押し懸けて話を聴いた位親しかつたのである」（同前）。

大学の英文科第一回生の一人であった藤代素人（禎輔）は、翌二三年秋に第三回生としてただ一人入ってくることになる金之助について、「大分英語に堪能で、○○先生とは英語でばかり話してる相だとの評判」を聞いていた（藤代「夏目君の片鱗」昭和三年）。「○○」はマードック以外になく、こうして鍛えられた金之助の英語力は、二三年六月に提出した三〇枚以上に及ぶ長文レポート"Japan and England in the Sixteenth Century"（「十六世紀における日本と英国」。七月には英語雑誌『みゅーぜあむ雑誌』に掲載）に明らかで、またそこに赤字で書き込まれたマードックの添削や評価は二人の交情の跡を窺わせるものとなっている。

**推薦書一〇冊を一〇年かけて読む**

あるとき金之助が「何《ど》んな英語の本を読んだら宜からう」と問うと、マードックは「早速手近にある紙片《かみぎれ》に、一〇種程の書目を認《した》ゝめ」てくれた。そのうちの「或物」を「時を移さず」読み、「即座に手に入らなかつたものは、機会を求めて得る度に」読み、それでも手に取れなかったものは「倫敦へ行つたとき買つて」読みして、ついにその一〇書目を読破した時には、すでに一〇年を経ていた。その時からさらに一〇年を経た今日では、先生の「紙片」にそれほど重きを置いた自分が「可笑しい」気もする（前掲文）。首席を通してきた者としての自負も強かったはずの秀才にして、師へのこの全面的信頼と敬愛は、たしかに微笑ましくもある。

さて、この一〇書目が何と何であったかはつまびらかにしないが、マードックの学殖から勘案するに、文学よりは歴史や哲学の周辺が主であったろう。別の機会に読めといって貸してくれた本に、自分の師に当たるというアレクサンダー・ベインの「裏表とも表紙が千切《ちぎ》れて」いる『論理学』もあって、「先生は哲学の方の素養もあるのかと考へて、小供心に羨ましかつた」という（同前）。狭義の文学に閉塞することなく、広く世界観を築いていこうとする金之助の志向が、これらの挿話にもほの見える。

## 6 「F＋f」の萌芽とスペンサー

今の小説家にオリヂナルの思想なし

明治二二年の年頭から急速に深まった子規との間柄において、当初は弟分であった金之助が、その後は所を変えてむしろ先生格に立つことが多くなったことが、書簡の文面からは窺われる。その要因の一つに『木屑録』の衝撃があったことは間違いないが、もう一つ考えられるのが、マードックに食らいついて「英語でばかり話し」、「時々は私宅迄押し懸けて」まで学ぼうとした金之助の洋学への傾倒であり、ここで二人は道を分かちつつあったともいえそうだ。

松山に帰省して体調も改善した子規は、一二月には『常盤会雑誌』が「銀世界」の題で募集した懸賞小説に応募すべく筆を振るっていた。金之助から松山の子規に宛てた大晦日の手紙で「御前兼て御趣向の小説は已に筆を下し給ひしや」と気遣っているのはそれのことで、実際、子規は翌月すなわち二三年一月には全五篇からなる意欲的なオムニバス小説「銀世界」を完成させ、その自筆稿に金之助のほか内藤鳴雪、五百木《いおき》飄亭《ひょうてい》らに評価を書き込んでもらうことになる。

子規からの書簡が残存していないためその全貌は測りがたいのだが、大晦日の書簡の前後に展開されたらしい金之助・子規間の論争は、小説「銀世界」とそれに金之助が書き込んだ批評ともよく対応して、かなり鮮明に二人の立場の相違を浮かび上がらせている。

「兼て御趣向の小説は」とさきの書簡で水を向けた金之助は、「兎角大兄の文はなよ〳〵として婦人流の習気を脱せず」「真率の元気に乏しく」とほとんど挑発的なばかりの批判を始めている。そこから「総て文章の妙は胸中の思想を飾り気なく平たく造作なく直叙スルガ妙味」であって「章句の末に拘泥して」も人を感動させられない、と自説を導いて、そこから「今世の小説家」全般が「少しも『オリヂナル』の思想なく只文字の末のみを研鑽批評して」いる状況への批判に至ってもいる。だから文壇に立とうとするなら「首として思想を涵養せざるべからず」、文章の美などは「次の次の其次に考ふべき事」であって「Idea itself〔思想そのもの〕の価値を増減スル」ものではないのだ、と。

しかるに「御前の如く朝から晩まで書き続けにては Idea を養う余地なからん」。「小供の手習と同じこと」で、そこから「original idea」〔独創的思想〕が湧出するわけもない。だから「少しく手習をやめて余暇を以て読書に力を費し給へよ」と勧める。「手習をして生きて居る」より「knowledge〔知識〕を得て死ぬ方がましならずや」と。

**「F＋f」構想の原形**

これに続く翌二三年一月〔日付なし〕の書簡は、主文としては四方山の話題のほか、先便の「七面倒な文章論」に子規から「まじめの御弁護」があったことにふれた短いもので、横書き、英語まじりの長文の別紙がそれに付された形となっている。このほとんど論文のような長文の手紙は、要するに、「Idea」こそが文学の主体だと説いた金之助に、子規がむしろ「Rhetoric」〔修辞〕を上に置くような議論で反駁し、金之助がこれに再反論したもの、と解される。

子規書簡は残っていないので、その議論は金之助の文面から窺うしかないのだが、親友の心得ちがいを諭そうとする金之助の周到な論述は大いに示唆に富むもので、未来の二文豪がその後明らかにしてゆく文学観の基底部分を、図らずも浮上させるものとなっている。その詳細は残念ながら別稿〔「漱石・子規の共鳴と乖離」『比較文学研究』一〇三号、平成二九年掲載見込み〕に譲るほかないのだが、表面化した金之助側の文学観として注目されるのは、「凡そ文学的内容の形式は〔F＋f〕なることを要す」という『文学論』第一編第一章冒頭に開示される図式がすでにその原形を見せていることである。

すなわち子規の重んじる「Rhetoric」を金之助は決して切り捨てるわけではない。「Ideas ト Rhetoric ノ combination〔組み合わせ〕」こそが文学であるとして、その種々相を「是ヨリ mathematically

〔数学的〕ニ」お目に掛けると並べていくのであるが、そこで数学的に秩序立てられている「Ideasト Rhetoricノcombination」の考え方は、『文学論』の「F＋f」と大いに重なり合う。

> Fは焦点的印象又は観念を意味し、fはこれに附着する情緒を意味す。されば上述の公式は印象又は観念の二方面即ち認識的要素（F）と情緒的要素（f）との結合を示したるものと云ひ得べし。
>
> （『文学論』第一編第一章）

単純化していえば、この時点から十数年の研鑽を経た後、子規宛て書簡で「Ideas」と呼ばれていたものが「F」に、子規が弁護した「Rhetoric」に相当する部分が「f」にと、より周到な術語に呼び変えられていったのである。

### 子規、スペンサー『文体論』に机をうつ

ところで、『文学論』の「F＋f」図式がどのように発想されきたったかを考えるとき、一つの源泉あるいはヒントとして浮上するのが、ハーバート・スペンサーの『文体論』（*The Philosophy of Style*, 1871）である。この著作には『文学論』はもちろんその前哨をなした『英文学形式論』（明治三六年講述／大正一三年刊）にも言及があり、子規との論争の時点で既読であったかは不明ながら、いずれ読まれることは間違いないもので、とりわけ注目されるのが明治二二年の春、子規がつとにこれを読んで大いに学んだという記述（「古池の吟」『筆まかせ』第一編）である。

それによれば、芭蕉の「古池や」の句について、それまで子規はその「深意」は「我〻の窺ふべきにあらず　恰も歌人の『ほの〴〵と』に於けるが如し」云々という六、七年前に聞いた教えを信じ、「中々わからぬもの」と半ば放擲してきたという。彼をそこから飛躍せしめたのが外国人だったというのも興味深いことである。

然るに此春スペンサーの文体論《フイロソフイー、オヴ、スタイル》を読みし時minor imageを以て全体を現はす　即チ一部をあげて全体を現はし　あるはさみしくといはずして自らさみしき様に見せるのが尤詩文の妙処なりといふに至て覚えず机をうつて「古池や」の句の味を知りたるを喜べり、悟りて後に考へて見れば、格別むづかしき意味でもなく　たゞ地の閑静なる処を閑の字も静もなくして現はしたるまで也

（「古池の吟」『筆まかせ』第一編）

子規が「覚えず机をうつ」たのは、第一部第五章"Suggestion as a Means of Economy"（節約の手段としての暗示）中の一節である。同書はそもそも、いかにして「Ideas」が最小の心的エネルギーをもって把握されるべく読者の注意を"economize"（節約）するか、という意味での"economy"（経済、節約）の視座から文体を哲学したものであったが、ところでこの意味での「経済」を文学についていうなら、スペンサーはまだ知らぬであろう俳句というジャンルほど「経済」的な文学は、おそらく世界のどこにもない。同書が子規に衝撃を与えたのも自然の理であった。

そのような趣旨からすれば、この章の題の一部ともなっている“suggestion”（暗示）が同書全体のキーワードとなってくることも理解しやすいところで、“suggest”を語幹とする語の使用は、本文は一〇〇頁にも満たない小冊子の原著全頁で一七回にも上る。第一部の第四章までで語、文、文彩のそれぞれのレヴェルで「経済原理」を解析したうえで、この章でいよいよ「暗示」に切り込んでいるわけだが、子規が目をとめた“minor images”（些細な心象）への言及を含む部分をここにかいつまんで訳出しておく。

それを素材としてなんらかの大きな思想が打ち立てられるところの些細な心象を選択し配列することにも、効果を生み出す条件が認められる。描写された感情や場面や事件から、それとともに他の多くの要素を持ち込むような諸要素を選択し、そして、そのように僅かに語ることをもって多くを暗示し（suggesting many）、描写を縮約すること。これこそが生彩ある印象を生み出す秘訣である。

### キーワードは“suggestion”

子規が「覚えず机をうつ」たのもむべなるかな。これはまるで俳句の話をしているかのようではないか。俳句の存在を知らないはずの西洋人に、最もすぐれた俳句の説明をしてもらったことに、感動しないではいられなかったのだ。同書はこの点以外にも子規に多くを教えたはずで、たとえば『木屑録』激賞の文で用いていた「personification」の語も、詩人が自由に用いる文飾としてスペンサーが列挙したものの一つにほかならない。

そして金之助も、同書をおそらく早い段階に読んで血肉となし、「F＋f」的認識に至る思考の糧としたと思われるのだが、この推定の傍証の一つとなるのが、同書における〝suggest〟とその派生語の多用である。『文学論』を後半まで読み進んだ人なら知るとおり、「暗示」は同書、とくに後半の最大のキーワードにほかならないし、またその草稿としての意味をもった『ノート』は、第六章で詳説するとおり、〝suggestion〟概念を基軸とした世界観の展開として読まれる。〝suggestion〟の作用を重視するスペンサーのこの文学観が金之助を捉えなかったはずはないし、金之助の〝suggestion〟哲学に緒を就けたのが同書であったという可能性もないではないのである。

このような状況証拠から、明治二二年の春から年末までのいずれかの時点で子規と金之助とは相前後してスペンサーの『文体論』を読み、そしておそらくはこれについて話す機会ももった上で、年末年始の論争に至っているとの推定が可能になる。「些細な心象」を素材として「大きな思想」が打ち立てられるというスペンサーの文学観は、「Ideas ト Rhetoric ノ combination」つまりは「認識的要素（F）と情緒的要素（f）との結合」こそが文学だという、この時点での金之助がすでにつかんでいた哲理と十分に整合するだろう。

## 7　心といふ正体の知れぬ奴

さてもう一度、明治二三年一月の論争に戻るが、「Rhetoric」より「Idea」を、「情」より「智」を重視せよと唱える金之助の決然たる論調は、ややもすると、政治や道徳に関わる「思想」においてすでに明確な立場を固めていたかのような印象を与えるかもしれない。それが事実から遠かったことは子規の告げるところで、近ごろ高等中学校に「道徳会」を興す者がいて、自分も入会を勧められたが応じず、「嗽石《ママ》も亦異説を唱へたり」としてその言を紹介している。

### 道徳の標準を有せず

余は今、道徳の標準なる者を有せず　故に事物に付て善悪を定むること能はず、然るに今道徳会を立て道徳を矯正せんといふは、果して何を標準として是非を知るや　余が今日の挙動は其瞬間の感情によりて起る者なり　挙動の善悪も其瞬間の感情によりて定むる者也　されば昨日の標準は今日の標準にあらず

（「道徳の標準」『筆まかせ』第一編二三年）

「余の説も畧ゝこれに同じ」とする子規は、あるとき松本亦太郎に君は「所謂Skeptic〔懐疑派〕」だといわれたが、それは正鵠を射た評言であって「余は道徳の標準（絶対的の）を見出すまでは到底

総てに疑を存せざるを得ず」と書いている。この意味で子規が「Skeptic」であったなら、金之助も「畧〻これに同じ」であったはずで、これこれはかくあるべしと「絶対的」に主唱しうるような「標準」を持ち合わせていない、という自覚において彼は明晰であった。

「思想」家としてはこのように「Skeptic」にとどまりつつ、金之助は二三年七月にいよいよ第一高等中学校本科を卒業するまで、引き続きマードックに食らいついて勉学に励んだものと思われる。すでにふれた五月提出の訳詩「母の慈」と「二人の武士」、六月提出の英語による長文レポート「十六世紀における日本と英国」などがその跡である。

卒業後の夏は、来る九月の帝国大学文科大学英文学科入学を控え、文部省貸費生（推定年額八五円、荒前掲書）にも採用されていたのだから、おめでたい季節となるはずであったが、持病のトラホームの悪化で読み書きに支障を来したということもあってか、子規宛書簡は不調を託つ言葉が目立ってくる。

## 『方丈記』への関心

八月九日付けでは、眼病のため「書籍も筆硯も悉皆放抛の有様」、仕方なく「時々は庭中に出て（米山法師の如く蟬こそ捉らね）色々ないたづらを致し候」と共通の友、米山保三郎を引き合いに自嘲するなどした文章を連ねた果てに、一挙に暗転して「此頃は何となく浮世がいやになりどう考へても考へ直してもいやで〳〵立ち切れず」と苦しげな言葉を吐き始める。「去りとて自殺する程の勇気もな」く、「自ら毒薬を調合しながら口の辺まで持ち行きて遂に飲み得なんだ」というゲーテの『ファウスト』に言及して苦笑する。

これまで特に「気兼苦労」もなく「それはくのん気に月日を送」ってきながら、いま二五にもならぬ若さで「既に息竭《つ》」いているとは恥ずかしながら、「これもmisanthropic〔人間嫌い〕病なれば是非もなし」と続ける。さらに人生は二つの無限にはさまれた一点にすぎないとか、眠りで終わらされるものだとかいった趣意の英文を引用してから、そんなことは先刻承知だが、そう感じられないところが「情なし」として、『方丈記』の一節に飛ぶ。

知らず、生れ死ぬる人何方《いずかた》より来りて何かたへか去る。又しらず、仮の宿誰が為めに心を悩まし何によりてか目を悦ばしむると。長明の悟りの言は記臆すれど悟りの実は迹方なし

（句読点を補った）

この『方丈記』全文を金之助が英訳し、文科大学教授ジェイムズ・メイン・ディクソンの講演“Chomei and Wordsworth: A Literary Parallel”の資料に供するのは、このときから一年半後の二五年二月で、その稿が『日本アジア協会会報』に掲載されるのは二六年のことになる。このようにして学者夏目金之助が頭角を現してゆくのだが、二三年八月のこの手紙は、この時点ですでに金之助が『方丈記』の思想に強い関心をもっていたことを示している。とすれば、ディクソンの依頼によるものとされてきたこの訳業（小宮豊隆「解説」『漱石全集』昭和一〇年）が、金之助自身の発案であった可能性も小さくないのだろう。

### 煩悩の焔、慾海の波

ともあれ、「生れ死ぬる人何方《いずかた》より来りて何かたへか去る」かの問いは、自らの英訳において“Whence do we come ? Whither do we tend ?”と処理されて終わることなく、その後も金之助の耳にこだましたらしい。“Were we born, we must die. — Whence we come, whither we tend ?”（生まれたからには死なねばならぬ。何方より来りて何かたへか去る）と一一年後の「断片一三」（明治三四年）になお金之助は書いている。そして、そのようなことは「知らず」という「長明の悟り」を、知解はしても「実」にならないというのが、この時の、そしておそらくは一一年後も実質的に変わらない金之助の嘆きであった。

> 是も心といふ正体の知れぬ奴が五尺の身に蟄居する故と思へば悪《にく》らしく、皮肉の間に潜むや骨髄の中に隠るゝやと色々詮索すれども今に手がかりしれず。只煩悩の焔熾《さかん》にして甘露の法雨待てども来らず、慾海の波険にして何日彼岸に達すべしとも思はれず　（句読点を補った）

「あゝ正岡君、生きて居ればこそ根もなき毀誉に心を労し無実の褒貶に気を揉んで」「禅坊に笑はれる」……と狂おしい文章が続く。だから死んでしまえば「君臣もなく父子もなく道徳も権利も義務もやかましい者は滅茶〳〵にて真の空々真の寂々に相成るべく夫を楽しみにながらへ居候」と手紙は自嘲気味に結ばれ、付け足しとして「かゝる世迷言申すは是が皮きり也苦い顔せずと読み給へ」とある。

「心といふ正体の知れぬ奴」をもてあまし「悪らしく」さえ思うスタンスは、明治二九年のエッセイ「人生」からそれこそ小説『心』までを貫いて漱石文学の主題となったともいえるものだろうが、それがこのころの金之助の文章にすでに浮上している。そして「心」の横暴による苦痛は死による終息を考えさせるほどであり、その横暴の実態を表現する言葉として「煩悩の焔」や「慾海の波」が目を引く。

僕狂にくみせん

この手紙の一週間ほど後に金之助は箱根方面を旅し、そこで十数首の漢詩を作ってもいるのだが、このころの苦悩を映し出すように思える作が少なくない。われ自らを「狂生」と呼んだり（「送友到元函根」其三）、「自ら仙人と称するも俗累多く」と自嘲したり（「帰途口号」其一）、またこうも詠む。

可憐一片功名念　　憐れむ可し　一片功名の念
亦被雲烟抹殺過　　亦た雲烟の被《ため》に抹殺過さる
（「帰途口号」其二）

「功名」の語は、こののち松山時代にかけて、金之助の漢詩に頻出することになるもので、このキーワードにこのころの苦悩の構成要素として「功名」への焦りのようなものもあったことを窺わせる。次便（八月末）ではこれらについて「狂人の大言を真面目に攻撃してはいけない」といなしてはいるものの、翌二四年四月になると「狂なるかな狂なるかな僕狂にくみせん」という衝撃的な書き出しの手紙を書く。そこで子規の文章を「只狂の一字を欠くが故に人をして瞠若たらしむるに足らず」と斬り捨て、金之助はさらに「嗚呼狂なる哉狂なるかな僕狂にくみせん」と呪文のように唱えだす。

　これらに見られる「狂」の字の多用、また「心といふ正体の知れぬ奴」という自らの「心」から距離をとるような表現は、この時期すでに金之助が自らの精神の変調を意識し始めていた可能性を思わせるが、それが明瞭となるのは数年先のことで、このころにはまだ顕著な徴候は認められない。ただ、時に自らを「狂人」と称しつつ、あるいはそう規定したくなるほどの「狂」おしさで「idea ヲ涵養」すべく勉学に打ち込んだとはいえるのだろう。

　さりとて、この時期の金之助が勉強ばかりして純理論的な学者への道をのみ突き進んでいたかといえば、そうでもない。すでにふれた「対月有感」以下の作品はそれこそ「なよ〳〵とし」た「日本の柔らかい文章」による習作で、たんなる学校提出物というには大いに気合いの入ったものであったし、実は小説も試作していたらしく、「僕が二十三四にかきかけた小説が十五六枚のこつて居た」が「馬鹿げてまづいもの」だから「反古にして仕舞つた」と明治二九年の森田草平宛書簡（二月一五日）にはある。俳句も多作し始め、同年八月の手紙では「小子俳道発心につき」と子規の講評を乞うてもいたのである。

# 第四章　たゞ一本の錐《きり》さへあれば

## 1　嫂の死を句にする

### 「銀杏返しに竹なは」の娘

明治一九年秋からの中村是公との共同生活では、勉強に疲れた二人が薄暮に窓障子を開け放つと、真下の家の若い娘が立っていて「折々はあゝ美しいなどと思つて、しばらく見下《みおろ》して」いるというようなこともあつた（『永日小品』「変化」）。女性の美貌に目ざとい方であったことは、その後弟子となる者たちの証言からも明らかなのだが、その金之助が子規に宛ててこう書くのは明治二四年七月一八日のことである。

ゑゝともう何か書く事はないかしら、あゝそう〳〵、昨日眼医者へいつた所が、いつか君に話した可愛らしい女の子を見たね、――〔銀〕杏返しに竹なはをかけて――天気予報なしの突然の邂逅だ

からひやつと驚いて思はず顔に紅葉を散らしたね丸で夕日に映ずる嵐山の大火の如し

この「可愛らしい女の子」については様々な憶測がなされてきたが、いずれも実証的な根拠に欠ける。突然の邂逅に「思はず顔に紅葉を散ら」す自分を意識したのだから、以前から思いを向けてきた対象であったはずだが、それがいつからのことかも探りようがない。

塩原家の例の「囮」、日根野れんならもはや「女の子」でもあるまいし、陸奥宗光の娘であったという新説（荻原雄一『漱石の初恋』平成二六年）はあまりに傍証に乏しい。またこの日から一〇日後に悪阻で死去する嫂、登世（直矩の第二の妻）への恋慕をこの「女の子」に仮託しているという江藤淳の解釈（『漱石とその時代』第一部、昭和四五年）を信じるには、かなりの飛躍を要する。

### 嫂、登世への思い

同い年の嫂と金之助との間に「恋」があったと見るのが江藤説で、江藤はさらに「濃密な情緒をともなう性的な接触」あるいは「肉体関係の発生」という形で「禁忌をのりこえた」可能性をも、この七、八月に想定している。その根拠として江藤が持ち出すものに、この八、九月の箱根滞在中の「飄然として故国を辞し」と書き起こされる漢詩があり、結びの「一夜征人の夢／無端柳枝に落つ」の「柳枝」は恋する登世を意味する隠喩で、この視座からすれば、八月三日の子規宛書簡に「向来物になられませうか」と師匠にお伺いを立てる形で並べられた「悼亡の句」も、もちろん恋人との死別の悲嘆を歌い上げたものということになる。

だが、それらの句に漂う諧謔はこの理解を妨げるだろう。たしかにその手紙では、この「不幸」にふれて「彼《か》ほどの人物は男にも中々得易からず」と、その「性情の公平正直なる」「悟道の老僧の如き見識」等々の美点を列挙してから「悼亡」の一三首を並べている。が、手紙はそれで終わるわけではなく、さらに「先日御話の句」として一七首を加え、計三〇もの句について「御批判」を仰ぐものである。

そもそもの書き出しが「小子俳道発心につき草々の御教導情人の玉章よりも嬉しく」というものであったし、その後おもむろに子規の句を「いづれも美事」と評価して自作計三〇首を並べていく格好である。手紙全体の基調が「悼亡」より「俳道」への意欲にあることは明白で、愛人の死去にうちのめされた男の文章と読むには無理がある。

ともかく、まずは「悼亡の句」からいくつか拾ってみよう。

朝貌や咲た許りの命哉

人生を廿五年に縮めけり　　（死時廿五歳）

こうろげの飛ぶや木魚の声の下

骸骨や是も美人のなれの果て　　（骨揚のとき）

聖人の生れ代りか桐の花　（其人物）　（括弧内の注記も原文どおり）

### 「滑稽趣味」の俳人

句想はむしろユーモラスで明るい。このような境地こそ俳人漱石が活路を見いだそうとしていたところなのであって、それにはやがて「我俳句仲間において俳句に滑稽趣味を発揮して成功したる者は漱石なり」（『墨汁一滴』明治三四年）という子規その人のお墨付きがつく。

嫂との間に相互の好意があったとしても、そこに性的な要因は小さかったであろうことは、「男にも中々」「悟道の老僧の如き」など男性的に見立てる表現にも示されている。また残された写真に見るかぎり、その面容が、金之助の愛好した女性の顔貌と系統を異にしているという点も指摘しうるかもしれない。弟子たちの証言などから推定されるその面ざしは、前田卓子（一九三頁参照）や大塚楠《くす》緒子《おこ》（本名久寿雄《くすお》。「なおこ」とも読まれる）の系統、また当時のブロマイド写真などが流布していた顔でいえば「洗い髪のお妻」や新橋蔦小松おゑんのタイプである（森田草平『続夏目漱石』（のち『漱石先生と私』と改題）昭和一八年）。登世をこれに加えることは難しいのではあるまいか。

書簡に戻ると、並べられた俳句の後半、「先日御話の句」の方では下記のものなどが目を引く。

馬の背で船漕ぎ出すや春の旅

見るうちは吾も仏の心かな　（蓮の花）

楠緒子

登世

おゑん

お妻

蛍狩われを小川に落しけり

雀来て障子にうごく花の影

あつ苦し昼寐の夢に蟬の声

上空から自己を見て笑う類の、のちに子規が大いに顕揚することになる「滑稽思想」がすでに躍如としていよう。「美人」登世の屍骸も見下ろして、いささか不謹慎ながら「骸骨」として笑わせてもらった、といったところではなかったか。

### 鷗外『舞姫』擁護

この長い手紙では、俳句を並べ終わったあとで、前年に出た「鷗外の作」（『舞姫』以下「ドイツ土産三部」のいずれか）をほめて子規の怒りを買ったことから、はからずも鷗外擁護の評を試みることにもなっている。鷗外作は「結構を泰西に得思想を其学問に得行文は漢文に胚胎して和俗を混交したるもの」で、これらの「諸分子相聚《あつま》る」ることで「一種沈鬱奇雅の特色」が出ているというのが、その擁護の弁。それこそ「泰西」「学問」「漢文」のいずれにも長けた「千万人に一人」の金之助がその眼力を作品の深層に届かせた、すぐれて構造的な批評であったといえる。

手紙はここから、鷗外評価でのこの対立が露見させた「君と僕の嗜好は是程違ふや」という驚きを問題にし、自分の批評も他人には「偏屈な議論」に見えるだろうから、これからは「洋書に心酔」ばかりせず「可成《なるべく》博覧をつとめ」、「日本好きの君」の忠告をいれて「邦文学研究」も進めたい、という意思表示にも及ぶ。「成童の頃は天下の一人と自ら思ひ上り」もし、「我等が洋文学の隊長とならん」との野望を抱きもしたが、先ごろからは「己れと己れの貫目が分り」、それも「思ひも拠らぬ事」と知ったから……といささか自嘲ぎみにではあるが、ともかくこのころ、「洋文学」への集中から多方面分散へと、多少なりと探求の舵を切った感がある。

## 『哲学会雑誌』編纂委員

関心の対象は「邦文学」ばかりではなく、「学問」一般とりわけ哲学方面へのそれが顕著であった。当時の文科大学での哲学科の優勢を象徴していた『哲学会雑誌』（明治二〇年創刊の月刊誌）は、金之助のこの手紙の二日後に当たる八月五日に第五四号を発行しているのだが、実はその号の巻末「記事」欄に「今般新に雑誌編纂委員を左の如く定む」として小屋（のち大塚）保治、藤代禎輔、芳賀矢一、松本亦太郎と並んで「夏目金之助」の名が出ている。「記事」欄には七月三日の例会の議決事項が列挙されており、その末尾にその記録があるので、この委員選定も同日のことであっ

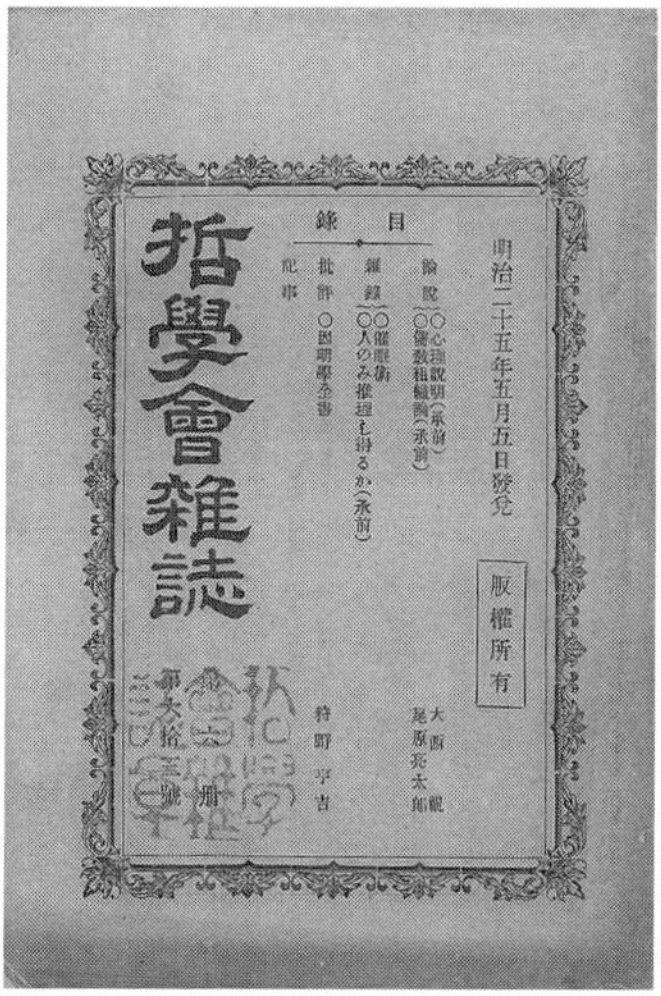


『哲学会雑誌』第63号表紙

たと思われる。
哲学会への関与も積極化したらしいこの七月、金之助は中旬に「銀杏返しに竹なは」の美少女と邂逅し、下旬には嫂に死なれてその葬儀で俳句を作った。「心といふ正体の知れぬ奴」に悩まされはしながら、根底のところでは、「洋文学」に自己限定することなく多方面に精神を開く、活発な生を生きていたように見える。

## 2　善悪二性共に天賦なり

### 「気節」論争

「道徳の標準なる者を有せ」ぬ「懐疑派」を自任する点において、明治二二年の子規と金之助は一致していたように見えるが、その後、二人のこの「懐疑」はどう推移したのだろうか。二四年一一月における二通の子規宛書簡（七日、一〇日）は、この部分における両者間の微妙な径庭を映し出すようでもある。

この年の話題の書として、『読売新聞』連載後に単行本化された『明治豪傑譚』（鈴木光次郎編）があり、子規がこれを金之助に送りつけて自前の「気節論」をぶったことが論争を呼び込んだらしい。この思いがけない送付に、「実は黙々貰ひ放しにしておかんと存じたれどかくては朋友切磋の道にあらず君が真面目に出掛たものを冷眼に看過しては済まぬ」と考え直した金之助、『漱石全集』で九頁を超える長文の論説を書き起こす。これが第一通で、二通目はそれへの子規の反応への補足説明を主とした短いものである。

「気節と申すは」、と金之助は例によって定義の確定から入る。それが「己れに一個の見識を具へて造次顛沛の際にも是を応用し其一生を貫徹する」ことであるなら、「其人の前後を通観」しなくては「全体上其人の主義と並行する」かどうかわからず、したがって「気節」の有無もわからぬ。しかるに『明治豪傑譚』に語られるのは「即座の頓智」「其場の激情」「失策話しか尋常一様の世間話し」といったものばかりで、これらは「偶《たまたま》其人が後日に盛名を博したる為〔中略〕豪傑の盛名が遡つて此失策話しを著名にしたるに過ぎず」、その人の「気節」について知らしめるようなものではない、というのが金之助の批判の第一点。

この点を具体例をもって敷衍した上で、金之助は「君若し以上の論議に不同意ならば〔中略〕総概的《エキゾースチーブ》に気節の何物たるかを説明致さん」として、「気節」の哲学的解剖に踏み込んでゆく。人間の能力は「智、情、意の三者」で、「気節」もまた「人間能力の一部」なれば、そのいずれかに属すはずだとして、ひとつ一つの場合を検証した上で、「気節」は「智に属す」もので、「大気節は人生を蔽う大見識に属す」と論定する。

## 「悪を包むの度」なかるべからず

この基本認識の共有を確認した上で、金之助は前便での子規の推論の不備をひとつ一つ指摘する形で批判していく。要するに前便で子規は「賢愚の差」で人を評価することは少いけれども「善悪の違にあつては一歩もこれを仮さず」という倫理的姿勢を顕揚した。しかしながら、金之助にいわせれば、このような部分にこそ「智に属す」はずの「気節」に「情」の能力を混入させるルーズさがある、ということになる。

「一見識を有」すると信じてきた正岡君ともあろう者が「かゝる小供だましの小冊子を以て気節の手本にせよ」とは「つや〳〵その意を得ず」と金之助は突き放し、その一方で、いつか「懐疑派」から脱したのか、子規が「脳中」に育むようになった「至善なる理想」を、それはそれとして評価する。だが、そのような「君が道徳試験に満点を得て及第する者」は断じてないとも釘を刺す。畢竟、人間界で「善は善 悪は悪と範囲を分」つことは不可能で「善の区域にあるものは生涯悪を見ず悪の領分に居るものは終身善を知らず」などということはないのだ、と。

だから、「君既に寸善を容るゝの量あらば又分悪を包むの度なかるべからず」、失礼ながら君にしても「機微の際忽然として悪念の心頭に浮びし事」絶無とはいえまい、と斬り込む。

何となれば人間は善悪二種の原素を持つて此世界に飛び出したるものなればなり。若し人性は善なりと云はば、悪と云ふ事を知るべきの道理なし。悪と云ふ事を行ふ筈なし。善悪二性共に天賦なりとせば、善を褒すると同時に不善をも憐まざるべからず。 （句読点を補った）

明快な善悪二元論を前提とするかに見える子規の「気節」論に、複眼の金之助が冷水を浴びせた形である。子規からはただちに反論があったらしく、三日後の第二通で金之助は「頑固の如くには候へども片言隻行にては如何にしても気節は見分けがたく〳〵」と再説することになる。「気節」は「己れの見識を貫き通す」ことだが、その場合「行へと命令する者」は「情」でも「意」でもなくあくまで「智」だ、「理想の標準に照し合せて見る過程《プロセス》が智の作用」なのだから、と。

**「老子の哲学」**

この論点に金之助が自信をもっていたことは、半年後の二五年六月に大学の「東洋哲学」の論文として提出された「老子の哲学」に、老子批判の拠点としてほぼ同じ趣旨が明記されていることからも知られる。「第二編　老子の修身」中「(二)　老子は凡百の行為を非とせり」の節の冒頭である。

> 学問は智なり。観察も智なり。老子既に智を破却し進んで情を破却し、併せて意思をも破却し、遂に凡百の行為を杜絶し了りぬ。
>
> (句読点を補った)

23歳ごろの子規

「気節」が人を感動させるのはその「情」や「意」の側面においてであるとしても、その内容を検討する「智」が「破却」されてよいはずはないのである。

手紙に戻ると、後段では「僕前年も厭世主義今年もまだ厭世主義なり」と心理的不調を訴えながら、それでも「此浮世にあるは説明すべからざる一道の愛気隠々として或人と我とを結び付るが為」だとしながら、この「或人の数」にも「愛気」にも「定限なく双方共に増加するの見込みあり」と付言している。この「或人」に特定の恋愛対象が意識されていた可能性がなくはないが、その数が「増加する」見込みもあるという口ぶりからすると、この時点で特定の人との交際とか強い恋着といったことはなかったのだろう。

## 3 「送籍」と「催眠術」の文藻

### 戸籍を移して徴兵忌避

少し話を先取りすることになるが、明治三八年一月の『ホトトギス』に『吾輩は猫である』第一回を載せてからの漱石は、その連載と並行して「倫敦塔」「一夜」などの短編小説をも立て続けに発表する。その『猫』の第六回で、詩人の越智東風が「私の友人の送籍と云ふ男が一夜といふ短篇をかきましたが、誰が読んでも朦朧として取り留めがつかない」などと言い出す。この「送籍」が漱石その人を指すことは自明だが、このもじりが踏まえていると見られるのが、明治二五年四月五日に手続きされた「送籍」の事実である。

すなわちこの日、夏目金之助は、北海道後志《しりべし》国岩内《いわない》郡の三井物産営業所御用商人、浅岡仁三郎方に戸籍を移して北海道平民として一戸を創設した。二六歳までと規定されていた大学生の徴兵猶予の期限ぎれ直前という時期に、父直克の配慮と三井物産関係者の好意によって実現した移籍である（荒前掲書）。この「送籍」に徴兵忌避の意味があることを重く見る論者は、金之助の「神経衰弱」が日清戦争期に特に悪化するのも「自分の身代わりのように戦死して行つた若者たちに対するすまない」という罪悪感からだという（丸谷才一「徴兵忌避者としての夏目漱石」『コロンブスの卵』昭和五四年、所収）。だが、養家の塩原側ではこの「送籍」の目的を塩原家と争いを避けるためのものと見ており（「『道草』のモデルと語る記」）、実際、『猫』の書きぶりは、「送籍」についてそれほど重く感じていた人のものとしては、いささか軽妙にすぎるだろう。

**文藻豊かな「催眠術」訳稿**

さて、前年七月に編纂委員に金之助を加えた『哲学会雑誌』が、この年の五月に『哲学雑誌』と改題して「少し世間向の材料を加へようと云ふ方針になつた」が、そのころの金之助の活躍を、同時に編纂委員に名を連ねた藤代素人（禎輔）はこう伝えている。

〔夏目〕君も編輯員の一人として雑録の原稿を担当して居たが、或時英国の催眠術師の記事を寄せた中に「豊頬細腰の人も亦行く」と云ふ文句があつて同人間の注目を惹いた。それから君は英文雑誌の受売を屑《いさぎよし》とせずして『英国詩人の天地山川に対する観念』とか云ふ題で自家の研究を発表した。君が文藻に豊かなることは、此頃既に同学間の推賞する所となつた。（「夏目君の片鱗」）

「英国の催眠術師の記事」とは、『哲学会雑誌』の改称前最終号となる第六冊第六二号（五月五日発刊。一三一頁に表紙写真）の「雑録」欄に「催眠術（「トインビー院」演説筆記）」と題して掲載された一三頁にわたる文章を指したもので、題辞の下には「Ernest Hart M. D.」（アーネスト・ハート医学博士）

と原著者名のみあって訳者名はないものの、上記藤代の証言と藤代もいう文章の華麗さから、金之助の訳業とみて間違いない。

この仕事も金之助の多方面にわたる能力を遺憾なく発揮した甚だ興味深いものだが、詳細は拙著『漱石先生の暗示《サジェスチヨン》』（平成二一年）をご参照いただくとして、ここでは、原著のキーワードの一つ、"suggestion"の語への金之助の対応ぶりに着目しておこう。

**"suggestion"を「提起法」と訳す**

「幽玄は人の常に喜ぶ所なり」と始めたかなり長い第一段落の後半、催眠術に似た古代の様々な「秘術」を紹介した部分があり、そこを金之助は「痿者を歩まし聾者を聡にし狂者を正気に復せりとか。是は方今に云ふ提起法（Suggestion）を用ひしものと察せらる」と訳している。その後半に相当する原文――"were essentially <u>methods</u> of what we should now call 'suggestion'"――と照合すると、「暗示」という訳語がまだ定着していなかった"suggestion"について、ここでは"methods"（方法）としていわれているという点も勘案してか、「提起法」の訳語をひねり出していることがわかる。括弧書きで原語を明記したところも、この語を特別視する金之助ならではの配慮と見るべきだろう。

催眠術が「暗示」抜きに成立しないことは言うまでもないが、その驚くべき作用に、おそらく子規と相前後してスペンサーの『文体論』を読んだころから、金之助の関心が注がれていた可能性については前章に瞥見した。ほんの微細な、あるかないかの「暗示」で巨大な世界さえ現出させてしまう催眠術の世界に、金之助が何らかの引き込まれ方をしていたことは明らかだ。それが自ら意識していた精神病的傾向に絡むものであったか、あるいはむしろ意識を推移させる作用としての「暗示」という、『文学論』の根底をなすことにもなる学理の探求を主とするものであったのかは微妙なところながら、ともかくもこの訳業は決してお仕着せの類ではなく、金之助自身の関心に沿うものであったと見られる。

　次号すなわち『哲学雑誌』と改称しての初号となる第六四号（同年六月）の「雑録」欄にある記事「身一つに我二つ」も、『漱石全集』未収録ながら、金之助の執筆にかかるものである可能性が大きく（大久保純一郎前掲書）、当代随一の心理学者ウィリアム・ジェイムズの『心理学原理』（*The Principles of Psychology*, 1890）の一部を紹介しつつ、催眠術によって一個人から別人格を現出させる「自我の交代」という現象について報告したものである。主題としては『哲学会雑誌』時代の記事としてすでに題名のみ見た「二重の我《ドッペル、イヒ》」「二重の意識」などに連なることが明らかで、編纂委員会の持続的志向を、またそれに沿う金之助の関心を窺うことができるだろう。

**子規と京都、松山へ**

　この年（二五年）五月に「催眠術」の訳稿を、六月には単位論文「老子の哲学」を提出した金之助は、七月からの休暇に入ると、旅などで比較的愉快な日々を過ごす。その時間のかなりの部分を共有した親友は、同月の学年試験に落第した正岡子規であった。八日からは二人で京都の旅館「柊屋」（現存）に二泊して、比叡山に登るなどの物見遊山、このときに記憶された情景は一五年後の小品「京に着ける夕」（明治四〇年）に見事によみがえる。

　やがて金之助は松山へ帰省する子規を大阪で見送り、ひとり岡山へ向かって次兄栄之助（直則）に先立たれた妻小勝の実家、片岡家を訪れ、ここに一か月近く滞在して、岡山各地の見物などに時を過ごした。松山へ戻った子規は河東碧梧桐や、まだ中学生の高浜虚子らと句会を催すなどしていたが、八月に入って一〇日には金之助も汽船で松山へ向かい、彼らに合流する格好となる。端正な学帽姿の金之助が、正岡家で「松山鮓《まつやまずし》」と呼ばれる五目ずしをご馳走になる様を虚子は懐かしく回想している。

何事も放胆的であるやうに見えた子規居士と反対に、極めてつゝましやかに紳士的な態度をとつてゐた漱石氏の模様が昨日の出来事の如くはつきりと眼に残つてゐる。漱石氏は洋服の膝を正しく折つて静座して、松山鮓の皿を取り上げて一粒もこぼさぬやうに礼儀正しくそれを食べるのであつた。

（『漱石氏と私』大正七年）

金之助はこうして子規・虚子を含む松山の俳人たちとの親交を深め、句境も深めてゆく。当時の文壇は、大学予備門で机を並べた尾崎紅葉の名声がうなぎ登りであったが、子規同様、金之助も紅葉一派の文学を買わなかった。「なあに己《おれ》だつてあれ位のものはすぐ書けるよ」とうそぶいていたという（松岡前掲書）。「二十三四にかきかけた」小説があったとは、さきに見た森田草平宛書簡のとおりであるから、小説もこのころから意識にはあったわけである。

子規はこの年一〇月に大学を退学し、一二月に『日本』新聞に入社する。

## 4　大学院生にして嘱託教員

### ホイットマンと「幽玄」

『哲学雑誌』第六八号（二五年一〇月）の「雑録」欄に「文壇に於ける平等主義の代表者『ウォルト、ホイットマン』Walt Whitman の詩について」が夏目金之助の署名入りで掲載されたのは、「身一つに我二つ」から四か月後のことである。

「古人」崇拝などしないがゆえに「時間的に平等」であり、人種や身分による差別をしない点で「空間的に平等」だというこの「共和国の詩人」を積極的に評価してゆく評論なのだが、その書きぶりには、ほんの数か月前の「催眠術」や「身一つに我二つ」で示されていた「神秘」方面への意識の持続を読むこともできる。

「霊魂」は「常在にして滅する事な」く「只最善に向つて行くのみ」と謳い、「死」をもって「快楽の一に数」えるとも唱える以上、「mystic」（神秘主義者）にはちがいないとしても、「別に科学的の眼光あ」る人物としてのホイットマンを持ち上げる。つまりウィリアム・ジェイムズの報告例のように「科学的の眼光」をもってしてもなお「幽玄」（unknown）である場合のみを、無視しがたい「神秘」として考察するのだという。

この姿勢は、すでにふれた同年六月の論文「老子の哲学」にも貫かれている。老子の「矛盾」を容赦なく解析して「是老子の避くべからざる矛盾なり」と結ぶこの批判論は、「神秘」的な言説の論理的な撞着を、近代の「科学的の眼光」をもってひとつ一つ解析していったものにほかならなかった。

**「英国詩人の天地山川に対する観念」**

さて、「ホイットマン」から二か月ほどを経た翌二六年一月に文科大学英文学談話会で行った講演「英国詩人の天地山川に対する観念」（『哲学雑誌』三〜六月掲載）は、編纂委員の小屋、藤代のほか戸川秋骨、笹川臨風らの同学者を、さらには文科大学長外山正一をも瞠目させることになる（座談会「夏目漱石論」〔『新潮』明治四三年七月〕、大塚保治「学生時代の夏目君」大正六年）。

この記念碑的な論文には、右に見てきた「神秘」への「科学的の眼光」のほか、子規との論争に浮上していた「Rhetoric」観も折り込まれ、ここ数年の間にめぐらされた思索の集成を見ることもできる。冒頭から数頁、「自然主義」と「自然」、さらには「文学」の語義を明らかにすることから始めてゆくあたり、すでに理論派の面目躍如だが、続いて「自然主義」に先行した「巧緻派」すなわち古典主義時代の詩人を批判した部分の、「巧の一字を以て畢生の目的」として「遂には肝心の思想抔はそつち除けとなり」云々のくだりは、子規宛書簡での主張の反復を読む感さえあって、金之助の文学観における「思想」優位の基本姿勢の表明を見てとることができる。

そのような前置きから本論に移り、ポープ、アディソン、トムソン、ゴールドスミス、クーパーなどの作品や所論を概観・論評してゆくのが前半で、後半は、前記「ホイットマン」でもフランス革命の「平等論にかぶれた」詩人として冒頭に名指されていたロバート・バーンズと、彼についで「自然主義を唱道」したウィリアム・ワーズワースの二人を順次採り上げて解析と批評に頁を費やす形となっている。

「自然主義の尤も発達せるもの」としての「活動法（spiritualization）」がこの二詩人において追求されており、かつ両者間に「深浅の区別」があるというのが金之助の主張である。この「活動法」とは、「霊気」「活気」あるいはたんに「気」とも呼ばれる"spirit"を人間から「自然」へ付与することであり、その起因となるものがバーンズでは「感情的直覚」すなわち「情の一字に帰着」するのに対し、ワーズワースでは「哲学的直覚」、「智の作用に基づく」がゆえに、後者がより「深い」のだ、とする。

この論理に、金之助が子規に向けて繰り返し説いていた、「智」の「情」に対する優位が前提されていることは明らかだろう。ともかく「自然」を「活動せしむるに二方あり」としてこう概括する。

一は「バーンス」の如く外界の死物を個々別々に活動せしめ、一は凡百の死物と活物を貫くに無形の霊気を以てす。後者は玄の玄なるもの、万化と冥合し宇宙を包含して余りあり。「ウォーヅウォース」の自然主義是なり

ここで「無形の霊気」を「玄の玄」と言い換えたのもユニークだが、これは半年前の「老子の哲学」の序論部分で、老子の徹底的な相対主義の究極について書いたこの部分に照応している。

道の根本は仁の義のと云ふ様な些細な者にあらず。無状の状無物の象とて在れども無きが如く存す

れども、亡するが如く殆んど言語にては形容出来ず。玄の一字を下すことすら猶其名に拘泥せんことを恐れて、しばらく之を玄之又玄と称す。（句読点を補った）

思えばワーズワースは「老子の哲学」にも詩文を引かれていた詩人であり、その「無形の霊気」の「活動」を金之助が高く評価していたことは間違いない。

### 大学院へ進み 高等師範学校講師に

ともかくこの年（二六年）の七月に英文科ただ一人の卒業生（歴代でも二人目）として証書を受け、九月には帝国大学大学院に入学した。入学を許可された者は帝大全体で一九名。金之助の研究科目は「英国小説」（荒前掲書）。

就職の話は卒業前からあり、学習院の口が不調に終わるなどしていたが、一〇月には第一高等学校と高等師範学校から話が来た。両方にいい加減な返事をしていたところ、一高の古参教授に呼ばれて叱られてしまう。晩年の講演「私の個人主義」で回想するところでは、当時は「年の若い上に、馬鹿の肝癪持ですから、一そ双方とも断つてしまつたら好いだらうと考へて」、その手続きまで始めていたという。が、結局両校校長の話し合いで、高等師範学校英語嘱託への就任が決まった。

このとき初めて対面した高等師範学校長、嘉納治五郎が「教育者はどうなければならない」とか「非常に高いことを言ふ」のに当惑した金之助は、「その時分は馬鹿正直だつた」ので「迚《とて》も私には出来ませんと断は」った（前掲「時機が来てゐたんだ」）。これを受けて嘉納は「あなたの辞退するのを見て益《ますます》依頼し度なつた」と「旨い事」を言って丸め込むのだが、嘉納のこの言い草は、『坊っちゃん』（二）の「狸」校長に生かされ、また晩年の講演「私の個人主義」でも語られて、よく知られるところとなっている。

その「私の個人主義」の語るところでは、ともかくこうして「とう〳〵（中略）教師にされて仕舞つた」ものの、「教育者」の素因が欠乏しているという自覚は始めからあったし、職業としての「教師」に興味もなく、「教場で英語を教へる事が既に面倒」だったという。が、諧謔の混じるこうした語りのすべてを額面通りに受けとるべきではないだろう。

## 「中学改良策」

次章に見るとおり、数年後、松山・熊本で教えを受けた生徒の多くが金之助の良き教師ぶりを回想しているのだし、また大学最終年の「教育学」の論文として提出された「中学改良策」（二五年一二月）を見ると、これが質量とも「老子の哲学」に劣らぬ力作で、「教育者はどうなければならない」かがそこで真摯な考察の対象とされているからである。

傾聴に値する議論も少なくないなかで、特に金之助ならではと思わせる提案が俳句教育の推奨である。「漢文国語及び日本支那歴史は日本人の道徳を堅固にするに必要」だが、日本には「国民を代表すべきほどの文学」がないようでも、実は「或る点に於ては却つて西洋の文字よりも人間を高尚優美にする者」があるとして、「俳諧」こそは「日本只一の文字にして而も平民的の文学なれば是非共生徒をして其一班を窺はしむべし」と正面切って主張している。

ただ、教えよと言われたのはその「俳諧」ではなく英語であったから、「面倒」と思うことが多かったのも事実だろう。ともかく金之助は二六年一〇月から高等師範学校講師の定職を得、週二回の出講で月給四〇円を取る高給取りとなり、その後、国民英学会でも教え始めた（小宮前掲書）。

## 5 「何かしなければならん」と焦る

**参禅志願**

こうして教師として身を立てはしたものの、「丁度霧の中に閉じ込められた孤独の人間のやうに立ち竦んでしまつた」、と晩年の講演「私の個人主義」は語っている。「此世に生れた以上何かしなければならん」と強く思いはしながら「何をして好いか少しも見当が付かない」という状態が続いたからである。「恰も嚢《ふくろ》の中に詰められて出ることの出来ない」人のようで「たゞ一本の錐《きり》さへあれば何処か一ヶ所突き破つて見せるのだがと、焦燥《あせ》り抜」きながら、その「錐」が手に入らない「陰鬱な日を送つたのであります」。

「斯うした不安」は大学卒業時から松山・熊本を経て英国までついてきたというのが「私の個人主義」での回顧だが、明治二六年以降、数度にわたって試みられた参禅は、この「不安」克服の方途の一環であったにはちがいない。漱石の参禅といえば、小説『門』（明治四三年）に描かれた鎌倉円覚寺が想起されるが、同年の談話「色気を去れよ」によれば、最初の参禅は「明治二十六年の猫も軒端に恋する春頃」で、友人たちの影響もあって「私も色気が出て」出掛け、「趙州の無字」という公案をもらったという。その時期については、菅虎雄（「学生時代」大正六年）と大塚保治（「学生時代」同年）もそろって「夏」としているので、「春」は漱石の記憶違いかもしれず、また春・夏の二回だったという可能性も否定しきれない。

円覚寺管長、釈宗演からもらった公案も、『門』に描かれ、『ノート』にも書きとめられている「父母未生以前本来の面目」のほかに、「趙州の無字」が記憶されている以上、参禅が二回以上あったことは確実だが、実はこの円覚寺のほかに、そのころ〝南天棒〟の異名で名高かった松島瑞巌寺の中原鄧州に参禅しかけた経緯もある。すなわち二七年八月には、例年の休暇旅行として松島へ赴いた際、「南天棒の一棒を喫して年来の累を一掃せんと存候へども生来の凡骨到底見性の器にあらず」と断念した、と子規に書き送っているところを見ると（九月八日書簡）、この旅行自体、はじめから参禅が頭にあってのことにちがいなかった。

## 肺結核で伊香保温泉療養へ

これらを見渡すと、明治二六年から二八年にかけて、金之助の禅への関心には一方ならぬものがあり、実際に「見性《けんしょう》」（本来は「悟り」と同義だが、臨済宗ではその階梯の第一段階に位置づけられる）が目指されもしたことがわかる。このように数次にわたる参禅の試みには、あの米山保三郎をはじめ多くの友人を巻き込んでいた当時の流行ばかりでなく、金之助個人のこの時期の心身の不調が関与したにちがいない。二六年一〇月に一高と高等師範の両方から就職話があった際の対応にしても、その偏屈さを晩年の漱石は「馬鹿の肝癪持」だったからと回顧していたわけだが、その「馬鹿」ぶりが翌年に入ってエスカレートしたようにも見えるのである。

そのことには身体的な病気も絡んでいて、二七年二月に風邪が発端で喉を痛めて血痰を吐き、肺結核の診断を受けた。それは軽度のもので、五月には症状も消えるのだが、この間、「どうも自分は胸が悪いのぢやないかと心配だから北里柴三郎氏に診て貰ひたい」と、当時芝区愛宕町にあった北里の「伝染病研究所」へ菅虎雄に頼んで同行してもらっている。北里の診断は「一向別状はない」というもので、血痰の原因はむしろ胃潰瘍だったのではないかと菅は疑っているが（「夏目君の書簡」昭和三年）、兄二人を結核で喪っていることもあって、病がちな身体を抱えることへの金之助の不安は大きかったようだ。

七月には伊香保温泉へ療養に出かけたものの、到着したその晩に大塚保治に宛てて、迷惑でも「大兄御出被下候はば聊か不平を慰す」から「至急御出立」をと、すぐに来いというような手紙を出しており、この「切迫した文面」に精神科医、高橋正雄は精神の「何らかの異変」を読んでいる（『漱石文学が物語るもの』平成二一年）。

八月の旅行も、松島を選んだ時点で南天棒参禅が意識になかったはずはないが、それをしないまま帰京してしまうというのも奇妙な行動であるし、九月に入ると変調は著しくなる。一日に出かけた湘南の海水浴では、荒天の海に入って「快哉！」と叫んで宿屋の主人を驚かせたし、四日の子規宛書簡には精神病的な「妄想着想」の可能性もあるという（高橋前掲書）。同じころ、大学の寄宿舎を出て寄宿していた小石川の菅虎雄宅を、漢詩の書き置き（未発表）を残して行く先も告げず飛び出すという奇行もあった（荒前掲書）。

## 性悪の母親が探らせている……

「妄想」が疑えないものとなるのは、一〇月に入って、やはり菅虎雄の世話で小石川伝通院近くの法蔵院という寺に下宿してからである。このころの手紙が短いものばかりで、「塵界茫々毀誉の耳朶を撲《うつ》に堪ず〔中略〕尼僧の隣房に語るあり少々興覚申候」（一〇月六日子規宛）、「隣房に尼数人あり少しも殊勝ならず女は何時までもうるさき動物なり」（一一月一日子規宛）など「幻聴や被害妄想を思わせる表現」が見られることから、金之助にすでに「深刻な精神障害」があったと高橋は見ている（前掲書）。

この種の「幻聴や被害妄想」に突き動かされたものらしい金之助の「狂」的な言動を最も詳細に伝えるのが、鏡子夫人による『漱石の思ひ出』の第一章「松山行」の部分である。そこで語られる事件は結婚前のこととて、もちろん鏡子当人は知らず、兄の直矩らからの伝聞によって構成されているのだが、ともかくそれによれば、法蔵院に下宿していた時期もトラホームで井上眼科に通院しており、「始終その待合で落ち合ふ美しい若い女の方」の「気立てが優しく」親切なのに金之助は感心し、「あの女なら貰つてもいいと、かう思ひつめて独り決めをしてゐた」。

この「背のすらつとした細面《ほそおもて》の美しい女」が、二四年七月の子規宛書簡に書いていた「銀杏返しに竹なはをかけ」た「可愛らしい女の子」と同一かどうかは不明だが、ともかく問題は、当人より「芸者上がりの性悪の見栄坊」とされるその母親にあったという。鏡子によれば、「どうしてそれがわかつたのか」はわからないけれども、ともかく「始終お寺の尼さんなどを廻し者に使つて一挙一動をさぐらせ」、その上で「娘をやるのはいいが、そんなに欲しいんなら、頭を下げて貰ひに来るがいい」という風に伝えてくるのだという。

それで金之助も「俺も男だ」、「頭を下げて迄呉れとは言はぬ」と意地になり、それが翌年の松山行きを導いたという話もあるのだが、「松山へ行つてもまだその母親が執念深く廻し者をやつて、あとを追つかけさしたと自分では信じてゐた」という。

### 幾年かおきに暴れだす変調

また鏡子によれば、この事件の最中で「頭の変になつてゐた時でありませう」、突然実家へ帰ってきて、「私のところへ縁談の申し込みがあつたでせう」と直矩に尋ねたという。ないと答えても「私にだまつて断るなんて、親でもない、兄でもない」と「えらい剣幕」「無暗と血相かへて起《た》つたま丶、ぷいと出て行つて了つた」。不審に思った直矩が後日、法蔵院へ赴いて尼僧に尋ねると、「夏目さんの部屋の方でも見てゐるのが見附からうものなら、近頃はひどく怖い目附で睨まれたりします」と、彼女らの方こそ怯えている。

さらに後年、金之助自身が鏡子に語ったところでは、法蔵院の尼僧のうちに眼科の美女にやや似た人がいて、その人が風邪で熱を出したので、気の毒に思った金之助が解熱剤をあげた。「すると外《ほか》の尼さんたちがより〳〵に夏目の方を指して、『まだあの人のことを思つてゐるんだよ』と口さがなく」ほのめかす。それが耳に入ったので、彼女らが「探偵の役をしてゐる」との思いが強まったのだという。

こうして法蔵院にいたたまれなくなっていた金之助を菅虎雄が自宅へ引っ張っていったところ、「そこで最初に菅君を驚かすやうなことがあつた」と狩野亨吉が書いている。何があったかは「自分が語るべきでない」として明かしていないので（「漱石と自分」昭和一〇年）、今なお闇の中だが、おそらく精神障害を思わせる言動であったのだろう。

この時から五年ほど先のことになるが、英国留学から帰国して千駄木に居を構えたころ、金之助の精神の変調があって、困惑した鏡子が直矩に事情を話すと、「それでやつとわかつた。〔中略〕さうい ふ精神病があの人のうちに隠れてゐて、それが幾年おきかにあばれ出すんだね」と推論した（鏡子前掲書）。直矩ならずとも、金之助になんらかの「精神病」を想定するのは無理からぬところで、これを是認する精神科医は少なくない。彼らのうち最も周到な研究を展開している高橋正雄は、眼科の美女とその母をめぐる金之助の「被害妄想」に、前章に見た一五、六歳のころの日根野かつ・れんの母娘との関係を反復する側面があることに着目している。

金之助を塩原へ引き戻すための「美しい囮」、れんは「すらりとした恰好のいい女で、顔は面長の色白」（『道草』二十二）。「背のすらつとした細面《ほそおもて》の美しい女」という眼科の美女と「よく似たタイプ」だったし、またれんの結婚相手に金之助を意図した昌之助の思惑に反して、かつは直矩の方を考えたらしい、というような事情もあった。そこで、「縁談の申し込み」を「私にだまつて断るなんて、親でもない、兄でもない」と金之助が根拠もなく激怒したのは「かつての日根野れんとの縁談を巡る対立の記憶が、この時期、妄想という形で結実した」もの、というのが高橋の診断である（前掲書）。

## 6　円覚寺参禅と記者志望の挫折

物ヲ離レテ心ナク
心ヲ離レテ物ナシ

二七年末から二八年年頭にかけての鎌倉円覚寺参禅はこのような精神の混乱を抱えた金之助によって試みられたもので、この経験が『門』の主人公の参禅に生かされることになる。金之助同様、寒い時期に門を敲いた主人公の宗助のそこでの行動は、ほぼ金之助の実体験をなぞって語られているようである。さっそく宗演に相見して「父母未生以前本来の面目」について考えて見ろといわれる。考えあぐねたまま翌日、老師の室中に入って「たゞ一句」を吐くものの、「もつと、ぎろりとした所を持つて来なければ駄目だ」とたちまち斥けられる。「其位な事は少し学問をしたものなら誰でも云へる」と（十九の二）。

この経緯について「色気を去れよ」の語るところは異なっていて、未明に「慥か趙州の無字を公案として授か」り、その暮方に「見解を述べ」させられたものの「言下に斥けられ」、「今度は哲学式の理窟をいふと尚更駄目だと取合は」れず、「禅坊程駄々ツ子はあるまいとほと〱感じた」という。

宗助の吐いた「たゞ一句」が何であったかは明かされていないが、「少し学問をしたものなら」云々の評を受けたところを見ると、この「哲学式の理窟」の方であったかもしれない。英国留学期から書きためられた『ノート』にはこのような記述がある。

十年前円覚寺ニ上リ宗演禅師ニ謁ス禅師余ヲシテ父母未省《〔生〕》以前ヲ見セシム。次日入室見解ヲ呈シテ曰ク物ヲ離レテ心ナク心ヲ離レテ物ナシ他ニ云フベキコトアルヲ見ズト禅師冷然トシテ曰クソハ理ノ上ニテ云フコトナリ。理ヲ以テ推ス天下ノ学者皆カク云ヒ得ン更ニ玆《こ》ノ電光底ノ物ヲ拈出シ来レト
（「超脱生死」）

宗助はともかくとして、金之助がこの「物ヲ離レテ」云々を口にしたことは間違いない。この認識に彼が自信をもっていたことは、『ノート』の文脈から、また参禅二年後の明治二九年に熊本で書かれる随想「人生」の冒頭にほぼ同じ思想が述べられていることから明瞭である。

空を劃して居る之を物といひ、時に沿ふて起る之を事といふ、事物を離れて心なく、心を離れて事物なし、故に事物の変遷推移をなづけて人生といふ、

「事物」（客観）のないところに「心」（主観）は想定しえず、「心」がなければ「事物」も認知されない。両者は葉の裏表のようなもので、片方のみで存在することは不可能だ。「父母未生以前」に「心」は存在しない以上、「本来の面目」という「事物」も見ようがない……といった「哲学式の理窟」を、このとき金之助はこねたものと思われる。が、もちろんそれは禅門において期待される回答からは遠い。

### 此心から逃れ出たい

二九年のこの随想「人生」は「心」の「剣呑」さを強調して「狂気」の語も繰り出すもので、その意味では「心といふ正体の知れぬ奴」をめぐって「嗚呼狂なる哉狂なるかな僕狂にくみせん」とうめいた明治二三年子規宛書簡の認識の哲学的展開とも読める。そのように見渡すと、数次にわたるらしい参禅は、暴れる「心」に悩まされた金之助二十代の、おそらくは対症療法的な意味をもつ、一里程標であった。

『門』の宗助の参禅も「此心から逃れ出たい」というのが動機で、「其心は弱くて落付かなくつて、不安で不定で、度胸がなさ過ぎて希知《けち》に見えた」からだとされている（十七の五）。そこでは捨象されている「狂気」的な部分に二〇代の金之助が悩まされていたことは、信用に足る証言や本人の手紙の文面などからして、疑いようがない。

二七年一二月二三日（または二四日）から翌年の一月七日まで、半月にもわたった円覚寺参禅の意味は小さくなかったはずで、この間の奇遇として、後年国際的な禅学者となる鈴木大拙の知遇を得る、ということもあった。シカゴ開催の万国宗教大会で釈宗演老師が講演するというので、その英訳に取り組んでいた大拙、たまたま文科大学の「偉物」が来ていると聞き知って添削を頼み、「丹念に朱を加えてもらった」のだという（松岡『漱石・人とその文学』）。

このような関わりも手伝ってか、「住職から坊主になるやうにと切に勧告された」（中村是公「意地張りで親切　坊主になる勧告」大正五年）という話もあるが、不詳である。ともかく翌二八年一月七日で見切りをつけて下山し、金之助は東京での生活に戻った。

**英字新聞記者に応募して不採用**

帰京した金之助がその月のうちに取り組んだのは、菅虎雄から紹介のあった横浜の英字新聞 *The Japan Mail*（ジャパン・メール）の記者に応募すべく英文の論文を書くことであった。一〇枚もあったというこの力作は日本の宗教、特に禅を論じていたといい、宗演講演の内容も取り込んだ可能性も高いと思われる。その内容は大いに興味を引くところだが、残念ながら読むことはできない。一言のコメントもなく突っ返されてきた論文を、激怒した金之助が「菅虎雄の面前でズタ〳〵に引き裂いてしまつた」からである。

「いけないならいけないで、どこがどういけないと場所と理由を指摘してよこすのが礼儀であるのに、黙つて突つ返へすとは失礼だ」というのが金之助の言い分であった（小宮、松岡前掲書）。このような極度の癇癪も、精神病を疑わせる材料の一つとはなった。当時の用語でいう「神経衰弱」という大雑把な概念のうちに、金之助の異様さも放り込まれることが多かったけれども。

時あたかも日清戦争のさなか。『日本』新聞の記者となって三年目の子規は、三月には従軍記者として、病を押して海を渡る。教師はやめて文筆へ、という金之助の志向にもこのご時世と子規の去就が影響したものかどうか、ともかくそれはここで一頓挫する。

**「駄々つ児」の都落ち**

間を置かず、これまた菅虎雄から斡旋を受けたのが愛媛県尋常中学校（のちの松山中学）嘱託教員の口で、金之助はこれを受諾する。本来、外人教師のためのポストながら適任者がいないため廻ってきたものといい、校長以上の高給（月俸八〇円）を提示された。とはいえ、なにしろ遠方である。鏡子夫人の伝え聞くところでは、この決断もまた周囲を慌てふためかせた。

「東京に口がないぢやなし」と嘉納治五郎校長らがさかんに引きとめたものの、「全く滅茶苦茶駄々つ児ぶりで、手が附けられなかつたとか申すことです」（鏡子前掲書）。

文科大学の「偉物」と見られていた金之助の都落ちは、大きな疑問符を浮上させた。失恋が引き金だという噂も流れたが、一一年後、東京帝国大学講師となっていた金之助が狩野亨吉に宛てた、京都帝大教授就任を断る長い手紙に、この時「僕をして東京を去らしめた理由」が明快に記述されることになる。

世の中は下等である。人を馬鹿にしてゐる。汚い奴が他と云ふ事を顧慮せずして衆を恃《たの》み勢に乗じて失礼千万な事をしてゐる。こんな所には居りたくない。だから田舎へ行つてもつと美しく生活しやう。

（明治三九年一〇月二三日）

「是が大なる目的であつた」のだが、松山へ行けば行ったで「東京同様の不愉快な事を同程度に於て受け」、こんなことなら東京へ踏みとどまって「命がけで死ぬ迄勝負をすればよかつた」と思うに至った。だから今回も東京での闘いを続行する、という趣旨である。

# 第五章　松山・熊本の俳人教師

## 1　松山の中学教師となる

### 余り人気のよき処ではなく……

文科大学の「偉物」とまでいわれた夏目金之助が高等師範学校講師の職を辞して松山の愛媛県尋常中学校へ赴任したことは、明治二八年当時も大きな驚きをもって迎えられ、漱石伝における一つの謎とされてきた。失恋のせいだという噂も立てられたが、本人はそれを否定し、ともかく「自分は何もかも捨てる気で松山に行つたのだ」と後年、弟子たちに語っている（小宮前掲書）。

翌年三月までのこの一年足らずが漱石の〝松山時代〟で、このときの経験が後年の快作『坊っちゃん』に生かされることになる。とはいえ、その主人公「おれ」をそのまま夏目金之助と見るわけにはいかず、松山中学唯一の文学士という点では、晩年の講演「私の個人主義」で自ら語るとおり、むしろ教頭の「赤シヤツ」に近いと言わねばならない。

就職を決める前には山口の高等学校からも打診があったのだが、それを蹴って松山に決めた動機としては、この月額八〇円という高給も無関係ではなかったはずで、「小生当地に参り候目的は金をためて洋行の旅費を作る所存に有之候」（斎藤阿具宛書簡、七月二六日）という目算もあった。またそれに加えて、東京で病的なまでの惑乱を呈した精神状態の一新を図るのに、三年前には数日間滞在もしたゆかりもある、親友正岡子規の郷里の方に多少の魅力を感じたということもあったのだろう。

その松山が金之助に住みよいところであったかといえば、そうはいかなかったようだ。松山赴任のころ従軍記者として清にいた子規がやがて喀血し、五月には帰国して神戸県立病院に入院するのだが、その子規への手紙には「当地の人間随分小理窟を云ふ処のよし宿屋下宿皆ノロマの癖に不親切なるが如し」とある（二六日）。

俳人としてすでに著名だった子規は、八月に帰郷して松山の新派俳句の会「松風会」で金之助も交えて大いに句作し、一〇月には東京へ発つのだが、東京の子規に宛てた一一月の手紙では「此頃愛媛県には少々愛想が尽き申候」とさえ書く。「今迄は随分義理と思ひ辛防致し候へども只今では口さへあれば直ぐ動く積りに御座候貴君の生れ故郷ながら余り人気《じんき》のよき処ではなく候」と。

金之助のこの不興は『坊っちゃん』にもかなり生々しい表現を見ているし、実際一年で見切りをつけて熊本へ去ることになる金之助の卒業式での「告別の辞」にも、それはむき出しであった。いわく、自分の転出を「栄転」と言ってくれる人があるが、自分はそう思っていない、この学校を見棄てる理由は「生徒諸君の勉学上の態度が真摯ならざるの一事である」と（鶴本丑之介「漱石先生と松山」昭和一一年）。

### 超然脱俗にして「感化的」

この発言からすると、教師という仕事を楽しまなかったようでもあるが、教わった生徒たちの評判は悪くない。基本的に真面目で「厳粛」な授業ぶり。たとえば「知らぬ事は平然として知らんと云はれた」ので、「当時の誤摩化し上手な教師だちと比べて、吾々を敬服させた」と、後に弟子となる俳人、松根東洋城（豊次郎）。厳粛さの底には「必ず温情の満ち溢れてゐる」のを感じたという。

> 決して高圧的ではない、飽くまで感化的であった。先づ平凡に云へば先生の徳といふものであらうか、態度に一種の力のあつたことは争はれない。（「松山時代」大正六年）

授業ぶりは「机に凭れて両肘をつき、右手に鉛筆を持つて、細々と講義を進めて行かれる」ふうであったと追憶するのは、後に帝国大学医学部教授として晩年の漱石を診療し、ついには恩師を看取ることにもなる真鍋嘉一郎。「能弁とか達弁とか云ふのではないが、非常に言葉の綾に富んだ話しぶりで、誠に明快を極め、熱心で正確で」、その口吻は「自分の頭裡に刻せられて、今だにあり〳〵と残つてゐる」と（「松山時代」大正六年）。

「月俸八〇円」という、松山の中学生の目をむかせる金額が新聞報道されるなか「平然として来任せられた」夏目先生。はじめから見る目が違ったということもあるだろう、その「人格と学識との光は、直に生徒を圧服し去つて、誰一人先生を謳歌せぬ者は無い様になつた」とはやはり当時の生徒、山本信博の回想である（「松山から熊本」大正六年）。「アレは掃溜の鶴だ」とは、『坊っちゃん』で「山嵐」として描かれた数学教師、渡部政和の評言で（山本前掲文）、その渡部自身も「何《ママ》なく超然脱俗し品位高く一頭地を抜いて居られたる感」を追憶している（「『坊ちゃん』時代」大正六年）。

その「超然脱俗」ぶりは、たとえば休憩時間には運動場へ出て鉄棒につかまったり、「棚の上にひよつこり坐つて」いたりという「空前絶後の教師らしからぬ態度」にも現れていた。これに「敬服」した松根東洋城の記憶する金之助は「まづ其当時から一種の仙骨を帯びて居られた」（松根前掲文）。「山嵐」こと渡部が後に『坊っちゃん』を読んで「感服」したのは、「超然脱俗」「沈黙寡言他の言に耳を假さゞる」人のようであった金之助にして、教員連の特徴をしっかり見抜いていた「鑑識」ぶりであった（渡部前掲文）。やはり同僚であった村井俊明の目には、「親近な友人」などまるでない金之助は「他の職員達はゴロ〳〵と其処等に転つてゐる石くれ位に思つて居られたらう」と見えていたのだが（「教員室に於ける漱石君」大正六年）、実はよく見ていたのである。

村井がよく記憶する金之助の言葉としては、前後の脈絡は不明ながら、「地動説なんて余り当てになるもんでない」というのがあった（同前）。次章で詳しく見るロンドン留学期以降の『ノート』の「大要」第一行は「(1)世界ヲ如何ニ観ルベキ」と始められているのだが、この問題意識が「地動説」への懐疑をも含むほどに根底的なものであったこと、そこへ向かう意識が松山時代にすでにあったことを窺わせる。

## 「愚見数則」

このような次第で、教師としての金之助は、評判が悪かったわけではないとはいえ、文句なしの教師の鑑と讃えられたわけでもない。「真摯」一辺倒であったかといえば、そうも言い切りにくく、たとえば真鍋嘉一郎は「教員詰め所でも又教場にても俳句の書物を持つて来て読んで居られたこと」を「変に思ふた」という。教科書以外のものを教室に持ちこんではいけないという「生徒取締の規則」があることも意に介せず、生徒が黒板に英作文を書く間、「精出して俳句集を読んで居られた」（「夏目先生を憶ひ出せし折々」大正六年）。

松山時代の金之助の関心が俳句に占められていたことを示す挿話だが、それでも「夏目先生をあしく言ふ生徒は一人もなかつた」し、やがて当地の『海南新聞』に俳句の出る俳人だともわかって、真鍋の尊敬はむしろ増した（前掲文）。ただ、真鍋ら秀才はそうだとしても、「勉学上の態度が真摯ならざる」生徒諸君の方はそうもいくまい。教師連のあだ名の数々があって、「七ツ夏目の鬼瓦」と歌ったものだという。それは「鼻のあたりに痘痕があつたからだ」と鶴本丑之介（前掲文）。顔が赤黒いことも「鬼瓦」という尊号の要因をなしたかもしれないと松岡譲（「鬼瓦の夏目教官」昭和三年）。

松山での一年間、文筆家としての金之助の精力は俳句に注がれたようで、散文の仕事はほとんど残されていないのだが、そのなかで唯一の著述と見られる「愚見数則」（同中学校校友会雑誌『保恵会雑誌』への寄稿、一一月）を見ておきたい。

冒頭のリード文にいうとおり、求めに応じて仕方なく書いた、気乗りのせぬらしい文章ではあるが、

「よい先生」が中学生に向けた教訓集として、さすがの内容である。こののち展開される漱石文学の内実とも呼応しそうな、いくつかの名言を抜き出しておこう。

・狐疑する勿れ、躊躇する勿れ、驀地に進め、一度卑怯未練の癖をつくれば容易に去り難し、〔下略〕

・善人許《ばか》りと思ふ勿れ、腹の立つ事多し、悪人のみと定むる勿れ、心安き事なし。

・厭味を去れ、知らぬ事を知つたふりをしたり人の上げ足を取つたり、嘲弄したり、冷評したりするものは厭味が取れぬ故なり、人間自身のみならず、詩歌俳諧共厭味のあるものに美しきものはなし。

・妄りに人を評する勿れ、斯様な人と心中に思うて居れば夫で済むなり、〔下略〕

・馬鹿は百人寄つても馬鹿なり、〔中略〕味方の多きは、時として馬鹿なるを証明しつゝあることあり、〔下略〕

・人を屈せんと欲せば、先づ自ら屈せよ、人を殺さんと欲せば、先づ自ら死すべし、人を侮るは、自ら侮る所以なり、人を敗らんとするは、自ら敗る所以なり、〔下略〕

このほか「理想を高くせよ」に始まる一節もあって、「理想は見識より出づ、見識は学問より生ず」云々と説くあたりは、かつて子規に説いて「Idea」を「Rhetoric」の上に置くべきだとし、見識を高めるには本を読むしかないと諭した五年前の金之助の再現を見るようでもある。

## 2　俳人「愚陀仏」デビュー

### 子規と句境を高め合う

子規に宛てた五月二六日の書簡の後半には「小子近頃俳門に入らんと存候御閑暇の節は御高示を仰ぎ度候」ともあった。八月下旬に帰省した子規は、これに応えるべく、金之助が六月から住み込んで「愚陀仏庵」と名付けていた家（上野家の離れ）に転がり込み、高給取りの金之助に寄生しつつ、その一階の座敷に『海南新聞』（もと『愛媛新聞』）の編集に関わる柳原碌堂（のち極堂）らによる「松風会」の俳人仲間を呼んで、しばしば句会を開く。二階に居住する金之助ははじめはあまり参加しなかったが、やがて加わって、俳句の腕を磨いてゆく。

この二八年から二九年にかけての松山時代こそ、金之助が生涯で最も多くの句を残した時期で、九月以降は月一度ほどのペースで、三〇句、四〇句もの句稿を子規に送り、そこから採られた秀句が『日本』や『海南新聞』に掲載されてゆくことになる。金之助の俳号は「愚陀仏庵主」または「愚陀仏」で、二九年一月二九日にはじめて「漱石」と署名したが、その後は「愚陀」。「漱石」で通すのは三〇年二月以降となる。

実は子規のかの有名な句、「柿くへば鐘が鳴るなり法隆寺」は二八年の『海南新聞』一一月八日号に掲載されたものなのだが、それに先立つ九月六日には、愚陀仏のこんな句が載せられている。

鐘つけば銀杏《いちょう》散るなり建長寺

この二句に関するかぎり、金之助から子規への影響は否定できないだろう。「鐘」から「銀杏」に飛ぶことが、「柿」から「鐘」への飛躍から見れば凡庸であるとしても。

このように、金之助は子規に指導される一方であったのではなく、刺戟や批評を与えもして、両者はともどもにその句境を高めあった。句稿に書き込まれた互いの批評を読むこともできるのだが、ここでいくつか、金之助の句への子規の批評を見ておこう。たとえば、

秋雨に明日思はるゝ旅寐哉

では、傍線部に対して「初心、平凡、イヤミ」と書き込む。

山の雨案内の恨む紅葉かな

では、やはり傍線部に対して「発句にては候まじ」。

旅のたび宿に帰れば天長節

君が代や夜を長々と瀑《たき》の夢

長き夜を我のみ滝の噂《うわ》さ哉

の三句に対しては、まとめて「非俳句」（俳句にあらず）。

### 千代女の「朝顔に」は拙句

なるほど、同時期の『日本』に書き続けていた『俳諧大要』の俳句観に呼応する批評である。「思う」とか「恨む」とか言ってしまうのは主観の押しつけで「イヤミ」を生じるし、俳句の生命と子規が考える多義性、暗示力を放棄することになる。あとの三句も説明しきっている（物語を終わらせている）点で同様である。

ところで、この観点からすれば、たとえば加賀の千代女のかの有名な「朝顔に釣瓶取られてもらひ水」などはどう値踏みされるのだろうか。

いわく「趣向俗極まりて蛇足なり」「俗気多くして俳句とはいふべからず」というにべもない完全否定が『俳諧大要』には明記されている。子規のこの俳句観が金之助にも共有されていたことは、数年後の『ノート』のなかの議論で、「拙ナル句ガ後世ニ喧伝セラルコト多キ」ことの好例としてこの千代女の句が挙げられることから明瞭である（詳細は前掲拙論「漱石・子規の共鳴と乖離」参照）。

すなわち「chance」（偶然性、僥倖）を論じた冊子の、「ヨキ作ガ残リテアシキ作ガ必ズ滅スルト云フ考へ」は「善人ハ必ズ称セラレ悪人ハ必ズ悪ク云ハレル者ト思フ乳臭ノ考」と同じだと議論する部分。芸術作品の浮沈は「chance」によるところが大きいが、その要因として「popular Fノ為ナリ」云々と、第三章でふれた「F＋f」説の「F」の概念に根拠を求めていくわけである。

「F」概念の展開は次章の課題として、ここではこの年、明治二八年の作句のうち、子規が二重丸をつけるなどの高評を与えた俳句をいくつか拾っておこう。

思ふ事只一筋に乙鳥《つばめ》かな

冬の日や炬燵をすべる土佐日記

親展の状燃え上る火鉢かな

叩かれて昼の蚊を吐く木魚哉

むつかしや何も無き家の煤払《すすばらい》

最後の「むつかしや」は『海南新聞』一二月一四日掲載後、三〇年一月五日の『日本』に再掲載されることになる佳句。ユーモラスな着想という俳人漱石の面目を発揮した明るい句が並ぶが、ここで一転して同時期に並行して作られていた漢詩に目をやると、自らの不遇と苦渋を吐き出す、むしろ沈鬱な色調が支配的で、俳句の明るさと対照をなすようにも見える。

**漢詩に詠む「功名の念」**　五月二五日の子規宛書簡に書き付けられた四首では「才子群中　只だ拙を守り／小人囲裏　独り頑を持す」（無題　其二）と自らを観じ、「人間五十今半ばを過ぎ　愧《は》ずらくは　読書の為に一生を誤るを」（其三）、「駑《ど》才　恰も好し　山隈《さんわい》に臥するに／夙《つと》に功名を把って　火灰に投ず」（其四）と嘆いている。

二三年の詩に出た「一片功名の念」がまた頭をもたげたとも見られるが、それはまた翌年一月一二日のやはり子規宛書簡にこうも詠まれる。

無題
為君憂国易
作客到家難
三十巽還坎
巧名夢半残

無題
君と為《な》りて国を憂うるは易く
客と作《な》りて家に到るは難し
三十　巽《そん》にして還《ま》た坎《かん》
功名　夢半ば残す

易の八卦で「巽」は従順の、「坎」は険難の象徴とされることがあるといい、「残」は「くずれる」の意（一海知義『漱石全集』第一八巻訳注）。

金之助内部の混沌とした表現欲求が、俳句と漢詩という異なるジャンルにそれぞれの捌け口を見出し、一種の棲み分けを始めていたようでもある。ともかく無残に潰えそうで、自ら捨てたくもある「一片功名の念」は、繰り返し金之助の詩想に浮上する。

## 3　結婚して熊本へ

### 見合い写真の交換

松山中学一の高給取りであった金之助のもとには、縁談がいくつも持ちこまれた。金之助の側でも「近頃女房が貰ひたく相成候故田舎ものを一匹生擒《いけど》るつもり」（斎藤阿具宛書簡、七月二六日）という気にもなって、「貰はんか貰ふまいかと思案せし」（子規宛、五月二八日）案件もあったものの、すべて不調に終わっていた。そこへ東京の兄直矩から届けられたのが、やがて妻となる中根鏡子の見合い写真であった。

鏡子の父、中根重一《しげかず》は当時貴族院書記局長の職にあった能吏で、生家は福山藩士、ドイツ語に堪能であったため井上毅らに重用され、明治初期の多くの新法起案に関わったといわれる人物。官吏としては読書家で学者肌でもあったことから学者の婿を喜んだともいう（松岡前掲書）。その中根は牛込矢来町の現在新潮社のあるあたりに家を構えていたが、そこで隠居していた重一の父（鏡子の祖父）のところへよく碁を打ちに来る人で、たまたま直矩と同じ郵便局に勤務してた小宮山という人が、年頃、一九歳の鏡子を目にとめたことが縁談の発端という（同前）。

金之助と鏡子が取り交わした見合い写真

年末からの冬休みに上京して見合いする段取りが決まったが、それはもちろん鏡子の写真が眼がねにかなったればこそだろう。俳人仲間の柳原碌道には「嫁をとるんだ」「写真結婚だ」などと告げたが、「其の写真をお見せや」とせがまれても笑って見せなかったという（柳原「写真結婚だ」大正六年）。その一方で金之助は、一二月一八日の子規宛書簡では「写真で取極候事故当人に逢た上で若し別人なら破談にする迄の事とは兼てよりの決心」とも書いており、完全に警戒を解いたわけではない。

鏡子の側ではどうだったかといえば、こちらもまず写真には文句がなく「上品でゆつたりしてゐて、如何にもおだやかなしつかりとした顔立ちで、外《ほか》のの《ママ》をどつさり見てきた目には、殊《こと》の外《ほか》好もしく思はれました」（鏡子前掲書）。あばたと色の黒さは、もちろんこのときの鏡子は知るところでない。

嫁に行けな
ければ尼に……

同月二七日に金之助は帰京し、翌二八日には、虎ノ門の貴族院書記官長官舎の中根家（祖父らを矢来町に置いて転居ずみ）で、見合いに臨む（小宮前掲書）。席上、鏡子は「鼻の頭のあばた」（傍点原文）に気づき、給仕役を務めていた妹の時子とあとで笑い合いもしたが、金之助に「好い印象を受けた」ことはたしかだった。重一も好印象を抱き「将来必ず偉くなると云つて大変嘱望して」いたと鏡子。「官吏全盛の世の中に（中略）余りぱつとしない中学教師風情に娘をやらうといふからには、父にも余程見るところがあつたのでありませう」（鏡子前掲書）。

その金之助は、兄たちにどうだ、気に入ったかと問われて「歯並が悪くてさうしてきたないのに、それを強ひて隠さうともせず平気で居るところが大変気に入つた」と返答し、「妙なところが気に入る人だ、だから金ちゃんは変人だよ」と笑われたという（同前）。

金之助のこの回答も、さすがというべきか、なかなか味わい深いものを蔵している。鏡子の「歯並」も写真からは窺い知れぬところであったから、「あばた」を修正した写真（漱石の写真はすべてそうだが）を送った自分とお互い様だと笑いたい気分もあったのだろう。またそれに付随して、「きたない」部分を隠さない鏡子の真率さに本気で推服した可能性も考えてよかろう。

というのも、「きたない」かどうかはともかく、とかく女（特に美女）は表に出さない何かを隠し持っていて、それをいつ繰り出して男を翻弄するかわからないという認識は、こののち漱石の小説に繰り返し表現される重要なモチーフの一つとなる。『三四郎』の美禰子や『心』の御嬢さんらの人物造型に凝縮的な表現を見るこの女性観が、失恋の疑われる松山行き以前の精神乱調期を経たこのときの金之助に、すでに確固たる根を下ろしていたとしても不思議はないからである。

それはともかく実物の鏡子は、「別人」だったから「破談」にする、という気を金之助に起こさせはしなかったようである。ただ重一からは、結婚はなるべく東京に職を見つけてからにしてほしいとの希望が伝えられ、これに金之助は「さうお誂へ通りに行くかどうかは分からないが、しかし現在よりもう少しどうにかなった上で」云々の回答を与えておく。ところが、松山に戻って三月に入ると、熊本の第五高等学校にいた菅虎雄から教授（月俸一〇〇円）として来ないかとの打診。金之助はその応諾を決めてから、重一に次のような趣旨の手紙を送付する。

「行く以上は少なくとも一年以上は熊本に居なければならない。しかし若し熊本の様な知らない土地に、当人が如何しても来るのが厭だと云ふ様だつたら、やむを得ないから破談にしてくれても仕方がない」云々（小宮前掲書）。

鏡子を「気に入つた」とはいえ、その思いは、熊本行きを蹴っても是非とも、というほどのものではなかったと推論するしかない。が、重一の側では「今更破談にするなど」思いもよらず、「一生熊本で暮す訳でもあるまい」と高をくくって、娘を熊本へやる手はずに取りかかる。鏡子自身はといえば、「もしあなたのところへお嫁に来られなかったら、わたしは尼になって巡礼に出るつもりだった」と結婚後に金之助に言った（同前）というから、相当なお熱ではあったらしい。

## 鷗外も来た根岸の句会

さて、この冬休みの上京の第一の目的は見合いであったが、もう一つの楽しみに、正月の三日に根岸の子規庵で催される句会に参加することがあった。内藤鳴雪、高浜虚子、五百木飄亭、河東碧梧桐らのほか、森鷗外の参加もあり、ここではじめて金之助は鷗外に対面する。

二回目の運座では皆が「干網《ほしあみ》」の題で詠んで選句したのだが、その鷗外と、子規、鳴雪の三票を集めたのが、金之助のこの句だった（坪内稔典前掲書）。

干網《ほしあみ》に立つ陽炎《かげろう》の腥《なまぐさ》き

松山へ戻って、残りの学期を勤め上げた金之助は、三月三〇日の卒業式で例の苦言を含む挨拶をかましてから、四月九日の告別式で正式に退職し、翌一〇日に松山を発った。博多・久留米を見物してから、一三日に熊本の池田駅（現・上熊本）に到着し、駅に出迎えた菅虎雄の家に投宿し、一四日には出校して教授に就任し（このときは「嘱託」だが、七月に正教授に昇任）、同日より講義を開始する。

その後、半月ほどは菅家に寄宿し、やがて熊本市中心部に近い光琳寺（現在はない）の裏手にあった、離れもあって家賃八円という立派な借家を見つけた。五月上旬にそこへ移って鏡子を迎える支度を始め、東京の中根家へ結納を届ける。鏡子の記憶では「帯代として三十五円」（鏡子前掲書）。

六月四日、母や妹、夏目家の人々に送られ、新橋駅を出た鏡子と重一は、汽車と汽船を乗り継いで四日後の八日に熊本到着。翌九日に、この借家の六畳の離れで、二人は結婚式を挙げる。挙式費用は車夫や女中にまで振る舞った総経費で七円五〇銭のみという略式であった（同前）。

**新郎の勉強宣言、新婦の朝寝坊**

新婚早々、新郎が下した宣告はこうである。「俺は学者で勉強しなければならないのだから、お前なんかにかまつては居られない。それは承知してゐて貰ひたい」（同前）。

新生活が始まって、ただちに知れたことの一つが、『道草』にも描かれるとおりの、鏡子の生来の「朝寝坊」。「朝早く起こされると、どうも頭が痛くて一日中ぼおつとして居るといふ困つた質《たち》でした」。のみならず「やることなすことにへまが多いのでせう」、やがて夫がからかうには「おまへはオタンチンノパレオラガスだよ」。もちろんその意味はわからなかった（同前）。また「その頃から一緒に連れ立って出ると、生徒に見られて厭だと申しまして、一緒に散歩や買い物に出たことはまずありませんでした」（同前）。

職場ではどうだったかといえば、松山ではいかにも「超然」として「親近な友人なんて云ふものは更に無かつた様」（村井俊明前掲文）に見えた金之助も、熊本では、呼んでくれた斎藤阿具をはじめ、大学時代の友人も数名、さらには本書ですでに何度もご登場願った幼なじみの篠本二郎までいたわけで、教員室での口数も増したものと思われる。

「厳しいが熱心で、よい先生」という生徒の評判も松山以上のようだった。赴任初日にフロックコートに身を固め「八字鬚の両端をピント跳ね上げてキビ〳〵した調子で新任の挨拶をせられた」その

「容姿の端麗と威厳とに打たれたものだ」と当時の生徒、吉田美里。翌日の講義第一日、最前列に陣取った吉田は、しかし「あゝら不思議や僕は一大発見をした、夫《そ》れは先生の顔に痘痕のあること」で、「近くで見れば好男子ではない」……。それでも「風采の堂々たることは当時五高教授中第一人者」にちがいなかった。「華族様」とさえ呼ばれて、「夏目先生ニ上ゲタイモーノハ朱塗ノ馬車ノ二頭立」と親睦会の席で誰かが歌ったという。もっとも口の悪い生徒は「遠見華族の近痘痕」と陰口を聞いていたが（吉田美里「夏目先生を憶ふ」大正六年）。

立派だったのはもちろん外見ばかりではない。「真摯犀利な講義振りには参つてしまつた」し、熱心さも掛け値なし。正課の教科にあきたりない英文研究者のため課外講義も買って出た。これを毎朝始業前の七時から始めるべく、雨の日も雪の日も自宅から四キロを歩いて定刻通りにこなし、シェイクスピアの『ハムレット』や『オセロ』を、声色さえ交えてわかりやすく説いた（同前）。

### 「内君の病」はヒステリー？

かくして熊本での生活は、まずまず好調の滑り出し、七月には正規の教授に昇格し、九月二〇日には合羽町（現・坪井町）の家に越す。「熊本の借家の払底なるは意外なりかゝる処へ来て十三円の家賃をとられんとは夢にも思はざりし」と子規に宛てて書いて、「名月や十三円の家に住む」の句を付した（二五日）。ちなみにこのころ、『金色夜叉』で「当時第一流」と見られた文士、尾崎紅葉の東京牛込横寺町の借家が七円五〇銭だったという（江見水蔭『明治文壇逸話』昭和九年）。

ところで、二五日のこの手紙には「駄句少々お目にかけ候」として俳句四〇句が同封されたのだが、そのなかでは、「内君の病を看病して」と前書きの付けられたこの句が目を引く。

枕辺や星別れんとする晨《あした》

前書きにいう「内君の病」は、後年『道草』に描かれることになる妻の「歇斯的里《ヒステリー》」であろうとの見方があり（小宮、坪内前掲書）、それが事実なら、この夏、新婚ほんの二、三か月ですでに金之助は妻の精神疾患に悩まされていた。自身の病が落ち着いてきたと思いきや、今度は妻……というわけである。

ヒステリーはもちろん、心理的に満ち足りた人に偶発的に起こるものではないから、夫に原因がなかったとも言いきれない。そのことへの責任感が「看病」へ駆り立てたのかもしれず、ともかく二人の結婚生活が当初より波乱含みだったことをよく示している。一〇月の発行にかかる『龍南会雑誌』（五高龍南会刊行）に掲載された「人生」と題する短文（『漱石全集』で六頁）も、いささか不穏な気配の底流する論考で、新婚の幸福感からはいささか遠い。

## 4　剣呑なる「人生」

### 人生には「不可思議のもの」あり

「空を劃して居る之を物といひ、時に沿ふて起る之を事といふ、事物を離れて心なく、心を離れて事物なし、故に事物の変遷推移をなづけて人生と

いふ」というのが「人生」の書き出しであった。傍点部は、円覚寺参禅での公案への回答もこれと同様であったろうという前章の推論で言及した部分で、すなわち「物／心」は本来一如であって、「事物」（客観）のないところに「心」（主観）は想定しえず、「心」がなければ「事物」も認知されないという哲理を言ったものである。

　この大本から始めた金之助は、ひるがえってその認知ということも、言語の相違や、また「同一の事物も種々の記号を有して」いるという実情から錯綜たらざるをえないと指摘する。ゆえにもし「人生」というものを綺麗に隅々まで分明にしろというなら、それは「天上の星と磯の真砂の数」の勘定を求めるのと同じで、不可能だと。

　この前置きから文学論に入り、小説は「此錯雑なる人生の一側面を写」し、種々の方法で「事物の紛糾錯雑なるものを綜合して一の哲理を教ふる」ものだけれども、それが「人生」を「観破し了す」わけではないことに注意を促している。なぜなら人生には「是等以外に一種不可思議のもの」があって、その不可思議とは「因果の大法を蔑《ないがしろ》にし、自己の意思を離れ、卒然として起り、驀地《ばくち》に来る

もの」だから、と。

さらに「世俗之を名づけて狂気と呼ぶ」のだと説き及ぶところは、「嗚呼狂なる哉狂なるかな僕狂にくみせん」と子規に書き送った明治二三年ごろの金之助の「狂気」観（第三章参照）に哲学的説明を与えているようでもある。ともかくこの種の「狂気」ないし「馬鹿」、あるいは「思も寄らぬ夢」は、「天災」と同じく「人為の如何ともすべからざるもの」であって、「良心の制裁」も「意思の主宰」ももののともしないのだという。

ある朝突然「奈落に陥落し、闇中に跳躍する」こともあり、そうなれば「わが身心には秩序なく、系統なく、思慮なく、分別なく、只一気の盲動するに任ずるのみ」。もはや「良心は不断の主権者にはあらず、四肢必ずしも吾意思の欲する所に従は」ない。そしてその種の「消魂」または「馬鹿」状態の契機となるのは、たんなる「鼠糞」のような「馬鹿々々しと思ふ」ものでありうる……。

**水鳥の羽音が大軍を動かす**

ここで金之助が例として持ち出す例がまた出色である。『平家物語』の「富士川」の段、七万余騎もの平家の大軍が、「水鳥の羽音」に驚いて「一矢も射らで逃げ帰る」という挿話だ。読者のみならず当事者たちも「馬鹿々々しと思ふ」に違いないことながら、見方を変えれば、これすなわち「急に揃も揃ふて臆病風にかかりたる」という事態であって、思えば世の中によく見られることではないか。またたとえば「犬に吠え付かれて、果てな己れは泥棒かしらん、と結論するものは余程の馬鹿者か、非常な狼狽者と勘定する」のが普通だが、実は世間の「賢者」「智者」であっても「此病にかゝること」は往々にしてあるのだ、と指摘する。

つまり「水鳥の羽音」は「鼠糞」のようなもので、それに反応しての敗走はまことに「馬鹿々々しと思ふ」ものであるけれども、思えば人生はその種の「馬鹿々々し」さに満ちている……。ここに金之助独自の着眼が光るというべきだが、この洞察は決して熊本時代のこの時点に突発したものではない。おそらくはスペンサー『文体論』に示唆を受けたころからの“suggestion”（暗示）の偉力への洞察がここにも浮上しているのであって、要するに、ここでの「水鳥の羽音」こそ、平氏軍敗走という巨大な事象を引き起こした、「鼠糞」のごとく微小な「暗示」にほかならない。

### 海嘯と震災は自家丹田中に

またこの「暗示」に人間がたやすく動かされてしまう事象について、「臆病風にかかりたる」とか「此病にかゝる」とかの表現で「病気」との類比を含意していることも目を引く。時に荒れ狂ってきた自らの「心」を多少とも「病気」と意識していたことの反映とも読めるからである。

ともかくこうした動きの相にある「人生」というものの解明において、「小説」に多くを期待できないのは「数学」に期待できないのと同じだ、と金之助は説く。「吾人の心中」には「底なき三角形」や「二辺平行せる三角形」があって、人生は「数学的に説明し得る」ような「便利」なものではないし、人間はそれほど「ゑらきもの」ではない、と。そしてその結びがまた「狂」的だ。

不測の変外界に起り、思ひがけぬ心は心の底より出で来る、容赦なく且乱暴に出で来る海嘯と震災は、啻《たゞ》に三陸と濃尾に起るのみにあらず、亦自家三寸の丹田中にあり、剣呑なる哉。

「天災」にも似た「狂気」「馬鹿」「思も寄らぬ夢」、そして「思ひがけぬ心」が「心の底より出で来る」。それを出す機縁として働くのが「暗示」であり、出て来るものはその大小、善悪を含め、およそ予想もつかないがゆえに「剣呑」なのだ。随想「人生」に表現された、金之助のこの時点での人生観を約言すれば、そんなところだろう。

## 5 『トリストラム・シャンデー』

**怪癖放縦にして病的神経質**

英文学者としての金之助がこのころ何を研究していたのかは詳らかにしないものの、遠からぬ時期に読んでいたことの確実な書物がローレンス・スターンの『トリストラム・シャンディ』（一七六〇～六七）である。東京発行の雑誌『江湖文学』明治三〇年三月号に掲載された評論「『トリストラム・シャンデー』」がその証明で、スターンの世界をはじめて日本人に紹介したという意味で歴史的価値の高い文章となった。

「怪癖放縦《かいへきほうしょう》にして病的神経質なる」スターンを後世に伝えるこの「シャンデー」ほど「道化たる」、また「人を泣かしめ人を笑はしめんとする」作はないと金之助の称揚おくあたわぬこの大長編小説は、日本では一九六九年まで翻訳の出なかった英文学史上の難物の一つ。リチャードソンの『パミラ』（一七四〇）、フィールディングの『トム・ジョーンズ』（一七四八）などの名作によって確立されたばかりの長編小説の形式をことごとく破壊してしまう〝反＝小説〟的小説であった。

単に主人公なきのみならず、又結構なし、無始無終なり、尾か頭か心元なき事海鼠《なまこ》の如し、彼自ら公言すらく、われ何の為に之を書するか、須らく之を吾等に問へ、われ筆を使ふにあらず、筆われを使ふなりと、

シュルレアリストたちが試みるオートマティスム（自動記述）の先駆とさえ読まれなくないわけだが、この姿勢が金之助を強く打っていたことは、九年ほど後に「俳句的小説」と自ら銘打って世に出すことになる『草枕』の一節で、このことが再説されることからも知られる。

トリストラム・シャンデーと云ふ書物のなかに、此書物ほど神の御覚召《おぼしめし》に叶ふた書き方はないとある。最初の一句はともかく自力で綴る。あとは只管《ひたすら》神を念じて、筆の動くに任せる。何をかくかは自分には無論見当が付かぬ。かく者は自己であるが、かく事は神の事である。従つて責任は著者にはないさうだ。余が散歩も亦此流儀を汲んだ、無責任の散歩である。只神を頼まぬ丈が一層の無責任である。スターンは自分で責任を免れると同時に之を在天の神に嫁した。引き受けて呉れる神を持たぬ余は遂に之を泥溝《どぶ》の中に棄てた。（十二）

## 『草枕』『猫』に生かす

つまり西洋小説的な型を破って日本独自の小説を作ろうとした『草枕』（「余が『草枕』」明治三九年）で、一つの拠りどころとされたのが『トリストラ

ム・シャンディ』の方法だったといえるわけだが、作品の類似性をいうなら「趣向もなく、構造もなく、尾頭の心元なき海鼠《なまこ》の様な文章」と自ら称した前作『吾輩は猫である』（単行本上篇自序）にむしろ明瞭に認められる。

「海鼠の様な文章」ばかりでなく、第三回に登場する「鼻子」こと金田夫人が『シャンディ』第四巻に詳述される巨大な鼻の持ち主を思わせるというような、人物造型における影響も認められるわけで、このことには第四回で迷亭に「此頃トリストラム、シャンデーの中に鼻論があるのを発見した。金田の鼻抔もスターンに見せたら善い材料になつたらうに残念な事だ」と言わせることで漱石自ら言及する形となる。

ともかく明治三九年からは大学で「十八世紀英文学」と題する講義（『文学評論』として四二年刊行）を始めるほどで、一八世紀は専門領域ともいえたが、そのなかで特にこの「怪癖放縦にして病的神経質なる」異色作を採り上げたことに目を見張らされる。この時点の金之助の英文学上の教養の浩瀚さ、とりわけその小説方法論の方面においての緻密さばかりでなく、おそらく自らの気質についてなお感じていた「怪癖放縦にして病的神経質なる」側面への意識をも示すようだからである。

## 6 寺田寅彦に俳句を説く

子規、『日本』紙で漱石評

『江湖文学』が「『トリストラム・シャンデー』」を掲載した明治三〇年三月は、金之助が中央文壇に、やや控えめにではあれ頭角を現した月であった。同じ三月の『日本』（七日）に出た「獺祭書屋主人」（子規の別号）名による評論「明治二十九年俳句界」が、同年注目の俳人の一人として漱石を挙げ、「其意匠極めて斬新なる者、奇想天外より来りし者多し」と大いに賞嘆したのである。そこに並んだ三七句には次のようなものが含まれていた。

唐茄子と名にうたはれて〔ゆが〕みけり

長けれど何の糸瓜《へちま》とさがりけり

狸化〔ば〕けぬ柳枯れぬと心得て

鶏頭や代官殿に御意得たし

「漱石亦滑稽思想を有す」としてこれらの句を並べた上で、しかし、子規は「滑稽を以て唯一の趣向と為し、奇警人を驚かすを以て高しとする」ような連中と同日に語るなかれ、と釘を刺す。「其句雄健なるものは何処迄も雄健にして真面目なるものは何処迄も真面目なり」と。

この記事によって中央俳壇に「漱石」の名を高めた金之助は、翌四月にはその子規に向けて「教師をやめて単に文学的の生活を送り」たい、「文学三昧にて消光したきなり」との「希望」を書き送っている（四月一二日）。同便によれば、前年一〇月にはすでに同じ「希望」を岳父中根重一に書き送って「外務の翻訳官」の口などないかと依頼したともいう。

### 何の高山の林公など……

たびたび引用してきた談話「時機が来てゐたんだ」によれば、大学卒業以来「立ち腐《ぐされ》」状態にあった金之助も「其癖《そのくせ》世間へ対しては甚だ気焔が高」く「何の高山の林公抔《など》と思つてゐた」。「高山の林公」こと樗牛（林次郎）が最も脚光を浴びたのがやはり三〇年のことであったから、金之助がそのように樗牛を意識したのもこのころであったろう。学生時代の樗牛を知るだけに、彼にできる程度のことが自分にできないわけはない、という対世間的な「気焔」に煽られたとしても不思議はない。

ところで、二九年九月に引っ越した合羽町の家は、家賃を一三円も取るだけあって間数が多く、五高の同僚をしばらく同居させることもあった。はじめ同居したのは歴史の教授、長谷川貞一郎で、翌三〇年四月には、金之助が呼ぶ形で新しい同僚となった大学時代の友人、山川信次郎が住み込んだ。賄い付きの下宿料として長谷川からは五円、山川からは七円が入ってきたが、これについても当初金之助は「友人から下宿料をとる奴があるものか」と息巻いた。相手もまたそんなわけに行かぬと言い張り、鏡子が間に入っての妥結であったという（鏡子前掲書）。

父直克の死去を知らせる電報が届いたのがこの年の夏、六月二九日のこと。学年末試験を理由にすぐには動かず、七月八日を待って鏡子を伴って帰京したが、その帰京の数日前に、当時五高の第二学年だった寺田寅彦がはじめて金之助宅を訪問したらしい。試験をしくじった者のために教員の私宅を歴訪する「所謂『点を貰ふ』為の運動委員」に選ばれていた寺田の使命は、夏目先生の英語をしくじった「親類つゞきの男」のために「点を貰ふ」べく嘆願すること（「夏目漱石先生の追憶」昭和七年。なおこの文章で金之助の家を「白川の河畔で藤崎神社の近く」としているが、これは金之助がこの次に越していく家。寺田の思い違いか）。

## 「俳句とは何か」の問いに即答

門前払いを食わせる先生もあるなかで、夏目先生は平気で快く会ってくれたものの、寺田の陳述を黙って聴いたあとは「点をくれるともくれないとも云はれ」なかった。が、そのあとしばし雑談したなかで寺田が金之助から引き出した言葉こそ、歴史に残る功績であったといえる。すでに俳句に興味をもち、かつ金之助が俳人として著名であると知っていた寺田は、「『俳句とは一体どんなものですか』といふ世にも愚劣なる質問を持出した」。これに金之助がただちに与えた回答の「要領」は以下のとおり。

「俳句はレトリックの煎じ詰めたものである」

「扇のかなめのやうな集中点を指摘し描写して、それから放散する連想の世界を暗示するものである」

「花が散つて雪のやうだと云つたやうな常套な描写を月並といふ」

「秋風や白木の弓につる張らんと云つたやうな句は佳い句である」（同前）

大学時代に子規と戦わせた「Rhetoric／Idea」の論争で「Idea」の側に立った金之助が、俳句では「レトリックを煎じ詰め」、それによって形成された「扇のかなめ」からの「放散」で読者のうちに「連想の世界を暗示する」、それが俳句の要諦だと説くのである。

「暗示」の語が金之助思想のキーワードとしてすでに定着していたことが、寺田に向けた言葉づかいから明らかである。金之助のこの教えが俳人寅彦にとっても決定的な重みをもったこともまた、上記「夏目漱石先生の追憶」と同じ昭和七年の著述である「俳諧の本質的概論」を貫く論旨から明瞭だ。この論文で「俳諧は読者を共同作者とする」という言葉が引用されているクロード・E・メートルはフランスに俳句（le Haikai）を導入した功労者の一人だが、そのメートルはこうも述べている。

協力者の心のなかの一つの感動を呼び起こし、一つのイメージを暗示しさえすれば、身近な連想作用 le jeu des associations が働き、他のイメージや感動の連なりを刺激する。〔中略〕日本人は芸術に、表現の方法というより暗示の方法 un moyen de suggestion を見出すのである。

（金子美都子『フランス二〇世紀詩と俳句』〔平成二六年〕に拠る）

メートルの見事な概括のとおり、「暗示」（suggestion）による「連想」を惹起するところにこそ俳句の芸術性があるのであって、この意味で「佳い句」の典型例が向井去来の「秋風や」の句だというのが、金之助の躊躇ない即答であった。

## 紫溟吟社となる句会

このときに「悪い句」の例も挙げられたかどうか不明だが、子規が「俳句にあらず」とし、やがて金之助も『ノート』で否定的に扱うことになる、あの「朝顔に釣瓶とられて貰ひ水」の句が持ち出された可能性も小さくない。あの句にはなんらの「暗示」もないからだし、またその後、白川河畔の次に住んだ内坪井の家（三一年七月〜）を訪れた寺田が、縁側にあった「手拭かけ」に目をとめて思い出したという、金之助のこの年の作句もそれを思わせる。

朝顔や手拭懸に這ひ上る

俳句はこう詠むんだよ、と千代女に教えるような句だが、ともかくここで三〇年七月八日の上京の時点に戻る。この時、鏡子は妊娠を知らぬまま長時間汽車に揺られたことが原因で、東京到着後まもなく流産し、鎌倉の中根家別荘で静養。金之助は鏡子のいる鎌倉と東京とを往復しつつ、子規庵句会に参加したり、狩野亨吉ら友人に会って五高の教員人事の話を詰めるなどして過ごし、九月七日には、鏡子を鎌倉に置いて熊本へ発った。

熊本ではさっそく、これで三度目になる引っ越しに取りかかる。同居人の長谷川と山川にも出てもらって合羽町の家を引き払い、大江村（現・熊本市新屋敷）の家賃七円五〇銭の家へ越した。九月中旬からそこで、寺田寅彦ほか数名を集めて句会（運座）を開くようになるが、この運座で寺田と並んで四天王といわれた者の一人に、後年『朝日新聞』記者を経て能楽評論家となる坂元雪鳥（当時は白仁三郎）がいた。この句会はその後、発展して三一年一〇月の「紫溟吟社」（新俳句同人結社）に結実する。

一〇月二五日、ようやく熊本に戻った鏡子が驚いたのは、この新居にすでに書生が置かれていたことで、この夏目家書生第一号こそ『吾輩は猫である』に出てくる多々羅三平のモデルとされる股野義郎であった。その後これに土屋忠治、湯浅孫三郎（廉孫《れんそん》）が加わるが、彼らはいずれも五高から東京帝大へという『三四郎』の主人公と同じ学歴をたどる人である。愛すべき横着者で「非常な大食ひ」でもあった股野（鏡子前掲書）は、『吾輩は猫である』の冒頭で猫を捕えて煮て食う「書生といふ人間中で一番獰悪な種族」に擬せられてもいたらしい。

一一月には佐賀・福岡両県の中学校で講演・授業参観などの出張をこなして一二月には冬期休暇に入り、二七日ごろには山川信次郎に誘われて玉名郡小天《おあま》村（現・玉名市天水町小天）方面への旅に出る。この旅での経験が九年半後の小説『草枕』（明治三九年九月）に生かされるわけだ。

# 7 『草枕』の女との交情、鏡子入水

現在温泉郷となっている小天は、今でこそ海岸沿いの道路で熊本市街と結ばれているが、当時はそれがなく、山川と金之助の旅は峠を越えて三〇キロ以上を歩いてのものだった。その小天に第一回衆議院議員で当地の有力者、かつては九州一の槍の使い手ともいわれ、自由民権運動の大立て者でもあった前田案山子《かがし》（覚之助）のもつ温泉つきの別宅があり、二人はそこで翌年一月の三日か四日までを過ごしたのである。

## 那美さんのモデル

『草枕』に「隠居」として出てくる人物が案山子で、その出戻りの娘、前田卓子《つな》に触発されて女主人公の「那美さん」が造型されたことは、昭和一〇年の『漱石全集』月報のために駆り出された卓子当人も大筋で認めるところである。出戻りであったことも事実で、小天で金之助らに接した時には、すでに二度の離婚（二度目のは未入籍のまま離別）を経験していた（安住恭子『『草枕』の那美と辛亥革命』平成二四年）。

が、もちろん『草枕』は事実そのままを描いているわけではない。たとえば冒頭に出る「峠の茶屋」は実在したもので、現在では熊本市が管理してドライブ・インのような飲食店も併設されているのだが、『草枕』でこの茶屋の婆さんが語る「長良の乙女の話」は作り事、したがって道ばたにあると婆さんのいう「乙女の墓」もないという（前田つな子談「『草枕』の女主人公」昭和一〇年）。

馬子の源兵衛や床屋の親方にもモデルがいた由だが、那美さんがその親方らに「狂印《きじるし》」「気狂《きちげえ》」とまで呼ばれる（五）のは虚構と見られる。少女時代から卓子を知る古財運平によれば、たしかに剣道家の弟たち（行蔵、九二四郎）や白浜某という女剣客を相手に薙刀を振るう「元気な男まさり」で、「謂わば新しい型の女性」とはいえたが、狂気と見られたわけではない（古財『漱石あれこれ』昭和三六年）。

**峠の茶屋**
（熊本市「峠の茶屋公園」内に復元）

実は卓子の異母弟（小天で同居していた案山子の愛人の子）である前田利鎌《とがま》は、後年、東京工業学校（現・東京工大）教員となる人で、晩年の漱石を訪ねたことから鏡子とも親しく話すようになるのだが、その伝聞によると、たとえばもう明日は熊本へ帰るという日に、卓子が土産に渋柿でもと思って木に登っているところを金之助が目撃して「まるでお猿の親類みたいだといって、笑ったり揶揄《からか》ったりした」という。こうした行動が、当時の女性としては「随分新しかった」（鏡子前掲書）。

### 「新しい女」のさきがけ

『草枕』で「長良の乙女の話」に合わせて振袖を着て現れたり、禅の心得があって白隠の『遠良手釜《をらてがま》』を読んでいたりというのも卓子にはなかったことだし、漱石文学中例外的にエロティックな場面として知られる風呂場でのニアミスも、夜遅く、誰もいないと思って入ってしまった卓子が、男二人のクスクスわらう声に「もう吃驚《びっくり》して、その儘飛び出してしま」ったというのが実情だという。それをあんなに変形してしまうとは「作家の頭脳《あたま》の中の聯想といふものは不思議なものだと思ひました」と卓子（「『草枕』の女主人公」）。

実はこの前田卓子という女性、後年は、妹槌《つち》子の夫となる宮崎滔天を通して孫文らの「中国革命同盟会」の活動を支援した人で、明治四〇年以降の流行語でいえばたしかに「新しい女」、その先駆であったともいえるだろう。明治元年生まれで金之助の一歳下、後年には、利鎌を介して晩年の漱石宅へも「二三度お伺ひし」て話し込む経緯もあった（卓子前掲文。本書第九章参照）。

卓子当人でなく『草枕』の那美さんのこととしていうなら、「余」と自称するこの画工を心底でどう思っていたのかは不明ながら、部屋に入ってきて身を寄せたり、風呂場にさえ自分から入って来たりという行動からして、全然気がなかったとはいいにくい。現実の卓子はそれほど派手なモーションをかけはしなかったのだろうが、心中では金之助をどう思っていたのだろうか。

「夏目さんはじぐやくばり（アバタの配置の意）がいいから男らしい」というのが、利鎌から鏡子に伝えられた卓子の金之助評であった。もちろん好意的ではあるが、『漱石の思ひ出』の語り口は坦々としていて、それ以上の感情はお互いに持ち合わせなかったという見方に支配されているように読める。しかしながら、この見方がそのまま鏡子のものであったか否かには、実は疑いの余地がある。これを実際に書いていたのは娘婿の松岡譲であって、鏡子の口述は彼によって自由に取捨選択も変形もされた得たからである。

## 鏡子、白川に入水

松岡の語りが何かを迂回しているとするなら、それは、第一に三一年の六月末か七月初めに突発した、鏡子が自宅（三月末に井川淵町に転居）に近い白川に身を投げたという事件であり、第二に一月に熊本に戻った金之助がこの六月までに何回か卓子に会っている可能性である。この二点を結んだ先に出てくるのが、金之助と卓子との関係が鏡子の自殺未遂の引き金になったという推論であるが、これらすべてについて『漱石の思ひ出』は知らんぷりを決め込んでいる。

さて、白川で自殺を図った鏡子は漁に出ていた職人に救われた。これには多くの証言があって（荒前掲書）疑いの余地もないのだが、事件は五高の同僚、浅井栄凞の奔走によりもみ消され、報道されることはなかった。他方、この時までに金之助が卓子と会っていたことについては、確たる証拠はない。ただ、晩年の卓子と生活をともにした前田花枝（第九二四郎の息子の妻）の言葉として「漱石と卓の二人だけの写真」「傘をさした浴衣姿の写真だとか」を卓子に見せてもらったという証言が残っている（安住前掲書）。

素人が気軽にカメラを扱う時代のことではないから、事実とすれば由々しい事態で、はたして卓子の談話には、二人の秘め事を奥に隠しているように読める部分がないでもない。山川とは懇意にして「ちょく〳〵熊本のお宿元へも伺ひまして」という付き合いだったという卓子は、狩野亨吉の五高赴任（一月下旬）の際のことをこう語っている。

わざ〳〵三里の山越えをして、熊本まで出掛けて下宿のお世話までいたしたやうな次第ですが、夏目先生のお宅へは、奥様もありましたし、何となく気兼ねで一度もお伺ひしたことがありませんでした。

**夏目さんだけは大好きだった**

熊本へは「ちょく〳〵」来ていて、同僚の下宿の世話までしつつ、金之助宅へは「奥様」もあり、「何となく気兼ねで」寄りつかなかったという。「気兼ね」する心理の奥にどれだけのものがあったのか、明瞭に見とおすことはもはや不可能だが、外で会って写真まで撮っていた可能性は否定できないものとして残されている。

卓子は昭和一三年に亡くなるが、その少し前に、花枝にこう語ったという。

一生のうちロクな男には出会わんかったが、夏目さんだけは最初から大好きだったよ…でもこの世には身分だの地位だの障りが多くてね。あの世に行けば、みんな同じだから、同じ白い着物着て、フワラ〳〵と浮かんでいたら、きっと夏目さんにもめぐり会えるよね。

（上村希美雄「『草枕』の女、その後」平成九年）

この前田花枝には筆者も東京で面会したが（平成九年）、その際も、卓子がきわめて明るい人であったこと、そして漱石のことは「ほんとに好きだった」と言っていたことを強い口調で語ってくれた。

金之助の側ではどうであったろうか。右に引いてきた卓子の談話で聞き手を務めたのは森田草平であったが、その『漱石全集』月報を飾った卓子の写真を一見した寺田寅彦の感想はこうであった。

あれはインテレクチュアルなよい顔で、これなら先生も気に入つたらう。僕もこの顔は好きだ。あの話の中に、山川さんはよく話をなさるが、先生は滅多に口を利かれなかつたとあるね。あれは先生、自分が気に入つてゐたものだから、色気があるので口が利かれなかつたんだね。
（草平『夏目漱石』）

前田卓子

こう言って寺田は「顔中皺苦茶にして」笑ったという。熊本時代からの付き合いで金之助の好みを最もよく知る寺田の、この推断はゆめ軽視できまい。

さて、金之助を捉えた卓子の魅力を顔のみに帰すべきではないだろう。自由民権運動に邁進する父を身近に見て育った卓子は、明治一五年には来熊した岸田俊子にも接し、二度の結婚の相手もこの運動に関わった人であったという（安住前掲書）。「新しい女」の前駆と見なしうるだけの知識と思想をもち、なおかつ底抜けに明るい一歳違いの美女。この卓子と共有する時間に、金之助が一〇歳下の「オタンチン」鏡子とのものとは異質の歓びを見いだしていたとして、なんの不思議もないのである。

# 第六章　ロンドンで世界を構想する

## 1　俳句の進境と東西比較詩論

明治三一年夏の白川入水事件の後、経緯は不詳ながら鏡子との夫婦仲は修復した模様で、翌三二年の五月三一日には第一子、筆子が誕生する。この時の作句として有名なのが、

俳句のみは趣味を解し得た

安々と海鼠《なまこ》の如き子を生めり

である。この「海鼠」という喩えは、かつて『トリストラム・シャンディ』を評して、またやがて自作『猫』を自釈して用いることになるもので、この二作はすなわち「趣向もなく、構造もなく、尾頭

の心元なき海鼠の様な」文章であった。思えば人の生も同様に「海鼠の様な」もの、という含意もあるいは込められていたろうか。

このほかの秀句として、さきに見た二九年の「枕辺や」の句のころ以降、三〇年までに詠まれ、独自の境地を見せているものを挙げておこう。

すゞしさや裏は鉦うつ光琳寺

累々と徳孤ならずの蜜柑哉

人に死し鶴に生れて冴返《さえかえ》る

ふるひ寄せて白魚崩れん許《ばか》り也

菫程な小さき人に生れたし

秋風や棚に上げたる古かばん

「扇のかなめのやうな集中点を指摘し描写して、それから放散する連想の世界を暗示する」ことが俳句の仕事であるなら、これらの句の仕事ぶりはまことに文句なしと評すべきではあるまいか。翌年三四年秋には、英国留学に向かう船中で同行の藤代素人に語って、これまで「和漢洋の文学」を研究してきて何一つ「是れが分つたと思ふものは無い」ながら「唯俳句のみは其趣味を解し得た様に思ふ」と告げることになるが（藤代「夏目君の片鱗」大正六年）、「俳人漱石」のこの自信の根拠はと問うなら、それはこれらの句の暗示力にこそ求められるだろう。

ところで、「此世に生れた以上何かしなければならん」と焦りながら「何をして好いか」わからないという「不安」が松山から熊本を経て英国までついてきた、という「私の個人主義」の語り（前章参照）を字義通りに受けとると、俳句の世界でこれだけの境地を手にしてもなお、この「不安」を免れたわけではない、ということになるだろう。「彼は生きてゐるうちに、何か為《し》終せる、又仕終せなければならないと考へる男であつた」（『道草』二十二）が、その「何か」は俳句では完結しなかった、と見るほかない次第である。

### マホメット、山を喚ぶ

さて、雑誌『ほとゝぎす』は翌三一年に松山から東京へ拠点を移して大きな反響を呼ぶことになるが、同誌に載った金之助の最初の散文が一一・一二月号分載の「不言之言」であった。それこそ「厭味」とも評されかねない逆説的なタイトルだが、本文も自らを「糸瓜先生」と称しての語りで、「眼なきものは看よ。耳なきものは聴け」といった、いかにも禅的な逆説のおどる挑発的な文章である。

「俳句に禅味あり。西詩に耶蘇味あり」という視点からする東西の比較詩論が主な内容で、西人の眼には禅語など「殆ど狂人の沙汰ならん」が、逆に「俳眼」で見れば西詩は「しつ濃き処従つて厭味の生ずる」要素に満ちている、という論旨である。基層をなす文学伝統にかくも相違あるがゆえに、翻訳は困難を極めるけれども、それでも「東西類似の点を挙ぐれば固より少からざらん」として、シラーの『保証』と上田秋成の「菊花の約《ちぎり》」とを皮切りに、比較対照の可能な例を横文字混じりで多々列挙してゆく。

とりわけ興味を惹くのが、対照可能な例の結びとして、「一休飲魚《うおをのむ》」と並べて「『マホメット』喚山《やまをよぶ》」の逸話を出してきたところである。すなわちマホメットが山を喚んで見せると広告して人を集めたものの、いくら喚んでも一向に動かないので、さらば自分が「山の方へ行くが宜しからん」と歩き出す。後年の小説『行人』に使われることになる話だが、禅僧一休が結局、魚を飲まなかったことと同様、マホメットのこの振る舞いも、難解なること「殆ど狂人の沙汰」のごとくして、同時にとぼけた味わいがある。いわく言いがたい「俳味／禅味」の本質はこの種のとぼけに近接したもので、英詩の「趣味」とはおよそ接触しがたいところにあるという。『文学論』以降の漱石がより周到に論じていく比較論の前哨をここに読むことができるだろう。

翌三二年には、四月の『ほとゝぎす』に「英国の文人と新聞雑誌」を寄稿し、五月に筆子の出生に立ち会ったのち、八月の同誌に「小説『エイルヰン』の批評」を寄稿した。この年のまとまった散文としてはこの二評論が知られるのみだが、この二つの文章は、このころの金之助が一八世紀英文学史についてすでに浩瀚な知識をもち、また同時代英国の文壇事情にもしっかりとキャッチ・アップしていたことを明示する点で貴重なものである。

文部省により英国留学を命じられるのは、そのさらに翌年の三三年の五月のことであった。

## 2　英国留学へ

### 希望していなかった留学だが……

金之助が文部省第一回給費留学生として満二か年の英国留学を命じられたのは、明治三三年五月一二日のことである。後年の『文学論』「序」で語るところでは、五高校長中川元の推薦を文部省が容れる形での決定といい、その背後に当時貴族院書記局長であった岳父中根重一の後押しを見る憶説もある（荒前掲書）。ともかくこのとき特に洋行を「希望」しておらず、かつ自分以外に適任者があるとも思った金之助は、校長と教頭に一応そのように申し出たが、それは「足下の議論すべき所にあらず」と斥けられ、留学を応諾した。

ただ研究の題目が英文学でなく「英語」とされていたことに釈然としなかったため、上京の折りに（七月と思われるが不明）、専門学務局長上田万年を文部省に訪ねて「委細を質し」た。上田は答えて「別段窮屈なる束縛を置くの必要を認めず、只帰朝後高等学校もしくは大学にて教授すべき課目を専修」すればよいので、「英語」という題目は「多少自家の意見にて変更し得る」云々（『文学論』「序」）。これに得心したか、金之助はいよいよ腹を決めて九月出航に向けて準備を整える。

六月からは飼犬を人に譲ったり、家財道具一切の処分を進めたりし、七月中旬には熊本の家を引き払って東京に移った。八月には、神田の学士会館での送別会のほか、二九年からドイツに留学して帰国した大塚保治の帰国歓迎会もあって、旧友たちと顔を合わせる。大塚の歓迎会は大塚宅で催され、楠緒子夫人の料理なども馳走になった（荒前掲書）。

九月八日朝早く、新橋から横浜まで鉄道で移動した金之助は、国文学の芳賀矢一、ドイツ語の藤代素人（禎輔）らとともにドイツ船籍プロイセン号に乗り込み、鏡子や狩野亨吉に見送られて、日本の地を離れた。この日から一〇月一九日のジェノヴァ港到着までは、神戸、長崎、呉淞（上海外港）、福州、九龍（香港）、シンガポール、ペナン、コロンボ、アデン、ポートサイドに停泊しての四一日を費やす長の船旅。ヨーロッパ大陸上陸後は、ジェノヴァ港からパリへと鉄道で移動して、パリで折しも開催中の万国博覧会の見学に一週間を費やしてから、ドイツへ向かう藤代・芳賀と別れ、ひとりロンドンへ向かうという、全五〇日にわたる大旅行であった。

旅程を共にした留学生のうち船酔いして「尤モ平気ナラヌ」のが金之助で（日記、明治三三年九月一二日）、俳句など作ろうとしたものの「周囲ガ西洋人クサクテ到底」そんな余地はなく、藤代や芳賀が語学の勉強をする間、金之助がしていたことは「英文小説の耽読一点張り」だった（藤代前掲文）。

**宣教師を英語で論破**

コロンボに上陸してホテルまで案内された際には、「土人車中に花ヲ投ジ」、「Japan, Japan ト叫ンデ銭ヲ求」めるので「甚ダ煩ハシ」と金之助も日記に書いているが（一〇月一日）、このとき金之助が執拗さに耐えかね「ステツキを揚げた姿」が藤代の目に焼き付いたという（同前）。それでも木に熟すバナナやココナッツを見て「頗ル見事」と感嘆し、ホテルで「名物ノ『ライス』カレヲ喫シテ帰船ス」（同日）など愉快なことも多々あった。

上海から乗船してきた英米の宣教師が熱心に伝導を試みるのに対して、「神の存在と云ふ様な問題で、哲学的見地から対手を手古擦らした」ともいう（同前）。この場面に立ち会った芳賀矢一も「夏目氏耶蘇《ヤソ》宣教師と語り大にその鼻を挫く。愉快なり」と快哉を叫んだ（芳賀「留学日誌」『芳賀矢一文集』昭和一二年）。日を置かずして船中でしたためたかなり長い英文に、金之助はその議論の内容と所感を書き残しているが（明治三三年、断片四A）、その要点だけ拾い出せば、ざっとこんなところである。

彼らはわれわれを「偶像崇拝者」（idolaters）と決め込んでいるけれども、「神」はその「化身」（incarnetion）たるキリストを通してのみ意味をもつという彼らの観念こそ「偶像崇拝」（idol-worship）にほかならない。つまるところ宗教は「議論や理性でなく信仰の問題」（a matter of faith, not of argument or reason）なのだ。

人々をして、それぞれの知的発達の段階に応じて、自らの目に善・真と見える物をなんでも信じせしめよ。そこに彼らは満足と幸福を見いだすのだから。私の宗教をして、その超越的偉大さのうちに他のあらゆる宗教を包含するものたらしめよ。私の神（my God）をして、実はなにものかである無（nothing which is really something）――名称は相対性（relativity）を巻き込むため、それによっては呼ばれえないがゆえに私が無と呼ぶところのもの——たらしめよ。それはキリストでも精霊でも、ほかのなにものでもなく、なおかつキリストであり、精霊であり、ほかのあらゆるものである。（拙訳）

金之助の宗教観を端的に表す貴重な記録というべきだが、それが既成のどの宗教に近似しているかをもし問うなら、「無規定」という意味での「無」を打ち出すという基本線において、「不立文字」を唱える禅仏教に通底するとはいえそうだ。つまりそこでは言語的「名称」を含む現世のあらゆる記号的体系について、これが相対的であることを忘れて絶対視する見方を迷妄とし、それからの脱却を説いて「無」ということがいわれるのであって、それは「何も存在しない」とか「すべては消滅する」というような意味ではない。「神」があるとすればこの「実はなにものかである無」以外には金之助には考えられなかった。

なお拙訳で文末を「せしめよ／たらしめよ」とした三文は、原文ではいずれも"Let"に始まる命令文で、このあたり、勢いよくたたみかける流麗な文章である。金之助の英文は大学在学中から高く評価されてきたところで、英国でも個人教授となったクレイグによって「大変賞讃」されることになる（日記、三四年三月五日）。高度に哲学的な主張の表現においても、その能筆はなんらの滞りもなく進んだように見える。

## パリを経てロンドンへ

日ならずして、その英語力を賞嘆される機会がまた訪れる。一〇月四日、突然「夏目サン」と呼びかけられて驚くと、熊本で面識のあったノット夫人（Mrs. Nott）で、その翌日には彼女を含む一団と茶を飲むことになる。「誰ニモ我英語ニ巧ミナリトテ称賛セラル赤面ノ至ナリ」となって、この場で、ケンブリッジに関わりのあるノット夫人に「紹介状ノ様ナ者ヲ頼」んだ（五日）。これでたぶんケンブリッジに行くことになるだろうと鏡子にも書き送るが（八日書簡）、これを裏返せば、この時点ではどこで学ぶかもまだ白紙の状態だったということで、まずのどかな時代だったともいえる。

さて、ジェノヴァからは芳賀・藤代との三人での汽車道中となったが、かなり克明に記録された金之助の日記からすると、行き当たりばったりで右往左往しながらの、多少危ういものであった。パリでは前年（一八九九）に完成したばかりのエッフェル塔に上り、繁華街を歩いては「巴理ノ繁華ト堕落ハ驚クベキモノナリ」と書きつけた（一〇月二三日）。その後数日を開催中の万国博覧会や美術館の見学などに費やし、この間に当時パリにいた画家の浅井忠や教育学者の谷本富《とめり》（大正元年の乃木希典〝殉死〟事件では乃木を批判してバッシングに遭う人物。詳細は拙著『乃木希典　予は諸君の子弟を殺したり』（平成一七年）参照）にも会った。博覧会の規模に驚嘆し、日本展示では「日本ノハ尤モマズシ」と見ながら（二五日）、「日本ノ陶器西陣織尤モ異彩ヲ放ツ」とも書きとめた（二七日）。

二八日朝、芳賀・藤代と別れて一人、汽船で渡英。ロンドンに到着し、大塚保治に教えられていたガウアー街（Gower Street）の下宿に辿り着いた時には夜になっていた。翌日から数日は、後年、短編小説「倫敦塔」に描くことになるロンドン塔を皮切りに、大英博物館など各地の名所を見学したり、観劇もしながら、他方で、現在の下宿が「一日に部屋食料等にて六円許を要し」（鏡子宛書簡、一〇月二三日）月額五〇円の留学費でまかなえないため、新聞広告などで安い下宿を探すことにも精を出した。

### ケアの講義を二か月でやめる

一一月一日にはケンブリッジまで見学旅行に出かけるが、そこで目の当たりにした「運動シヤツ」の学生たちの印象や、交際などを含めてかかる経費の高額さを聞き知って尻込みする。翌三四年二月に狩野亨吉・大塚保治・菅虎雄・山川信次郎の四人に宛てた手紙（九日。日記によれば三時間半を費やした長文）によれば、同様の理由でオックスフォードも「御已めにして」、その次にはエディンバラかロンドンかと考え始めたが、エディンバラは景色よく詩趣に富んで金もかからぬとはいえ、英語の発音が「日本の仙台の様なものである」からこれもやめにして、結局ロンドンにとどまることに決めたのだという。

そこで同月五日にはロンドン大学、ユニヴァシティ・カレッジのケア（W. P. Ker）教授に面会を求め、七日からは傍聴生として講義を聴きに通った。ところがこれが「多少は面白い節もあるが日本の大学の講義とさして変つた事もない」（同前）。「学校ノ講義ナンカ余リ下サラナイヨ」（藤代素人宛、一一月二〇日）との感が強かった。また汽車の待ち合わせも不便で「時間を損して聴に行くよりも其費用で本を買つて読む方が早道だといふ気にな」り、結局、大学は二か月ほど出席したきり「やめて仕舞た」。

語学上達を期して西洋人と交際しようとするには金が足りないし、また二年では短い。「時間を損し金を損して是といふ御見やげがない位なら始めからやらない方がい、から」「僕は下宿籠城主義とした」という（狩野ら宛前出書簡）。

**引きこもったわけではない**

英国留学中の金之助を一種の〝引きこもり〟状態にあったかのように語る伝記的記述がさかんになされてきたが、そのほとんどが事実と異なることを言っておかなくてはならない。この書簡にいう「下宿籠城主義」や、『文学論』「序」の「余は下宿に立て籠りたり」云々、また三五年秋に文部省から在英の某に打電されたという「夏目狂セリ」（実際には岡倉由三郎への「夏目、精神に異状あり」との電報）など、人目を引く言葉からこの風説が神話化し、本を買うために食費も惜しんでいるというような記述が金之助本人の書簡にも見られるために、「これ以上切り詰めようのない、切り詰めた生活をして」いたというようなことを小宮豊隆までが書く始末だ（前掲書）。だが、現実の食生活は「夏目君は、江戸子そだちで、口がこえてゐたせいもあつて、留学生仲間では破天荒の一週三十五シル（シリング）の豪華（?）な生活をしてであつた」し（岡倉由三郎「朋に異邦に遇ふ」昭和一一年）、転々とした下宿にはたいてい数人以上の日本人もいて、話し相手には事欠かなかったのである。

さて、そのような次第で、九月一二日には早くもガウアー街の高額下宿を出てプライアー通り（Prior Road）のミルデ（Milde）方に引っ越した金之助は、これを皮切りにこの後ロンドンで四度の引っ越しをすることになる。下宿人の日本人ばかりでなく、家人や使用人とも気さくに交際していたことは日記や書簡、子規宛の長文の手紙三通（いずれも三四年四月）が『ホトトギス』（五・六月）にそのまま掲載された「倫敦消息」や、その続編の感のある「自転車日記」（『ホトトギス』三六年一〇月）からも明らかである。

「学校ノ講義ナンカ余リ下サラナイヨ」と藤代に宛てて書いたのは引っ越しから約一週間後のことであったが、その二日後の二二日には、ケアから紹介を受けたシェイクスピア学者のクレイグ（William James Craig）を訪ね（日記）、一時間五シリングで週一回の個人授業を受けることに決める。「面白キ爺ナリ」という初対面の印象を日記に書き付けたこの老学者こそ、後年の『永日小品』に「クレイグ先生」として書かれる人である。このクレイグとの個人授業が、こののち毎火曜日にほぼ休みなく（少なくとも日記が残されている翌年一一月までは）熱心に継続されたことがわかる。

## 3 「自己本位」へのコペルニクス的転回

### 「文学」概念を自力で作り上げる

「此世に生れた以上何かしなければならん」が「何をして好いか」わからない。この「不安」がとうとう英国までついてきた、という「私の個人主義」の追懐はすでに幾度か見てきた（第四、五章参照）。「恰も嚢《ふくろ》の中に詰められて」いるようで「たゞ一本の錐《きり》さへあれば何処か一ヶ所突き破つて見せるのだがと、焦燥《あせ》り抜いた」結果、留学期間も一年を過ぎてからようやくその「錐」を手に入れた、というのがその物語である。

ロンドン中探し歩いても、どれだけ本を読んでも見つからなかったその「錐」は、しまいに「何の為に書物を読むのか自分でも其意味が解らなくなつて来」た時、ふと浮上する。

> 此時私は始めて文学とは何《ど》んなものであるか、その概念を根本的に自力で作り上げるより外に、私を救ふ途はないのだと悟つたのです。今迄は全く他人本位で、根のない萍《うきぐさ》のやうに、其所《そこ》いらをでたらめに漂よつてゐたから、駄目であつたといふ事に漸く気が付いたのです。

たとえば西洋の学者が「是は立派な詩だ」とか言うけれども「私にさう思へな」い場合、つまり「本場の批評家のいふ所と私の考へと矛盾」した場合に、自分の感じを抑えてお説の通りに受け売りするような行き方が「他人本位」であり、「私が独立した一個の日本人であつて、決して英国人の奴婢でない以上は」、このような姿勢は「世界に共通な正直といふ徳義」という観点からしても排すべきだ、という考えに至ったのだという。

### 自他の矛盾がどこから出るか

それならどうするか。そこが問題だが、「本場の批評家」の言と「私の考へ」との「矛盾」が「何処から出るか」を考えるところに、金之助は方途を見いだす。「風俗、人情、習慣、遡つては国民の性格皆此矛盾の原因になつてゐる」はずだから、これらの解析を進めれば「たとひ此矛盾を融和する事が不可能にしても、それを説明する事は出来る筈だ」、その「説明」だけでも日本文壇に「一道の光明を投げ与へる事が出来る」というのである。

ほとんどコペルニクス的とも呼びたい転回であり、「私の個人主義」という物語はここでクライマックスを迎える。

私はそれから文芸に対する自己の立脚地を堅《かた》めるため、堅めるといふより新らしく建設する為に、文芸とは全く縁のない書物を読み始めました。一口でいふと、自己本位といふ四字を漸く考へて、其自己本位を立証する為に、科学的な研究やら哲学的の思索に耽り出したのであります。

お説ごもっともと「人の尻馬」に乗り、「人の借着をして」「西洋人振らないでも好い」。その「動かすべからざる理由」を提示できたら、自他ともにどんなに「愉快だらう」。「著書其他の手段によって、それを成就するのを私の生涯の事業としやうと考へた」時、金之助の心に大学時代以来のあの「不安」は消えていた。「漸く自分の鶴嘴《つるはし》をがちりと鉱脈に掘り当てた」という確かな実感があったからである。

「今迄茫然と自失してゐた私に、此所《こゝ》に立つて、この道から斯う行かなければならないと指図をして呉れた」のがこの「自己本位といふ四字」であった……と擬人化さえ持ちこんで、「私の個人主義」の物語はまことに鮮やかなドラマを描くのだが、ここで注意しておきたい点が三つばかりある。

### 「非西洋」の足場に俳句の趣味あり

一つは、ここにいう「自己本位」の「自己」が、「西洋」への対抗物として構想されたものであり、そのかぎりにおいて金之助個人の「自己」であるのと同時に、「非西洋」ないし「東洋」または「日本」という集合意識を表象（代表）する、いわば「集合的自己」にオーヴァーラップされたものであったこと。「英国人の奴婢でない以上は」とか「彼等何者ぞやと気概が出ました」とかのナショナリズムを帯びた口吻が、この「集合的自己」を足場にしていることは明らかだろう。

もう一つは、各種芸術、それもとりわけ詩の鑑賞において、西洋の学者の説に賛同できない場合にあくまでこだわることが金之助的「自己本位」の起動力になったと見る場合、その強いこだわりは、彼のうちに強く根を張っていた俳句的「趣味」の存在と切り離しては考えられないという点。すなわち英国行きの船中で藤代素人に語って、「唯俳句のみは其趣味を解し得た」とあえて告げた根拠地あってこその反骨だったのである。

そのことを明瞭に見て取らせるのが、帰国後、東京帝大講師となってからの談話「俳句と外国文学」（三七年一月）で、そこで金之助は、どの詩はよくてどれは感心しないという「趣味の取捨」についてなら、自分は「俳句から多分の利益を得ていると云ふことを信じて疑はない」と三度も繰り返して述べている。「俳句の趣味なるものが、文学の標準に資する所は極めて大きい」、「漢詩なんども可いのですナ」と。

この談話がさらに面白いのは、子規の唱えた「排理屈」や虚子の「技巧論」について問われて、「理屈的趣味」もありうるし、「人生《ライフ》其のものからして、ツマリは技巧なのであります」と独自の見解を展開したところ。これらはいずれも「自己本位」的発起以降に作成された『ノート』に書き込まれていく哲学の一環なのである。

## 「倫敦消息」と日本の将来

注意点の三つ目は、「私の個人主義」で物語化されたこの「自己本位といふ四字」は、神体の降臨のごとくに降って湧いたわけではないこと。言い換えれば、外部からの偶然的な刺激が「錐」となって「嚢」を破るという事態は、すでに見た「俳句」への自信を含め、金之助の内部にそれなりの熟成が進んで初めて可能となったはずだ、という背景への考慮である。

熟成の進展は、三四年四月九日に子規と虚子に宛てた長い手紙をそのまま『ホトトギス』（五、六月）に掲載したものという「倫敦消息」にも、十分に感知される。下宿の亭主に頼まれて引っ越しについていくことにした経緯とか、ある店先に立っていたら「二人の女が来て"least poor Chinese"〔最も貧しくない中国人〕と評して行つた」とか、シルクハットにフロックコートの出で立ちで歩いていたら「向ふから来た二人の職工みた様な者が a handsome Jap.〔男前の日本野郎〕といつた」とか、自己戯画化を厭わないユーモアで押した文章で、愉しい読み物に仕上がっている。

ただ、そのような表面的な挿話のみ読んで足れりとするのは金之助にとって不本意であったろう。この文章では「こちらへ来てからどう云ふものかいやに人間が真面目になつて」、「日本の将来と云ふ問題が」しきりに頭に浮かぶ云々と始めた冒頭部分にこそ、主として伝えたい内容があったはずなのである。

「僕の様なものが斯《かか》る問題を考へる」のも「天の然らしむる所」で、それは当地へ来て「盛大な文学美術」がいかに「国民の品性に感化を及ぼしつゝあるか」、またその「物質的開化」の進歩とその

「裏面」に横たわる「潮流」が見えてくるにつれ、「同時に色々癪に障る事が持ち上つてくる」からだという。世界最先進国の「裏面」を含めた発展ぶりを目の当たりにするにつけ、これに追尾する日本国の将来も憂えられてくる。

時には「英吉利《イギリス》がいやになつて日本へ帰り度《たく》なる」が、すると日本の惨状が目に浮かんで情けなくなり「先達て日本の上流社会の事に関して長い手紙を書いて親戚へやつた」ともいう。「長い手紙」は後に引く岳父中根重一宛のものと見られるが、ともかくこのように熟しつつあった金之助の「嚢」をついに破って「自己本位」の広野を開いてみせた「錐」とは、実質的にはどのようなものであったのか。この問いに向かう時、金之助の脳裏に第一に浮かぶ顔が化学者池田菊苗であったことはおそらく間違いない。

## 4　池田菊苗との対話から『ノート』の構想へ

### 大なる頭の学者

後に「味の素」の発明者として名を上げることになる池田菊苗は、金之助の三歳年長。帝国大学理科大学・大学院を経て明治二四年から高等師範学校教授を務め、二九年から東京帝国大学助教授となって三二年からドイツ・ライプツィヒ大学に留学していた。その池田が帰国前の三四年五月から八月末までロンドンに滞在し、金之助と交流をもった。五高時代に四か月だけ同僚でやはりドイツに留学していた化学者大幸《おおさか》勇吉が仲立ちになったらしいが、遡る二六年から二九年三月の間は同じ高等師範で教鞭を執っていたわけで、直接に顔を合わせていた可能性もある。

ところで、「倫敦消息」でかなり詳しく語られるように、三三年一二月から下宿していたブレット（Brett）家が転居することになり、ただ一人残っていた下宿人の金之助もそれに随行する形で、三四年四月にトゥーティング地区、ステラ通り（Stella Road, Tooting Graveney）に引っ越していた。金之助にとってはロンドンでの四つ目の住居ということになるが、ここに池田を迎え入れるべく、金之助はいくらか世話を焼いたようである。

四月一九日に「池田氏へ手紙ヲ出ス」とあるのを皮切りに、日記にはまだ会わないうちから「池田君」の名が何度か出て、五月に入ると「池田氏ノ部屋出来上ル」（三日）「池田氏ヲ待ツ来ラズ」（四日）「朝池田氏来ル午後散歩」（五日）「夜十二時過　池田氏ト話ス」（六日）「池田氏写真ヲ恵マル」（七日）と連日の池田、池田……。投宿後はしばしば話し込んで、「夜池田氏ト英文学ノ話ヲナス同氏ハ頗ル多読ノ人ナリ」（九日）「池田氏ト世界観ノ話、禅学ノ話抔ス氏ヨリ哲学上ノ話ヲ聞ク」（一五日）「夜池田氏ト教育上ノ談話ヲナス　又支那文学ニ就テ話ス」（一六日）とその話した内容が多岐にわたったことも書きとめられている。

しかも「多読」では人後に落ちず「禅学」や「哲学」でも一家言をもつ金之助の日記で、「頗ル多読ノ人ナリ」「哲学上ノ話ヲ聞ク」と仰ぎ見るような書きぶりはいささか異例である。池田帰国後の九月一二日に寺田寅彦に宛てた手紙でも「色々話をしたが頗る立派な学者だ」「大なる頭の学者であるといふ事は慥かである」「僕の友人の中で尊敬すべき人の一人と思ふ」、君のことも話しておいたから「是非訪問して話しをし給へ」とはなはだ熱心な推奨ぶりであった。

この池田熱が半可なものでなかったことは、「話して見ると偉い哲学者であつたには驚いた。大分議論をやつて大分やられた事を今に記憶してゐる」という八年後の追懐からも感知される。この邂逅は「自分には大変な利益であつた」。「御蔭で幽霊の様な文学をやめて、もつと組織だつたどつしりした研究をやらうと思ひ始めた」から、と（「時機が来てゐたんだ」）。

## 文学書を離れ科学へ

さて、この池田という「錐」によって破られた「嚢」の中身はめちゃくちゃに散乱したわけではない。「幽霊の様な文学」を離れて「もつと組織だつた」研究へ、という方向性はすで確定していた。かくして「文学書を読んで文学の如何なるものなるかを知らんとするは血を以て血を洗ふが如き手段と信じたればなり」という『文学論』「序」に書くことになるような意味での〝文学離れ〟が堰を切り、「近頃は英学者なんてものになるのは馬鹿らしい様な感じがする何か人の為や国の為に出来さうなものだとボンヤリ考へテ居る」と、六月には藤代素人にも書き送ることになる（一九日）。

すでに引いた寺田宛書簡にも「学問をやるならコスモポリタンのものに限り候英文学なんかは椽の下の力持」で「あたまの上がる瀬」はない、新聞で「Atomic Theory に関する演説」を読んだら面白くて「僕も何か科学がやり度なつた」云々とあり、それから一〇日後の鏡子宛書簡にはこうも書いている。

近頃は文学書は嫌になり候科学上の書物を読み居候当地にて材料を集め帰朝後一巻の著書を致す積りなれどおれの事だからあてにはならない只今本を読んで居ると折角自分の考へた事がみんな書いてあつた忌々しい　（九月二二日）

「折角自分の考へた事」がすでに書かれていて残念だという読書態度は、西洋人学者らの諸説と自らの思考とを摺り合わせ角逐させるという『ノート』の営為がすでに始まっていたことを示すもので、金之助の「自己本位」的転回はこの時点ですでに緒についていたと見てよい。約五か月後、三五年二月一六日の菅虎雄宛書簡にも「近頃は文学書抔は読まない心理学の本やら進化論の本やらやたらに読む」「何か著書をやらうと思ふが」云々とある。

**組織だった研究の構想**

『文学論』の「序」によれば、「此一念を起し」たのは「報告書の不十分なる為め文部省より譴責を受けたる時期」の六、七か月前。この「譴責」が三五年九月のことであったから、菅に宛ててそう書いたこの二月あたりから「此一念」はいよいよ方向性を固めたものと見られる次第で、三月一五日の岳父中根重一に宛てたかなり長文の手紙には早くもその見取り図が描かれることになる。

しばらく三四年に戻ると、六月に池田がトゥーティングの下宿を去るや、七月には金之助自身もロンドン最後の住居となるクラッパム・コモン地域、ザ・チェイスという通りのリール嬢（Miss Leale）宅に引っ越す。クレイグ宅への通学も八月で終了したものと思われ（荒前掲書）、いよいよ「もつと組織だつた」研究に本腰を入れていったらしい。

こうして始まった組織的研究が「趣味の相違」の問題に触発されていたことは、『文学論』「序」のほか、後年の評論「鑑賞の統一と独立」（明治四三年）での回顧からも確認される。すなわち「出立点が国民により、時代により、年齢により、個人の性情と教育によつて好尚に差異のある事を根柢から証拠立てたいといふ希望」から「あらゆる例を集めにかゝつた」というのである。

つまり当初は「趣味の相違」の問題に限定されていたともいえる研究課題が、やがてその領域を超えてどんどん大きく拡がりだしたのだという。さきにふれた三五年三月の中根宛書簡で「問題が如何にも大問題」で「二年や三年ではとても成就仕間敷」と前置いて語り出したその構想は、以下のようであった。

「Ⓐ世界を如何に観るべきやと云ふ論より始め夫よりⒷ人生を如何に解釈すべきやの問題に移り夫よりⒸ人生の意義目的及び其活力の変化を論じ次にⒹ開化の如何なる者なるやを論じⒺ開化を構造する諸原素を解剖しⒻ其聯合して発展する方向よりして文芸の開化に及す影響及其何物なるかを論ず」る積りに候

（傍線とⒶ〜Ⓕは引用者による挿入）

## 世界ヲ如何ニ観ルベキ

これで見ると、研究の構想は『文学論』の射程を大きくはみ出して、「文学」よりむしろその基盤をなす「開化」（"civilization"の訳語。現代では「文明」とするのが普通）全般を解明しようという、途方もない企てと化したようである。それが決してハッタリや冗談ではなかったことは、このころから金之助が書きためた『ノート』（『漱石全集』第二一巻の総体をなす）中の「大要」と題した冊子から明らかだ。すなわちその冒頭から並べられている(1)から(16)までの一七項目（おそらくは誤記により(11)が二個あるため、計一七個）と、右記書簡のⒶ～Ⓕとに明白な対応関係が認められるからである。

すなわち「大要」の「(1)世界ヲ如何ニ観ルベキ」はⒶそのままであるし、「(2)人生ト世界トノ関係如何《いかん》」云々はⒷとの対応が明瞭である。(3)～(10)は左記のとおりだが、これらではⒸ～Ⓔが綯い合わされるとともに、「日本」という、書簡では言及のなかったファクターを持ちこんだ議論が構想されている。

(3)世界ト人世トノ見解ヨリ人生ノ目的ヲ論ズ
(4)吾人人類ノ目的ハ皆同一ナルカ。人類ト他ノ動物トノ目的ハ皆同一ナルカ
(5)同一ナラバ衝突ヲ免カレザルカ。（中略）
(8)日本人民ハ人類ノ一国代表者トシテ此調和ニ近ヅク為ニ其方向ニ進歩セザル可ラズ
(9)其調和ノ方法如何。其進歩ノ方法如何。未来ノ調和ヲ得ン為ニ一時ノ不調和ヲ来スコトアルベキカ。之ヲ犠牲ニ供スベキカ
(10)此方法ヲ称シテ開化ト云ヒ其方向ヲ名ヅケテ進化ト云フ

これに続く「⑾文芸トハ如何ナル者ゾ」から⒃までは、要するに⑽までの諸問題を「文芸」（「文学」「芸術」を併せてそう呼ぶ）の要素を絡ませて再考する形となる。その結果、中根宛書簡のⒻにいう「文芸の開化に及す影響」が考察されるわけだが、そこで目を惹くのが「⑿若此《もし》方法ト方向（開化・進化の方向）ニ抵触セバ全ク文芸ヲ廃スベシ」というラディカルな提言である。

**欧州文明の失敗は貧富の懸隔**

もし「廃ス」ことを本気で考えるなら、国家権力による強制以外に方途はないわけで、日本国の「開化」を最優先に考察し、「文芸」にはそれに奉仕すべき下位の役割しか与えないという立場を示す一文として興味を引く。もちろんこの姿勢はおそらく国費留学するエリートの一人として自らはめた箍《たが》のようなものであって、終生続いたわけではないことは、すでにふれてきた「私の個人主義」の趣旨などから明白だろう。

ただ、「倫敦消息」の冒頭でもふれていた、欧米の現況から照射して日本国いかにあるべきかという課題が真剣な考察の対象となっていたことは明瞭である。右記中根宛書簡にも「欧洲今日文明の失敗は明かに貧富の懸隔甚しきに基因《ママ》」するとして、「耶蘇教の随（惰）性と仏国革命の殷鑑遠からざるより」云々と、日本の将来を案ずる記述があって、その過程で「カールマークスの所論の如きは単に純粋の理窟としても欠点有之べく」とは思うが、出てくるのは当然だとも書いている。実際、漱石文庫にはマルクスの『資本論』英訳が所蔵されていて、蔵書の多くに見られる書き込みなどはないものの、このころの購入と見られる。

## 5 『ノート』の哲学――開化ハ suggestion ナリ

### 独自の体系的「開化」論へ

「余は余の有する限りの精力を挙げて、購へる書を片端より読み、読みたる箇所に傍注を施こし、必要に逢ふ毎にノートを取れり」と『文学論』の「序」にいう研鑽の日々は、このようにして開始された。「始めは茫乎として際涯のなかりしもの、うちに何となくある正体のある様に感ぜられる程になりたるは五六ケ月の後」で、留学期間中に終わらせること能わず、「蠅頭の細字にて五六寸の高さに達した」この「ノート」を「唯一の財産として帰朝」することになる。この「ノート」の仕事が帰国後も熱心に継続されたことは、『道草』で追想されるとおりである。

彼のノートもまた暑苦しい程細かな字で書き下された。蠅の頭といふより外《ほか》に形容のしやうのない其草稿を、成る可《べ》くだけ余計拵《こしら》えるのが、其時の彼に取つては、何よりの愉快であつた。そして苦痛であつた。又義務であつた。（五十五）

この「ノート」たちが、『ノート』の名のもとに一括されて『漱石全集』第二一巻の総体をなすことになる厖大な草稿群である。その大半はかつて『文学論ノート』（村岡勇編、昭和五一年）の名のもとにまとめられていたけれども、この題名が不適切なのは、『ノート』の内容中、『文学論』草稿として読まれる部分はむしろ限定的なのであって、全体としては、「大要」が示すとおり、「開化」すなわち人間の文化的活動全般を独自の視点から把握し直す哲学的な体系《システム》が目指されていたからである。

体系構築を目指したこの時期の金之助は、生涯でも有数の高潮を生きていたはずだが、そのドラマを約言するならば、ふらりと現れた池田菊苗という「錐」を「自分の鶴嘴《つるはし》」に持ち変え、それを振るって「嚢」を破った先に開けた広野の、とある「鉱脈」にがちりと掘り当てる過程であったともいえる。さて、そのような次第であれば、この過程は、それまでの金之助の思考が幾度も立ちどまりかつ表現してきもした、かれ固有のパターンをなぞるものではなかったろうか。

しかり。思いもかけない大きなものを生み出す「錐」というこの隠喩は、かつて俳句を寺田寅彦に説いて指摘した「連想の世界」を放散させる「扇のかなめ」、また随想「人生」で言及した平家の大軍を敗走させた「水鳥の羽音」、あるいは訳稿「催眠術」において「提起法」なる訳語を自ら案出したところの“suggestion”などと類比的である。その発端がスペンサー『文体論』にあったか否かは確定しがたいとしても、“suggestion”（暗示）という作用の驚くべき力こそが、金之助哲学の最大の要衝をなしたと言ってよいのである。

### Fを$F^1$に推移させるのがsuggestion

多岐にわたる『ノート』の哲学を紹介していく紙数は与えられていないので、関心をおもちの読者には別稿（「夏目漱石『ノート』の洞察―開化ハ suggestion ナリ」『比較文学』第六〇巻、平成二九年掲載見込み）を参照していただくこととして、ここではその哲学のまさに要衝をなす「suggestion」や「F」の本質に言及した文をいくつか拾うにとどめたい。

さきに見た中根重一宛書簡でいえば「Ⓓ開化の如何なる者なるやを論じⒺ開化を構造する諸原素を解剖し」に相当する内容をもつ草稿の一つ、「〔Ⅱ-1〕開化・文明」からである。

suggestion ヲ与フル様ニスルガ開化ノ目的ナリ.

開化ハ suggestion ナリ.

此2 causes〔ここでは reflection（反省）の原因としての(1) theoretical interest（理論的興味）と(2) stimuli（刺戟）〕ハ(1)ハ subjective〔主観的〕ニテ(2)ハ objective〔客観的〕ナリ. 而シテ suggestion ヲ生ズ F ヲ $F^1$ ニ変化ス. 此F、$F^1$、$F^2$ ガ開化ナリ（subjective side）此F、$F^1$、$F^2$、……ノ realisation ガ objective side of civilisation ナリ

「F ヲ $F^1$ ニ変化ス」、その「推移」こそが「開化」（文明）であり、推移の原因となる力が「suggestion」だ。この洞察を時代と地域、文化的差異を超えた人類全体のあらゆる営為に適用して考察をめぐらせたテクストが『ノート』の総体であったといえる。『文学論』として結実したのはその一部であり、芸術としての「文学」を解剖するその講義では、この「F」が「F+f」の形で捉えられる必要があった次第だ。

ここで『ノート』に頻出する「推移」の語にも注意を喚起しておきたい。対応する英語"evolve/evolution"はまさに「進化」とも訳されるもの。「進化論」(evolutionism)への関心が小さくなかったことは「近頃は文学書抔は読まない心理学の本やら進化論の本やらやたらに読む」と菅虎雄にも書いたとおりで、J・B・クロージャー、ベンジャミン・キッド、C・ルトゥールノー、マックス・ノルダウなど『ノート』での言及夥しい著書を漱石文庫に遺された蔵書でひもとけば、その書き込みの繁雑さなど、精読の跡に驚かされる。「開化」全般を「推移」のダイナミズムにおいて捉えようとする『ノート』に顕著な志向は、スペンサー流の社会進化論を含め、進化論全般に大きく規定されていた当時の世界思潮ともちろん無関係ではない。

## 6　夏目、精神に異状あり

### 毎日閉じこもって泣いている

『ノート』に読むことのできるこの「組織だつた研究」は、三四年の八、九月に開始されて五、六か月で「正体」を見せ始めたと回顧されるものだが、結局それが滞り、帰国後に再着手されざるをえなかったのは、開始から一年を経たころに金之助を襲った精神の変調にも原因があった。「英国人は余を目して神経衰弱と云へり。ある日本人は書を本国に致して余を狂気と云へる由」と『文学論』「序」で自らふれるあの「狂気」の季節である。

八月には、訪ねてきた大幸勇吉に対してほとんど一語も口をきかず（荒前掲書）、九月一二日には

「近頃は神経衰弱にて気分勝れず甚だ困り居り候」と鏡子に書き送る。「気分鬱陶敷《うっとうしく》書見も碌々出来ず」「生を天地の間に享けて此一生をなす事もなく送り候様の脳になりはせぬかと自ら疑懼致居候」とまでいう。この九月で二年の留学期間は終了し、もう帰国すべきところを延期していた時期なのでもあって、下宿で顔を合わすリール嬢とその同居する妹、日本人同宿者、訪問者らは変調に気づかないわけにいかなかった。ついには誰かが文部省に通告することで、同省から岡倉由三郎のもとへ届いたのが「夏目、精神に異状あり、藤代同道帰国せしむべし」という、すでにふれた電報であった。

話が飛ぶが、金之助死後、昭和三年一月に至って、その精神の「異状」ぶりが『改造』連載中の『漱石の思ひ出』（鏡子述、松岡譲筆記）であらわにされ、これが一悶着起こすことになる。つまりそれによると、金之助はまだ研究に「目鼻がつかない」ため年一回の報告書を白紙のまま送り、文部省で不審に思っているところへ、ちょうどロンドンにいた英文学者「某氏」が金之助の様子を見に行くと「たゞ事でない」。下宿の主婦、リール嬢に聞けば「毎日々々幾日でも部屋に閉ぢこもつたなりで、まつ暗の中で、悲観して泣いているといふ始末」。「これは大変だ、てつきり発狂したものに違ひない」「いつ自殺でも仕兼ねまじいものでない」というので、五日ばかり「某氏」が側についていたけれども、変化はなく「見れば見るほど益《ますます》怪しい」（『改造』〔昭和三年一月〕掲載の初出に拠る）。

### 土井晩翠の抗議

そこでその「某氏」が文部省へ「発狂」云々の電報を打ったというわけだが、この初出記事で「某氏」とされたのが実は土井晩翠で、これを読んだ晩翠はただちに『中央公論』二月号で抗議する。九月上旬に下宿を訪ねて、金之助自身と下宿の「リイル婆さん」

との依頼により一〇日ばかり同宿したのは自分だが、文部省とは関係のない私費留学生の身であって、そんな電報を打つはずがない、と（「漱石さんのロンドンにおけるエピソード」）。

これには松岡譲が『改造』四月号で釈明する形となったが、晩翠がどうしても抗議せずにいられなかったのは、帰国後の金之助が鏡子にこう言ったとまで書かれた部分に対してだった。

夏目と同じ英文学の研究者なところから、夏目が失脚すればその地位（！）が自然自分のところにまはつて来るといふので（！）大した症状もないのにそんな奸策（！）をめぐらしたのだ（！）、彼奴は怪しからん奴だ（！）などく〳〵憤懣の口調を洩してゐたことがありました。

（『改造』一月号から引用。ただし文中の「（！）」は晩翠による挿入）

これについて松岡は、単行本化の際には配慮するとしつつも、文部省への通知者について金之助が「それを貴方ではないか」と疑ったこと自体は事実というほかないと押し返しもした。この経緯は「どう考へて見ても先生の病気の発作がおこさせた猜疑心」によるのであって、「あの病気の発作が起こると、最も側近のものに対して面白くない感情をもたれるのが常だつた」ので、その意味では「奸策どころか其時は貴方が故人と一番親密な関係にあられたといふ反証にさへなる」と、妙な持ち上げ方であった（「倫敦の漱石先生について（土井晩翠氏に呈す）」）。

要するに完全な「病気」であったと見る立場が『漱石の思ひ出』には貫かれているわけで、これについては現代の精神科医の間でも諸説あることはすでに見てきた。たとえば「倫敦消息」の続きをという『ホトトギス』の求めにより書かれた「自転車日記」（掲載は三六年六月）は、やはり金之助の様子を案じた同宿の銀行員、犬塚武夫の勧めで始めた自転車乗りについて書いた文章なのだが、下宿の「二婆さん（リール姉妹）の呵責に逢てより以来、余が猜疑心は益《ますます》深くなり」のような記述にも「被害妄想」が読み取れる、と高橋正雄は診断している（前掲書）。

## 受動型統合失調症の再発？

留学決定の経緯を含めて、金之助のこれまでの身の振り方に、すべて他人に言われてするという「受動性」が顕著であるとは本人も認めるところなのだが（「時機が来てゐたんだ」）、「受動型の統合失調症の再発は周囲の事情で無理な変化を強いられた時に多い」、「発病前に統合指向的な形での問題解決をめざす『無理の時期』がある」といった現代医学の知見を参照しつつ、金之助がこの種の「無理の時期」にあったのではないか、と高橋は推測する。つまり「英国にいたためというよりは、英国を離れなければならないことからくる不安が強かった」のだ、と（前掲書）。

もちろん早く帰国して妻子の顔を見たいという思いも一方にはあったことだろう。繁く書き続けられた鏡子への手紙の文面もそれを強く示唆するが、なにぶん鏡子からの返信があまりに少なく、そのことを託つ金之助の言葉もまた頻繁に読まれる。この事情も金之助の「神経衰弱」と無関係ではないはずで、「被害妄想」などの症状が発生したころには、すでに英国を離れることへの「不安」が妻子への思いをしのいでいたように見える。

## スコットランドで保養

この危機が三五年九月のことで、金之助のスコットランド行きはその翌月のことであった。この旅行のすがすがしい思い出は後に『永日小品』（明治四二年。「ピトロクリ」「昔」）に描かれ、また『文学論』でもふれられることになるが、旅行の詳細は明らかになっていない。スコットランドといえば、三四年三月には総領事館によりグラスゴー大学の試験委員（examiner）に任命されて試験問題を作成して送るということもあったのだが（塚本利明『漱石と英国』昭和六二年に詳しい）、その件とは無関係らしく、なんらかの経緯でジョン・ヘンリー・ディクスンという親日家の事務弁護士（sollicitor）と知り合い、このディクスンの招きによって、彼がスコットランドのハイランド地方の峡谷の町、ピトロクリにもつ「宏壮なる屋敷」（『文学論』）を訪れ、何日かそこに滞在したのである。

このディクスンという人、フェノロサや岡倉天心も名を連ねる「日本協会」（Japan Society、一八九二年創設）で活動していた美術に関心の深い人で（出口保夫『漱石と不愉快なロンドン』平成一八年）、『ピトロクリ、過去と現在』（一九二五年）という本を出すほど、この地に入れ込んでいた（平川祐弘「漱石を招いてくれた英国人（補遺）」昭和五二年）。おそらく天心の弟、由三郎経由で金之助を知って、その学識や芸術的素養に惚れ込んだものと思われ、ディクスンが購入して間もなかった邸は現在、ダンダラーク・ホテルとなっている。

『文学論』でのディクスンへの言及は、「第四編第五章調和法」で、西洋人は「烟霞の癖に耽る事意

漱石が滞在したピトロクリ近郊の邸
（現ダンダラーク・ホテル）

外に少な」いとの指摘から、「雪見に人を誘ひて笑を招き」「月は憐れ深きものと説いて驚かれ」たりした経験を語っていく、その流れで持ち出されたもの。ある日、「主人」（ディクスン）と散歩していて、樹間の経路がすべて苔むしているのを見て「よき具合に時代が着きて結構なり」とほめたら、近いうちに「悉く搔き払ふ積《つもり》なり」という返答でがっかりした、という挿話である。

この地で金之助が書いたものとしては、ロンドンの岡倉由三郎に宛てたものの一部が岡倉によって藤代素人宛書簡に引用されたものの形で残っているばかり。

目下病気をかこつけに致し過去の事抔一切忘れ気楽にのんきに致居候小生は十一月七日の船にて帰国の筈故、宿の主人は二三週間とまれと親切に申し候へども左様にも参ら〔り〕兼候当もなきにべん〳〵のらくらして居るは甚だ愚の至なれば先よい加減に切りあげて帰るべくと存候

## 7 「気狂になつて帰つた」？

### 妄想で三歳の娘を殴る

金之助が帰国途上にあることを鏡子が知ったのは、年が明けて明治三六年一月、「何日神戸入港の汽船で帰朝する人々」という新聞記事に夏目の名があると人に教えられてのことだった。入港が何日になるかはわからぬうち、金之助から突然「今神戸へ上陸した、何時の汽車にのるといふ電報」が届いたのが二三日。翌日早朝には父中根重一に伴われて国府津まで出迎えて夫と相まみえ、同行して新橋停車場に到着すると、そこには生後一年の次女、恒子を含む家族・親戚に加え、寺田寅彦ら友人・学生までが待機。親戚のうちには「若《も》しや噂のとほり気狂《きちがひ》になつて帰つて来たのでもあるまいか、どんな様子だらうと、半ば怖々《こわぐ》出て見た人も」あったという（鏡子前掲書）。

鏡子が驚愕したのは、それから三、四日後のこと。満三歳の長女、筆子が火鉢の向こう側に坐り、その火鉢の平たい「ふち」の上に五厘銭が一枚のせてあった。誰が置いたものかわからず、筆子にはなんの関係もなかったが、金之助はこれに目をとめるなり、「こいついやな真似をするとか何とか」言って、「いきなりぴしやりと擲《なぐ》つた」のである。泣く筆子をなだめつつ理由を尋ねると、金之助は以下のような説明を与えたという。

ロンドンで散歩中、乞食にねだられて銅貨を一枚手渡したことがあったが、帰宅して便所に入ると

「これ見よがしにそれと同じ銅貨が一枚便所の窓にのつてる」。下宿の主婦（リール嬢）が「自分のあとをつけて探偵のやうなことをしてゐる」という疑念をかねて抱いていたのだが、それを見て「やっぱり推定どほり自分の行動は細大洩らさず見てゐるのだ」とわかり、しかも「そのお手柄を見せびらかしでもするやうに」自分の目につくところに置くとは、なんと「小癪」な「いやな婆さんだ」と憤慨した。今、それと「同じやうな銅貨」を「同じくこれ見よがしに」置くとは「いかにも人を莫迦にした怪《け》しからん子供だと思つて、一本参つたのだ」。

## 東京帝大講師に就任

家ではこんな調子で「外国から持つて来たあたまの病気が少しもなほらない」ままながら、学者・教師としての金之助の声望は上がりこそすれ下ることはなかった。留学中からの狩野亨吉、大塚保治など有力な友人たちの口利きにより、第一高等学校嘱託（年俸七〇〇円）のみならず、東京帝国大学講師（年俸八〇〇円）の席さえが金之助に用意されていた。熊本に戻るのがいやだとは滞英中から彼らに書き送っていたところだが、それは熊本の地を厭うというより、教育の義務で研究時間を取られることを恐れる気持ちが主だった。この意味では東大の教師になるとはいっても、喜び一杯というわけではなかったはずだが、それでも四月からの生活に見通しをつけた安堵もあってか、「神経衰弱」は快方に向かったものらしい。

三月には本郷区千駄木町の借家（現・文京区向丘。明治二三年の新築時から二五年まで、偶然ながら森鷗外が借りていた。現在は博物館「明治村」に保存）に移って、三月末には退職金五〇〇〇円をもらって正式に五高を退き（松岡前掲書）、四月から東大と一高で授業を始めた。当時の大学は九月に学年を開始したので、四月から六月は「第三学期」であったが、金之助は英文科生向けの「英文学概説」と英語の一般講義を担当した。

前者は後年その講義録が『英文学形式論』（大正一三年）として刊行されるもので、編者皆川正禧によれば「文学の概念（General Concept of Literature）」と題して「文学」の成り立ちを哲学的に解明しようというもの。前学期まで英文科に在籍したラフカディオ・ハーン（小泉八雲）の耽美的な講義ぶりに馴染んでいた学生らに、これが大いに不評を買ったことはよく知られている。一般講義は講読の授業で、テキストに採択されたジョージ・エリオットの小説『サイラス・マーナー』が金之助が五高でも使っていた読み物とあって（寺田宛書簡）、帝大生を高校生扱いするのかと、やはり不評。

### 帝大病院精神科を受診

これらの不評との因果関係は不明ながら、ともかく六月の梅雨期に入ると、金之助はまた「ぐん〴〵頭が悪くなつた」。「無闇と癇癪をおこして」「手当たり次第のものを放り出し」、自分でもわけのわからないまま「怒り出して当たり散ら」す（鏡子前掲書）。たまりかねた鏡子が、近所の町医者、尼子四郎と示し合わせ、顔色が悪いからとか言いなして金之助を診察に行かせると、尼子の診断は「どうもたゞの神経衰弱ぢやない（中略）精神病の一種ぢやあるまいか」。

そうするうちにも金之助は女中たちを追い出してしまうわ、妻にも「里へ帰れ」と繰り返すわで、もはや自分らの安全も危ういと感じた鏡子は、七月には子供を連れて実家へ帰る。この別居の経緯は『道草』の記述とも符合するのだが、それによれば「昔のやうな書生々活に立ち帰れた自分を喜んだ」

夫は「細君の事を考へずにノートばかり作つてゐた」（五十五）。

自らの異常性に金之助自身も無自覚でなかったことは、尼子に紹介された帝大病院の呉秀三博士の診察を受けることに同意したことからも推察される。呉が鏡子に告げた診療結果は「あゝいふ病気は一生なほり切るといふことがない」、治ったと思っても「後で又きまつて出て来る」云々。病気の説明を詳しく聞かされた鏡子は、「なる程」と「漸く腹がきま」った。「病気なら病気ときまつて見れば、その覚悟で安心して行ける」と（鏡子前掲書）。

# 第七章　東京帝大講師、小説家として登場

## 1　『英文学形式論』と『サイラス・マーナー』

### 難解な講義が不評を買う

後年の小説『行人』（大正元～二年）の主人公、大学教授の長野一郎は、その講義ぶりにも変調が露見して「精神病」を疑われてしまうが、金之助自身についてそのような報告はなされていない。家庭の惨状を知らない学生たちは、博識・犀利のこの学者を仰ぎ見、時に講義内容の難解さに不平を鳴らすばかりであった。『英文学形式論』の記述によると、明治三六年四月、金之助の「英文学概説」の講義第一回は、このように始められた。

吾々の日常使用する言語の中には、其内容の曖昧、朦朧《ヴェーグ、アンド、オブスキュア》なものが多い。吾々は此《これ》を使用するに当り、その内包、外延の意味《インテンスイーヴ、アンド、エキステンスイーヴ、ミーニング》を知らずに唯曖昧の意味を朧げに伝へる。此を伝へら

れた人も、亦曖昧に聴いて曖昧に解するのみである。更に或る場合には符号《シンボル》の表はす内容に付き、何等の概念《コンセプション》なくして用ゐることさへある。

だから「或言葉の意義を確かめよう」とすると「遂に要領を得ないことが多い」わけだが、これすなわち「内容其者」でなく「記号《シンボル》その者を以て考へる」からで、「文学《リテラチユーア》と云ふ言語も此種の言葉の一である」と。

なるほど。と一読ですんなりと理解された読者は、おそらく英語ほかの欧語による理論的記述を読み慣れた方だろう。教室にそんな学生はいなかったものか、「大学の講義わからぬ由にて大分不評判」（菅虎雄宛、五月二一日）。自分では「大得意ダガ、ワカラナイソウダ」。このまま続けるのは「生徒ニ気ノ毒ダ、トイツテ生徒ニ得ノ行ク様ナコトハ教エルノガイヤダ」（同、六月一四日）と金之助は「不評判」の講義を強行した。当人は「大得意」であったその内容はというなら、『ノート』で構築してきた「開化」哲学体系中「文学」の部のうち、九月から始めることになる『文学論』相当部分の前哨となるべき内容で、「文学とは何か」を説く上で必要となる基本的な概念を解説していこうとするものだった。

たとえば、ある人から別の人へ言葉が投げられるとき、その概念の適用範囲（外延）とそこに含まれる事物が共有する性質（内包）のすべてにおいて両者の意識が一致しているのであれば、なんの誤解もないコミュニケーションが成立するはずだが、そんな場合はまずない。だからこそ人は始終、コミュニケーションに躓いておろおろしている。「文学」の語などはそのような「記号《シンボル》」の最たるものなのだから、まずその意味をはっきりさせておこう……と。

**附着する感情的要素の違い**

こうして諸説を引きながら『漱石全集』で一〇頁ほどの長さを講じ来たった後に、ここは「文学」を「形式 Form／内容 Matter」に大別する必要があるとして、それではこれから「形式」の方を説明して参ろう、とばかりに始められるのが「文学の形式」と題された本論部分である。その構成は、前半の「ⅠのA　智力的要求を満足さする形式」「ⅠのB　雑のもの」「ⅠのC　歴史的趣味より来る形式」で「記号《シンボル》」の意味的側面を、後半の「Ⅱ　音の結合を生ずる語の配列」で音韻面を説いていくという形。現代の言語理論になじんだ読者には平易に映るかもしれないが、当時としては先駆的というほかなく、学生が戸惑ったのも無理はない。

たとえば意味内容は同じはずの「秋風」と「あきかぜ」で「附着《アツアツチ》する感情的要素《エモーシヨナル、エレメント》が違ふ」云々の議論は『ノート』にその周到な準備の跡を見ることのできるものだが（「〔Ⅲ－6〕文芸の Psychology」）、その講述は「ⅠのC」においてである。すなわち「日本人に西洋詩の趣味がわかるか」を問うという話の流れで、「智力的要求」（ⅠのA）のレベルでも「雑のもの」（ⅠのB）のレベルでも学修により西洋人の水準に達することは可能だが、この「感情的要素《エモーシヨナル、エレメント》」になると、それが「我有《わがもの》となるか」は疑わしい、という分析的推論の場面で持ち出されるわけである。

このように段階を踏んだ精緻な分析を、文学の「形式」をめぐって積み上げていくプロセスがこの講義の根幹をなしていた。それでは「内容」の方はどうなるのかというなら、その領域に入っていくのが次学期からの講義、すなわち後に『文学論』としてまとめられるもの、ということになる。

### サイラスとの縁

帝大でのもう一つの授業は講読の一般講義であったが、その教材にジョージ・エリオットの小説『サイラス・マーナー』（一八六一）を指定されたことには「皆不愉快の思ひをした」と当時の学生、金子健二は書いている。前学期までハーンが必ず講じていたというテニスンの詩を「悦んで聴いてゐた」のに、「今度は夏目金之助とかいふ『ホトトギス』寄稿の田舎高等学校教授あがりの先生が、高等学校あたりで用ひられてゐる女の作をテキストにするといふのだから、われわれを馬鹿にしてゐると憤つたのも当然だ」と（『人間漱石』昭和三一年）。

「とっさのことなので」仕方なく前任校で使ったテキストにした（亀井俊介『英文学者夏目漱石』平成二三年）という面がないではないにしても、それだけで片付けては金之助の教育者としての良心と意図を不当に見くびることになるだろう。『サイラス・マーナー』と聞いて噴出した金子らの不満を金之助が予想できなかったとは思えないし、より高度と見える作品を採り上げようと思えば、それこそもう一方の講義『英文学形式論』で示した博識と、前衛的な大長編『トリストラム・シャンディ』まで読みこなしていた英語力から見て、なんの困難もなかったはずだからである。

そこをあえて『サイラス・マーナー』に決めたことの背後には、これを素材として教授しうるかもしれない文学的「内容」が『英文学形式論』での「形式」の議論、およびそれを受けての「内容／形式」の総合的考察になるはずの『文学論』の講義内容となんらかの呼応を実現するはずだ、という目算があったにちがいない。

またこれが金之助の愛読書であったという想定は、漱石ファンの多くが首肯するところだろう。なにしろ主人公のサイラスは、唯一の親友に裏切られて婚約者を持ち逃げされる男で、その後一六年を経たところからドラマが始まるという後の小説『心』を思わせる設定でもあるし、またそのサイラスが独身のまま拾って育てる女児エピーの運命には、古道具屋の店先に置かれていた金之助自身の乳幼児時代と重なる部分がある。このエピーのけなげさには、読みながら落涙さえしたかもしれない。落涙とまで推すのは、たとえば明治二六年購入と見られるC・ブロンテ『ジェイン・エア』への書き込み（『漱石全集』二七巻）などから、若年の金之助が大いに感情的に反応しながら小説を読む人であったことがわかるからである。

### 層々累々の展開

さらにいえば、主要登場人物数名の会話の場面を重ねていくことでストーリーを進展させていくエリオットの巧みな小説作法は、漱石後期の特に『明暗』を強く連想させる。小説家漱石が手法を学び取った作家の一人にこの作家を数えるべきゆえんだが、彼女への傾倒には、『ノート』から『文学論』に持ち込まれる《暗示によるFの推移》理論へのなじみやすさ、という側面もあったと思われる。

エリオットと漱石に通底する手法として、たとえば場面Ⅰの会話に人物Aが入り込んで新しい情報を入れることで、場面Ⅱは場面Ⅰと異なる情報量と色合いを帯び、さらにその場面Ⅱに人物Bが新しい情報を入れ……といった進展で読者を物語の奥へと導いていくという、後に漱石が用いる表現でいえば「層々累々」の展開があるのだが、小説のこの流れは、「suggestion」の働く結果「FヲF$^1$ニ変化ス」る、その「F、$F^{1}$、$F^{2}$……」の推移にこそ「開化」の本質を見る『ノート』の哲学と見事に呼応するものである。「F、$F^{1}$、$F^{2}$……」は「開化」についていう場合は「集合的F」だが、個人の「F」についても同じことがいえるはずだから。

また幽霊などの超自然的存在やそれらによる予言などへの強い関心は、留学前の「天地山川の……」「マクベス論」など以来、金之助に一貫するところであったが、その方面の趣向にも『サイラス・マーナー』は応えるものであった。そう遠くない時期と見られる「断片 35C」（推定、明治三九年）にはこうある。

神、告ゲ、幽霊、等ヲ皆 suggestion ノ personification トシテ使用スル方法

つまり宗教的経典を含め、文学的テクストに出てくる「神、告ゲ、幽霊」などはすべて「suggestion」を擬人化することで「F」を「$F^{1}$、$F^{2}$……」へと推移させる力を強化したものなのだ、と。

この擬人化のような技法に訴えないまま、地の文で「作者」が顔を出して「suggestion」を無骨な哲学的講釈にしてしまう場合もエリオットにはままあって、その長々しさに日本人読者の多くは辟易してしまうのだが、なにしろ自らも理屈屋、しかもエリオットの直接の師たるスペンサーには学生時代からなじんでいたから、それも苦にはならなかったのだろう。

藤村操の自殺を気にする

さて、金之助の授業態度も自信と威厳に満ちたもので、「其頃の先生の様子は一体に高襟《ハイカラ》で、高いダブルカラに、磨き立てのキッドの靴の、尖の細い踵高な奴をはいて、歩きぶりから一種のリズムも持つて居た」（野上豊一郎〔臼川〕「大学講師時代の夏目先生」昭和三年）。この颯爽ぶりで同僚の「教授」連への「皮肉な諷譏」に及ぶこともしばしばあったともいう。そもそもなぜ金之助が「教授」でなく「講師」であったかといえば、当時の帝大で英文科と仏文科だけが「日本人の教師を教授に任命しない事になつてゐた」からで、実際、金之助より年少で「嘴の未だ黄色かつた」建部遯吾、桑木厳翼、姉崎正治らがすでに「教授」を張っていたのだから（金子健二前掲書）、皮肉を言いたくなったのも不思議ではない。

なお一高の方では、日光華厳の滝の絶頂の大樹に「巌頭之感」を彫りつけて満一六歳の身空で投身自殺した藤村操の事件が騒ぎとなるが、藤村はその死の二日前の五月二〇日まで金之助の授業に出ていた。その前の回の一三日に、訳読を指名すると昂然として「やつて来ません」「やりたくないからやつて来ないんです」と居直る。「此次やつて来い」と言い渡したが、二〇日にも予習していないので「勉強する気がないなら、もう此教室へ出て来なくともよい」と叱責したのだった。

その二日後の椿事であったから、さすがの金之助も動じたか、二七日の授業開始前、最前列の生徒にその件を尋ねると、「先生大丈夫です。心配ありません」と言うので「心配ないことがあるものか。死んだんぢやないか」と口にした。その場にいた野上豊一郎が後に尋ねると、「ひどく叱つた故に彼が自殺したのぢやないか」と思ったのだという（野上「大学教授時代」大正六年）。翌三七年二月には寺田寅彦宛の葉書に書きつけた新体詩「水底の感」に奇妙にも「藤村操女子」と署名したし、『吾輩は猫である』（十）や『草枕』（十二）でも言及したところを見ると、藤村の死が金之助に強い印象を残したことは間違いない。

## 2　予の周囲のもの悉く皆狂人なり

### 『マクベス』で人気教授に

二か月ほど実家に帰っていた妻子を金之助が迎え入れたのは、明治三六年九月一〇日前後のことである。『道草』（五十五）によれば、急に姿を現わして「貴夫《あなた》故《もと》のやうになつて下さらなくつて」と声をかけた妻に、穿いている下駄の見苦しさに気づいた夫が「是《これ》で下駄でも買つたら好《い》いだろう」と一円紙幣を三枚握らせる。鏡子とすれば、「夫婦別れをしよう」という気はもとよりなく、夫の「病気」にもすでに「覚悟」を決めていたから、仲裁に入った義兄直矩の取りなしを進んで受け入れることで元の鞘に収まった（鏡子前掲書）。

それから二か月ばかりは、鏡子も「よい按排だと喜んで」いたとおり（同前）、金之助は快調に仕事ができ、大学での評判も急上昇した。九月二二日以降、毎火曜と木曜の午前中に講読の一般講義を、火曜日の午後に「英文学概説」の講義をこなす。午前の講読の方は『マクベス』を採り上げるや、日本は時あたかもシェイクスピア・ブームとあって「広い教室が聴講生で立錐の余地が無い程満員札止めの好景気」。夏目講師は『サイラス・マーナー』時代の不評判を「帳消し」にした（金子前掲書）。

午後の「英文学概説」は前学期の『英文学形式論』を受ける形で、いよいよ『文学論』冒頭の「F＋f」の話に入ったものと思われる。金子健二の日記によれば、「例によつて例の如く、余りに鋭い、又、余りに冷たいメスを振るつてあの美しかるべき英文学の、その軟かな肌を解剖されるので私達は文科の学生であるといふ自負心を傷つけられるやうな感じ」をもった。その一方、『マクベス』評釈で「一躍して文科大学第一の人気者になられた夏目先生は『英文学概説』に於ても次第に人気を得られるやうになつた」とも（同前）。

その『マクベス』の講義はその後も「立錐の余地なし」の盛況が続き、「夏目先生の解釈は正確適切にして一点のあいまいな所なし」と絶讃した金子だが、一二月に入るころには「劇中の幽霊評だけは一向に感心しない。理窟詰のお話しはぬきにされたがよからう」と注文をつけるようになる（同前）。が、その後、講義内容の一部を論文にした「マクベスの幽霊に就て」（『帝国文学』三七年一月）を見ればわかるように、金之助が論じようとしたのは、まさにその「幽霊」の出現をめぐっての「理窟」であって、この学期の教材として『マクベス』を選んだ動機も、おそらくそこにあった。

二度現れる幽霊が一度目は誰ので二度目は誰の、あるいは二度とも同じか、との問題をめぐる諸説を検討した上で自説を述べていくというのが論文の主筋で、いかにも「理窟詰」である。その自説はといえば、「吾人の心意は瞬間に流転し、刹那に推移す」「変ずる者は幽霊にあらずして反つてマクベスなり」と、「幽霊」現象も主人公の意識の推移の一部と見ていく立場。もちろんこれは「F、$F^1$、$F^2$……」と推移する「F」の表現にこそ文学の本質を見ようとする『ノート』の哲学に立脚するもので、この意味で午後の『文学論』の講義とも通底していたのである。

### 赤ん坊を庭へ抛り投げる

さて、関係の有無は不明ながら、『マクベス』講義が「幽霊評」の「理窟詰のお話し」に停滞して不評を買うようになった時期は、家庭において一一月に三女、栄子が生まれてから金之助に再び変調が見られた時節に重なる。

何かといえば「実家へ帰れ」と妻に当たり散らすようになって、朝、出勤前に洋服を着せようとすれば「彼方《あっち》へ行って居ろと頭からどなりつけ」、生活費をくれないので再三せがむと「いきなり一円札を足元へ放りつけ」、呼ばれて唐紙をあければ「煙草《たばこ》がないといっていきなり莨盆《たばこぼん》を放りつけ」、また「時計がとまってるといっては懐中時計を放りつけ」、夕食中、子供が歌を歌えば「うるさいといふが早いか御膳をひつくりかへして書斎に入つて」しまう（鏡子前掲書）。

極めつけは「まだ赤ちゃんであった恒子を漱石が品物のようにひっ摑んで庭に抛《ほう》り投げ」、鏡子が白足袋のまま飛び降りて拾い上げたという、鏡子の末弟、中根壮任《たけとう》の目撃談（半藤末利子『漱石の長襦袢』平成二一年）。このころの鏡子が「しょっちゅう書斎によばれていっては、髪ふり乱して泣きながら廊下を走って出て」きたことも、長女筆子は鮮明に記憶している（座談会「夏目漱石の長女」昭和五一年）。

現代なら家庭内暴力として逮捕さえされかねないところであるが、金之助自身は、そんな自分について、どう感じていたのだろうか。それを『道草』に求めるなら、こんなところである。

健三の心は紙屑を丸めた様にくしゃ〳〵した。時によると肝癪の電流を何かの機会に応じて外《ほか》へ洩らさなければ苦しくつて居堪《ゐたゝ》まれなくなつた。彼は子供が母に強請《せび》つて買つて貰つた草花の鉢などを、無意味に縁側から下へ蹴飛ばして見たりした。〔中略〕何にも知らない我子《わがこ》の、嬉しがつてゐる美しい慰みを、無慈悲に破壊したのは、彼等の父であるといふ自覚は、猶更《なおさら》彼を悲しくした。
〔中略〕
「己《おれ》の責任ぢやない。必竟こんな気違《ちがひ》じみた真似を己にさせるものは誰だ。其奴《そいつ》が悪いんだ」
彼の腹の底には何時《いつ》でも斯《か》ういふ弁解が潜んでゐた。　（五十七）

何かが外部から彼を襲って「肝癪の電流」を発生させ「気違じみた真似」をさせる。だからそれは「己の責任ぢやない」……。現代の法廷で「心神耗弱により責任能力なし」と見なされるような場合を思わせるが、それは冷静さを取り戻した時の金之助の実感であったかもしれない。

## 小刀細工をなさい

鏡子の目にはそれらが「自分の頭の中でいろ〳〵なことを創作して、私などが言はない言葉が耳に聞こえて、それが古いこと新しいことといろ〳〵に聯絡して、幻となつて眼の前に現はれるもの」と見えた。帰国直後、火鉢の上の銅貨にロンドンの乞食に与えた銅貨を見て三歳の娘を殴ったのはまさにそれであるし、この秋にも、かつて恋慕した〝眼科の美少女〟の母親が今「まはし者」をよこしていると言い張ったという。またある時は女中を呼んで小刀を渡し、「これを奥さんのところへ持つて行つて、これで沢山小刀細工をなさいつてさう言ひなさい」

と命じ、「気味が悪う御座いますね」と女中を怯えさせた（鏡子前掲書）。

さらに正気の沙汰と見えなかったのは、家の向かいにある下宿屋の学生が日課としていた声高な音読が「自分の噂や陰口に響」き、朝家を出る時間も重なったため、彼について「自分をつけてゐる探偵に違ひない」と決め込んだ経緯である。

朝食前に書斎の窓の敷居の上に乗って、その下宿屋の学生に向けて「おい、探偵君。今日は何時に学校へ行くかね」とか、「探偵君。今日のお出かけは何時だよ」とか大声で怒鳴るのが、この時期の日課となっていたという。「書生さんも変な気狂《きちがひ》親爺《おやじ》だな位には思つてゐたことでせう」（鏡子前掲書）。

またある日、鏡子が書斎に入ると、机上の半紙に墨黒々と、こんな文句が書かれてあった。

> 予の周囲のもの悉く皆狂人なり。それが為め予も亦狂人の真似をせざるべからず。故に周囲の狂人の全快をまつて、予も佯狂をやめるもおそからず　（鏡子前掲書）

これとほぼ同じ趣旨の考察を『吾輩は猫である』の苦沙弥先生が繰り広げることになるのは、この時から二年半ほど後のことである。

> ことによると社会はみんな気狂の寄り合かも知れない。〔中略〕其中で多少理屈がわかつて、分別

のある奴は却《かえ》つて邪魔になるから、瘋癲院といふものを作つて、こゝへ押し込めて出られない様にするのではないかしらん。すると瘋癲院に幽閉されて居るものは普通の人で、院外にあばれて居るものは却つて気狂である。

（『吾輩は猫である』九〔三九年三月〕）

**狂人の顔は家族にだけ**

この認識はもちろん、「彼の頭脳の不透明なる事はこゝにも著るしくあらはれて居る」、彼は「狂人と常人の差別さへなし得ぬ位の凡倉《ぼんくら》である」と語り手の猫によってただちに相対化されるわけだが、三六年秋の時点では、「狂人と常人」の区別不可能性または反転という事態は、冗談でも何でもなく、金之助の意識における事実であったらしい。

鏡子の弟で、金之助への親愛を隠さない中根倫《ひとし》も「尼子さんなぞも、全然狂人《きちがひ》だと思つてゐました」と告げ（「義兄としての漱石」昭和一一年）、その末弟、壮任になると「俺、漱石なんて大嫌《でえきれ》え。ありゃ狂人だよ」と公言していたという（半藤前掲書）。ここで興味深いのは、そんな「気狂《きちがひ》親爺《おやじ》」金之助のいる家に、やがて熊本時代から相知る寺田寅彦らばかりでなく、東大で初めて接した学生も含め少なからぬ訪問客が訪れるようになり、かつ彼らの側から「狂人」云々の声が上がる気配は微塵もなかったことである。

学生らへの金之助の信望は、鏡子から見れば不思議なことにちがいなかった。不思議だらけのなかで、彼女が「一番不思議に思ふ」のは、「十一月頃一番頭の悪かつた最中、自分で絵具《えのぐ》を買つて」来て水彩画を描き始めたことだったという。しかしこれも、夏目家によく来るようになった学生らのうちの、寺田寅彦か橋口貢からの「刺激」によったので、べつに不思議ではないと、これら訪問客にやがて加わる小宮豊隆は書いている（前掲書）。

家族に向ける顔と訪問客に向ける顔とがまるで別物であったことをここにも見て取ることができるが、ともかくその後も「頭が悪くなると絵を描いたのは面白いこと」で、それが死ぬまで続いたと鏡子。これを裏返せば「頭」の変調はその後もぶり返したということで、三九年までは「一進一退の状態」であったという（鏡子前掲書）。

## 3 『吾輩は猫である』の誕生

**新体詩「従軍行」の不評**

「藤村操女子」作の新体詩「水底の感」を寺田寅彦に書き送ったのが三七年二月八日のことであったが、その二日後に日本はロシアに宣戦を布告した。その春から夏にかけて、鏡子の表現にしたがえば、金之助の「悪かつた頭」は「大分よくな」り、狂気じみた癇癪も減って「大層勉強が出来る」らしく、「段々重くるしい靄が晴れて来るやうな有様でした」（鏡子前掲書）。大学の講義では二月下旬に『マクベス』を完了して『リア王』に移ったところ「大教室は押すな押すなの人並みのはんらん」で聴講者制限のやむなきに至った。「大入り繁盛札止め景気」「文科大学は夏目先生たゞ一人で持つて居らるゝやうに感じた」と金子健二（前掲書）。

文筆においても好調で、英文科編集の『英文学叢誌』第一集（二月）にマクファーソン『オシアン』からの訳詩「セルマの歌」「カリックスウラの歌」を載せ、五月の『帝国文学』には新体詩「従軍行」を執筆した。後者は「吾に讐《あだ》あり、艨艟《もうどう》吼ゆる」と始めて「守る神あり、八百万神」と結ぶ戦意高揚を煽るかの詩で、六月三日の野村伝四宛の葉書では、大塚楠緒子がやはり戦争に触発されて書いた新体詩を「無残の老卒が一杯機嫌で作れる阿呆陀羅経の如し女のくせによせばいゝのに」とけなし（第四章参照）、「それを思ふと僕の従軍行などはうまいものだ」と自讃している。が、これには「こんな拙いものを書かれては我等英文科の名誉を汚す」との酷評もあったといい、金子健二も「純然たる時代思想に便乗した平凡な客観詩」と見た（前掲書）。

六月二二日の野村伝四宛の葉書に「君が遠慮して来なくとも毎日来客で繁盛だよ」ともあるとおり、このころには学生たちの訪問が「毎日」のようになって、夏目家の書斎はずいぶん賑やかになっていた。やがて『吾輩は猫である』の語り手の任を託されることになる黒い子猫の出現も、その六月か七月のこと。猫嫌いの鏡子らによる再三の撃退にもめげず入り込んで、ついに主人の「そんなら内へ置いてやれ」（二）の一言で救われたのは、現実の夏目家での経緯そのままであったらしい（鏡子前掲書）。

ところで、夏目家のそのころの家計は、鏡子によれば決して楽なものではなかった。同年七月ごろには、失職後困窮していた鏡子の父、中根重一が高利貸しの借用証書に判を押してほしいと頼みに来、それは「危険ですから」と断って、その代わり菅虎雄に頼んで二五〇円だけ工面してもらうという『道草』（七十四）にほぼそのまま叙述されたとおりの経緯もあった。この年九月から明治大学予科の講師（月給三〇円）を兼任したのも経済的な事情が主な理由であって、好きで授業を増やしたわけではない。

## 新ジャンル「俳体詩」の創出

さて、『吾輩は猫である』が産声を上げるのは、それから二か月ほど先、誕生の母胎となったのが高浜虚子ら『ホトトギス』の俳人仲間との交流であった。すでに夏目家の常連客の一人であった高浜虚子は、「文章」には山がなければならないとの意味で子規が「山会」と名付けた集いを子規没後も根岸の正岡家で続けていた。その場合「文章」とは、俳句的な趣味による芸術的な散文といったところで、やがて「写生文」という呼称が一般化するものである。

虚子は他方、この夏あたりから独自に「連句」（俳諧の連歌）の研究を進めていた。すなわち運座に集った一人一人が前の句（その最初の句が「発句」）に「付句《つけく》」し、次の作者がまたそれに「付句」していくという形で創作と享受を同時進行的に進めていく共同作業の芸術が「連句」であり、これは俳句を個人芸術として自立させようとした子規によってその芸術的価値を否定されたジャンルであった。

虚子が九月の『ホトトギス』に載せた「連句論」は、この意味で子規への挑戦でもあったから、夏目家を訪ねた折りに話すと、金之助と先客の坂本四方太とがともに「案外にも連句賛成論者であった」ことに一驚を喫することになる。これは面白い、とその場で三人で連句を作って興じ、これがきっかけとなって、虚子と金之助は連句を変容させた「俳体詩」という新しい詩体を生み出すことにもなった。これすなわち、連句が「意味の転化を目的とする」のに対して、同じ定型をもちながら「意味の一貫したものを」創り出そうという新しい試みであり（高浜虚子『漱石氏と私』大正七年）、仕上がった作品「尼」は『ホトトギス』一〇月、一一月号に掲載された。

一一月の中旬か下旬、一二月の「山会」を前に虚子が金之助に「文章も作つてみてはどうか」と勧めてみる気になったのは、その後も単独作「冬夜」（『ホトトギス』一一月）など、さかんに俳体詩を作っている金之助を目にして「連句や俳体詩によほど油が乗っている」と強く印象づけられたからである（虚子前掲書）。この促し――suggestion（暗示）――が、金之助の胎内に『吾輩は猫である』を孕ませたといえる。

### 沙翁物語への付け句

俳句では師匠であった畏友、子規の主張に金之助があえて抗して連句の意義を認め、合作の「俳体詩」にも挑んだのは、決してその場の思いつきの類ではない。つとに熊本時代、「俳句とは」と寺田寅彦に尋ねられて「扇のかなめのやうな集中点を指摘し描写して、それから放散する連想の世界を暗示するもの」だと即答した時点で、この方向性は確定していたともいえる。

すなわち第五章に見た仏人メートルの洞察のとおり、「協力者の心のなかの一つの感動を呼び起こし、一つのイメージを暗示」する「連想作用」にこそ俳諧の本質はあったのだとするなら、「読者」がそのまま「作者」になっていくという連句の世界にこそ、そのより純粋な形態は求められるはずではないか。連句の否定は金之助の唱える「俳句とは……」の否定をも帰結しかねないし、このような「暗示」の力こそが『ノート』に展開した「suggestion」哲学の着想の原点をなし、かつ大きくいえば、漱石芸術全般の根源的な推進力となってもいたのだから。

この意味では、ほんの半年前、小松武治訳『沙翁物語集』（三七年六月）への序文として寄せた「小羊物語に題す十句」もまた連句の一変形であったといえる。すなわちシェイクスピアの十の戯曲からそれぞれ二三行の詩句を引いたあとに自作の俳句を置いていったもので、これはまさに沙翁に「暗示」を受けての「付句」にほかならない。

たとえば『ハムレット』（第五幕第一場）の「あの髑髏も生きてたときは口が利け、歌も歌った」（『漱石全集』訳、以下同様）を受けての句、

骸骨を叩いてみたる菫かな

あるいは『ロミオとジュリエット』（第二幕第二場）の「愛しい女《ひと》よ、かなたの至福に満ちた月にかけて誓います、／これらの果樹の頂きを白銀色に光らせる月にかけて」からは、

罪もうれし二人にかゝる朧月

さらには『オセロ』（第五幕第二場）の「デズデモーナの血を流すことはしない／なんで傷つけられようか、あの雪よりも白い肌を、／碑《いしぶみ》のアラバスターよりも滑らかなあの肌を」を受けて、

白菊にしばし逡巡《ためら》ふ鋏かな

これらの句には、かつての子規の評した俳人漱石の「滑稽思想」の浮上を見ることができるが、その背景として『吾輩は猫である』着手前の金之助に保持されていたユーモラスな余裕、そしてそれを支えた精神的な好調を指摘することもできるだろう。

### 「写生文」は俳句から脱化

何はともあれ、『吾輩は猫である』の誕生は、小説家夏目漱石の誕生をも刻印する、金之助の生涯における一大事件であった。その出生前夜までの過程を「Fヲ$F^1$ニ変化ス。此F、$F^1$、$F^2$ガ開化ナリ」という『ノート』の図式（前章参照）に照らすならば、金之助の意識における創作の「開化（F→$F^1$→$F^2$→$F^3$）」は、各段階で有効な「suggestion」が働くことで「俳句→連句→俳体詩→写生文」と「推移」したのだともいえる。

「山会」のメンバーを前に虚子が読み上げて、金之助は「しば〳〵噴き出して笑つたり」していたというこの珍妙な作品は、それまでの「山会」に出されたどんな「文章」とも「全く趣を異にしたもの」で「兎に角面白かつた」ので、虚子の指示による手直しを経て翌三八年一月の『ホトトギス』掲載の運びとなった（虚子前掲書）。「文章」すなわち「写生文」が生んだ鬼子とも称すべきこの『吾輩は猫である』について、金之助はその「写生文」という出自を意識し続けることになるが、そのことは、連載終了半年後の明治四〇年一月に『読売新聞』に寄せた評論「写生文」からも明瞭である。

「写生文家の人事に対する態度」は、要するに「大人が小供を視るの態度」に帰着すると金之助はそこで説いている。子が泣けば親は同情するけれども、一緒になって泣く必要はない。それをやるのが「普通の小説家」で、彼らは「泣かんでもの事を泣いてゐる」。これに対して「ゆとり」と「遊び」

のある写生文家の描写は多くの場合「客観的」である。そのことが「滑稽の分子を含んだ表現」を導くのであって、「多少の道化たるうちに一点の温情を認め得ぬものは親の心を知らぬもの」だ、と。また何を書くにも「拘泥せざるを特色とする」から「筋のない」ものが多くなるが、それは本来「世の中は筋のないもの」だから当然だとも説き、これらの特色を総合して「かくの如き態度は全く俳句から脱化して来たものである」と結論している。この「脱化」という表現にも金之助の哲学が裏打ちされているわけで、まさにこれも「FヲF'ニ変化ス」のプロセスなのである。

## 4 ない腕を出してくれ

### 赤面しばらく無言

東京帝大での講義中の椿事として語り継がれてきた逸話に「ない腕」事件がある。その突発を金子健二は一二月一日のことと記録しており（前掲書）、そうとすれば、時あたかも『吾輩は猫である』が金之助の頭脳に胚胎していたかもしれない時期である。それは「英文学概説」すなわち後に『文学論』にまとめられる「理屈っぽい」方の講義でのことで、そこには金子や野上豊一郎を含む四、五〇人もの学生がいたのだから目撃証言は数多いが、やはりそこに居合わせた森田草平の報告が詳細を極めるので、これによって紹介しておこう。

大教室で講義を始めた漱石先生、しばらくすると何を思ったか、つかつかと教壇を降りて教室の中程まで進み、学生に何か言い始める。耳を澄ますと、君は「毎《いつ》も懐手をして頬杖を突いたまゝ」講義を聴いている、「それでは余りに師に対する礼を失しはしないか、ちやんと手を出したらよからう」と注意しておられるようだ。ところがこの学生、いくら言われても「俯いて黙つてゐるばかりで、返辞もしなければ手を出さうとも」しない。「先生の声がだん〳〵高くなる」。

見兼ねて、隣席の学生が「先生、この人は元来手がないのです」と注意した。その時先生はさつと顔を赧《あか》くされた。何とも言葉が出ない程の衝撃《シヨツク》を受けられたらしい。そのまゝ黙つて教壇へ引返されたが、暫くは両手を机に突いたまゝ、顔を上げられなかつた。教室内も水を打つたやうに静まり返つてゐた。〔中略〕が、やつと顔を上げると、先生は「いや、失礼をした。だが、僕も毎日無い智慧を絞つて講義をしてゐるんだから、君もたまには無い腕でも出したらよからう。」から云つて、直ぐさま後の講義を続けて行かれた。

（森田草平『続夏目漱石』、傍点原文）

## たちまち世間に喧伝

この実話はたちまち「世間に喧伝され」、漱石生前から新聞・雑誌がいくども採り上げた。そのいずれもが肯定的に受け止めていたわけではなく、「無い腕を出せ」という言葉を額面通りに受け取って「不徳義」とするたぐいの批判もあったが（白雲子「漱石の人物と其作物」『読売新聞』明治四〇年一一月一七日）、金之助死去に際しては、たとえば『東京朝日』の「漱石氏＝風格を忍ぶ片影＝」（大正五年一二月一二〜一三日）が並べた逸話の一つに入っているし、『新小説』の臨時号（大正六年一月）には、前引の野上の文章のほか、無署名の記事「漱石先生の逸話」にも同じ話が出て二重の紹介となっている。やがては『警語諧謔洒脱皮肉挿話とその新研究』（竹内尉編、雄弁研究社、大正一五年）のような通俗書にまで取り上げられるようになってゆく。

頑固さをなんとか苦しいユーモアで包んだところが「石に漱《くちす》ぐ」という雅号にも通じるようで、いかにも漱石らしい逸話だということになったのだろうが、この当意即妙の返答は、もう一つ別の意味でも金之助らしい。すなわち「ない腕」という暗示を受けて直ちに「おれもない智慧を絞っているんだから…」へと飛ぶ連想の融通無碍ぶりが、さすがは連句を重んじる俳人にして「開化ハ suggestion ナリ」の哲学者、と思わせる点においてである。

『吾輩は猫である』で一躍有名になった翌三八年、一高の新入生だった辰野隆は、教室に入って来た金之助を一目見るや「苦沙弥先生は東洋風の仙骨」なのに「欧羅巴的なバタ臭い先生」だな、と微笑を禁じえなかったが、その先生は教室でこんなことも言ったという。「諸君をいちいち人格を有つた人間だと思つたら恐ろしくつて、講義なんか出来やしないよ。まあ、机から首が生えてるとでも思つて、やつてるんだ」（辰野隆「文豪・印象」昭和一〇年）、この「机から首が生えてる」も「ない腕を出す」に通ずる妙に生々しいイメージであって、金之助の尋常でない連想力を窺わせる事例として興味深い。

## 5　やめたきは教師、やりたきは創作

### いくらでも書けて売れる

写生文の鬼子、『吾輩は猫である』を大笑いしながらひり出すや、まだその産褥にあるうちから、金之助の「文章」は堰を切ったように湧出し続ける。『猫』発表の「山会」から幾日も経ない一二月中旬から『帝国文学』に向けて「倫敦塔」を、続いて『学燈』に「カーライル博物館」を書いて翌三八年一月号に間に合わせた。いずれも写生文のスタイルで進めながら、小説としての鑑賞に堪える芸術品に仕上がっている。

年が明けると、好評につき連載小説化することになった『猫』と並行して、「幻影の盾」（『ホトトギス』四月）、「琴のそら音」（『七人』六月）、「一夜」（『中央公論』九月）、「薤露行」（『中央公論』一一月）と短編を発表し続けた。

このころの金之助の書きっぷりは、はたで見ていた鏡子によれば「いかにも楽《らく》さう」で「大概は学校から帰つて来て、夕食前後十時頃迄に苦もなく書いて了ふ有様」。多くは一晩か二晩、遅くなっても「十二時一時頃」で書いてしまい、『坊っちゃん』や『草枕』の長さでも「書き始めてから五日か一週間とは出なかつた」。「油が乗つてゐたどころの段」ではなく、「書き損じなどといふものは、全くといつていい程なかつた」という（前掲書）。

書けばいくらでも書けて、かつそれが売れるのであるから、こうなると本業の教師の方の熱度が低

下するのも自然の理だろう。好評のシェイクスピア講読は三七年末に『リア王』を終えて『ハムレット』へ進むとこれがまた「大入満員札止めの景気」であったともいい（金子前掲書）、以前からあちこちに書いてきたほど教師不適格な人間とは見えないのだが、ともかく三八年春あたりから、書簡には「学校を辞職したくなつた」（大塚保治宛、四月七日）に類する文言が散見するようになる。

**学生の訪問引きも切らず**

五月には「幻影の盾」をほめてくれた村上霽月に宛てて「教師として成功するよりはヘボ文学者として世に立つ方が性に合ふかと存候につき是からは此方面にて一奮発仕る積に候」（八日）。九月になると、虚子に宛てて「毎日来客無意味に」過ぎていくけれども、「考へると己はこんな事をして死ぬ筈ではない」と思い始めたと心情を吐露するに至る。

小生は生涯のうちに自分で満足の出来る作品が二三篇でも出来ればあとはどうでもよいと云ふ寡欲な男に候処。それをやるには牛肉も食はなければならず玉子も飲まなければならずと云ふ始末からして遂々《ついつい》心にもなき商売に本性を忘れるといふ顛末に立ち至り候。何とも残念の至に候。（とは滑稽ですかね）とにかくやめたきは教師、やりたきは創作。創作さへ出来れば夫丈《それだけ》で天に対しても人に対しても義理は立つと存候。自己に対しては無論の事に候。（九月一七日）

一〇月に入ると、『吾輩ハ猫デアル』上巻が橋口五葉装幀、中村不折挿絵のフランス装豪華本で出版されるや、定価九五銭という高額ながら初版はたちまち売り切れ。印税も一四〇円以上入ったはずで（荒前掲書）、作家業の方は大いに弾みがつく。他方、本職はといえば、六月には「英文学概説」（『文学論』講述）を終えて「十八世紀英文学」に移り、シェイクスピアの方も九月に『ハムレット』を終えて『オセロ』へと新しい素材を扱っていたものの、「小生如きはどこへ参つても教師がいやで生涯覚《さと》れない」「小生は教育をしに学校へ参らず月給をとりに参り候」（奥太一郎宛、二〇日）とどうも意気が上がらない。

ただ、虚子宛書簡にも「毎日来客」とあった通り、学生らの訪問は引きも切らない状態になってきて、九月の新学期が始まると「夏目先生のお宅へは近頃頻りにご機嫌伺ひに出掛ける三年生もある」と金子健二日記（前掲書）。同じころ、新一年生の小宮豊隆が千駄木の家を初めて訪ねたが、こちらは「始めて来てあぐらをかいた」ことで金之助を驚かす。

『吾輩ハ猫デアル』上巻表紙

鈴木三重吉が金之助への愛に近い敬意を綴った手紙をよこし始めたのもこのころで、彼の「それは〳〵長い情の籠つた」巻紙一〇間もの手紙を金之助が机に置いたまま就寝したところ、それが泥棒に持ち出され、脱糞後の尻拭きに使われるという希代の珍事も発生した（鏡子前掲書）。その後、夏目家のサロンでこの話が持ち出されると、三重吉も金之助もそれは苦い顔をしたという（草平前掲書)。

## 読売新聞入社の打診

若者からの刺激も増した環境で金之助の創作意欲はいや増したか、翌三九年一月には日露戦争を盛り込んだ短編「趣味の遺伝」を『帝国文学』に、四月には快作『坊っちゃん』を『ホトトギス』に一挙掲載。五月にはそれまでの短編を集めて『漾虚集』を刊行し、七月に『吾輩は猫である』の連載を完結させると、九月にはそれが早くも劇化、三崎座で上演された。『草枕』を一挙掲載した『新小説』九月号が八月二七日に発売されると二九日には売り切れて、新聞広告も間に合わなかったといい(夏目伸六前掲書)、九月中には書評も新聞各紙に続々と現れ、漱石人気は一つの絶頂を迎える。

『読売新聞』の主筆だった竹越三叉(与三郎)は、この時までに何度か金之助に入社を懇請していたが、「『草枕』を発表して名声嘖々たる時」、同紙記者だった正宗白鳥(忠夫)を派遣し交渉に当たらせた。が、金之助に得意の色はなく「態度も話し振りも、陰鬱で冴えなかつた」。入社の件はもちろん不調に終わったが、やがて一一月の同紙に「文学論序」を寄せたのは「漱石が読売に対する寸志」だろうと白鳥(「夏目氏について」大正六年)。

この白鳥との面談中にも、五高から東大へ進み翌四〇年には朝日新聞に入社する坂元雪鳥が現れたおかげで「座が白けないで済んだ」(同前)というが、この調子で金之助の書斎には来客が引きも切らず、仕事にも差し支える状況となった。そこで、鈴木三重吉の発案により、一〇月半ば以降は「面会日」を木曜午後三時以降に限定することに決めて、玄関に張り紙もした。この集いがやがて「木曜会」と呼ばれることになる。

名も上がり、人の出入りも繁く、金も入っていると見られた金之助にすり寄って来たのは岳父中根重一ばかりではない。養父塩原昌之助が現れて塩原への復籍をもちかけ、ついでその前妻が現れて五円ばかりせしめていくのも、この年の春以降のことで、その経緯が、後年の小説『道草』の主筋となる。復籍を断った金之助が没後に「不人情」と書かれるのも第二章に見たとおり。他方、貧窮の身にあった中根は、この年の夏から病に伏し、九月に五六歳で死去している。

## 6　「木曜会」という極楽浄土

### 『心』の青年は小宮豊隆？

『吾輩は猫である』起筆から約九年後の新聞小説『心』は発表当時から「近来の名大作」（「新著紹介」『新小説』大正三年一二月）と称揚されたが、その芸術性ばかりでなく、これを越えることでついに自伝小説『道草』に向かったという作家的経歴からしても、漱石文学の一つの頂点を形作っているように見える。その『心』の前半は、大学生の「私」が「先生」と呼ばれる翳りある知識人に慕い寄る経緯が主軸となるが、この二人の取り合わせは多数読者に、夏目漱石その人とその懐に飛び込もうとした学生たちとの濃厚な師弟関係を連想させた。

「作中の先生から遺書を与へられる青年は、私なぞはその当時から小宮君だと思つて読んでゐた」と回顧するのは森田草平。小宮、三重吉とほぼ時を同じくして門下に入り、金之助が「彼ら」と呼べばこの三人を指したという、その三人目である。「おそらく本人もさういふ気がしてゐたらう。それほど小宮君は先生から愛されもすれば、信頼されてもゐたのである」（『続夏目漱石』）。

『心』の「先生」は、まだ恋を知らないという「私」に、否、あなたの心は「既に恋で動いてゐる」と喝破し、「恋に上る楷段なんです。異性と抱き合ふ順序として、まづ同性の私の所へ動いて来たのです」と諭す（上、十三）。同性愛さえ疑わせるこの微妙な「恋」が、生身の金之助にも観察されたことを草平は回想している。「実際、三重吉や小宮君に対しては、先生の方でもいさゝか恋人に類するやうな愛情を持つてゐられた」と（同前）。

### 弟子との初恋は三重吉

これらを「恋」と呼んでよいとするなら、最初の恋は三重吉との間にあった。明治三七年、「神経衰弱」で休学し自殺さえ考えていたという三重吉は、三八年の正月に『猫』の第一回と「倫敦塔」を読んで「殆ど全身の血が燃え上」るほど興奮し、以来「苦しい間でも夏目先生が片時も忘れられなく」なった。「先生の学識と先生の人格との放射」がいつ、どこにいても「私を吸引してゐるやうな気がしてゐた」（三重吉「上京当時の回想」大正三年）。

その心情を細かく綴ったのが例の悲惨な運命をたどる巻紙十間の手紙で、これは親友の中川芳太郎の手を介して金之助の手に渡ったものという。一読した金之助がただちに中川に宛てた長文の手紙もまた、「恋」の喜びに満ちていた。いわく「僕が十七八の娘だつたら。すぐ三重吉君の為に重き枕の床につく」、いわく「三重吉は僕を愛するとか敬ふとか云ふ外に僕は博学だとか文章家だとか良教授だとか云ふて居らん」、だからその情は「全くパーソナルなので僕自身がすきなのだと愚考仕る」

云々（九月一一日）。

愛された三重吉が「恰度自分の好きな役者の声色を使つて見るやうに」また「如何に貴方を尊敬してゐるかといふことを示すために」、翌三九年春に郷里広島で書いた小説が「千鳥」で（三重吉「私の事」昭和一三年）、それは「熱火のやうになつて先生の作物を崇拝し」た三重吉が、大学でも「シエークスピヤの講義や、就中《なかんずく》、『文学論』の講義で色々な意味での最大なサゼスシヤン〔suggestion〕を受けた」（三重吉「処女作を出すまでの私」昭和一三年）ことの産物でもあった。

これを届けられた金之助はただちに「千鳥は傑作である」と絶讃し、難点をいくつか指摘した上で「三重吉君萬歳だ」と書き送る。同じ日のうちに虚子に宛てて「僕名作を得たり〔中略〕僕の門下生からこんな面白いものをかく人が出るかと思ふと先生は顔色なし」と『ホトトギス』への掲載を慫慂した（四月一一日）。

金之助と三重吉の「恋」の発端は、もちろん三重吉側の働きかけにあった。そのことは以上の経緯から明白であろうが、同じことは小宮とのそれにも言えた。金之助の講義に出ていた小宮は「兎角先生の顔を見てはぼんやりして」おり、しまいには「どういう量見〔ママ〕で君は俺の顔ばかり見てゐるのか」と金之助に尋ねられさえした（小宮『漱石襍記』昭和一〇年）。

**あんな師弟関係はありゃしない**

その懐に飛び込んで師の愛を受けた小宮にとって「先生によつて纏められていた木曜会の世界は、五色の雲に包まれた、極楽浄土の世界」でさえあった（小宮『知られざる漱石』昭和二六年）。「木曜会」設定当初は、この日以外に自分だけの面会日を設けてほしいと小宮はねだったというが、同じ要望は、松山中学で英語を習った最古参の弟子、松根東洋城からも寄せられており、その東洋城に金之助はこう書いた。

僕の処へ来ないと来たいの、恋しいのと云ふ君は女の様だ。実は此間も僕におとつさんになつてくれといふ手紙が来た。是は恐縮だから断つた。

僕は是で男には大分ほれられる。女には容易にほれられない。惚れた女があつても男らしく申し出ないからわからない。

僕にほれるものは大概弟子である。〔中略〕元日は小宮豊隆といふ子分をつれて朝から歩く積である。君も散歩党に加はつては如何（三九年一二月二五日）

「女の様」にほれてくる弟子たちに囲まれて、金之助は幸福であったように見える。弟子に「ほれられる」男としてのこの経験が『心』の「先生」に生かされたことは間違いない。それにしても、これほどに濃密な師弟関係は現代人には想像しにくいところだろうが、往事はそう珍しいものではなかったのだろうか。金之助没後、この点について森田草平が長谷川如是閑に尋ねると、如是閑からからと笑って、「それあ君、あの時分だつてあれは特別だよ。あんな師弟の関係は昔だつてありやしない」と返答し、また笑い続けたという（草平前掲書）。

## 7　「一夜」の連句的世界

### 「F」より「f」を伝えたい小説

『吾輩は猫である』誕生の背景に「連句」の見直しや「俳体詩」の創出など、一個人内部で完結せず複数人が創作と享受を同時進行させる類の芸術ジャンルへの志向が伴っていたことを見てきたが、『猫』という作品の成立過程自体にもその志向は表現されていた。

連載第二回を「吾輩は新年来多少有名になつたので、一寸鼻が高く感ぜらるゝのは難有い」と始めた時点で、第一回という「発句」への読者の反応を「付句」と受けてのさらなる「付句」という姿勢を打ち出したとも受け取られる。またその後も大町桂月の時評（『太陽』三八年一二月）を取り込んで「大町桂月が飲めと云つた」と苦沙弥に言わせる（七）など、読者の反応への反応を作品の血肉としてしまうという融通無碍の作風も、この破天荒の小説の新しさの一つであった。

第六回で詩人の越智東風に「先達ても私の友人で送籍と云ふ男が一夜といふ短篇をかきましたが、誰が読んでも朦朧として取り留めがつかないので」などと言わせる、すでにふれた書きぶり（第四章参照）もその一環だ。この「一夜」はもちろん「送籍」ならぬ漱石による短編小説（『中央公論』三八年九月）を指しており、「取り留めがつかない」というその世評を『猫』に取り込んだものである。「一読して何の事か分らず」（『読売新聞』九月七日）、「読んで何のことやら更に分らず」（『早稲田学報』

一〇月）と文壇は戸惑い、同様の不審は一高の僚友、畔柳芥舟（都太郎）からも盟友、虚子からも寄せられていた。

金之助は畔柳には「わからんでも感じさへすればよい」と答えたといい（中川芳太郎宛はがき、九月一日）、虚子には今少し立ち入って「あれをもつとわかる様にかいてはあれ丈の感じは到底出ない」、あれは「多少わからぬ処が面白い処」と自釈してみせた（九月一七日、前出書簡）。この消息を『文学論』の「F＋f」図式に流し込むなら、「F」（焦点的観念または印象）そのものより「f」（それに付随する感じ）の方をこそ伝えたい、その遂行のためには「F」が「朦朧」として「何の事か分らず」とも、それは犠牲にすることもあえて辞さない、という姿勢を表明したものということになるだろう。

**暗示には理由が分からぬ事がある**

また「一夜」が世に出た明治三八年九月は、六月に『文学論』の講述を終えた金之助が後に『文学評論』（明治四二年刊行）としてまとめられる「十八世紀文学論」の講義を開始した月でもあったが、その『文学評論』第三編での言い方を借りるなら、こういうことである。

浮世の苦難とか不幸とか云ふものを図で示せばかうだと説明するよりも、ある物を仮《か》つて浮世の苦痛を直覚的に悟らしむるのが文学者の手際である。直覚と云ふのは何だか曖昧な言葉であるなら暗示すると云つてもよろしい。暗示には感じ丈あつて理由が分らぬ事がある。従つて神秘的である。従つて常識を満足せしめない事になるかも知れない。

『文学論』と『文学評論』とを貫くこの文学観は、かつて「俳句とは何か」という寺田寅彦の問いに答えて「扇のかなめのやうな集中点を指摘し描写して、それから放散する連想の世界を暗示するもの」だと規定した（第五章参照）、あの俳句観を文学全般に拡大したものと読むこともできる。だから翌年「薤露行」についてやはり「分らない」と言われた際にも、「自からかく折は俳句拵作る折の考にて」文章を作るけれども、読者は「俳句を読む様な心得にて」読んではくれないから、どうしてもそうなるのだと弁明することになるのだが（川本敏亮宛書簡、三九年二月二日）、これも同様に「f」に多くを期待する「俳句的」な創作態度の表明と見てよい。

つまるところ「F＋f」理論は、俳句の「趣味」を原点として文学全般の構造を把握していった人なればこその着想であったように見えるが、そうだとすれば、子規と袂を分かってでも「連句」の世界に参入したこともまた、読者への「暗示」にこそ文学の核心を見るこの文学観からする当然の帰結であった。

「一夜」はこの意味で『漾虚集』の要をなしていたとさえいえるだろう。それは多様なイメージの「放散」によって「連想の世界を暗示する」ことを読者に対して試みるばかりでなく、物語内部において、登場人物同士が、ちょうど「連句」をつなげていくように「暗示」を掛け合っていくという、天下未曾有、破天荒の小説であったから。たとえば、こんな風である。

「一声でほとゝぎすだと覚る。二声で好い声だと思ふた」と再び倚《よ》りながら嬉しさうに云ふ。（中略〕「ひと目見てすぐ惚れるのも、そんな事でしよか」と女が問をかける。〔中略〕五分刈りは向き直つて「あの声は胸がすくよだが、惚れたら胸は痞《つか》へるだろ。惚れぬ事。惚れぬ事……。どうも脚気らしい」と拇指《おやゆび》で向脛へ力穴をあけて見る。「九仞《きゅうじん》の上に一簣《いっき》を加へる。加へぬと足らぬ。加へると危うい。思ふ人には逢はぬがましだろ」と羽団扇《はうちわ》が又動く。「然し鉄片が磁石に逢ふたら?」「はじめて逢ふても会釈はなかろ」と拇指の穴を逆《さか》に撫で丶済まして居る。

**暗示の連鎖で読ませる**

人物Aの「一声でほと丶ぎすだと覚る」という発言がBに一目惚れの場合を連想させ、両者の相違を説くCが「惚れぬ事」と提言しながら向こう脛に力を加えていると、それを見たAが力を「加へる」か否かの判断のむずかしさを『書経』の故事に訴えて「思ふ人には逢はぬがまし」と結論する。それがまた「鉄片／磁石」という「倫敦塔」に用いられ『文学論』でも論じられている問題系を呼び込み、さらに……という「暗示」の連鎖が、この小説の読ませどころとはなっている。

だからもちろん「一夜」をわかり、喜び迎えた読者もいたわけで、野間奇瓢（真綱）の「君塚の一夜」（『ホトトギス』三八年一一月）や塚本虚明の「斑鳩の里の一夜」（四〇年五月二二日塚本宛書簡で言及）が漱石の「一夜」への「付句」のようにして書かれた作品であったことは明白である。すでに門下にあった野間は『ホトトギス』四月号掲載の「幻影の盾」の末尾に「まぼろしの楯のうた」と題する俳体詩を付した人であり、塚本も同誌に寄稿する俳人であった。

現代の「連句」研究者、宮本三郎によれば、「創作と享受を同時に行いつつ進行する」この世界は「いわば作者自身が舞台に上って俳優として演技し、同時に観客にもなる一種の劇のようなもので、しかもそこにはあらかじめ用意された脚本もなければ筋もない」（『歌仙の世界』昭和四五年）。おそらくこれこそが「一夜」で目指された世界なのである。

## 8　『オセロ』に斬り込む

### suggest する　イアーゴ

「一夜」が世に出た三八年九月は、まさに「やめたきは教師、やりたきは創作」と虚子に宛てて書いた月でもあったが、「やめたき」新学期の講義は、しかし、それなりの新味を加えた面白いものだったようである。「十八世紀文学論」（『文学評論』）が口火を切ったばかりでなく、シェイクスピア講読も、野上豊一郎によれば、この月に読み始めた『オセロ』に作家ならではの斬り込みを見せた（講読はその後『テンペスト』『ヴェニスの商人』『ロミオとジュリエット』と続いた。野上『『オセロ』評釈』「はしがき」昭和五年）。

この講義を受講していた野上豊一郎が、昭和五年に筆記録『『オセロ』評釈』を刊行すると、同年内に小宮豊隆が『英語青年』誌にその補遺となる記事を発表するということがあり、これにより『オセロ』は金之助による唯一のシェイクスピア講義録として残ることになった次第だが、その内容を覗くと、さすが漱石、これから大いに技量を発揮する作家ならでは、と思わせる細部が少なくないのである（『漱石全集』第一三巻所収）。

なかでも光るのがこの戯曲の悪役、イアーゴ（Iago）の造型への深い読みである。このイアーゴは、主人公のオセロをはじめ周囲の人物に対し、あれこれと巧みに“suggest”〔シェイクスピアの時代では「暗示」より「そそのかす」の意味が主体〕することでオセロ夫妻を破滅させてしまう人物なのだが、この男への金之助の惚れ込みが尋常でない。

シェイクスピアは「一変すれば自らIago位になれる人」で、「Iagoを作ったのを以つてもShakespeareのintellectually〔知的〕にえらかつたことがわかる」と読み解く金之助は、彼はそれほどに「conception」〔構想力〕が大きく、自分には「Iagoの如きことは出来ない」が、それは「良心の為」ではなく「intellectuallyに出来ない」のだと脱帽する。

### 白砂糖の悪人

ただ「惜しい」のは、イアーゴが誰に対しても「a good man」〔善人〕となりながらロドリゴに対してのみ「正体を打ち明け、ばけの皮を現はしてゐる」ことだともいう。これをもし「誰にも心中を打ち明けないで、独りで悪をするやうに描いたならば、完全な悪人となった」、「a refined rascal〔洗練された悪漢〕となれた」はずだと惜しんで、こう説いた。

黒砂糖でない、白砂糖の悪人になれた筈である。併し白砂糖の悪人は今までの文学にはない。

〔中略〕

Iagoよりももつとperfect〔完全〕なもつとrefineされた悪党を書いて、善人だか悪人だか分からないやうな、表面だけを見ると立派な善人で、然も一面大悪人であるといふやうな性格をかいて見たら面白いだらうと思ふ。自分はさういふ人間が確に世の中にはゐると思ふ。

「今までの文学」に出現していないという「白砂糖の悪人」の創出がその後の漱石文学において試みられたのかどうか、定義不十分のため判断はむずかしいが、ともかくこの口吻からすれば、そのうち自分がやってやろうという野心を学生たちに瞥見させたようにも思える。

## 9　俳句的小説『草枕』の成功

**探偵が発明した小説は趣がない**

「一夜」の難解さについて「あれをもつとわかる様にかいてはあれ丈の感じは到底出ない」と虚子に釈明した金之助が、もし実際にその反省に立って「もつとわかる様にかいて」かつ「あれ丈の感じ」をも出すべく、物語的な起伏や性格造型にも意を払ったなら、どんな小説ができるか。一年後の『草枕』（『新小説』三九年九月）にはこの理想を実現したかの趣がある。その素材となった熊本時代の経験については第五章に詳述したが、登場人物の描き方などに虚構が多いことも、同章に引いた那美さんのモデル、前田卓子の証言などで確認ずみである。

その那美さんと語り手の「画工《ゑかき》」との会話は、「一夜」の男女のそれにも似て「取り留めがない」が、風呂場で彼女の裸体を目にしてしまってからは、「一夜」的世界を突き出て、いささか危ういところへも足を突っ込む。

「何ならあなたに惚れ込んでもいゝ。さうなると猶面白い。然しいくら惚れてもあなたと夫婦になる必要はないんです。惚れて夫婦になる必要があるうちは、小説を初から仕舞迄読む必要があるんです」

「すると不人情な惚れ方をするのが画工なんですね」

「不人情ぢやありません。非人情な惚れ方をするんです。小説も非人情で読むから、筋なんかどうでもいゝんです」

「成程面白さう」だから、今お読みの英語の本を日本語で「読んで下さい」とせがむので、画工は「非人情な読み方」をし、女も「非人情で聴いてゐる」。それで「其男と女と云ふのは誰の事なんでせう」と女が突っ込めば、「誰だか、わたしにも分らないんだ」、だからこそ「面白いのですよ」と男。「今迄の関係なんかどうでもいゝ」、ただあなたと私のように「一緒に居る」「その場限りの面白味があるでせう」。

「そんなものですかね。なんだか船の中の様ですね」

「船でも岡でも、かいてある通りでいゝんです。何故と聞き出すと探偵になつて仕舞ふです」

「ホヽヽヽぢや聴きますまい」
「普通の小説はみんな探偵が発明したものですよ。非人情な所がないから、些《ちつ》とも趣がない」（九）

『吾輩は猫である』でも露骨に蔑まれていた「探偵」がここでもやり玉に挙がる。ロンドンから持ち帰って隣家の学生にも向けていた例の病的な追跡恐怖から未だに癒えていないかのようでもあるが、ともかくその「探偵」の発明にかかる「普通の小説」を「趣がない」とおとしめて「非人情」的な世界を浮上させるその構図は、すでに見た四〇年一月の評論「写生文」の立論に重なっている。

### 「俳句的小説」の誕生

何を書くにも「大人が小供を視るの態度」で「拘泥せざる」のが「写生文」の特色で、筋がなくても「世の中は筋のないもの」だから当然だ。「写生文」のこの態度は「全く俳句から脱化して来たもの」だとも述べていたわけだが、これらはすべて「一夜」と『草枕』に当てはまる。「一夜」で強かった「連句」への志向が抜けたぶん、『草枕』はより明快に「俳句的」となったとも評しうるだろう。

だから、発表から二か月後の談話「余が『草枕』」（『文章世界』一一月）では、自作を「俳句的小説」と呼んではばからなかった。

分り易い例を取ツて云へば、在来の小説は川柳的である。穿ちを主としてゐる。が、此の外に美を生命とする俳句的小説もあつてよいと思ふ。〔中略〕で若し、この俳句的小説――名前は変であるが――が成り立つとすれば、文学界に新らしい境域を拓く訳である。この種の小説は未だ西洋にもないやうだ。日本には無論無《な》い。それが日本に出来るとすれば、先づ、小説界に於ける新らしい運動が、日本から起つたといへるのだ。

「俳句的小説」の称揚が「日本から起つた」云々のナショナリズムと無縁でないことも、ここで確認しておこう。それはもちろん留学時代の『ノート』の「大要」などに明瞭に打ち出されていたところだが、国家を挙げて日露戦勝を喜ぶ時期の談話「戦後文界の趨勢」（『新小説』三八年八月）では一つの実質を得たものとして語られている。いわく「今日まで苦まぎれに言つた日本魂は、真実に自信自覚して出た大なる叫びと変化して来た」以上、「文学の方面にも無論この反響は来るのである」と。

### 「大和魂」を笑う

このような口吻を、その三か月前の「僕は軍人がえらいと思ふ、西洋の利器を西洋から買つて来て、目的は露国と喧嘩でもしやうといふのだ」（「批評家の立場」『新潮』五月）などと読み合わせると、金之助のナショナリズムが熾烈な軍国主義でもあったかのように見えかねない。が、これらの談話が雑誌記者の筆記によるものであることも勘案すべきであるし、実際の金之助のスタンスがむしろ「日本魂」に冷や水を浴びせる側にあったことは、『吾輩は猫である』（六、三八年一〇月）で苦沙弥先生が朗読する「手製の名文」から明らかだろう。

「大和魂！と叫んで日本人が肺病やみの様な咳をした」

「起し得て突兀《とつこつ》ですね」と寒月君がほめる。

「大和魂！と新聞屋が云ふ。大和魂！と掏摸《すり》が云ふ。大和魂が一躍して海を渡つた。英国で大和魂の演説をする。独逸《ドイツ》で大和魂の芝居をする」

「成程こりや天然居士以上の作だ」と今度は迷亭先生がそり返つて見せる。

「東郷大将が大和魂を有《も》つて居る。肴屋の銀さんも大和魂を有つて居る。詐欺師、山師、人殺しも大和魂を有つて居る。〔中略〕大和魂はどんなものかと聞いたら、大和魂さと答へて行き過ぎた。五六間行つてからエヘンと云ふ声が聞こえた。〔中略〕三角なものが大和魂か、四角なものが大和魂か。大和魂は名前の示す如く魂である。魂であるから常にふら〳〵して居る。〔中略〕誰も口にせぬ者はないが、誰も見たものはない。誰も口にせぬ者はないが、誰も見たものはない。大和魂はそれ天狗の類か」　（六）

次回（七、三九年一月）に揶揄気味に登場させられることになる大町桂月は、与謝野晶子の「君死にたまふことなかれ」を評して「乱臣なり賊子なり、国家の刑罰を加ふべき罪人なり」と絶叫した批評家である（「詩歌の骨髄」『太陽』三七年一〇月）。この経緯などから見ても、金之助をもって熱狂的な国家主義者とすることはむずかしい。

ただ、そうではあっても、右の談話で金之助が自ら称揚した『草枕』は、苦沙弥先生の「名文」が描くように日本人の集合的「F」を一挙にその色に染めた「日本魂」のいち早い「反響」として、日本国民に打ち出してみせる「新文学」という色をたしかに帯びていた。ともかく自信に満ちた言い切りで、「国民作家」としての自意識さえすでに読まれそうな談話ではある。雑誌記者の演出が加わるとはいえ、その種の意識が金之助当人にまったくなかったとも言えまい。読者と記者と金之助その人に共有された「国民作家」待望の機運を読むことができるのではないか。

それというのも、四月の『坊っちゃん』からわずか五か月後の『草枕』のヒットで、漱石の文名は「全く定まつた」感があった。時あたかも紅葉没し、露伴鳴りを潜めて「天下第一を以て推すべき作者」のないことの寂しがられていた時節。三八年に登場した漱石は三九年には早くもその空位にどっかと腰を据えた恰好で、つまりはすでに「天下第一人者」と見られるに至っていたからである（草平前掲書）。

翌四〇年四月の朝日新聞入社を決定的なものにしたのも『草枕』であった。大阪本社主筆の鳥居素川が感服したことが発端で、熊本時代からの門弟で『東京朝日新聞』記者となっていた坂元雪鳥を仲介役に立てて交渉が進められることになる。

こうなると、本書での呼称ももはや金之助より「漱石」がふさわしいだろう。次章からはそう呼び変えることにしよう。

# 第八章　「烈しい精神」の文学へ

## 1　「オイラン憂ひ式」もいいが……

### 『猫』の暗転

「頭の悪い」夫をかこつ鏡子夫人によれば、明治三七年の四、五月（「従軍行」発表のころ）には多少「具合がよくな」ったものの、それは「ほんの一時の小康を得たといふ程度」。不調は「三十七八九と続いて、一進一退の状態」。ほんとうによくなったと思えたのは四〇年に早稲田の家に越してからで、その後は、大正二年まで穏やかだった。「其間にあたまの代わりに胃を悪くして」（鏡子前掲書）、結局、命を取られてしまうのであるが……。

ただ、三九年一二月の千駄木から本郷西片町へ、四〇年九月の早稲田南町へという二度の引っ越しには手伝いに多くの門下生が参集し、後に『三四郎』（四一年九～一二月）に広田先生の引っ越しとして描かれたのとそっくりの賑やかな情景を現出したらしい（小宮、草平前掲書ほか）。これら門下生や仕事で関わった人々からは、この時期の漱石の「頭」が「悪く」なった例は報告されていない。四〇年まで間歇的に勃発した「癇癪」は、もっぱら家族に向けられるか、そうでなければ紙の上に吐露されたようだ。

三八年に比較的晴れやかであった「頭」が三九年の半ばから曇りだしたことは、滑稽を身上とした『吾輩は猫である』の転調にも反映している。後半に入っての苦沙弥先生の激怒や客人たちの吐く極論には作者漱石自身の「神経衰弱」が響くようでもあるし、鈴木三重吉宛書簡には「神経衰弱で死ぬなら名誉だらう〔中略〕時があつたら神経衰弱論を草して天下の犬どもに犬であることを自覚させてやりたい」（六月六日）ともあり、これに類した烈しい言葉は同時期の「日記・断片」（『漱石全集』所収）にも散見する。

第六章でもふれた最終回（三九年八月）では、スティーヴンソンの「自殺クラブ」の話などを持ち込んで「死」の哲学が論議され、軽快に滑り出した『猫』の笑いは、ここへ来てむしろ暗く淀んでくる。「世界向後の趨勢は自殺者が増加して」、やがては「中学校で倫理の代りに自殺学を正科として授ける様になる」と議論はえらく物騒なところへ及ぶ。その挙げ句、「吾輩」猫もビールに酔って溺死してしまうという、いかにも苦い幕切れが演出された。

この漱石が『草枕』に着手したのは、『猫』最終回脱稿の七月一七日から一〇日もたたないころである（一七日虚子宛・小宮宛および二七日浜武元次宛書簡による推定）。最も苦手な季節である夏（小宮前掲書）の暑さのなか、「悪く」なりがちな頭を抱えながらの仕事であったはずだが、それでも八月七日の畔柳芥舟宛書簡に「小生が芸術観及人生観の一局部を代表したる小説あらはるべく」とあるところを見ると、これも『坊っちゃん』同様の速筆、書き上げるに二週間と要しなかったらしい。

### 藤村『破戒』に刺戟を受け

大学教師から新聞社専属の作家へという転身を決定づけた『草枕』の意義はすでに説いてきたところだが、その脱稿から、翌年の朝日新聞連載小説の第一作『虞美人草』（四〇年六～一〇月）までの時期は、さらに大きな意味をもったかもしれない。『草枕』で「芸術観及人生観」を吐き出して一息ついた漱石が、新しい方向を求めて試行錯誤した期間だからである。

三九年一〇月の「二百十日」（『中央公論』）と四〇年一月の『野分』（『ホトトギス』）とに顕著なのは、それまでの作品で前面に出されることのなかった倫理的なメッセージである。特に『野分』は、小説的プロットも大いに工夫した野心作ながら、主人公の白井道也先生が倫理的な主張を演説するという、『草枕』で理想とされた「俳句的小説」からは一八〇度転回した、無粋とも見える作風となっている。『野分』の倫理的骨格を保ちながら、「俳句抔作る折の考」で文章を並べる「一夜」や『草枕』の美しさをもう一度呼び込もうとした労作が『虞美人草』となるわけで、いずれにせよ、この時期の方向転換の志向は明瞭である。

この転換は突如降って湧いたわけでは無論ない。あのダーウィンの『種の起源』も「一道の暗示を這裏に得来るや、朝醸暮醇十年已《や》む事なし」（『文学論』第五編第三章）の結果であったと同じく、漱石の転進も外部からの刺激による「暗示」の作用が内部で「朝醸暮醇」することによっていたにちがいない。この時の刺激としてよく知られているのが、三九年三月、『坊っちゃん』の一と月前に世に出た島崎藤村の小説『破戒』である。「あれは慥かに明治の作物として後世に伝ふべきもの」（前田林外宛、六月七日）と推服した漱石は、一〇月二六日には三重吉に宛てた二通の手紙の二通目で、『破戒』を評して「取るべき所はないが」とはしながら、その作品としての力が、『草枕』に背を向けるともいえる新しい方向性を示唆した旨を記述している。

　只きれいにうつくしく暮らす即ち詩人的にくらすといふ事は生活の意義の何分の一か知らぬが矢張り極めて僅少な部分かと思ふ。で草枕の様な主人公ではいけない。あれもいゝが、矢張り今の世界に生存して自分のよい所を通さうとするにはどうしてもイブセン流に出なくてはいけない。（中略）君の趣味から云ふとオイラン憂ひ式つまり。自分のウツクシイと思ふ事ばかりかいて、それで文学者だと澄まして居る様になりはせぬかと思ふ。現実世界は無論さうはゆかぬ。文学世界も亦さう許《ばか》りではゆくまい。（中略）僕は一面に於て俳諧的文学に出入りすると同時に一面に於て死ぬか生きるか、命のやりとりをする様な維新の志士の如き烈しい精神で文学をやつて見たい。

### 仏国革命も当然の現象さ

「維新の志士の如き烈しい精神」の集結した「集合的F」の象徴的事例として、漱石がしばしば持ち出すのが「仏国革命」である。「欧州文明今日の失敗は明に貧富の懸隔甚しきに基因致《ママ》」（前出中根重一宛書簡）としてマルクスの所論にも関説した英国留学時代から革命への関心を隠さず、これをすでに『草枕』に持ち込んでた漱石は、「二百十日」ではさらに直截な言及に及ぶことになる。

「文明は個人に自由を与へて虎の如く猛からしめたる後、之を檻穽の内に投げ込んで、天下の平和を維持しつゝある」が、この「檻の鉄棒が一本でも抜けたら――世は滅茶〻〻にな」って「第二の仏蘭西革命は此時に起る」という『草枕』（十三）の語りは客観性を装うもので、革命待望を明確化したわけではない。それが「二百十日」になると、「なあに仏国革命なんてえのも当然の現象さ。あんなに金持ちや貴族が乱暴をすりや、あゝなるのは自然の理屈だからね」という圭さんの意見が通る形で（四）、これはすでに待望論と読まれよう。

「革命」を当然として「第二の仏蘭西革命」の可能性にも論及する漱石は、『草枕』脱稿数日後の深田康算宛書簡では「小生もある点に於て社界《〔ママ〕》主義故堺枯川氏と同列に加はりと新聞に出ても毫も驚く事無く」とも書く（八月一二日）。その前日の虚子宛の葉書には「馬鹿と馬鹿なら喧嘩だよ」という「此人生観を布衍していつか小説にかきたい」とも述べており、「美」を生命とするはずの『草枕』にも片鱗は見せていた倫理的・政治的姿勢を、爾後は前面に打ち出そうという志向が頭をもたげているように見える。

翌年四月の朝日新聞入社直後に行った講演「文芸の哲学的基礎」では、文学において実現が期待されている「理想」として「真・善・美・壮」の四つの価値が並置されることになるが、この定式に当てはめるなら、作家漱石のスタンスが「美」の追求から「善・壮」の実現へと移行しようとしていたのだともいえる。後年、門弟たちに語って「『草枕』なぞは厭味で、気取つてゐて、読み返すのも可厭《いや》だと、よく云つて」いたというが（草平前掲書）、そのような自己嫌悪もまた、この移行がかなり大きなものであったことの証しだろう。

## 2 「暗示」のリレー

「暗示」授受の関係図

『草枕』を転換点とするこの転進を、『ノート』から『文学論』に持ちこまれた公式で表現すれば、作家漱石の「F」が、先行する自他の作品など諸々の「刺激」が与える「suggestion（暗示）」を受けることでそのように「推移」した、ということになる。そこで試みに、「F」から「$F^1$」へ、また「$F^1$」から「$F^2$」へと推移していった「F」たち（作品や事件）の間の「暗示」授受の流れを概念化するなら、次頁のような図が得られる。この時期の漱石の思考と創作の推移を窺うに便宜なので、以下しばらくは、この図に解説を加える形で話を進めたい。

同図の上に置いた横軸の左右の特殊な用語は、漱石が自身の造語としてエッセイや談話で用いるか、「木曜会」での発言が門弟たちによって報告されたものである。たとえば「サボテン党」は『草枕』（十二）で「覇王樹《さぼてん》」が「こんな滑稽な樹はたんとあるまい。しかも澄ましたものだ」と讃美されたことから、「俳句（俳諧）」や「写生文」で追求される類の趣味をいうようになったもので、四〇年一二月の「虚子著『鶏頭』序」で導入される用語でいえば「余裕」のある「低徊趣味」である。「露西亜党」

## suggestion（暗示）のリレー ――相関図

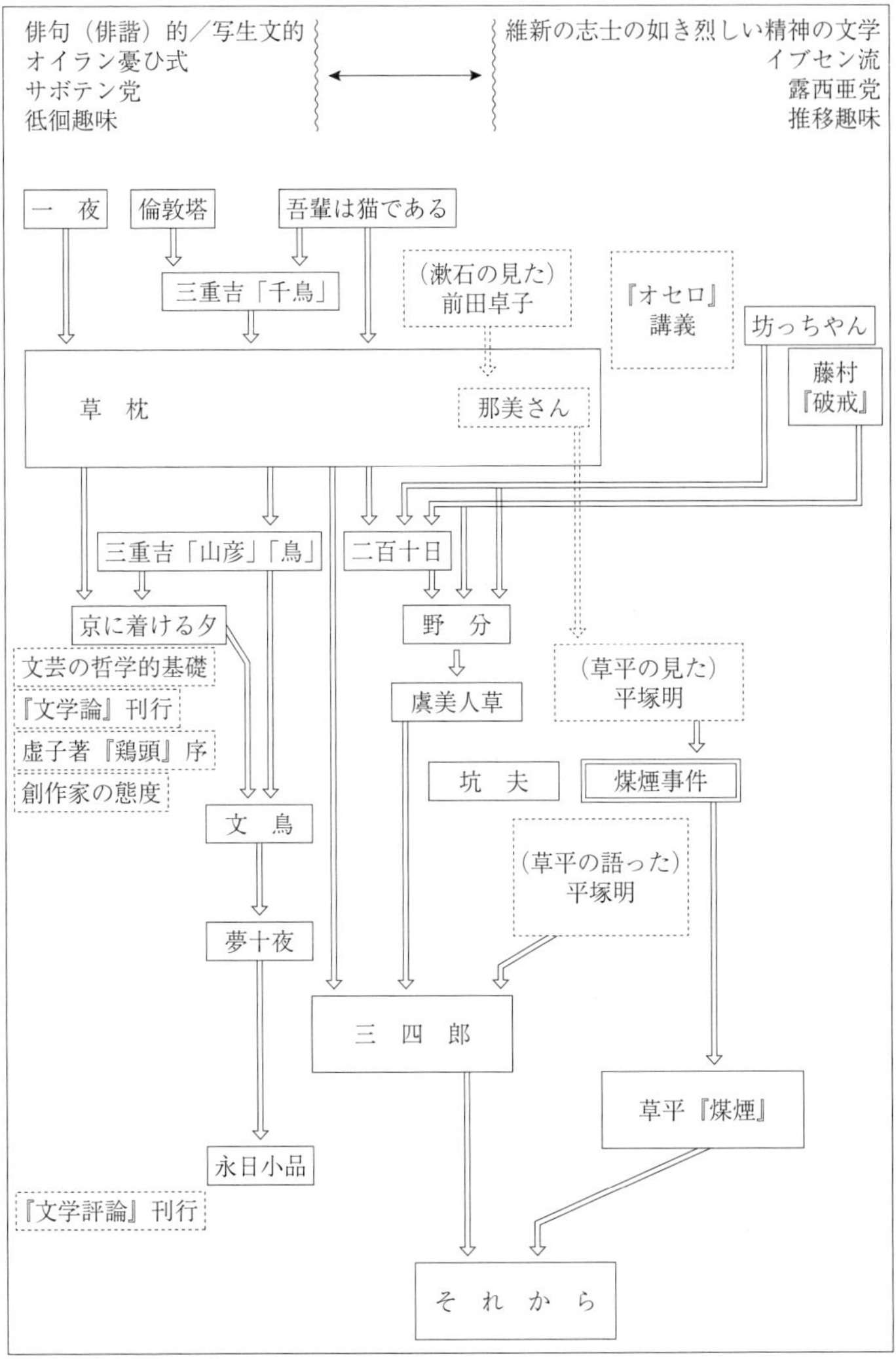

はその対極にあって、ドストエフスキーなどのロシア小説で追求されている類の人生問題を深刻に扱うスタンス、すなわち「二百十日」や『野分』で多少とも未成熟なまま突き出された志向であった。

写生文派が主流をなした「木曜会」にこの志向を持ちこんだのが、漱石門下の〝異分子〟とも見られた森田草平（入門当時の雅号は「白楊」）で、彼は自然主義の立場に近い小説を書き、やがて漱石にドストエフスキー（英訳）を読ませることになるロシア文学通であった。『草枕』後の漱石の転進になにがしかの影響をもった刺激を『破戒』以外に挙げるならば、三重吉についで視野に入ってきたこのいささか特異な少壮作家ということになるだろう。

『草枕』に寄せられた多くの批評のなかで「言語に絶しちまつたのは君一人だから難有い」（草平宛書簡、九月五日）とその眼力にはすでに師匠の折り紙がついていたが、一〇月にはその草平に宛てて、いま自分は「サボテン党からは芸術的でないと云はれ露西亜党からは深刻でないと云はれて、小便壺のなかでアプ〳〵してゐる。是からさき何になるか本人にも判然しない」と、木曜会での議論を踏まえたらしい弁明を述べている。

ついでに「僕の事を英国趣味だ抔といふものがある」が「糞でも食ふがいゝ」と吐き捨て、そう見えるなら「英人が漱石に似てゐる」にすぎないとむきになってもいる（二一日）。英国趣味と見られることへの強い反発は、漱石はこの前後を通して随所に繰り返しているのだが、そこには、文学的趣味の問題を超えて、英国流の礼儀作法に「虚礼」の度が甚だしいことが、のちに『三四郎』などで主題化される「偽善」云々の倫理的問題に絡む、という背景もあった。

## 「千鳥」と『草枕』と「山彦」

それはさておき、その批評力を師に買われた草平は、三重吉がかつて『吾輩は猫である』第一回と「倫敦塔」との圧倒的な「暗示」のもとに「千鳥」（三九年五月）を書いて漱石の激賞を受けた経緯（前章参照）をはたで見ている。この時、やるかたない羨望を抱きもしながら、同時に、漱石が『草枕』において逆に「千鳥」から影響を受けている、との洞察を働かせていた。「影響と云ふと大袈裟過ぎる」、「いはゞ暗示」または「暗示とも云へない位のきつかけ」だが、漱石が「小説にならない小説」、「美を生命とする俳句的小説」を作って見ようと思い立つ「きつかけとなつた」のが「千鳥」だったのではないかという（草平前掲書。傍点原文）。

おそらく同じ認識をもっていた三重吉は、やがて次作「山彦」（『ホトトギス』四〇年一月号に『野分』と並んで掲載）を「木曜会」で朗読することになり、横で聞いていた草平はその栄誉が「うづ〳〵するほど羨ましかつた」。作品自体の出来にも実際、脱帽したのだが、その焦点の一つは、それが『草枕』からの「暗示」を冒頭からあからさまに示し出しているところにあったという。

城下見にゆこ十三里、炭積んでゆこ十三里、と小唄に謡ふといふ十三里を、城下の泊りからとぼとぼと、三里は雨に濡れてきた。

この書き出しの衝撃で、草平はその晩は「昂奮して」眠れないほどだった。「正に『草枕』の真似である。しかも三重吉化した模倣である」（前掲書）。漱石の「F」理論に照らすなら、『草枕』の

「暗示」を受けた「山彦」において、前者を構成する無数の「$F^1$」の一つが後者で見事「$F^2$」へと進化した、その現場に立ち会ったことの感動である。

このような意味での「F」の推移・進展をここで〝暗示のリレー〟と呼んでおきたいのだが、思えばこのようなリレーは文学の世界では絶えず無数に発生しているわけで、いちいち数え挙げれば切りがない。それらのリレーのうち、特に顕著な、または意義深いと思われる推移を、小説家漱石の登場から『それから』あたりまでの時期から拾い出して「⇩」で表したものが、二七九頁の図なのである。

### 「文鳥」への三重吉の暗示

三重吉と漱石とのリレーに関していえば、それは「山彦」で終わったわけではない。その三か月後の「鳥」（四〇年四月。のち「三月七日」と改題）もまた漱石に「暗示」を与えたと推定されるが、その根拠は、この「暗示」が四一年六月の小品「文鳥」に生かされていることである。冒頭でいきなり「三重吉が来て、鳥を御飼ひなさいと云ふ」とこの弟子を注釈なしに登場させたことからして作家三重吉へのオマージュでもあったろうし、しかも三重吉の短編「鳥」でも主役となる鳥は文鳥である。そして「鳥」の山は、たとえばこんなところにある。

その鳥の嘴の色が「何かに似てゐる」が思い出せず、「いろ〳〵の記憶をほじつて」「頭の周囲をちら〳〵する癖にどうしても捉へ出せない」でいると……

> 百里もさきの女を恋ひ〳〵て、飛べば飛んで行けさうな気持である。考へ飽きて唄に酔うた様な気持になる。綾さんの事が心に浮かんでくる。いろ〳〵の場合がちら〳〵と目に浮ぶ。さうだ。嘴は

あの時の行燈だ。

「一と夜綾さんの家の小二階で、朱塗の行燈を点して狐の嫁入の江戸絵を剪《き》る。まだ互いに小さい時であつた」と続き、ここから「小さい時」の二人の交情が叙述されていく。「嘴の色」を通路として遠い過去へと飛ぶ意識の推移を映し出した文章は秀麗なもので、美しく過去へ飛ぶこの技法から、漱石の「文鳥」を想起する読者も少なくなかろう。その「文鳥」で、現在の文鳥の動きを描写する段落をいくつも続けてから、漱石が試みる転調はこのようである。

……それでも文鳥は一向不平らしい顔もしなかつた。籠が明るい所へ出るや否や、いきなり眼をしばたゝいて、心持首をすくめて、自分の顔を見た。

昔し美しい女を知つて居た。此の女が机に凭れてゐる所を、後ろから、そつと行つて、……

自分を見る鳥の顔を通路として、昔知っていた「美しい女」との交情の過去へ飛ぶ。三重吉の「鳥」に重なる手法であることは隠れもないが、影響関係を云々するなら、三重吉から漱石へなのであって、その逆ではないのである。同様の意識推移の手法は、漱石を讃嘆させた処女作「千鳥」にすでに顕著だった。その結びの部分を少しだけ抜いてみよう。

去って行った美しい女性、藤さんがくれた「緋の紋羽二重に絳絹裏《もみうら》の附いた、一尺八寸の襦袢の片

学生時代の鈴木三重吉

袖」を「自分」は今でも時々出して見るという……

更けて自分は袖の両方の角《かど》を摘んで、腕を斜《ななめ》に挙げて燈し火の前に釣《つる》す。赤い袖の色に灯影《ほかげ》が浸み渡つて、真中に焔が曇るとき、自分はそゞろに千鳥の話の中に入つて、藤さんと一しよに活動写真のやうに動く。自分の芝居を自分で見るのである。

「千鳥」「山彦」「鳥」という弟子の作品からの「暗示」が師匠の「文鳥」に生きていることは否定のしようがないし、同様のことは、朝日新聞入社直後の「京に着ける夕」（四〇年四月）から『夢十夜』（明治四一年七〜八月）に至る、「小品」として総括されるこの時期の多くの作品について指摘することができる。

## 「倫敦塔」に震撼した三重吉

とはいえ、思い起こすならば、三重吉文学の起点をなした「千鳥」こそは、そもそも『猫』と「倫敦塔」に震撼した直後に「役者の真似をする」ように試みたものと、三重吉当人の認めてはばからない作品であった（前章参照）。意識的に模倣した部分もあまたありそうだが、最も強烈な印象とともに学び取られた部分として、「倫敦塔」で現実から幻想の世界へ渡る際の意識推移の描写を挙げるのが妥当だろう。たとえばこのような文章の凄み。

余が想像の糸を茲迄《ここまで》たぐつて来た時、室内の冷気が一度に脊の毛穴から身の内に吹き込む様な感じがして覚えずぞつとした。さう思つて見ると何だか壁が湿つぽい。指先で撫で丶見るとぬらりと露にすべる。指先を見ると真赤だ。壁の隅からぽたり〱と露の珠が垂れる。床の上を見ると其滴りの痕が鮮やかな紅《くれな》ゐの紋を不規則に連ねる。十六世紀の血がにじみ出したと思ふ。

幻想として立ち現れた「十六世紀」と現在との美的往還。たとえばそのような手法的「暗示」が漱石と三重吉との間であたかもキャッチボールのようにやりとりされ、され続ける間に雪だるまのように豊かさを増していった。幻想的過去と現在との行き来というこの技法はもちろん「暗示」のごく一部にすぎず、このほかにもあまたの手法やイメージのやりとりが両作家間にはあったものと考えられる。

## 3　朝日入社と「文芸の哲学的基礎」

**帝大教授の椅子を蹴って**　朝日新聞入社に向けた交渉が、同紙記者となっていた門下生、坂元雪鳥を仲介役として本格化したのは四〇年二月のことで、三月に入ると大学の大塚保治から教授昇進の話も持ちかけられたものの（荒前掲書）、漱石は特に迷った気配もなく、待遇面の細かな取り決めを行った上で三月末をもって東京帝大を辞し、四月、朝日新聞に入社した。

世間にはこれが「実に思ひもかけない椿事」（内田百閒「漱石雑話」昭和二一年）として受けとめられた。なにしろそれ以前に「大学を卒業して新聞社に入つた者」自体、一人いるかいないかというところであったから、「世間はまつたく目を円《まる》くしてこれを迎へた」のである（草平前掲書）。権威に背を向け、庶民の側に立つものとも受け取られるこの勇断が、漱石の「国民作家」的声望を盛り上げたことは間違いない。

入社について最初の発議者が『大阪朝日』主筆の鳥居素川だったというような事情もあって、入社後も微妙に『大阪朝日』に気を遣うスタンスを保持することになるのだが、入社後最初の創作、「京に着ける夕」も『大阪朝日』のみの掲載であった（四月九〜一一日）。これに続く大きな仕事が『東京朝日』掲載を予定して二〇日に東京美術学校の文学会で行った長時間の講演「文芸の哲学的基礎」で、その連載は五月四日から六月四日までの二七回にわたった。新聞掲載記事としてはきわめて学術的で難解な講演の一か月にもわたる連載は当時として破天荒のことで、ここに読者に合わせるのでなくむしろこれを「引き上げようとする」『朝日』の意気込みが見てとれた、と草平（前掲書）。

### 創作家の視点で見る文学

意気込みは漱石自身にも大きかったはずで、大学辞職直後の講演であれば、それまで講義してきたことのつまみ食いのような内容になっても不思議ではないところだが、どうしてまったく新しい展開に聴衆は出会うことになった。講義の内容なら、五月の上梓を待つばかりであった『文学論』と、四二年三月刊行の運びとなる『文学評論』とにほぼもれなく記述されているのだが、「文芸の哲学的基礎」はそれらと重複することの少ない、きわめて独創的な発見と主張を含むものだったのである。

なぜ重複しないかといえば、『文学論』と『文学評論』とが読者の側から文学を見ることを基本姿勢としていたのに対して、この講演はむしろ制作者の側から見ることを主眼としていたからである。つまり漱石の文学に対する姿勢は鑑賞家・批評家から創作家へと明確に重心を移動させていたわけで、このスタンスは翌年二月の「創作家の態度」に受け継がれることになる。

創作家漱石が、当時隆盛の自然主義文学を横目に、「生は意識の連続である」ことから説き起こして徹底して理詰めに、体系的に説いていったものは、つまるところ彼がこれから小説家として実現したいと思うところの「理想」にほかならなかった。「発達した理想と、完全な技巧と合した時に、文芸は極地に達し」、これに接するものは「もし之に接し得る丈の機縁が熟して居れば、還元的感化を受け」るのだと説いて、漱石はこの「還元的感化」についてこう解説を加えている。

> 文芸家は今申す通り自己の修養し得た理想を言語とか色彩とかの方便であらはすので、其現はされる理想は、ある種の意識が、ある種の連続をなすのを、其儘に写し出したものに過ぎません。だから之に対して享楽の境に達すると云ふ意味は、文芸家のあらはした意識の連続に随伴すると云ふ事になります。だから我々の意識の連続が、文芸家の意識の連続とある度迄一致しなければ、享楽と云ふ事は行はれる筈がありません。所謂還元的感化とは此一致に於て始めて起る現象であります。
>
> （連載第二十五回）

一致の意味は固より明瞭で、此一致した意識が吾々の心のうちに侵み込《こん》で、作物を離れたる後迄も痕跡を残すのが所謂感化であります。　（連載第二十六回）

## 還元的感化の「動」と「静」

そして結論近いこの第二十六回で導入されるのが、「還元的感化」にも「二種」があるという新しい図式である。「意識の連続」という根源的事実のうち、「連続」の方を主体として「意識の推移する有様」で理想をあらわす場合を「動の還元的感化」と呼ぶとすると、これに対してむしろ「意識そのもの、内容」を主にして「意識の停留する有様」で理想をあらわす場合は「静の還元的感化」なのだという。

この動静両様の「感化」について、ここでは「動の還元的感化」を起こしやすい芸術として「文学」があり、「静の還元的感化」を狙うものに「絵画」があると述べるにとどまっている。だが、おそらく念頭にあったのは、「文学」も一様でなく、意識の「推移」よりはむしろ「停留」によって理想を表現しようとする「写生文」的な世界もあるという論点だろう。

これすなわち同年一二月に至って「虚子著『鶏頭』序」で導入される用語でいえば「低徊趣味」の、「余裕のある」文学であって、それこそは自らもそれに依拠し、『草枕』では積極的に称揚しさえした「俳句的小説」の拠りどころにほかならなかった。ただ、『虞美人草』のような小説を構想中だったこの時期の漱石にとっては、むしろ「動の還元的感化」を狙う「文学」らしい文学、「『鶏頭』序」での用語でいえば「推移趣味」の文学への移行の方こそが、さしあたっての関心事であったにちがいない。

## 4　時鳥厠半ばに出かねたり

**虞美人草浴衣も発売され**

長編小説第一作となる『虞美人草』は六月二三日に連載開始されたが、そのちょうど一と月前の『東京朝日』に載せた「『虞美人草』予告」での漱石は、このタイトルについて、前夜の散歩中、植木屋に草花の名を尋ねたら、「虞美人草だと云ふ」ので「好《いゝ》加減ながら」それを拝借することにした、といかにも呑気な書きぶりである。ところが商魂はどうして呑気どころでなく、三越百貨店が「虞美人草浴衣」を、玉宝堂が「虞美人草指輪」を売り出したのは、連載開始以前のことであった（『漱石全集』第一六巻注解）。

六月四日に起稿し、一三日の木曜日には「面会謝絶」の貼り札を出して「木曜会」も休止しての打ち込みようであったが、時の首相である「侯爵　西園寺公望」から招待状が届いたのがちょうどその一三日か一二日（荒前掲書）。一七日夕に「駿河台拙宅」にて文士招待の会（のちに「雨声会」と呼ばれる）を催し「旁《かたがた》粗飯差上」るのでお出まし願えまいかとの趣旨で、それへの欠席を知らせる葉書の末尾に漱石が添えた一句がこれであった。

時鳥《ほとゝぎす》厠《かはや》半ばに出かねたり

一七日から一九日の三日にわたったこの会、参集した文士の顔ぶれは、第一日に川上眉山、広津柳浪、田山花袋、小栗風葉、中村春葉。第二日は森鷗外、巌谷小波、後藤宙外、泉鏡花、徳田秋声。三日目が大町桂月、幸田露伴、塚原渋柿園、内田魯庵、島崎藤村、国木田独歩と、小説家を中心に当代の一流文士が雁首を揃えた（坪内逍遙と二葉亭四迷は体調や所用を理由に欠席）。この年一月には一流の俳優を招待してもいた〝文人宰相〟西園寺による未曾有にして粋な国家的イヴェントである。

漱石の欠礼の句を最初に活字化したのは、同会の開催に二日先立つ一五日の『東京朝日新聞』。「首相の文士招待と漱石氏の虞美人草」と題し、「吾社の漱石氏の許にて一覧したる招待状の全文」を引用した上で、こう明かす。漱石氏は目下「小説虞美人草の根に培かひ葉に灌《みづすゝ》ぐに苦辛甚しく」、今「此卯の花垣」を出るのは「責を空しうする」感があるので遺憾ながら辞退すると書いた返書の掉尾に、首相の「俳句の造詣深きを識れるを以て」この一句を添えたのだと。

## 豪奢な雨声会に背を向け

新聞各紙は競って参加文士に報告させたが、『東京朝日』に書いた巌谷小波や大町桂月によれば、調達された七名の芸者ももちろん一流、「絵葉書か文藝倶楽部の口絵からぬけ出した様な、新橋の美形」（小波「陶庵宰相邸の一夕」一九日）、「美人、あまた出で来て杯膳をはこ」び（桂月「陶庵侯に謁する記」同二〇日）、「シヤンパン」やら「赤いのと青いのと紫のと三色《みいろ》の御酒《ごしゅ》」やらをお酌して回るという艶やかさ（同紙一九日「美人の見たる文士招待」）……。「さるにても厠半ばに出兼ねた漱石が残念である、けれど厠に入つて貰はぬと、こつちは困る」としゃれたのは同紙コラム「天声人語」（二〇日）。

風流宰相の催した夜会の豪奢な光景を新聞紙面から覗き見するしかなかった一般庶民が、そこに一変人が舞い込ませた「厠半ばに」の句に快哉を送らないはずもない。新聞を読めば、「時鳥」は文士招待会の、「厠」は現在没頭中だという『虞美人草』執筆の隠喩《メタファー》だと誰にもわかり、その結果生じる首相という権威の価値低下にほくそ笑む。漱石自身の意図にかかわりなく、この行為は「反骨」と受けとめられたはずである。

早稲田の家でこの葉書を書いた時、たまたま鏡子の妹婿の鈴木穆がいて、「あんまりひどいぢやないかとか何とか」言ったものの、「本人一向平気なもので、ナーニこれで用が足りるんだから沢山だよとか何とか申して、それを投函して」しまったという。招待を名誉のように思う文士らが「面白くもなかつた」以上に、「何はともあれ第一番に面倒くさかつたに違ひありますまい」と鏡子（前掲書）。

## 5　「低徊趣味」から「推移趣味」へ

**小説の心・技・体**　一つの小説を仮に「心・技・体」の三側面に分けて見るとするなら、同一作品の評価が評者によってまちまちになりがちなのは、ある評者は「心」に、他は「技」にと、焦点化する部分に異同のあることが一因をなしている。この三分割をもって『草枕』と『虞美人草』を読み比べてみると、俳句を連ねたようなその「体」（文体）において連続性があるとしても、その表現しようとした「心」（内容）と小説を構成してゆく「技」（方法）はともに大きく異なっていることがわかる。

「心」についてみるなら、この差異は要するに「サボテン党」ないし「オイラン憂ひ式」の文学と「露西亜党」または「イプセン流」の「烈しい精神」の文学との隔たりを反映するものにちがいない。この懸隔が「技」の側面での相違に反映してくることは当然だが、そこでの相違は「心」的側面での差異と完全に対応するわけではないから、漱石はそこにまた別の用語を用意しなくてはならなかった。

すなわちその一方が前出「虚子著『鶏頭』序」で漱石自ら造語した「低徊趣味」で、これは文字どおり「サボテン党」の首領であり「写生文」の唱道者である高浜虚子の方法を説く過程で導入されたものである。要するに「一事に即し一物に倒して、独特もしくは連想の興味を起して、左から眺めたり右から眺めたりして容易に去り難いと云ふ風な趣味」であって、それが読者に呼び起こし得るのは、「文芸の哲学的基礎」での術語でいえば「静の還元的感化」であった。

## 登場人物の「F」が推移する

だが、もし「動の還元的感化」を狙うなら、その方法ではむずかしい。そこで「低徊趣味」を捨てていかなる方法に移行するかというなら、翌年四一年一〇月の「文学雑話」や同時期と思われる断片（「明治40、41年頃 断片47C」）で明快に図式化しているとおり、「推移趣味」ということになる。

これもまた漱石の造語だが、「推移」の語は第六章で見たとおり、『ノート』以来多用されてきた漱石の愛用語にほかならず、この時期の別の断片（「断片46」）に見られる「evolution」と同義で、その背景には進化論がある。すなわち「$F^1$から$F^2$への（暗示による）推移」のような『ノート』以来繰り返されてきた表現にいうところの「推移」である。

実際、登場人物の「F」の推移という観点で見ると、「低徊」を事として「推移」（evolve）することの少ない『草枕』に比して、『虞美人草』では導入部分と結末とで人々の「F」は大いに「推移」しているといわなくてはならない（たとえば小野さん、宗近さんの「藤尾を得たい」という「F[1]」は「いらない」という「F[2]」へと見事に推移している）。

「志士の如き烈しい精神」を「心」として打ち出そうとしつつ、「技」としては「低廻趣味」にとどまったままの試行が「二百十日」であったとすると、きっぱりと「推移趣味」に移ったのが次作『野分』であり、この「心・技」に『草枕』の「体」を呼びもどした意欲作が『虞美人草』であったという見方が可能なゆえんである。

**藤尾を殺すのが一篇の主意**

連載開始前から「虞美人草浴衣」の広告が出たその『虞美人草』では、開巻まもなく登場した「紫の着物」を着て金箔つきの洋書を読む美女、藤尾に読者の人気が集中したのは自然の成り行きであった。しかしこの人気、作者は手放しで喜ぶわけにもいかないものので、やはり藤尾に胸ときめかせたらしい小宮豊隆に対しては、連載開始一か月弱の時点で「そんな同情をもつてはいけない」と説諭している。

あれは嫌な女だ。詩的であるが大人しくない。徳義心が欠乏した女である。あいつを仕舞に殺すのが一篇の主意である。うまく殺せなければ助けてやる。然し助かれば猶々藤尾なるものは駄目な人

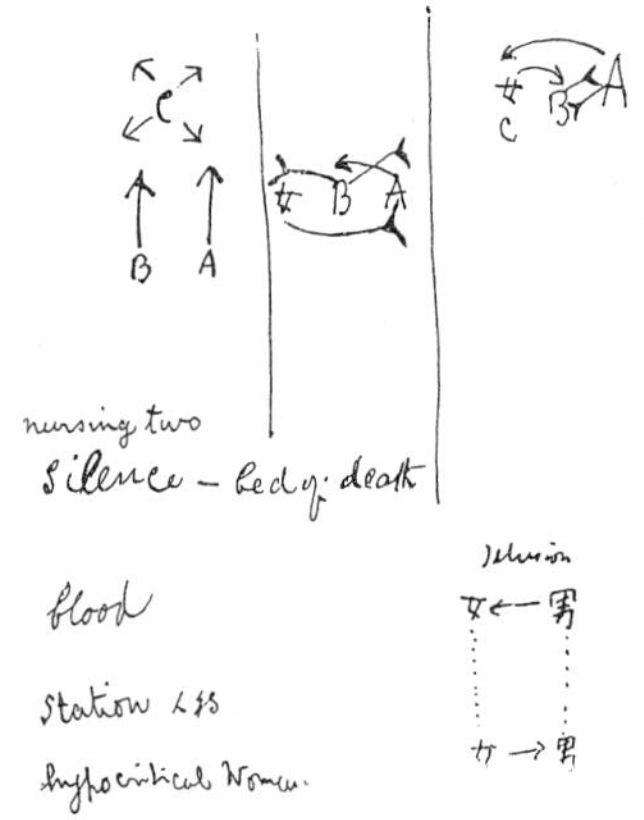


「断片47A」の一部
左下に“hypocritical woman”とある

間になる。最後に哲学をつける。此哲学は一つのセオリーである。僕は此セオリーを説明する為めに全篇をかいてゐるのである。
（七月一九日書簡）

予定された「此セオリー」が、最終回のほぼ全体を蔽う甲野さんの日記である。「悲劇は喜劇より偉大である」とまさに「一篇の主意」を直截的に叙述した文章で、「悲劇」の偉大である理由として「襟を正して道義の必要を今更の如く感ずるから」など縷々説いていくのだが、この「道義を蹂躙して大自在に跳梁」した人物の代表として藤尾が想定されていることは明白だ。

この藤尾がどのような点で「徳義心が欠乏し」、「道義を蹂躙し」ていたかの問いには種々の回答があるとしても、『草枕』の那美さんから『三四郎』の美禰子に至る漱石的ヒロインの中継点という意味を重視する場合、大きく浮上するのが「偽善《ヒポクリシー》」の振る舞いである。「ヒポクリシー」（hypocricy）は「偽善」と訳すからといって必ずしも「善」を装うとはかぎらず、自分以外の何ものかになってしまうことだと後に漱石は草平に説明することになるのだが、藤尾の造型においてこの性向が意識されていたことは「断片47Ａ」から知られる。

この断片は『漱石全集』で「明治40、41年頃」とされているけれども、「悲劇ガ忽然トシテ喜劇ニ変ズルハ此時」云々の論旨が甲野さんの日記とほぼ一致し、かつその前に置かれている図も『虞美人草』の構想と読まれるところから見て、四〇年のものと見て間違いない。ここで特に注目したいのは、この図の左下に書き付けられた「hypocritical woman」（偽善的な女）の語である。

## 6　「無意識の偽善者《アンコンシアス・ヒポクリット》」の姉たち

**自然天然に芝居する女**

この「hypocritical woman」に藤尾の造型が意識されていることは間違いないが、この藤尾の妹のような存在として、漱石自ら「無意識の偽善者《アンコンシアス・ヒポクリット》」と規定した『三四郎』の里見美禰子が生まれると見ていいし、逆に姉のごとき人物として「常住芝居をして居る」（十二）とされる『草枕』の那美さんがすでにあったのだともいえる。

普通の役者は、舞台へ出ると、よそ行きの芸をする。あの女は家のなかで、常住芝居をして居る。しかも芝居をして居るとは気がつかん。自然天然に芝居をして居る。あんなのを美的生活とでも云ふのだらう。（十二）

もし現実に「余とあの女の間に纏綿した一種の関係が成り立った」場合は「余の苦痛は恐らく言語に絶するだらう」と画工の恐れるその那美さんは、「芝居をして居るとは気がつかん」演技者と規定される以上、立派な「無意識の偽善者《アンコンシアス・ヒポクリット》」である。

そのような「関係」に入らなかったがゆえに「苦痛」を与えもしなかった那美さんに対し、藤尾は「無意識《アンコンシアス》」というにはいささか露骨な「偽善者《ヒポクリット》」として男たちに「苦痛」をなめさせる。そして美禰子こそは、この二人の姉のいわば弁証法的な綜合による輝かしい「無意識の偽善者《アンコンシアス・ヒポクリット》」なのである。ところで、那美さん（F[1]）と藤尾（F[2]）という二人の姉から美禰子（F[3]）という妹への「推移」は、なんらかの刺激が漱石への「暗示」として働くことなしには生起しえなかったはずである。その実態を多少詳しく検分しておこう。

## ズーダーマン『過去』の女

漱石が自ら美禰子を「無意識の偽善者《アンコンシアス・ヒポクリット》」と規定したのは、四一年九月に『三四郎』の連載が開始されて間もない『早稲田文学』一〇月号掲載の談話「文学雑話」においてであった。この談話でヘルマン・ズーダーマンの『過去』（*Es War*、英訳題 *The Undying Past*〔消えぬ過去〕）のフェリシタスを「無意識な偽善家《アンコンシアス、ヒポクリット》」の造型として称揚したあとで、『三四郎』の話に移り、こう述べたのである。

> 実は今御話をした其のフェリシタスですね、之を余程前に見て面白いと思つてゐたところが、宅に居た森田白楊が今頻りに小説を書いてゐるので、そんなら僕は例の「無意識なる偽善家《アンコンシアス、ヒポクリット》」を書いて

見やうと、串談《じょうだん》半分に云ふと、森田が書いてご覧なさいと云ふので、森田に対しては、さう云ふ女を書いて見せる義務があるのですが……

「森田白楊」こと草平がそもそもなぜこの時「宅に居た」のかといえば、これにはいささか込み入った事情があって、ここにもう一人の「無意識の偽善者《アンコンシアス・ヒポクリット》」、しかも実在の女性が介在してくる次第である。

## 煤煙事件——塩原逃避行

すなわち草平は四〇年六月から友人の生田長江と組んで、年長の馬場孤蝶や与謝野鉄幹・晶子夫妻をも巻き込んで立ち上げた「閨秀文学会」で、文学好きの女学生等を教えていたのであったが、翌年三月、受講生の一人であった日本女子大学卒業生、平塚明《はる》（「明子」とも。明治四四年『青鞜』を創刊して「らいてう」と号する）とともに、すでに妻子ある学士の身で出奔し、栃木県塩原温泉郷の雪山を彷徨するところを警察に保護されるという事件を起こしてしまう。二人はただちに東京へ連れ戻され、明は平塚家へ、草平は長江によって夏目家へ連行されて、そこでしばらくジャーナリズムの攻勢から保護されることとなったのである。

こうして一夜にして「ノトーリアス」（悪名高い）になった草平は、この事件の経緯を描いた小説『煤煙』を漱石の尽力で『東京朝日新聞』に連載することを得て（四二年一～五月）、また一夜にして「フェイマス」（有名）になる（のちに草平が英語を教えた法政大学生の表現——草平前掲書）。これが世にいう「煤煙事件」。上記「文学雑話」で漱石が語っていた「無意識の偽善者《アンコンシアス・ヒポクリット》」をめぐる会話は、事件後に草平をかくまっていた時期のものだが、草平の後年の著述である前掲『続夏目漱石』によれば、話がそこに至るまでに説明すべきことが多々あった。

まず、『煤煙』で「真鍋朋子」と命名された平塚明は、同書でも「朋子」と呼ばれるのだが、この「朋子」は、日暮里の両忘庵（かつて円覚寺で漱石を世話した釈宗活〔『門』の宜道のモデル〕が主宰）ですでに見性を認められた禅の修行者で、「普通の女学生と違つて、緑色の袴をぐつと下目に穿いて」、服装は「くすんだ色合ひ」、「白粉気《おしろいけ》」は全然なかった。

たゞ顔の輪郭の正しく、面長の下《した》膨《(も)ぶく》れで、見るからに悧発らしく、黙つてゐられると、底の知れないやうな深味があつたのは、先生の好きなおえんの型《タイプ》に属するものとも云はれよう。あの型《タイプ》に属する女性としては、おえん、前田つな子、第三にはこの朋子を挙げるべきである。『煤煙』には書くを憚つたけれども、要吉〔『煤煙』の主人公。ここでは草平自身を指す〕が最初心惹かれたのは、或ひはそんな所にあつたかも知れない。

「最初心惹かれた」時点で師匠の好みが絡んでいたというのだが、実は「朋子」の側でも、「要吉」の接近を受け入れた際の感情にすでに〝漱石の影〟が落ちていた、というのが草平の見方であった。「もし彼女が少しでも要吉に興味を持つてゐたとすれば、それは要吉自身に対するよりも、要吉が漱石の門弟子であつたからだ」。彼女はそんなことを口にはしなかったけれども「それは要吉が身を以て感じた事実である」と。

### 思はせ振り、それが女だよ

交際中、禅学の気配を感じはしながら、草平は強いてこれを振り払おうとしたが、それはそのことが、やはり禅をする「『草枕』の女主人公那美さんを連想させたから」だともいう。ある日彼女から「何《ど》うかして、もつと何うかして」と身体を擦りつけられたが、彼女のこの行為も、那美さんが彼女に懸想した納所坊主の泰安に「そんなに可愛いなら、仏様の前で一緒に寝ませう」と迫る場面の「真似」ではないか……。「野狐禅に依つて飜弄されたでは耐らない」との思いから強いて朋子を禅から切り離そうとした、というのである。

二人の交際の経緯や平塚明という女性について、これ以上の詳細は拙著『「新しい女」の到来――

平塚明（らいてう）

森田草平

平塚らいてうと漱石』（平成六年）を参照していただくほかないのだが、ともかく漱石と二人で銭湯に浸かるなどしながら、事件に至る経緯を草平はかなり詳しく語った。「恋愛以上のもの」、「人格と人格との接触によつて、霊と霊との結合を期待した」などと言ってみるものの、漱石はこれを「馬鹿なことを言ふものでない。男と女とが人格の接触によつて、霊と霊との結合を求めるのに、恋愛を措いて外に道があるものか」と一笑に付した。

女はあくまで「真面目」だったという草平の主張にも、「矢つ張り遊んでゐたんだよ」と漱石。「君は思はせ振りでないやうに云ふが、僕から見れば、云ふこと為すこと悉く思はせ振りだ。それが女だよ。女性の中の最も女性的なものだね」云々。また平塚明自身が「自分は二重性格の女である」と称していたことから、「だから彼女は精神病患者です」とも主張したのだが、漱石はこれに納得しない代わりに、『過去』のフェリシタスを持ち出して「あ、云ふのを『自ら識らざる偽善者《アンコンシアス・ヒポクリット》』と云ふのだ」と喝破した。

「偽善」といっても必ずしも「善」を装うわけではなく「つまり自ら識らざる間に別の人になつて行動するといふ意味」で、「自ら識らずして行動するんだから、その行動には責任がない」。「朋子もさう云ふ女だとすれば、それで解釈が出来ないこともない」として、「何《ど》うだ、君が書かなければ、僕がさう云ふ女を書いて見せようか」と半ば冗談のように口にしたというのである。

これらを勘案すると、美禰子という人物は、藤尾と那美さんという直系の姉の遺伝子を受け継ぎつつ、フェリシタスと平塚明という横から入ってきた、いわば傍系の姉または従姉たちの刺激を受容してはじめて成立した造型であった、という規定が可能になる。

しかも平塚の方は、草平が漱石の弟子であるがゆえに那美さんの「真似」をして翻弄しにかかった（と草平の目には見えた）ところの難物の従姉。しかしながら現実には、平塚自身の晩年の自伝『元始、女性は太陽であった　上』（昭和四六年）をひもとけば、当時の彼女に漱石への意識などなかったばかりか、事件処理に関して漱石が取った対応（事件の小説化について平塚家の中止要請を押し切ったこと、彼女と草平の結婚を提案したことなど）には侮蔑さえ隠していない。およそ漱石など眼中になかったようなのだが、草平が「身を以て感じた事実」としてはまったくの逆であったわけで、そのような不可解な結果を生んでしまう振る舞いにこそ「無意識の偽善者《アンコンシアス・ヒポクリット》」たるゆえんがあったともいうべきか。

## 7　「囚はれる」三四郎

### 「乱暴の内訌」した女

会ったことのない平塚明という女性について、漱石が草平の話だけからその人物像を構成していった時、草平の見方と最も大きく食い違ったのは、「云ふこと為すこと悉く思はせ振りだ」という洞察であった。しかもこれについて「それが女だよ。女性の中の最も女性的なものだね」とまで断定する以上、この「思はせ振り」という行動パターンは、この時点までに漱石が培ってきた女性観の核心に近いところに固定的な位置を占めていたものと見るべきなのではあるまいか。

実際、藤尾と那美さんを前哨として、美禰子から千代子、お直、御嬢さん、お延へと受け継がれる、漱石文学において最も生動する女たちの行動パターンとして、「思はせ振り」は見逃すことができない。「それが女だよ」と漱石は確信していたわけで、このような確信が本人の過去の経験と無関係に発生するはずもない。この地点から推測すれば、二〇代の終わりのあの狂気じみた乱調の一因をなしたとされる恋愛（第四章参照）において、相手の女性の「思はせ振り」に悩まされた（と意識していた）ことは確実のように思われる。

だが、その「思はせ振り」的平塚明像は、実際に接触した草平の構築する明像とはまったくの別物であり、そのことが、『三四郎』の後を受けて『東京朝日』に連載された草平の『煤煙』の強力な動機づけともなった（草平前掲書）。たとえば三四郎を初めて目にする場面で、美禰子は大学構内の池の端に出てくるなり、一間ばかりの距離の三四郎を「一目見《ひとめ》」、通り過ぎざま「今迄嗅いで居た白い花を三四郎の前へ落として行」く（二の四）。この振る舞いが「思はせ振り」でなくて何なのか。そして明はそんな女ではなかった、と草平は言いたい……。

ともあれ、これを端緒として美禰子との接触を重ねた三四郎は「魂がふわつき出し」（四の一）、やがて広田先生と佐々木与次郎とのこんな会話をかたわらで聞くことになる。

「あの女は落ち付いて居て、乱暴だ」と広田先生が云つた。
「えゝ、乱暴です。イブセンの女の様な所がある」

「イブセンの女は露骨だが、あの女は心《しん》が乱暴だ。尤も乱暴と云つても、普通の乱暴とは意味が違ふが。野々宮の妹の方が、一寸見ると乱暴の様で、矢つ張り女らしい。妙なものだね」
「里見のは乱暴の内訌ですか」　（六の五）

**訳の分らない囚はれ方**

この時は「乱暴といふ言葉が、どうして美禰子の上に使へるか」さえ「不思議」に思った三四郎が、いくつかの事件を経て徐々にそれを理解させられる、という流れで小説は進行する。たとえば導入部で初対面の広田先生から「囚《とら》はれちや駄目だ」と忠告されながら（一の八）、やがて通りすがりの学生に「囚はれちや不可《いけ》ませんよ」と笑われるほど（六の十三）、「三四郎は近頃女に囚《とらは》れ」てしまう。しかもそれが「惚れられてゐるんだか、馬鹿にされてゐるんだか、怖《こわ》がつて可《い》いんだか、蔑《さげす》んで可いんだか、廃《よ》すべきだか、続けべきだか訳の分らない囚はれ方である」（七の二）。

男をとらえると同時にこのような内部分裂をも引き起こす。そのあたりを称して与次郎は「乱暴の内訌」と呼んだのだろうが、広田先生の見方では、これが「偽善」およびその現代的形態としての「露悪」に関わるということになる。「偽善を偽善其儘で先方に通用させ様とする正直な所が露悪家の特色で、しかも表面上の行為言語は飽迄も善に違ないから」、「尤も優美に露悪家にならうとすると」これが一番だ、と。広田先生の推論は三四郎に「応《こた》へた」が、それは美禰子に「此理論をすぐ適用出来る」と思うからだった（七の四）。

その種の「優美」な「無意識の偽善《アンコンシャス・ヒポクリシー》」の一環として「今迄嗅いで居た白い花を三四郎の前へ落として行」くという「思はせ振り」もあり、関係が進展するにつれ、「乱暴の内訌」も進む。たとえば三四郎と二人で入った展覧会場に、やはり美禰子を意識する野々宮さんを見いだすや否や、二三歩後戻りして「自分の口を三四郎の耳へ近寄せ」て「何か私語《さゝや》」く。「妙な連《つれ》と来ましたね」と言う野々宮に「似合ふでせう」と答える（八の九）。再び二人になってから、この行為の意味をようやく理解した三四郎が「野々宮さんを愚弄したのですか」と問えば、「あなたを愚弄したんぢや無いのよ」と返す（八の十）。

結局、美禰子は三四郎とも野々宮とも愛を育てることはなく、終盤で唐突に登場する第三の男と結婚してゆくのだが、やや無理のあるこの大団円には、草平を含む多くの読者が不平を鳴らしてきた。同様に、美禰子を描いた絵画の前で「森の女と云ふ題が悪い」と口にした三四郎が「迷羊《ストレイシープ》、迷羊《ストレイシープ》」と呟くという終局も、未解決のまま読者を放り出す感がないわけではない。

### 推移する低徊趣味

この「迷羊《ストレイシープ》」は、しかしながら、かつて寺田寅彦に説いた俳句の定義に照らすなら、読者に「連想」を放散していく「扇のかなめ」にほかならない。その意味でこのエンディングには、「推移趣味」に徹した『虞美人草』の地点から、「俳句的小説」『草枕』の境地への揺り戻しを感知することもできる次第で、思えばその種の「低徊趣味」的「余裕」の復活を読者は『三四郎』の随所に感じることだろう。

すでにふれてきた主人公、三四郎の「囚はれ」云々の問題も「余裕」をもって眺められ、深刻な苦しみとして切り込まれることのないままに終わるのだが、その「囚はれ」自体は冒頭近くで、早くも広田先生によって持ち込まれている。東京帝大進学のため熊本から汽車で上京中の三四郎に、たまたま名古屋から乗り合わせた広田が「どうも西洋人は美しいですね」「御互は憐れだなあ」「こんな顔をして」「あれ〔富士山〕よりほかに自慢するものは何もない」とやたらと日本の悪口を並べる。三四郎がたまらず「然し是からは日本も段々発展するでせう」と弁護すると、広田はすまして「亡びるね」と言い放つ。


「熊本より東京は広い。東京より日本は広い。日本より……」で一寸《ちょつと》切つたが、三四郎の顔を見ると耳を傾けてゐる。

「日本より頭の中の方が広いでせう」と云つた。「囚はれちや駄目だ。いくら日本の為めを思つたつて贔屓《ひいき》の引き倒しになる許りだ」

此言葉を聞いた時、三四郎は真実に熊本を出た様な心持ちがした。同時に熊本に居た時代の自分は非常に卑怯であつたと悟つた。（一の八）

こう予言されながら、やはり女に「囚はれ」てしまうというのが『三四郎』の主筋であり、終幕の「迷羊《ストレイシープ》」はその「囚はれ」の残存を暗示するものにはちがいない。日本最初の「教養小説《ビルドゥングスロマン》」（「成長小説」とも訳す）と見られ、これに森鷗外が「技癢」を覚えたことが『青春』（明治四三〜四四年）を生んだともされる記念碑的作品ながら、主人公の「成長」過程をくっきりと描き出すところに読者の感情移入を狙う、というふうにはできていない。この事情を「文芸の哲学的基礎」の用語法で言い換えるなら、「動の還元的感化」――すなわち読者が三四郎に「還元的」に没入することでなんらかの「感化」が発生すること――を期待するような作りになっていない、ということになる。この意味で、多少とも「動の還元的感化」を狙う位置にシフトして試みられたのが、次作『それから』であったように見える。

## 8 運河のような小説――『それから』

武者小路の批評を喜ぶ

「静の還元的感化」をよしとする「低徊趣味」を左端に、「動の還元的感化」を狙う「推移趣味」を右端に置く軸を仮定した場合、『野分』『虞美人草』で大きく右へ舵を切った漱石は『三四郎』でいささか左へ揺り戻した感があった。これをもう一度右へ寄せて、『三四郎』で不完全燃焼の感があった「動の還元的感化」を実現すべく、より巧みな「推移趣味」の小説を構築しようと試みたのが『それから』であり、その企図はかなり高い程度において成功したように思われる。

四二年六月から一〇月にかけて東京・大阪の両『朝日新聞』に連載された『それから』は、翌四三年一月出版の単行本もおおむね好評をもって迎えられた。とりわけ同年四月の『白樺』創刊号を飾った武者小路実篤の批評「『それから』に就て」は、否定的な部分も含めて漱石の意にかなうもので、『白樺』恵送の礼状に「『それから』が運河だと云ふのは恐らく尤も妙なる譬喩ならんと存候。『それから』のとめ方の御弁護もあの通りの愚見にて候ひし」と書き送ったし（三月三〇日）、四年後の書簡でもなお「私にはい、記念であります、御礼を申します」と謝したほどである（大正二年一二月二九日）。

「とめ方」すなわち、主人公の代助が職業を探しに何から何まで真っ赤になった世界へ飛び出していくエンディングに読者の一部は「力が弱いとか云つて苦情を持ち込んだ」が（草平前掲書）、武者小路はこれについて、『野分』のころより「人がわるくなつた」とむしろ進歩を評価した。

ところで「運河」の比喩は必ずしも称賛の意味であったわけではない。武者小路はまずこの小説の「形式」を論じて、ゆるやかな流れがやがて急流となり、ついには「飛瀑」となるという「川を逆さにしたやうな書き方」だとした上で、後段に至って、しかしそれに「つくられたものと云ふ感じ」が伴うがゆえに「自然の河」ではなく「運河」のようだ、自分は「自然の河」の方が好きだが……と評したのである。

けなされもしながら、この「運河」を「尤も妙なる譬喩」と歓迎した漱石には、「川」のように推移する進行を人工的に構築していくという、『それから』での徹底的な「推移趣味」の成功が証されたことを喜ぶ意識があったにちがいない。自身の作家的手腕がここでまた一つ階梯を上がったことに、またそれを的確に評価する若い批評家（当時二四歳）の出現に、意を強くしたことは想像に難くない。

ただ、そうであれば、そこには若者の突っ込みをいなす老獪さもまた読まれなくはないのだ。つまり武者小路の意図としては、「自然の河」でない「運河」でもって「自然の昔に帰る」（『それから』十四の七）という一篇の主題を表現するのは一つの矛盾ではないか、という皮肉も「運河」の比喩には込められていたのだから。

### 推移に「つくられた感」あり

つまり大学時代の三角関係において「義侠心」から女（三千代）を友人（平岡）に譲るという「不自然」をかつて犯した代助が「自然に讐を取られて」三千代女を奪い返すというストーリーはよいとして、それを進展させるための「多くの道具立て」が人工的に重ねられることによって、かえって「恋の力は弱められた」とも武者小路はいうのだ。「道具立て」とはすなわち三千代の病気、子供の死、平岡の放蕩、借金といった一連の設定であり、これらの「暗示」を受けて三千代をめぐる代助の「F」は「$F^1$」から「$F^2$」「$F^3$」へと推移してゆく次第だが、この進展に「つくられた」感がぬぐえず、「なんだか騙されてゐるやうな気」さえするという。

この点の当否はさておき、『それから』の内容的な主題が人間における「自然」の問題にあったことは明瞭だが、ところで、この動機を漱石のうちに形成した要因を探る場合、再び浮上してくるのが森田草平の『煤煙』なのである。明敏な武者小路の視野にはこのことまで入っていたと見え、「『それから』に就て」篇末の「追加」では『それから』と『三四郎』を対比してこうも述べている。いわく、三四郎の失恋が「七分通り境遇に支配されてゐた」のに対し、代助は「自己の境遇を自分で作る力を多く持つてゐた。煤烟の主人公には負けるがオリヂナルの人で個性によつて境遇を作り得る人だ」と。

『それから』に肩を並べる形で『煤煙』が出てくることに現代人は奇異の感をもつかもしれないが、これは武者小路の偏向というわけではなく、世間一般の見方を反映するものである。すでに述べた経緯から大衆的な注目度は異様に高かったし、またこれが原題のまま『それから』の物語内に取り込まれたことも、火に油を注ぐ形となった次第である。

## 解すべからざるヒーロー

代助は、時あたかも新聞連載中の『煤煙』を読んでいるのだが、その主人公が貧しいくせにダヌンツィオばりの「悪戯《いたづら》」をしていることに不審を抱く。

それを彼所迄《あすこまで》押して行くには、全く情愛の力でなくつちや出来る筈のものでない。所が、要吉といふ人物にも、朋子といふ女にも、誠の愛で、已むなく社会の外に押し流されて行く様子が見えない。彼等を動かす内面の力は何であらうと考へると、代助は不審である。〔中略〕代助は独りで考へるたびに、自分は特殊人《オリヂナル》だと思ふ。けれども要吉の特殊人《オリヂナル》たるに至つては、自分より遥かに上手《うはて》であると承認した。（六の二）

代助のこの反応が漱石自身のものとほぼ重なっていたことは、『煤煙』連載中の三月六日の日記から明瞭に知られる。要吉と朋子が「人工的パッションの為に囚はれて」、それが「自然の極端と思い、「本気で狂気じみた芝居をしてゐる」のは「気の毒の感」がある、と漱石はそこに書いている。「行雲流水、自然本能の発動はこんなものではない」、「神聖の愛は文字を離れ言説を離る。ハイカラにして能く味はひ得んや」と。

また遠からぬ時期に読んだと思われるオスカー・ワイルドの『ドリアン・グレイの画像』の扉にも、いきなり「近代のヒーローのうちにて解すべからざるもの曰ク死の勝利の主人公曰くドリアングレーの主人公曰ク煤烟の要吉。彼等は要するに気狂也」などと書き込んでいる。ただ「気狂」の世界だからと無視を決め込んだわけではない。特異な恋愛の一形態として研究者的な視線を注いでいたことは、たとえば同年の「断片50B」の「Love affairs」（情事）を分類するくだりに見られる「Love af. which has for its object the mastering of the other（煤烟）」（他者の支配を目的とする情事）というような記述からも窺われる。

このような特殊な恋愛や人物の描出に文学的価値がないわけではない。実際、今自分が創出しようとしている、自身の思考と感情を相当に映し入れた主人公は、ある程度の「特殊人《オリヂナル》」でなければならない。が、その特殊さが要吉のようなところまで行けば、一般読者に「還元的感化」を期待することはむずかしい。『それから』着手前の漱石がそのような自覚をもっていたとするなら、『三四郎』から『それから』への飛躍において、『煤煙』が一種の反面教師的「暗示」として漱石の「F」の進展に作用した部分は小さくなかった、ということにもなるだろう。

## 9　『門』の恋、その「うそ」

朝日文芸欄の新設

『それから』を書き続けることは漱石に相当大きなストレスを与えたらしい。四二年八月の擱筆から数日後には激しい胃カタルを起こし「面倒デ死ニタクナル」（日記、二〇日）。一週間ほど水しか喉を通らぬという重症であったが、なんとか回復し、九月二日には予定してあった満州・韓国への旅行に出かけた。

なにしろ大学予備門時代からの親友で満鉄総裁に上りつめていた中村是公からのお呼びであったから、「道中は甚だ好都合にアリストクラチック（貴族的）に威張つて通つて来た」（寺田寅彦宛書簡、一一月二八日）。一〇月中旬の帰国後ただちに『朝日新聞』に連載し始めた『満韓ところ〴〵』は、この「威張つ」た道中の軽妙な書きぶりと表裏一体に中国庶民への蔑視が露骨に浮上してしまった点で、現代ではいささか旗色の悪い随筆である。

その連載がまだ終わらないころ、以前からの懸案であった、漱石を主宰者とする「朝日文芸欄」新設の話が本決まりになり、一一月二五日、漱石直々の依頼によった大塚保治の談話「美術と文芸（上）」を皮切りとして発足した。漱石としては門下生に活躍の場を与えたいという親心もあったから、失った社会的地位を小説『煤煙』でかろうじて回復したばかりの森田草平を中心的な実務者として朝日に入社させようとした。が、この目論見は、「いや、さう云ふ人間は御免蒙る」と、あたかも平岡の採用を断った代助の兄（『それから』六の一）さながらに、村山龍平社長によって頑として阻まれた。やむをえず、月々五〇円の「編集料」を社から支出してもらい、これを草平への月給とし、漱石の書斎を編集局として、そこで選択した原稿を社へ届ける、という形を採ることになった（小宮前掲書）。

**題名も草平に任せる**

翌四三年三月一日から次の長編小説『門』の連載が開始されるのであるが、その直前、いよいよ『朝日』に予告を出すという朝のこと、「文芸欄」実務者の草平は漱石からこんな依頼を受けて、面食らったという。いわく「君一つ予告を出して来てくれないか、序《ついで》に名前も附けて来て貰ひたい」（草平前掲書）。

題名を他人《ひと》任せにするということには誰でも驚くだろうが、草平の驚きは、驚きではあっても、どこか予期の含まれる類の、やや軽いものであったらしい。というのも、漱石の原稿に「書直したり抹殺したりした跡」がほとんど「一つもない」ことに以前から草平は驚嘆しており、ある日そのことについて問うと「一旦書いた文字は口から出たと同様、取返しは附かないものだと諦めてゐる」から「少々気に入らぬことがあつても、後は又それと合せてその様に書いて行く」という答えをもらう、という前史があったからである（同前）。

連載開始直前のことであるから、草平も見るとおり「腹案は十分出来てゐた」に違いないのだが、仮にどんなふざけたタイトルがつけられたとしても「後は又それと合せてその様に書いて行く」という芸当のできる、その技量に自信をもつ作家だったわけである。武者小路が「運河」と評した「推移趣味」の成功作『それから』もこの伝で書き継がれたのだろうし、その後日談として構想されつつあった『門』もまた同様の方式で書き進める心算だったにちがいないのだ。

さて、題名に困った草平は小宮豊隆に相談しようとその下宿を訪ね、たまたまそこにあったニーチェの『ツァラトゥストラ』に「門」の語を見いだして、うん、これにしようと二人で決めた。漱石がこの題名を知ったのは、翌朝の新聞を見てのことであったが、気に入ったものか否か、ともかくなんの苦情も述べなかったという。

連載が後半に入ると、突如「不安」に陥った主人公の宗助の意識に「心の実質が太くなるもの」として「坐禅」が浮上し（十七の五）、その流れで十数年前の漱石自身の軌跡をなぞるような円覚寺参禅が叙述されることになる。さて、この展開が「門」というタイトルなしにありえたかは、大きな疑問である。つまり、題名決定を草平に求めた時点の漱石に「腹案は十分出来てゐた」としても、後半の展開まで明快に思い描かれているわけではなかった。そこへ降って湧いた「門」というタイトルの「暗示」が、ただちにか、あるいは連載の中途でか、この小説の後半の推移を決定していったはずなのである。

### 谷崎潤一郎の批判

宗助が参禅し、それによって大きな変化が生じるわけでもないという結びには、発表当時から「持つてきてくつゝけた様だ」（宮本生「漱石氏の門を読む」『東京朝日』四三年四月一〇、一二日）という類の疑問の声が小さくなかった。この年一一月に「刺青」を発表して注目されることになる谷崎潤一郎が九月の『新思潮』に寄稿した「『門』を評す」もこれには困惑の体。「坂井の盗難だの、抱一の屛風だの、風船玉の事件だの、『論語』の話だの」の事件を重ねて物語を進める漱石の「推移趣味」の工夫を「頼もしく思ふ」とした上で、宗助の参禅は「不自然」、「如何に見ても突飛であらう」とした。

このことを含めて「『門』は空想の上に築かれてゐる」というのが、谷崎の批評の要諦であり、この点で、「事実の土台の上に立つ」前作『それから』に劣る、というのである。もちろん『それから』にも「うそ」があるけれども、『門』はそれより「一層多くのうそを描いてゐる」のであって、「そのうそは、一方においては作者の抱懐する上品なる――しかし我々には縁の遠い理想である」（傍点原文。以下同じ）。

つまり突然「大風」に吹き倒されるようにして結ばれた夫婦が、その後六年の間「青年時代の甘い恋の夢から覚めずにゐたといふ事実は、一寸受け取り難い話である」として、「代助の道徳から云へば、かく発展すべきが正当であるかも知れぬ」が、「実際の愛情はこれに反することが多くあるまいか」と問うのである。

> 真の恋に生きんとして峻厳なる代助の性格は、恋のさめたる女を抱いて、再びもとのやうな、或いはそれよりも更に絶望なヂレンマに陥る事がありはすまいか。その時にこそ二人の姦通者は真の報復を受くべきである。

この意味での「真」に向き合っていないことこそが「全篇の骨子に横つてゐる大いなるうそであ」

り、漱石先生は「『恋はかくあり』と云ふ事を示さないで『恋はかくあるべし』と云ふ事を教へておられる」のだ、と。

まことに正鵠を射た批評というべきで、『門』のこの「うそ」があまりに「大いなるうそ」と映ってしまえば、その種の読者がこの作品から「還元的感化」を受けるような事態は期待できなくなるだろう。が、現実には、『門』への感動を表明する読者は発表当時から今日まで決して少なくはない。とすれば、谷崎が「うそ」と見、「我々には縁の遠い」としたところの「理想」を「うそ」と感ずることなく受け入れた読者層にもかなりの厚みがある、ということになる。

谷崎の批判に漱石が反発した形跡はない。その後『朝日新聞』に小説を連載させる候補として書簡にたびたび名を挙げていることなどからしても、むしろその眼力を高く買ったことは、武者小路の場合と同様だったにちがいない。

## 10　修善寺の大患

### 胃潰瘍で人事不省に

『門』を書き上げるまでのストレスが漱石の身体に加えた負荷には『それから』以上のものがあった。胃の不調は四三年五月ごろからのことで、町医者の投薬や売薬でその場をしのいできたのであったが（伸六前掲書）、『門』を脱稿した翌日の六月六日には、ついに長与胃腸病院へ赴いて検査を受けた。その結果、胃潰瘍の疑いで一八日に同病院に入院する。

八月六日には松根東洋城の勧めで修善寺温泉へ赴き、菊屋別館で転地療養を始めたものの、一二日には「夢の如く生死の中程に日を送」り、「胆汁と酸液を一升程吐いて（中略）膏汗が顔から背中へ出る」異変（同日日記）。「苦痛一字を書く能はず」（一六日日記）という数日を経て、二四日の朝八時半には五〇〇グラムの大吐血。約三〇分の人事不省に陥った。

朝日新聞社の手配により駆けつけていた長与胃腸病院の森成麟造、杉本東造（副院長）の二医師は、子供を呼ぶべきかなどについて、病人の枕元でドイツ語で会話した。学生時代に一応は学び、明治四二年の春からは小宮豊隆の個人教授を受けてさえいたドイツ語である（小宮『知られざる漱石』昭和二六年）。漱石は夢うつつのうちにそれを聞き取り、覚醒後、「トート」（Tod：「死」の意）などと言っていただろう、と口にしたという（小宮『夏目漱石』）。

世にいう「修善寺の大患」であり、このようにしてそのまま死の世界へ行ってしまうかと思われた漱石の、生の世界に復帰しての挨拶のような文章が一〇月末から翌年二月まで『朝日新聞』に連載した随筆『思ひ出す事など』であった。この時から六年後に漱石は早くもその生を終えてしまうわけで、その後の世間一般の漱石像がいかにものどかな「風流漱石山人」となっていったことに、やがて違和感を表明するのが芥川龍之介だが（次章参照）、そのような「推移」の緒をなしたものという意味で、『思ひ出す事など』は記念碑的であった。

四十を越した男、自然に淘汰せられんとした男、さしたる過去を持たぬ男に、忙しい世が是程《これほど》の手間と時間と親切を掛けてくれようとは夢にも待設けなかつた余は、病に生き還ると共に、心に生き還つた。余は病に謝した。又余のために是程《これほど》の手間と時間と親切とを惜しまざる人々に謝した。さうして願はくは善良な人間になりたいと考へた。（十九）

**久々に句を詠み詩を作る**

この安らかな心境を基調として、病床での生活や読書、青少年期の追憶などが坦々と語られてゆく。なかでも「風流山人」的心象の形成に寄与したのが、ほぼ毎回、結びに置くなどして挟まれていった俳句と漢詩であった。哲学的探求や小説の創作に心血を注いだこの約一〇年の間、ほとんど手を着けずに来た俳句と漢詩の世界を蘇らせたことも「病に謝す」べきところであったかもしれない。たとえば右に引いたのは、第十九回の末尾だが、その結びとしてはこの漢詩が置かれた。

馬上青年老　　馬上　青年老い
鏡中白髪新　　鏡中　白髪新たなり
幸生天子国　　幸いに天子の国に生まる
願作太平民　　願わくは太平の民と作《な》らん

このほか秀作のいくつかを拾っておく。

秋の江に打ち込む杭の響きかな

別るゝや夢一筋の天の川

秋風や唐紅《からくれなゐ》の咽喉仏《のどぼとけ》

風流人未死
病裡領清閑
日日山中事
朝朝見碧山

風流　人　未だ死せず
病裡　清閑を領す
日日　山中の事
朝朝　碧山を見る

（以上、五）

肩に来て人懐かしや赤蜻蛉《とんぼ》

（二十四）

腸《はらはた》に春滴《したゝ》るや粥の味

（二十六）

# 第九章　「描いた功徳」が罪悪を清める

## 1　博士号辞退問題

円満な人の「圭角」

修善寺から移された長与胃腸病院の病室で迎えた明治四四年は、年一回の長編小説という朝日新聞社との約束を漱石がついに履行しないままに終わった、最初で最後の年である。春から夏へと体調は回復し、秋には次の連載小説の開始も予定されていたのだが、八月に敢行した関西への講演旅行中、大阪講演終了後に胃潰瘍を再発し、九月には痔疾の手術もするなど、健康は再び悪化してしまう。

同月には朝日入社以来の盟友で、西郷隆盛を髣髴させたという池辺三山が社内の対立から退社し、漱石も連座しての辞意を表明して慰留されるという騒動もあった。また翌月には運営を任していた草平や小宮との間に齟齬の生じていた「朝日文芸欄」の廃止へと、漱石自ら動いた。さらに一一月には、満一歳の五女、ひな子の急死にも見舞われ、次作の連載開始は翌年正月に持ち越されることになったのである。

ところで、「至極常識円満な人」で「後のやうに圭角のある人ではなかつた」という表現で斎藤阿具が逝ったばかりの漱石を偲んだ時（第三章参照）、「圭角」の語は漱石のどのような振る舞いと重ね合わせられていたのだろうか。かつて高等学校で彼らが席を並べた文部省高官、福原鐐二郎の手を大いに焼かせた「博士号辞退問題」がその一つとして想起されていたことはおそらく間違いない。「修善寺の大患」の後、全篇病院で書かれた随想『思ひ出す事など』が調和的で穏やかな「風流山人」的漱石像を温めるものであったとすれば、時あたかもその最終回が新聞掲載された明治四四年二月二〇日に端を発した学位辞退の騒動は、それこそ露わになった漱石の「圭角」であった。

### 突然、出頭しろと通知

事の次第は、同二四日の『東京朝日』掲載の談話「何故学位を辞退したか」で漱石自身によって語り出されている。それによると、「博士会」が自分を含む五名（佐佐木信綱、幸田露伴、有賀長雄、森槐南と漱石）を博士に推薦するという話は二、三日前の新聞の雑報で知っていたものの、何の連絡も受けていなかったところへ、「突然明日午前十時に学位を授与するから文部省へ出頭しろと言う通知」が夜一〇時頃、留守宅に届いた。翌朝妻が電話で「本人は病気で出られないと云ふ事を文部省へ断つた」上で、午後になって「妻が病院へ来て通知書を見せたので私は始めて学位授与の事を承知した」のだという。

文部省の通知状は「文句無しの打突《ぶっつ》け書で、『二十一日午前十時同省にて学位授与相成候条同刻までに通常服云々」とするもので、「終の但し書に差支があったら代理を出せ」とあったけれども、この時点で授与式はすでに終了しているはずだから「無論代理は出しませんでした」。通知状の名義人は文部省専門学務局長福原鐐二郎で、奇しくも高等学校の同窓であったが、その夕方すぐに「福原君に学位を辞退したいからと云ふ手紙」を出した。ところが、それと行き違いにその晩、文部省からの「小使」が「学位を授与すると云ふ証書」を早稲田の自宅まで持ってきてしまう。

「夫《そ》れは早速福原さんの手許迄返させました」が、「辞退の出来るものと思つて辞退したのは勿論の事」で、「たゞ私に学位が欲しくないと云ふ事実があつた丈です」。通知状の文面からは、学位授与は「既に交渉済」で「私が承知し切つて居る事を愈《いよく》明日執行するからと知らせて来た様に聞こえるでせう」、「実に面白いものだ」云々。

学位記を突っ返された文部省の側では、三月に入ってから参事官の鳩首によって「博士は辞退し得べからざるものたることに決定」したとの報があり、これに反応した『中央新聞』はいちはやく早稲田の家を訪ねて談話をとった。その前書きにいわく、漱石は「大患後の人とも見えざる血色光沢《いろつや》共に美しき顔貌《ようす》にて〔中略〕温和なる眼眸《ひとみ》を記者の顔面《かほ》に投げつゝ」、「痛烈骨を刺すが如き秋霜の意見を物語《ものがたら》れた」。

明治も四十四年になつたんだもの博士を人が誰も難有《ありがた》がって頂戴すると思ふのが間違です、〔中略〕通知を受けたが最後厭応《いやおう》なしに押附けられねばならぬと云ふに至ては全然《まるで》学位の押入《おしいり》女房ですからねえ、人の迷惑も察して貰ひたいものです、〔中略〕元来法令に辞退するを得《う》とも辞退するを得ずとも何とも明文が記載してないんだから夫を参事官連が文部省の都合の好い様に所謂認定をするならば私は私の都合の好い様に認定する迄です。〔中略〕一体前例々々と云つて人の自由意思を蹂躙するのは甚だ感服出来ないことぢやありませんか、夫《それ》は成程電車は何《ど》れも極つて前の電車の後を逐つ駆けるでせう、が人間は電車ぢやありませんからねえ

### モラル・バックボーンの証拠

この「人間は電車ぢやありませんから」という警句は漱石の意にかなったものらしく、翌八日の『東京朝日』への談話「勅令の解釈が違ふ」でもこれを用い、「前の電車と同じ様に、あとの電車も食付いて行かなければならない様で、丸で器械として人から取り扱はれる様な気がします」と説いた。

この八日を含む三日間、東京・大阪の両『朝日』に連載された「博士問題とマードック先生と余」は、大学時代の恩師マードックから意外にも届いた「真率に余の学位辞退を喜こぶ」手紙を紹介したものである。グラッドストーン、カーライル、スペンサーなど英国には「君の御仲間も大分ある」と、これも意外なことを教えられたには恐縮したが、自分の辞退においてこれらの先人への意識はつゆほどもなかった。また「今回の事は君がモラル、バックボーンを有してゐる証拠になるから目出度い」と先生は書いてくれたけれども、こんなことは、訳せば「徳義的脊髄」となるであろう「モラル・バックボーン」などなくても「誰にでも出来る所作だと思ふ」とも述べて、マードックの称讃に的外れ

な部分があることを匂わすようでもあった。

**辞退の途なしと省議決定**

「国民的作家」のこの抵抗に対し、文部省が次に打った手は、東京帝大文科大学長上田万年と同教授芳賀矢一という旧知の二博士を漱石宅に派遣して受理（辞退の撤回）を説得することであった。四月一一日のこの談義は物別れに終わり、翌一二日、福原局長から漱石に書簡が届くが、これが「学位を辞退したい」という二月二一日の手紙への返信なのだから、ずいぶん時間を要したものである。

『東京朝日』一五日（『大阪』は一七日）に漱石が執筆した「博士問題の成行」によれば、文部省の見解は要するに「已に発令済につき今更御辞退の途《みち》も無之候間《これなくそろあいだ》御了知相成度《あいなりたく》」大臣の命により学位記を「御返付」するというもので、漱石は翌一三日、これへの「再応の御答」を学位記現物とともに送付し、かつその書面を「博士問題の成行」に再録した。その主たる言い分は以下のとおり。

「小生は学位授与の御通知に接した故に辞退の儀を申し出《い》でたのであります。夫より以前に辞退する必要もなく、又辞退する能力もないものと御考へにならん事を希望致します。

「学位令の解釈上、学位は辞退し得《う》べしとの判断を下すべき余地あるにも拘《かゝ》はらず、毫も小生の意志を眼中に置く事なく、一図に辞退し得ずと定められたる文部大臣に対し小生は不快の念を抱くものなる事を茲《こゝ》に言明致します。

「文部大臣が文部大臣の意見として、小生を学位あるものと御認めになるのは已を得ぬ事とするも、小生は学位令の解釈上、小生の意思に逆つて、御受《おうけ》をする義務を有せざる事を茲に言明致します。「最後に小生は目下我邦に於る学問文芸の両界に通ずる趨勢に鑑みて、現今の博士制度の功少なくして弊多き事を信ずる一人《にん》なる事を茲に言明致します。

これには六日後の一九日付けで文部省の返答があり、貴意に背くことは「遺憾」ながら「学位令ノ解釈上辞退ノ途無是《みちこれなき》モノト省議決定致候《いたしさふらふ》次第《しだい》ニ付〔中略〕発令後ノ今日ニ於テ、貴下ハ已ニ文学博士ノ学位ヲ有セラルルモノト認ムル」ほかない、なお学位記は当局に保管する、と伝えるものであった（鏡子前掲書）。すなわち政府では「博士」と認知し、本人はこれを否認するというややこしい状況が現出したわけで、この後、講演の際の講師紹介や、事情に不案内な人からの手紙などに「博士」とある場合は、漱石はいちいち肩書きの抹消を求めることとなった。

ところで、上記の対文部省「言明」四か条のうち、最後の「現今の博士制度」への批判は、それまで表だって論じなかった点であったが、後段で漱石自らこう敷衍している。現行制度は「学問奨励の具」として有効でも、「博士でなければ学者でない」と世間に思わせるほどの価値を賦与すれば、学問は少数者の専有物となって「選に洩れたる他は全く一般から閑却されるの結果として、厭ふべき弊害の続出」が懸念される、この意味ではフランスのアカデミーの存在も「快く思つて居らぬ」と。

### 『太陽』の名家投票も受賞拒否

この論点は、三か月後の「学者と名誉」（『東京朝日』七月一四日、『大阪』は一七日）での主張に重なる。「木村項」を発見した木村栄《ひさし》博士に第一回帝国学士院恩賜賞を授与したこと自体は嘉すべきとしても、今回のやり方では、衆目には木村氏一人が「飛び離れて」偉大で、実際には引けを取らないはずの他の学者たちはまるで暗愚のように見えてしまう、というその議論は、博士号問題の行きがかりなしには出てこなかったと思われるもので、文部省への追い討ちのようにとれなくもない。

およそ賞や学位の制度においては、入選者と落選者の間の線引きということが避けられないわけだが、このこと自体への異議なら、実は以前から漱石の表明するところであった。その顕著な例が、二年を遡る明治四二年、『太陽』誌が行った各界「新進名家投票」の「文芸界の泰斗」で第一位を取りながらその受賞を拒否し、拒否の理由を『東京朝日』（五月五日）、さらには『太陽』六月号に執筆したことだろう。

そもそも「投票」は、自由であるはずの各自の自己評価に「圧迫を加える手段」になりやすいがゆえに、やむを得ぬ場合以外はせぬ方がよいが、まして文芸は本質的に「多趣多様」である以上「上下順序が付けられる訳のものではない」と漱石はそこで説いている。実際「余の及ぶ能はざる点」を含む作品も多いのであって、文芸家が「平地の上に散点すべき人間である」ことを認めなければならず、「人の肩に乗るのは無礼」で「危険」だし、逆もまた「難儀」で「かつ腹が立つ」と（「太陽雑誌募集名家投票に就て」『東京朝日』）。

この先例があり、さらにその二年前には西園寺公望首相の招待を「時鳥厠半ばに出かねたり」と謝絶した件もあったから（前章参照）、四四年の博士号辞退のこの悶着がいかにも「漱石らしい」反骨として世間に受けとめられたことは無論である。

新聞の反応には文士招待会謝絶を想起したものがやはり多く、たとえば二六日の『都新聞』は「曩《さき》に西園寺侯の招待を享《う》けたる時も、権門に出入りするを屑《いさぎよ》しとせずしてか断りたる事あり、文人として其れ位の気骨あつて欲しきもの也」、もしこの「気骨」を「偏固也、狭量也と嘲笑する」なら、「甘んじて其の嘲笑を享けて可也」とエールを送った。

「小生は（中略）唯の夏目某で暮らしたい希望を持つております、従つて私は博士の学位を戴きたくないのであります」云々の福原局長宛の手紙は、各紙に引用されて日本中に行き渡った。二五日の『名古屋新聞』は、この手紙を紹介した上で、「妙にすねた処、世の中を冷眼視した処に漱石の面目が動いて居る」（傍点は「すねた」のみ原文どおり、「漱石の面目」は引用者）とし、同日のコラム「天地一壺」でも「漱石文博の学位を拒絶し而も其拒絶書面言文一致とは飽迄文界の拗者《すねもの》也」と穿った。「文界の拗者」たる「漱石の面目」に、福原局長その人も「夏目君の平常《へいぜい》の気質《しつ》は知てるから大方そんな事だらうと思つて開けて見たら矢張辞退の手紙だつた」と明かしている（『東京朝日』同日「貰つて貰ひ度い」）。

### 漱石の漱石たる所

この事件、拒絶はそもそも可能なのかという法律問題、国家の決定をどう考えるかという政治問題にまで発展して連日の紙面を賑わすことになったのであるが、「満都の新聞紙は異口同音に風変りの面白い偉い人だと云つて居る、雨中を傘もさゝずに歩く人だから」面白い（『都新聞』三月一日）、と大概は漱石に好意的。当時よく登場していた文芸批評家「X

YZ」は、この辞退によって漱石の「価値《ねうち》」は上がりも下がりもしないが、「たゞ何処までも漱石の、漱石たる所が見えて面白い」とした（『東京日日新聞』同日）。

しかり、これぞ漱石。そう見られたのである。同年九月の講演「道楽と職業」では、漱石が博士号問題の話を出すや「聴衆の拍手が余り烈しかつた」ことを内田百閒は書きとめている。この受け方に「俗な気持がし」て、若い崇拝者としては逆に「ひやりと」したのだと（「明石の漱石先生」『漱石全集』月報、昭和四年六月）。爾後、たとえば単行本『吾輩は猫である』の装幀が凝ったフランス装で、いちいち頁を切らなければならなかったことをぼやくにも、「なるほど漱石といふ男は人に手数をかけるべく出来上がつた男だ、博士を辞して文部省に手数を掛けるのと同様の遣り口だ」（柴田宵曲『明治風物誌』昭和四六年）などと、事件と結びつけての人物評が行われることにもなった。

### 金ちゃんはすね者だから

さて、この件で世間に示した「圭角」に漱石が自ら付与した論理は間然するところのないもので、その点もさすがとうなるしかないが、若年からの彼を知る近親者らには、そのこだわり自体が「すね者」のものと見えるようでもあった。「痛快がつて流石は漱石だ」と快哉を叫ぶ人の一方で「又も偏屈な男がつむじを曲げたのひねこびれているの、（中略）売名だらうの、結果はこの方がかへつて器量を上げたのと」いろいろな風説が家族の耳にも入り、親戚の者からは「子供たちの名誉のためにも貰っておけばいいのに、金ちゃんはすね者だから」とも言われたと鏡子（前掲書）。

この「すね」に隣接した心理として「ぐれ」を探求した現代の哲学者中島義道は、上記の『東京朝日』への漱石談話を分析して「すべてがどうでもいい、〔中略〕そっとしておいてくれという態度をとりながら、そのじつ完全にそっとしておいてもらっても困る」という、「ぐれ方のお手本とも言える文章」と喝破している。「世間の反応をチラチラ横目で見ながら、ダダをこねているのです。頑張っているのです」と（『ぐれる！』平成一五年）。

これが正解かどうかはともかく、近親者との関わりでの漱石の振る舞いにこれに近い傾向があったことは否定しにくい。「国民作家」とも見られたこの時期に至っては、その近親者の範疇が「世間」一般に拡大していたという見方も可能かもしれない。前引の談話でも、また『太陽』掲載の「太陽雑誌募集名家投票に就て」においても漱石は自らを「変人」と規定していたけれども、押しも押されぬ大家のこの「変人」という自己規定には「すね」の押し出しというか、世間に向けての公然化を読んでいいのだろう。

そもそも人はなぜ「すねる」のか。受けられるはずの愛を受けていない、という意識から自由になりきれない人の自己表現として「すね」は浮上するのではないだろうか。自らのこの不自由への強い意識こそが後期漱石文学の推進力となっていったようにも思われる。大患後最初の長編小説『彼岸過迄』（明治四五年一〜四月）の中心人物、須永市蔵に与えられた「僻《ひが》み」という形容辞《エピセット》は、漱石がいよいよこの自意識を自作の核心部分に取り込もうとしたことの証しである。

## 2　道徳と芸術の一致――「文芸と道徳」

長編小説の主人公の造型に漱石自身の生き様を打ち込んでいく覚悟が『それから』で開始されたことは、小宮豊隆や森田草平ら身近に接した評者の一致するところだが、『それから』と次作『門』とにおいてそれが理想主義的な「うそ」に傾く嫌いのあったことは、武者小路実篤や谷崎潤一郎らばかりでなく、実は草平ら門弟たちからも浴びせられた批判であった（草平前掲書）。

### 自然派の芸術性

四四年八月に行われた一連の関西講演（『朝日講演集』として一一月刊行）のうち、奇しくも胃潰瘍再発を招いてしまった大阪での「文芸と道徳」（一八日）は、それらの批判を取り込む新しい方向性を示すようで、ひときわ興味深い。すなわち文芸において道義性と芸術性とをいかに両立させるかという根源的な問題をめぐって、「浪漫主義」と「自然主義」とでの態度・手法の相違を分析していこうとした講演で、もともと「嫌ひぢやない」（談話「『坑夫』の作意と自然派伝奇派の交渉」四一年四月）にもかかわらず、喧嘩を売られるので受けてきた形の「自然主義」に対し、あらためて柔軟な理解を開陳した点においても貴重である。

四〇年の「文芸の哲学的基礎」で「善・美・壮」と並べて文学の追求する価値の一つとされた「真」について再説し、これが何も「自然主義」の専売特許であるわけではなくて、これに対立する広義の「浪漫主義」にとっても不可欠であるゆえんを「道義的」「芸術的」の二つの軸を設定することで構造的に解き明かそうとするところに「文芸と道徳」の主な狙いがあったように読める。

すなわち「善悪正邪の刺戟」を与える作品はすべて、「読者の徳性を刺撃」する点において「道義的であると同時に芸術的」でもある。各作品を内容について見れば、浪漫派がより「芸術的」であるのに対して自然派は「非芸術的」であるにちがいない。と前提した上で、ただ、これを素材の扱い方という視点から見るならば、浪漫派が不自然に走り「厭味」に陥りがちなのに対して「淡泊」で「正直」な自然派の方がより「芸術的」だということにもなる、とひっくり返すのだ。

### 有の儘を書くことがよい感化に

ところで、もしこの地点から谷崎の「『門』を評す」を振り返るなら、それは『門』に含まれる浪漫派的な不自然さへの批判であったともいえ、この講演はその種の批判の容認として、漱石自身に跳ね返ってくるものでもある。実際、ここでの漱石には、対立的と見られてきた「自然主義」に対して態度を軟化させ、その長所に光を当てようとする姿勢が顕著である。

「自然主義の文芸」にしばしば描かれる「倫理上の弱点」は、すなわち「作者読者共通の弱点である場合が多い」ので、読者もひとごとと思えず「汚い事でも何でも切実に感ずる」。そこに自然主義の強みがある次第だが、「今一つ注意すべきこと」として、漱石は「普通一般の人間は平生何も事の無い時に大抵浪漫派でありながら、いざとなると十人が十人迄自然主義に変ずると云ふ事実」を挙げる。

つまり「傍観者である間は、他に対する道義上の要求が随分と高いもの」だから「己を高く見積る浪漫的な考がどこかに潜んで居る」。が、実際に事に当たると「本来の弱点だらけの自己が遠慮無く露出され」て「自然主義」でいくしかなくなる。だから「実行者は自然派で批評家は浪漫派だと申したい」ほどで、世間一般が「自然主義」を忌み嫌うのは必ずしも当たらない、と弁護する。

このあたりはそれこそ「善人がいざといふ場合に突然悪人になる」という『心』（大正三年四〜八月）のモチーフをあらかじめ解説したかのような論調だが、ともかく作品中に「自分と同じやうな弱点」が描かれているのを見れば、「其弱点を有する人間に対する同情の念」、また「自分も何時斯う云ふ過失を犯さぬとも限らぬと云ふ寂寞の感」は自然に起こる。そうすれば、そこに「己惚の面を剝ぎ取って真直な腰を低くする」という方向での道徳的な「感化」も発生するにちがいない。しかるに、もし「自然派の作物」がそういう効果を発揮しないならば、それはその作物にはどこか「不道徳」にして「非芸術」の分子があるからなのだ……。

「道徳」と「芸術」とはこのように一致しうるのであって、これを要するに、

有の儘の本当を有の儘に書く正直といふ美徳があれば夫が自然芸術的になり、其芸術的の事が又自然善い感化を人に与へる（「文芸と道徳」）

ということなのだ。このような意味での「道徳」と「芸術」の一致を、代助や宗助において見いだす

ことのできなかった読者も、『彼岸過迄』の須永市蔵という特異な人物造型のうちに、あるいはそれを見るかもしれない。

## 3 「卑怯」の意味――『彼岸過迄』

自分らしいものが書きたい

明治四五年元旦、連載開始の緒言として両『朝日新聞』を飾った「『彼岸過迄』に就て」には、自分の作風は何派に属するわけでもないし、「自分の作物を新しい〳〵と吹聴する事も好まない」、「たゞ自分らしいものが書きたい丈」だとある。出てきた作品は、それこそ「自分らしい」ことにおいて、おそらくこれまでのどの小説をもしのぐものであったし、それに伴って「恐れない女と恐れる男」とか「高等遊民」とか、やがて漱石文学の代名詞ともなる新語を生んだことにおいても、実際「新しい」ものでもあった。

数個の短篇小説を重ねて「一長篇を構成するやうに仕組」む（「『彼岸過迄』に就いて」『東京朝日』四五年一月一日）という目論見においても新しかったが、残念ながら、これが十分に功を奏したとは言いにくい仕上がりとなった。中核をなす後半の短篇「須永の話」の異様なまでの白熱から見ると、他の部分の物語的吸引力は強力とは言いがたく、不均衡の感を免れない。

突出してしまった感のある「須永の話」を論じて「漱石は須永と一つになつて、須永を通して、須永とともに、自分の醜さを人々の前に披瀝し始める」と絶讃した小宮豊隆は、これ以外は「すべて余計なもの」とまで言い切ったし、森田草平も「一寸《ちょっと》お座へ出せないやうな汚い所」まで自分をさらした「須永の話」をもって『行人』と並ぶ「先生の画期的傑作」とした（各前掲書）。大正三年九月に出た鈴木三重吉編集の『現代名作集』（東京堂）でも第一篇（漱石集）は「須永の話」と題されたし、昭和二四年の『朝日文庫』の漱石アンソロジー（松岡譲編）も同様に「須永の話 他」と題して『彼岸過迄』の他の部分を排除することになる。

## 徳義的に卑怯です

さて、その「須永の話」の語り手、須永市蔵は、法科大学を卒業しながら職業には就いていないという点で、「高等遊民」を自称する叔父の松本と同様である。その須永が友人の敬太郎に語るという設定のこの「話」は、周囲から許嫁のように見なされ、当人同士も求める意思をほのめかしあいながら、微妙な経緯から互いに反発し、手に入ったはずの幸福を見す見す取り逃していく心理的過程を精細に叙述したもの。その幕引きとなるのが「貴方は卑怯です。徳義的に卑怯です」という千代子による激烈な面罵である（三十五）。

「妾《あたし》」を愛してもいないのに「嫉妬」し、「妾」の客（高木という青年）に「心」で侮辱を与えているがゆえに「貴方は卑怯です」と千代子は泣いて訴える。が、須永はこれに得心することができない。このような未解決状態のままに「須永の話」は閉じられ、読者が解決の糸口を与えられるのは、続く「松本の話」（『彼岸過迄』の最終部分）に入ってからということになるのだが、ここで松本の繰り出す須永理解のキーワードが、「須永の話」（十六）でも伏線のように埋め込まれていた、「僻《ひが》み」の一語なのである（「松本の話」四）。

宿命に根ざす「僻み」

そもそも須永は、千代子の言動が時に「猛烈に見える」のは「余り女らしい優しい感情に前後を忘れて投げ掛けるから」で、彼女の胸から飛び込んでくる「純粋な塊まり」、その「清いもので自分の腸《はらわた》を洗はれた様な気持」になったことさえこれまでに何度もあったと認めるほどに、千代子を嘆賞している（「須永の話」十二）。にもかかわらず、なぜ真率な愛を浴びせることができないのかといえば、自分を前にしての彼女の振る舞い、とりわけ間に高木という第三者を導入して以来のすることなすことが「故意」の「技巧《アート》」と見えてしまい、しかも持ち前の「内へとぐろを捲き込む性質《たち》」（「松本の話」一）からその解釈を独走させ、「技巧《アート》なら戦争だ」（「須永の話」三十一）という一種の防壁をつくってしまったことによるといえる。

なぜそうなってしまうのか。千代子の立ち居振る舞いが、『三四郎』の美禰子を引き継ぐ「無意識の偽善者《アンコンシアス・ヒポクリット》」ぶりとして描かれていることは明瞭である。が、それは、千代子の側から見るならば、「偽善《ヒポクリシー》」だとしても「無意識《アンコンシアス》」、『草枕』の那美さんでいえば「芝居をして居るとは気がつかん」芝居、『ノート』で探求された用語でいえば「second nature〔第二の自然〕」（「〔Ⅳ-13 Taste ト Work of Art〕」）ともいうべきものだろう。「技巧《アート》」と決めつけて断罪するのは酷でもあるし、そこから逃げるのは千代子には「卑怯」と映る。須永のこの一連の反応こそ、実は持ち前の「僻み」から来るのではないのか。

この「僻み」の謎解きのようにして松本の与える説明が、須永は実は亡父が小間使いに産ませた子であるという、それまで当人の知らなかった出生の秘密である。愛育してくれた法律上の母が千代子との結婚を強く望んできたのも、そのことがあればこそだと須永はここで初めて知るわけである（「松本の話」五）。いささか人工的の感を免れないこの設定は芸術的には賛否の分かれるところだろう。しかしながら、人としての夏目金之助を読み解く上では、「自分の醜さ」をそのまま反映させたとも見える人物にこの生い立ちが設定されたことに、大きな意味を見ないわけにはいかない。須永に託して自分自身の醜い「僻み」を俎上に載せたこと、それを自らの不幸な生い立ちに関連づける意識が漱石にあったことを示すからである。

## 4　狂気ふたたび——『行人』の中断

### 主人公も作者も精神病的

『彼岸過迄』の連載がタイトルのとおり彼岸すぎの四月に終了し、明治天皇崩御を経た同年（大正元年）の一二月には『行人』の連載が開始される。「芸術的に見れば、先生の残された作品中の最大傑作」とこれを推すのは森田草平である。短篇を重ねるという構成法ばかりでなく、漱石自身の「汚い所」を主人公に託していくという基本姿勢において『行人』は『彼岸過迄』を踏襲するものであったが、その「汚い所」が夫婦関係において「委曲を尽して曝け出され」たところは「空前絶後」、他の追随を許さないものがあると（前掲書）。

　主人公の長野一郎を大学教授と設定した時点で、主人公を自身と同一視されてしまうことへの、ある程度の覚悟が漱石にあったものと思われるが、講義中にも精神的変調の出ることが伝えられているこの一郎は、妻お直が実は自分でなく同居する弟、二郎を愛しているのではないかと疑う。ばかりか、その「節操を試す」よう二郎に強いるという驚くべき挙に出る。いったんは拒絶する二郎も、「真正の精神病者だと断定した」ほどの「発作」的な激怒に押され（「兄」二十四〜二十五）、やむをえず嫂《あによめ》と同宿することになる。

最もスリリングなのは、一郎の意図についてどれほどの意識があるのか不明なお直が、意外にも二郎に対して、暗闇で「此所《ここ》へ来て手で障《さは》つて御覧なさい」と呼びかける（「兄」三十五）ほど誘惑的となるあたりで、この積極姿勢はその後も、家を出て下宿した二郎を一人で訪問する（「塵労」一）という形でエスカレートする。

ともかくこのようにして、「友達」「兄」「帰つてから」と短篇を重ねて他の様々な人物の逸話とからめながら進展する、この三人のドラマの展開はさすがの手管で、漱石の筆は好調に進んでいたように見える。が、その実、手練の作者が「真正の精神病者」を疑われてもいたのであって、正月早々に再発した漱石の変調に家族はひどく苦しんでいたのだという。これがやがては持病の胃潰瘍を呼びもどし「胃の病気がこのあたまの病気の救ひ」となっていく次第だが（鏡子前掲書）、ともかく四月七日に「帰つてから」をなんとか終えるや、『行人』は休載のやむなきに至った。

幼児をステッキで打ち据える　一〇年前、英国から戻ったばかりのころの被害妄想的症状が復活してしまったらしいのだ。女中が自分の悪口を言っているのはお前が言わせているのだろうと鏡子をなじり、また鏡子の留守中、子供を外へ出すなと言っておいたのに出られてしまうと、女中の

「一人を廊下から下へ突き落とし、一人が門のところへ出たのを追うて、門前の路の上で人が見てるところでポカ〳〵擲《なぐ》つた」。これはあんまりだと一三歳の筆子が「悲憤の涙」で抗議するや、「何だ、この生意気な奴め、父に口答《くちごたへ》するとはといふわけで、ポカッ」（同前）。

　伸六がステッキで打ち据えられたのも、おそらくこの年のことだろう。この年なら満五歳の伸六と六歳の純一とを連れて散歩していた漱石が、ふと立ち寄った見世物小屋の射的場でのこと。撃ちたいとせがんだ純一が、いざとなると「羞かしい」といって父の背後に隠れる。「それぢや伸六お前うて」と命じられた伸六は「羞かしい……僕も……」と兄同様、父の袖の下に隠れようとする。その瞬間、「馬鹿つ」という怒号が飛んで伸六は殴り倒され、さらには「下駄ばきの儘で踏む、蹴る、頭といはず足といはず、手に持つたステツキを滅茶苦茶に振廻して」全身に打ち下ろされた、というのである（夏目伸六「父の映像　夏目漱石」『東京日日新聞』昭和一一年三月四〜八日）。

　何がそれほどの怒りを買ったのか当人にもまるでわからないまま、ともかくこうして父への恐怖はつのった。兄とともに幼稚園から帰っても家の中がシーンと静まりかえっている日には、「書斎に父がヂつと虎の様に蹲つてゐる」のを意識して怯えた（同前）。機嫌の悪い日には「家中びくびくもので足音をしのばせて歩いて居りました」と筆子も語る。「ひどい乱暴の絶頂などには」「全く父を狂人だと思ひ」、「子供心にこのまゝ死んでくれたら」とまで思ったという（松岡筆子「父漱石」『漱石全集月報』昭和四年八月）。

虎の尾を踏むな

「狂人」のようなこの激怒は、時に家族の垣根を越え、木曜会に集う者たちにも向けられた。ある宵、草平が連れてきた初対面の小栗風葉が、酔いに任せて「やあ夏目君」などと軽口をたたいていると、やがて「『馬鹿ッ！』と精一杯大きな声で呶鳴りつけた」。これも鏡子によればこの二、三月のことで、その怒声は草平の耳に「如何にも陰惨な、（中略）人間の声とも思はれないやうな、惻《いた》ましい声」として残った。が、これはそもそも訪問前に二人で一杯ひっかけたことが草平の失策でもあった（草平前掲書）。

実はその草平自身が漱石の雷を浴びた場面も、内田百閒によって生々しく伝えられているのだが、これもそう遠からぬ時期のことだろう。

一座の空気が引締まり、先生の眉宇の間が動いたと思つたら、嘗て聞いた事もない、険しい言葉が、先生の口から出た。

「生意気云ふな。貴様はだれのお蔭で、社会に顔出しが出来たと思ふか」

詰られた人が青ざめてゐる。

（「虎の尾」『無弦琴』〔昭和九年〕所収）

平塚明《はる》（らいてう）との情死未遂事件で世を葬られようとした草平が、漱石のお蔭で社会に「顔出しが出来た」ことは前章に見たとおりである。

小宮豊隆によって「極楽浄土」にまで喩えられた木曜会の気楽さは門弟のこぞって伝えるところで

あったけれども、「一面では終始虎の尾を踏み損ひはしまいかと内心では怖」かった、と入門当初あれほど愛された鈴木三重吉も書いている（「断片語」『読売新聞』大正五年一二月一七日）。またこの種の不機嫌が死に至る大正五年まで断続的に漱石を襲ったことは、最後の一年間だけ木曜会の常連となった芥川龍之介によって、これも生々しく伝えられている（「文藝的な、餘りに文藝的な」昭和二年）。

とはいうものの、この「虎の様」な不機嫌も病的な発作の一種であって、そうであれば時とともに鎮まるはずだという認識を、家族は共有していた。「其の暗い影が通り過ぎますと、又ほがらかな日が長く長く続いていつも奥深い微笑をたゝへた父があるのでございます」と筆子（前掲文）。その「ほがらかな日」の幸福について純一もその子、房之介によく話したという。

精神状態の安定したときは漱石は何をしても怒らなかった、という挿話で、風呂に入って「金玉に水鉄砲うっても、あははは、と笑っていた」という話だ。

父は「ＮＨＫでしゃべったんだけどな、放送しないいんでやんの」と笑っていた。

（夏目房之介『漱石の孫』平成一五年）

## 「絶対の境地」が離れていく

大正二年に戻れば、やがて発作の鎮静とともに「ほがらかな日」が戻って来、九月に『行人』はようやく四つめの短篇「塵労」をもって連載を再開し、一一月、その終息とともに幕を閉じる。が、五か月もの空白が作者の意識にも大きな「推移」をもたらしたのか、

「塵労」は全三篇で提起された嫉妬と姦通の危ういドラマを横に置いて、「神は自己だ」「僕は絶対だ」（四十四）といった発言の飛び交う一種の哲学小説へと趣を変えてしまった。

「塵労」の後半（二十八〜五十二）は、一郎と二人で旅をする親友のHさんから二郎に宛てた報告の手紙という設定だが、そこで「根本義は死んでも生きても同じ事にならなければ、何《ど》うしても安心は得られない」、「是非共生死を超越しなければ」（同前）と訴える一郎は、しかしそのような「絶対の境地」は「僕の世界観が明らかになればなる程（中略）離れて仕舞ふ」と嘆く（四十五）。

その「世界観」の一部をなすはずのお直については、自分が彼女を「何《ど》の位悪くしたか分らない。自分が悪くした妻から、幸福を求めるのは押《おし》が強過る」という自責とも諦観ともつかない認識のみが語られ（五十一）、結局、手紙は、寝入った一郎を見守るHさんの「兄さんが此眠から永久覚めなかつたら嘸幸福だらう」、同時に「嘸悲しいだろう」という感慨で結ばれ、これがただちに『行人』の結末ともなる（五十二）。

『門』の後半では、宗教の門に入ろうとしながら果たせず戻って来てしまう経緯を、主人公の思考の内部にはほとんど入らない形で描く結果となったが、ここではその思考が哲学的な言葉で展開されている点で、『門』での心残りを晴らした感もある。いずれにせよ、「宗教的な境地に入りきれない」という、当初は予定されていなかったはずの主題が夫婦間の問題に取って代わるという軌跡において、『行人』は『門』をなぞってしまった。

そのような推移の背景として、当時の心境として宗教への関心が強まっていたということもあるのかもしれない。まさに「塵労」連載中の一〇月五日の和辻哲郎宛書簡には「私は今道に入らうと心掛けてゐます」、そういう人間は「冷淡ではありません」などとあり、この意識は若い禅僧に宛てて「私は五十になつて始めて道に志す事に気のついた愚物です」（富沢敬道宛、大正五年一一月一五日）などと書く死の直前まで持続したように見える。

ともかく『行人』は、お直の姦通という一郎の妄想が瓢箪から駒のように現実化してしまうのか、お直自身はどうしたいと思っていたのかなど、前半に提起された問題はほとんど未解決のうちに閉じられるわけで、読者への肩すかしという難点では『門』を上回るものとなった。

## 5 「罪」を書いて成仏――『心』

### 乃木さんの行為は「成功」だ

漱石自身、『行人』をもってどの程度の成功と考えていたかは不明ながら、作品の「成功」ということそのものに強い意識をもっていたことなら疑問の余地はない。そのことをよく知らしめるのが『行人』脱稿の翌一二月、母校にして元の職場でもある第一高等学校で行った講演である（「演題未定」のままであったが『漱石全集』で「模倣と独立」と題された）。「模倣」は人間の本能だけれども、その「反対の側」に立つ「インデペンデント（独立）の人」もあって、そういう人の活動こそが社会を変えていく。ただそれには「強い背景」、「根柢」が必要で、それなしには他の人に「何等の影響を与へる事が出来ない」（以下、引用は基本的に「参考資料」（『漱石全集』第二十六巻〕とされたテクストから行い、一部例外的に「講演」〔『漱石全集』第二十五巻〕に拠る）。

人間の自覚が一歩先に来るもの、後れて来るものがあると、先きの人によりて後の者が刺戟される、この強さがなくてはならぬ、世間の人は〔これを〕成功といふ、（第二十五巻）

なんらかの「刺戟」が「暗示」を生じ、その「暗示」が働く結果「Ｆヲ$F^1$ニ変化ス。此Ｆ、$F^1$、$F^2$ガ開化ナリ」とした『ノート』の哲学（第六章参照）がここにも開陳されている。その「刺戟」も「強い背景」や「根柢」のあるものでなければ「他の人の腹」に「暗示」を起こすこともない、と念押しした形だ。

ただ自分のいう「成功」の意味に注意してほしいと釘を刺す漱石は、「仮令《たとえ》その結果は失敗に終わつても、その遺ることが善いことを行ひ、夫が同情に値ひし、敬服に値ひする観念を起させれば、夫は成功である」として、前年に明治天皇の後を追って妻とともに自刃した乃木希典の例を導入する。

乃木さんが死にましたらう。あの乃木さんの死と云ふものは至誠より出たものである。けれども一部には悪い結果が出た。夫《それ》を真似して死ぬ奴が大変出た。乃木さんの死んだ精神などは分らんで、唯形式の死だけを真似する奴が多いと思ふ。さう云ふ奴が出たのは仮に悪いとしても、乃木さんは決して不成功ではない。結果には多少悪いところがあつても、乃木さんの行為の至誠であると云ふことはあなた方を感動せしめる。さう云ふ意味での成功である。

「乃木さんの行為」を漱石が「成功」と見ていたことの何よりの証拠として、翌大正三年四月に連載開始する『心』にこの事件が取り込まれたことが挙げられる。もっとも、穿った見方をすれば、主人公の「先生」は「夫を真似して死ぬ奴」の一人として、「悪い結果」の一環と見なされなくもないのだが、『心』をそのように読む人はまれだろう。

**有の儘を書ければ罪悪は成立しない**

ともかく演題も告げないまま、ほとんどぶっつけ本番のようにして語り出されたこの講演は、乃木への言及ということを含め、次作『心』に向けて心を整えつつあった漱石の関心のありかをよく窺わせるものとなっている。とりわけ興味を惹くのが、乃木の「成功」ということを言い出す前に、「インデペンデントの人」は「恕すべく貴ぶべし」だという考えを敷衍した、次のような主張である。

元来私はかう云ふ考へを有つて居ます。泥棒をして懲役にされた者、人殺をして絞首台に臨んだもの、――法律上罪になると云ふのは徳義上の罪であるから公に所刑せらるゝのであるけれども、其罪を犯した人間が、自分の心の経路を有りの儘に現はすことが出来たならば、さうして其儘を人にインプレッスする事が出来たならば、総ての罪悪と云ふものはないと思ふ。総て成立しないと思ふ。

そしてそのための最も有効な手段が「有りの儘に書いた小説」であり、これをなし得た書き手は「描いた功徳に依つて正に成仏することが出来る」。法に触れ懲役になっても「其人の罪は、其人の描いた物で十分に清められるものだ」と「私は確かにさう信じて居る」というのである。

顧みれば、明治四四年の講演「文芸と道徳」での漱石は、「有の儘の本当を有の儘に書く正直といふ美徳」があれば、それが自然「芸術的」となって「善い感化を人に与へる」のだと説いていた。その「善い感化」という「功徳」で罪人も「成仏することが出来る」のだと、ここではその同じ命題が芸術論的文脈から宗教的文脈へと移し替えられた形である。

### 私は私の過去を書きたいのです

しかしながら、ここで訝る人もあろう。「成仏」ができるなどと、何を根拠にいえるのか、と。これまで一貫して主張の根拠を論理立てて説明してきた人が、ここで何も弁じないのはいささか異様に映りもするが、それはおそらく、この「考へ」が個人的な確信にすぎず、普遍妥当的な根拠を提示しうるものではないからである。そのことをもって、それを「宗教」と呼ぶか否かはともかく、この言明を漱石個人の信仰告白と見なすことは妥当である。

しかり、「道に入らうと心掛け」る漱石の次作『心』は、このような信仰を礎として築かれた。「有りの儘を有りの儘に」書ききれば、「描いた功徳に依つて」罪は「十分に清められる」。『心』の「先生」は漱石のこの「考へ」をなぞる人物なのである。

「義務は別として私の過去を書きたいのです」と先生はその長い遺書の冒頭部分で、読み手の「私」に向けて述べている。「私の過去」を「人に与へないで死ぬのは、惜《おし》い」という心持ちもあるが、

「たゞし受け入れる事の出来ない人に与へる位なら」葬った方がよいとも思う。「あなたは真面目だから」あなたにだけ物語りたい。それは「自分で自分の心臓を破つて、其血をあなたの顔に浴びせかけ」ることであり、「私の鼓動が停《とま》つた時、あなたの胸に新しい命が宿る事が出来るなら満足」だ、と（「先生と遺書」二二）。

つまり私からの「強い背景」と「根柢」のある「刺戟」があなたの内部に「暗示」を喚起することで、現在のあなた（$F^1$）を「新しい命」（$F^2$）へと変容させることができれば本望だ。そしてそのような意味での「成功」を、実は厳密にあなた一人において望むのではなく、世界に広めたい意思もある。そのことは、遺書の末尾で「私の過去を善悪ともに他《ひと》の参考に供する積《つもり》です」（「先生と遺書」五十六）としているところに探知される。

が、その場合、不可解なのは、なぜそこで「妻《さい》だけはたつた一人の例外だ承知して下さい」（同前）と釘を刺すのか、ということである。世界中で妻だけが「私の過去」を「受け入れる事の出来ない人」として想定されるとしたら、それはなぜか。

### 私の嫉妬か　御嬢さんの技巧か

『心』のこの難題《アポリア》に、本書はこう答えたい。小説の構造として、『彼岸過迄』の須永と千代子との関係、『行人』の一郎のお直との関係が先生と妻とのそれにおいても反復されざるをえなかったからだ、と。高木を間に入れた千代子の振る舞いに「無意識の偽善者《アンコンシアス・ヒポクリット》」的な「技巧《アート》」を見て「戦争」に入った須永。二郎へのお直の愛という妄想を膨らませることでわざわざその妄想の現実化を促進する一郎。彼らの軌跡を反復するようにして、先生もまた、良好と見える夫婦関係を築きながら、その一方で彼女との「戦争」状態を解くことができなかったのである。

Kを死に追い込んだことの責めを先生は一人でかぶろうとするのだが、実はそこに妻（当時の「御嬢さん」）の責任が関与しないわけではない。そのことを相手に明示してともに責任を負おうとするのでないかぎり、潜在的な「戦争」は続くのである。表だって妻の責任を問うことをしない先生は、しかし物語のなかで、ほとんど明白にそれを意識し、糾弾してさえいる。意図は不明ながらKに接近し（考えやすい意図は先生に嫉妬させて求婚を早めること）、「私の嫌《きらひ》な例の笑ひ方」をたびたび先生に差し向けるあたりの彼女の振る舞いの描写に、それが顕著である。

御嬢さんの態度になると、知つてわざと遣るのか、知らないで無邪気に遣るのか、其所《そこ》の区別が一寸《ちよつと》判然しない点がありました。若い女として、御嬢さんは思慮に富んだ方でしたけれども、其若い女に共通な私の嫌《きらひ》な所も、あると思へばなくもなかつたのです。さうして其嫌《きらひ》な所は、Kが宅《うち》へ来てから、始めて私の眼に着き出したのです。私はそれをKに対する私の嫉妬に帰《き》して可《い》いものか、又は私に対する御嬢さんの技巧と見做して然るべきものか、一寸《ちよつと》分別に迷いました。

（「先生と遺書」三十四）

いずれにせよ「嫉妬心」を掻き立てられた先生は、結婚後「此感情が薄らいで行くのを自覚」したが、「其代り愛情の方も決して元のやうに猛烈ではないのです」と書く（同前）。妻のかつてのこの

「無意識の偽善者《アンコンシアス・ヒポクリット》」的な「技巧」を糾弾する意識を、先生が遺書の時点でなお清算しきれていないことが、このあたりにも読みとれる。須永が戦った「技巧」との「戦争」は『心』においてなお終息していないのである。

なぜこうなってしまうのか。それはつまるところ、深いところで夏目金之助個人を拘束し、須永の「僻み」や一郎の狂気に託されてきた、愛における不自由が、「先生」の造型においても前提されていたからではないか。

## 6　「技巧」への囚われ――『道草』

### 胃も頭も悪くして京都へ

『心』の連載を終えて一と月ほどすると漱石はまた胃を悪くし、それに連鎖して、鏡子流に表現すれば「あたまも悪く」なって、夫婦仲も険悪化したらしい。この年一〇月末から一二月にかけての日記には、妻と女中たちの挙動についていちいち邪推して倫理的に非難する、以前にも見られた被害妄想的な記述が連綿と続けられている。

妻とその弟が「こそ〳〵話」すのを聞いて「非常な怒を感じ」、普通に話せと注意したが、直さず繰り返す。「故意にやつてゐるのは明瞭であつた」ので、「私は便所に起きる時妻の枕を蹴飛ばしてやらうかと思つた」。「妻〔は〕ヒステリーに罹るくせがあつたが何か小言でもいふと屹度厠の前〔で〕引つ繰り返つたり縁側で斃れたり」し、数が重なるので「誠実をさへ疑つた」……。

去年の出血の時も妻と不和の最中であつたので靴墨のやうな便が出て医者が驚ろいて安静を命じた時妻はじろ〳〵と横目を使つて私の顔を見た。（中略）血を下さうと死なうと己の勝手だ糞でも食へといふ気があつたからである。それで病中にでも気に食はない時はみす〳〵身体に危険があると知りながら無暗に怒鳴りつけた。

第六章でふれた講演「私の個人主義」を学習院で行ったのはまさにこのころ、一一月二五日のことであったが、後進への親切な配慮に満ちたあの温和な話しぶりの一方で、家庭では嵐が吹き荒れていたのである。数日後には鏡子の家計運営に我慢がならず、「十二月から会計を自分がやる事にする」とも書いている。

ともかく寺田寅彦宛の年賀状に「今年は僕が相変つて死ぬかも知れない」と書くほどの不調のうちに、漱石は大正四年の正月を迎えた。四日に書き始めた『硝子戸の中』を二月半ばに脱稿すると、三月一九日には京都への旅に出る。これは当地に引っ越したばかりの津田青楓に「僕も遊びに行きたくなつた。（中略）人に知られないで呑気に遊びたい」（九日）と書き送ったことから実現したもので、そこで磯田多佳、野村きみ、梅垣きぬ（金之助）という漱石ファンの芸妓たちと遊興の日々を費やしたはよかったものの、数日後にはまたぞろ胃を悪くして医者にかかる。帰京も遅らせて養生したが、四月一日にはついに東京の鏡子に電報を打って、上洛を乞うことになってしまう。

## 妻にもお多佳さんにも怒り

この上洛はしかし、実は鏡子の目論見どおりという気配もあって、そもそも漱石を京都へ誘い出すことは鏡子の依頼により青楓が交わした「暗約」であった（津田青楓『漱石と十弟子』昭和四九年）。仮にそれが夫の健康を気遣うこと以外になんの底意もない善意の行動であったにせよ、裏に回ってのこのような策動こそ「小刀細工」として漱石が激しく憎んだところではなかったろうか。

「あんなものにやつてこられて、折角の愉快な旅が滅茶々々になつてしまふ」という漱石の心意を青楓も忖度しているのだが、やって来た鏡子は実際、青楓を引き回して名所巡りや芝居見物に精を出し、これがまた漱石の神経にさわる。「お前は京都へなにしにきたんだ……病人をおっぽり出して」と鋭い言葉を吐いて、青楓や芸妓たちを凍りつかせる一幕もあった（青楓前掲書）。

その芸妓の一人、磯田多佳にはある日約束をすっぽかされる形になり、怒りを覚えた漱石は、帰京後の手紙で「うそをつかないやうになさい」と諭すことにもなる（五月三日）。これには多佳から反論があったのだが、漱石はそれに答えて、あなたの言うとおりだとすると「私は悪人になるのです」、逆ならばあなたが悪人だ、「そこを互に打ち明けて悪人の方が非を悔いて善人の方に心を入れかへてあやまるのが人格の感化といふのです」と諄々と説いた（一六日）。

その途次、あの事件以来「あなたもやっぱり黒人《くろうと》だといふ感じ」が出て来たと「黒人」の語を否定的なニュアンスで用いているが、これは前年一月の評論「素人と黒人」（両『朝日新聞』）を受けたもののようで、京都で話題に上ったのかもしれない。「要するに黒人の誇りは単に技巧の二字に帰して仕舞ふ」、芸術的な「小刀細工」で進歩しているつもりでもそれは実は「堕落」だ、とむしろ「素人の品格」を称揚する論旨であった。

ともかくこのような次第で、当初は四月に開始予定だった長編小説の連載は延期され、六月に入って登場したのが『道草』である。一〇年ほど前の夫婦関係を軸に物語展開する、初めての自伝小説で、かつそれが実生活上の夫婦関係も睦まじいとは言いにくい時期に取り組まれるのであるから、『心』に残されていた「技巧」との「戦争」にここでまた火が点くことは避けがたかった。

### 妻に視点を与える

実際、その火は点くのであるが、『道草』がまったく新しかったのは、時折妻の側に視点が与えられ、主人公が妻からの批判を浴びながら進む、特異な語りが構成された点においてである。このおそらく未曾有といってよい相互批判的な語りが顕著に現れた箇所を二、三拾っておこう。

「教育が違ふんだから仕方がない」

彼の腹の中には何時《いつ》でも斯ういふ答弁があつた。

「矢つ張り手前味噌よ」

是は何時でも細君の解釈であつた。

気の毒な事に健三は斯うした細君の批評を超越する事が出来なかつた。さう云はれる度《たび》に気不味《きまづ》い顔をした。ある時は自分を理解しない細君を心《しん》から忌々しく思つた。ある時は叱り付けた。又ある時は頭ごなしに遣り込めた。すると彼の癇癪が細君の耳に空威張《からいばり》をする人の言葉のやうに響いた。細君は「手前味噌」の四字を「大風呂敷」の四字に訂正するに過ぎなかつた。（三）

「女は策略が好きだから不可《いけ》ない」

細君は床《とこ》の上で寐返りをして彼方《あちら》を向いた。さうして涙をぽた〳〵と枕の上に落とした。

「そんなに何も私を虐めなくつても……」

〔中略〕細君の涙を拭いてやつた彼は、其涙で自分の考へを訂正する事が出来なかつた。〔中略〕

「何と云つたつて女には技巧があるんだから仕方がない」

彼は深く斯う信じてゐた。恰も自分自身は凡ての技巧から解放された自由の人であるかのやうに。（八十三）

「策略」と「技巧」で動く女。女の振る舞いがそう見えることに苛立つ男。そんな男が、自らもまた「技巧」に囚われていることを自覚する……。講演「文芸と道徳」で目標として明確化された「道徳性」と「芸術性」の一致がここにもあって、読者の「感化」という「成功」が起こるなら、それはたとえば、男女それぞれの読者が自らの異性への対応に思いを致す、というあたりだろうか。

そしてこの主題は、結局、漱石の命取りとなってしまう未完の長編『明暗』に受け継がれ、虚構の設定のもとで、より周到に展開されていくものにほかならない。

# 7　語り出す女たち——絶筆『明暗』

## 人間には　はずみがあって

大正五年の正月に数え年の五〇を迎えた漱石は、「大患以来毎年引き続いての病気に、此の頃ではすつかり老け込んで、髪といはず、髭と言はず、随分白くなつて居りました」（鏡子前掲書）。実は前年末から「リヨマチで腕が痛」むと訴えていたのだが（山本笑月宛書簡、大正四年一二月二五日）、正月のうちにそれが悪化して安眠できぬほどになり、随想『点頭録』の連載を元旦に開始しながら九回で中断して、月末には湯河原へ湯治に行くことにした。

子供がいるので自分は行けないと考えた鏡子が「代りに看護婦でもお連れになつては」と進言すると、少し考えてから「まあ、よさうよ」とぽつり。「男一人女一人なんてのは」たとえ看護婦が年寄りであっても、「人間にははずみといふ奴があつて、いつどんなことをしないでもない」（傍点原文）からと、飄然とひとり旅立つ。

漱石没後、この話を聞いた森田草平は、「先生といふ人はいつもこれだ、先きへ先きへと用心して世を渡る人だが、実際妙な癖だと、さも〳〵行き当りばつたりのことをしないのが惜《おし》いつてな口調」で、感慨深げに言ったという。「しかし先生はうまいことをいふ、（中略）実際男と女との間なんてものは、其時々のはずみだからな」（鏡子前掲書）。

「行き当りばつたり」や「はずみ」に近接する危うさということでは漱石の陰画のごとき存在とも

いえた草平が、これを「さも〳〵」惜しいと感じたその心意はわからないでもない。その無尽蔵とも見えた才能で弟子の羨望を掻き立て続けた漱石が、もし「はずみ」も「行き当りばったり」も恐れない冒険的な経験主義者であったならば、その文学はどれほど豊かなものとなったことか、と。

なおこの漱石が年を取ってなお美女に「目が早かつた」ことは、弟子たちのみならず、当の鏡子夫人によっても報告されている。楠緒子を喪った大塚保治が「後添へ」候補を見に来てくれと言うので行って来ていわく、「あんな女をいいと思つてるのか、学者なんてものは仕様のないもんだ。〔中略〕地面ばかり見て歩いて居て、どんな女がそこへらに居るもんか、まるで知らないんだから困つちも〔ま〕う」。また散歩のたびに近所の紙屋のおかみさんを眺めては「子供たちに、冗談とも真面目ともつかず、あのおかみさんはお父さまの好きな女だから、みんなあの前を通る時には、恭しくお辞宜をしてお通りなさい」と命じたとも（鏡子前掲書）。

このような意味では決して女嫌いではなかったし、また特に晩年は、京都の三芸妓を含め、慕い寄る女性ファンも少なくなかった。彼女らとの経緯が『硝子戸の中』では二つの挿話をなしもし（「六」～「八」の吉永秀、「十八」の今井みとし）、この年の夏ごろにはあの『草枕』の那美さんのモデル、前田卓子との再会もあったが、やはり深入りはなかった模様（第五章参照）。また一月の湯河原へも、やがて中村是公が「老若五、六人の、美しい同伴者を連れて」乗り込んで来たが（久米正雄『風と月と』昭和二二年）、これらあまたの女性のいずれとも「はずみ」で妙なことになったという例はまったく知られていない。

### 新・文学論への意欲

結局、鏡子も湯河原へ行くこととなって、旅館で「新橋あたりの阿娜者《あだもの》」と出くわす経緯もあったが、ともかく漱石は二月半ばには帰京する（鏡子前掲書）。前年一一月から木曜会に顔を見せていた芥川龍之介の「鼻」（『新思潮』創刊号）を読み、ただちに激賞の手紙をまだ痛む手で書いたのが一七日のことであった。

四月に入ってまた胃が痛むので、東大医学部教授となっていた真鍋嘉一郎に検査してもらったところ、糖尿病が発覚する。腕の痛みもそれによるものとわかり、「病気をしに世の中へ生まれてきたのだ」などとぼやきながら、服薬や食餌療法に努める生活に入る。夏ごろには背中にアセモ状のものができ、毎晩湯上がりに鏡子が粉薬を塗ると、「背中の肉が一日増しに落ち（中略）指の尖《さき》で一日一日とやせて行くのがわかるのでした」（鏡子前掲書）。

「ところが肉体の方はそのやうに段々衰へて参りますのに、創作の方は大変油が乗つてる様子で」、五月二六日に連載開始した『明暗』をきちんと一回分ずつ午前中に書き上げて自分でポストに出しに行く毎日。八月半ばからは午後に漢詩を作るという日課も加わった。のみならず、門下生らには、かつての『文学論』は「仕方のないもの」だが「漸く此頃になつて自分の文学観といつたものが出来たから、これによつてもう一度前の名誉恢復に講壇に立つて見たいなどと申したり」、『明暗』についても世評を意に介せず「自信の口吻を洩らしたり」、また「則天去私」とか「悟りとか道とか」の話をしきりにして「非常に意気込んで居た」という（同前）。

『文学論』の「F＋f」理論は俳句の「趣味」を起源とするもので、「推移趣味」を本質とする小説などの物語文学の解明には行き届かないうらみがあった。「漸く此頃になつて」できたという「自分の文学観」を叩き込んでもう一度講じたいとさえ思った『新・文学論』は、おそらくその弱点をカヴァーする、より大きな文学理論であったはずである。その成算が『明暗』執筆と並行して形を取っていったところに、この作品の偉大さを透視することも可能なのであって、その進展のスリルには漱石自らも驚いていたのではないか。

## 夫婦で視点をリレー

主題の一つに男女間、とりわけ夫婦の葛藤があることは明らかで、夫ばかりでなく妻の側にも視点と声を与えてゆくという『道草』で成功した手法が、ここで徹底的に組織化されたことも明瞭に見て取れる。『道草』との大きな違いは、劈頭から視点人物の役割を担ってきた夫の津田が、「四十五」に至って、ごく自然な形で視点を妻のお延に譲り渡し、「九十二」あたりでこれがまた津田に返されるという形で、夫婦間で視点のリレーが行われてゆくことである。ドストエフスキーやヘンリー・ジェイムズを思わせる大長編の手法だが、二人の視点人物の心理の掘り下げという点では西洋のこの二大家にすでに比肩しているとも評しえよう。

漱石の自信を端的に示すのが、その「四十五」を過ぎたあたりで一読者から寄せられた批判に答えた二通の書簡である。「お延といふ女の技巧的な裏に何かの欠陥が潜んでゐるやうに思つて読んでゐた」のに、それを出さないまま「主人公を変へた」ことを「常識で変だ」と感じたと読者は不平を述べ、漱石はこれに対し、自分としてはむしろ「技巧的な裏」に「大袈裟な小説的の欠陥」があるとは限らないことを証明する心意だと説く。

それなら「最初から朧気に読者に暗示されつゝある女主人公の態度」をどう解決するのかと問うだろうが、それこそは「私があなたに掛けてみたい問に外ならん」のだともいう。

あなたは此女（ことに彼女の技巧）をどう解釈なさいますか。天性か、修養か、又目的は何処にあるか、人を殺すためめか、人を活かすためめか、或は技巧其者に興味を有つてゐて、結果は眼中にないのか、凡てそれ等の問題を私は自分で読者に解せられるように段を逐ふて叙事的に説明して居ると己惚れてゐるのです。

（大石泰蔵宛、七月一九日）

**牽引力が反発性に変化する**

病院から帰った夫を迎える最初の場面（三）で、相手に気づかないふりをしてポーズを取るお延が、最初から一貫して「技巧」の女として提示されていることは明らかだだが、「四十五」以降で自ら視点人物となってからは、その「技巧」について内省的な意識をもつことが徐々に示される。また「六十」からは岡本家の人々との接触を通して作品全体を底流する哲学も浮上してくる。

「男と女が引張り合ふのは、互いに違つた所があるから」で、違うということは「自分とは別物」ということなのだから、「何うしたつて一所になれつこない」と岡本の叔父が言い、それは「屁理窟よ」とお延は反発する（七十五）。それでも叔父は、男女が異性を得て「成仏」するのは「結婚前の善男善女に限られた真理」だと押し返す。

> 一度《ひとたび》夫婦関係が成立するや否や、真理は急に寐返りを打つて、今迄とは正反対の事実を我々の眼の前に突き付ける。即ち男は女から離れなければ成仏できなくなる。女も男から離れなければ成仏できなくなる。今迄の牽引力が忽ち反発性に変化する。さうして昔から云ひ習はして来た通り、男はやつぱり男同志、女はやつぱり女同志といふ諺を永久に認めたくなる。
> （『明暗』七十六）

お延の「技巧」に、本人にもしかとは意識されない「目的」があるとしたら、男女間に働く自然な「牽引力」がたちまち変化するところの「反発性」との闘いであり、この努力において作者の支援を受けるようであることも、読者には徐々に浸透してくる。最もスリリングなのは、入院した津田を「九十二」で見舞った妹のお秀が意外にも論争的な女で、兄の不徳を糾弾する議論が感情的にエスカレートしたところへお延が現れ（百二）、代わって議論してお秀を撃退する形になっていくあたりだろう（百三～百十）。

男女間の「反発性」は、つとに処女小説『吾輩は猫である』に書き込まれたところで、ついには「女は全然不必要なものだ」とまで苦沙弥先生はのたまったのであるが（十一）、その一方で、猫の「吾輩」は「気分が勝《すぐ》れん時」は「異性の朋友の許を訪問して色々な話をする」と「いつの間にか心が晴々して今迄の心配も苦労も何もかも忘れて生れ変つた様な心持ちになる」、その影響は「実に莫大なものだ」（二）と自然な「牽引力」に謝意を表してもいた。

諸々の原因から来る「反発性」を乗り越えて、異性の「牽引力」という「自然」の恵みを取り戻す。

お延において初めて、女性の「技巧」はそのような「目的」を作者によって認可されるに至ったようにも見える。このお延とお秀の論争の場面を筆頭に、藤井の叔母、吉川夫人、清子など、女たちの吐き出す言葉に思想的な実質が多く与えられ、それが男たちに決して劣らない厚みを形成していることも、この遺作の特質をなす結果となった。

## 8　「則天去私」と「泣いてもいいよ」

### 小主観小技巧を去れ

その才能を漱石に愛された芥川龍之介は、しかし師の「老辣無双」ぶり、その「虎の尾」に怯える門弟の一人でもあった。「冬に近い木曜日の夜」、来客と話していた漱石が、少しも顔を向けないまま「葉巻をとつてくれ給へ」と横にいた芥川に命じた。葉巻がどこにあるか見当もつかなかった芥川が「どこにありますか？」と尋ねると、「先生は何も言はずに猛然と（かう云ふのは少しも誇張ではない。）顋《あご》を右へ振つた」ので、大いに恐縮したという（「文藝的な、餘りに文藝的な」）。

漱石の「ヒプノタイズ（催眠状態にする）」するかのごとき「人格的マグネティズム（磁力）」を恐れてもいた（「あの頃の自分の事」、大正八年）芥川は、やがて来る「センセイキトク」の報に「歓びに近い苦しみ」を感じた（「或阿呆の一生」、昭和四年）と微妙な物言いさえすることになる。

「センセイキトク」は大正五年一二月のことであったが、それに至る二、三か月の間、木曜会で漱石が幾度か口にした熟語に「則天去私」があった。漱石自身の造語であるらしく、一一月二日には新潮社の『大正六年　文章日記』に乞われて、この四文字を揮毫することにもなった。それに付された解説――「天は自然である、自然に従うて、私、即ち小主観小技巧を去れ」――は自筆ではないとしても、漱石自身の言葉を伝えたものにはちがいあるまい。ただ、これをどのような文脈で受け取るかにおいて、弟子たちの解釈が大きく分かれている。

もともと宗教に引き寄せて漱石を見る傾向のあった松岡譲や林原耕三、また芥川とともに門を叩いた新参の久米正雄らが「天」と「私」の対立を宗教的・道徳的に受け取ったのに対し、森田草平はこれをあくまで文学的方法論の話として聴いた。十分にわかったわけではないが、「木曜日毎にだん〲それが引き締つて行つて、終ひには牢固たる一つの思想体系を形作るやうに見えた」。師の思想を草平は、次のように要約する。

**作者が「私」を去るだけ尊い**

> 論文や小説では「自分の『私』を捨てゝ、『神』と同じ心持になつてこそ、始めて相手の誤りを承認させることも出来る」のだが、それは誰にもできていない。トルストイの自然性は「ゴツドのネーチユア」と称えたいほどだが、彼にも「まだ神になり切れない所がある」。

即ち作中の人物が人物自らの意志によつて動かないで、作者の意志によつて無理に動かされてゐる所がある。そこに作者の「私」が出てゐる。其処へ行くとシエークスピアなぞは、自分が天才だとも、自分の作品が後世に残るとも考へてゐた訳ではない。只自分が脚本を書けば、客が来る。客が来て金が儲かるから自分の職業だと思つて書く。先生の眼から見れば、自分の職業だと思つて作をすることは、自分がえらいと思つて作をするよりも、「私」のないだけそれだけ尊いものになつてゐたらしい。

（草平『夏目漱石』）

この意味でシェイクスピアはトルストイより「一層神に近い」というこの議論では、「先生の説は先生の人生観から芸術上の技巧論に迄亙《わた》つてゐる」。そしてこの「技巧論」が『明暗』の進展とともに研ぎ澄まされたことにも、草平はふれている。『明暗』においても「自らは毫も『私』を出さない、作中の人物は人物自らの意志によつて、神の摂理に従つて動いてゐるもののやうに書きあらはしたい」と折にふれて口にし、かつ「さうあらんことを予期してゐられたやう」だと（同前）。『明暗』を耽読した読者には、まさにこの「予期」の実現を見る思いに駆られた者も少なくない。

ともかくこの秋、それまで欠席しがちだった木曜会に毎回顔を出すようになっていた草平は、最終の木曜日にも「最後まで残って先生と話すことが出来」、そのことを「私が一生の幸福と思ふ所である」と書いている（同前）。

**どうかしてくれ、死ぬと困るから**

漱石の胃の最後の変調は、鏡子によれば、一一月二一日、築地の精養軒で開かれた辰野隆の結婚披露宴で、大好物の南京豆を食べ過ぎたことに端を発した。翌朝、例のごとく『明暗』の執筆に取りかかったが、一字も書かぬまま突っ伏していた。一二時前に女中が発見し、駆けつけた鏡子に漱石はこう言ったという。「人間も何だな、死ぬなんてことは何でもないもんだな。おれは今かうやつて苦しんで居ながら辞世を考へたよ」（鏡子前掲書）。

『明暗』の原稿はすでに「百八十八」まで渡してあったので連載は続いたが、この日以降、一二月九日の臨終までほとんど寝たきりの状態となる。吐瀉物に赤いものが混じり、「悪くなつた時に来て診て貰ふ約束」にもとづいて呼ばれた真鍋嘉一郎が駆けつけたものの、二七日には大内出血を起こして危機的となり、真鍋はさらに先輩の二博士、宮本、南の救援を求めた。

やがて小康を得た漱石は、話すなと言われていたにもかかわらず口を開いて「学校があるのに真鍋は何して居るんだと幾度《いくたび》も幾度も世話を焼」く。これに真鍋は、大学では学生たちから漱石のためなら「僕達の講義などいくら休んでも構はない、どうかなほしてやつて下さい」と言われたから、と応じた（同前）。

一二月二日、便器にかかり「うんといきむ気勢」。これに驚いた真鍋が止めようとしたものの、時すでに遅く「それ切り又もや目を白くして昏睡状態に陥つ」た。二度目の大内出血である。意識が戻ると、「真鍋君、どうかしてくれ、死ぬと困るから」と口にしたという（真鍋嘉一郎「漱石先生の思ひ出」昭和一五年）。

その後は快方に向かうことなく、八日の晩には「これはとても駄目だ」と真鍋。九日朝には子供の学校も休ませるべきか相談したが、土曜の半ドンだからと行かせ、正午をめどに迎えをやった。「気が気でなくて」迎えを待たず帰ってきた次女の恒子と、近所の小学校から戻った四女の愛子の二人が父に対面し、愛子は泣き出してしまう。「こんなところで泣くんぢやない」と鏡子がなだめると、漱石が口を開く。

「いいよ〱、泣いてもいいよ」（鏡子前掲書）

泣いて見送ってくれればそれでいいという心境だろうか。この時にはもう、「死ぬと困るから」と真鍋に訴えた時に残っていた、『明暗』完結の意欲を含む生への執着は失《う》せていたということか。「根本義は死んでも生きても同じ事にならなければ、何うしても安心は得られない」と『行人』（「塵労」四十四）の一郎が希求したその「安心」の地に、漱石は今や住していると見るべきか。

### 死んでも自分はある

この年の元旦に出た『点頭録』の第一回では、「過去」というものが、「夢としてさへ存在し」ない「仮象」にすぎないにもかかわらず、同時に「炳呼として明らかに刻下の我を照」すという「論理を超越した異様な現象」であることにあらためて驚き、これを「一体二様の見解」と呼んでいた。生死についても同様の「一体二様の見解」を漱石が把持していたことを窺わせる文章は少なくない。その一つを紹介して、本書の結びとしよう。

私が生より死を択ぶといふのを二度もつゞけて聞かせる積ではなかつたけれどもつい時の拍子であんな事を云つたのです然しそれは嘘でも冗談でもない死んだら皆に棺の前で万歳を唱へてもらひた

いと本当に思つてゐる、私は意識が生のすべてであると考へるが同じ意識が私の全部とは思はない死んでも自分〔は〕ある、しかも本来の自分には死んで始めて還れるのだと考へてゐる〔中略〕私は此点に於て人を動かしたくない、〔中略〕然し君は私と同じやうに死を人間の帰着する最も幸福な状態だと合点してゐるなら気の毒でもなく悲しくもない却つて喜ばしいのです

（林原耕三宛書簡、大正三年一一月一四日）

# 主要参考文献（本文で言及したものに限る）


『漱石全集』岩波書店、一九九三〜九五年。

『漱石全集月報　昭和三年版／昭和十年版』岩波書店、一九七六年。

『夏目漱石研究資料集成』日本図書センター、一九九一年。
＊漱石生前から現代までの研究・随想・書評・座談会などあらゆる関連文献七百数十篇の集大成。本書にも多数を引用。

（以下、著者名の五十音順／アルファベット順）

芥川龍之介「コレラと漱石の話」一九二二年、「文藝的な、餘りに文藝的な」「あの頃の自分の事」「或阿呆の一生」以上一九二七年、『芥川龍之介全集』岩波書店、一九九三〜九七年所収。

安住恭子『『草枕』の那美と辛亥革命』白水社、二〇一二年。

荒正人『増補改訂　漱石研究年表』集英社、一九八四年。
＊生誕から死去までの一日一日、漱石の身に何がありかつ世間では何が起こっていたかを精細に跡づけた九〇〇頁超の大冊。
石川悌二『夏目漱石——その実像と虚像』明治書院、一九八〇年。

一海知義『漱石と河上肇——日本の二大漢詩人』藤原書店、一九九六年。

上村希美雄「『草枕』の女、その後」『漱石の四年三カ月　くまもとの青春』'96くまもと漱石博推進100人委員会、一九九六年所収。

内田百閒『無弦琴』中央公論社、一九三四年。

江藤淳『漱石とその時代』第一部、新潮社、一九七〇年。

大久保純一郎『漱石とその思想』荒竹出版、一九七四年。

荻原雄一『漱石の初恋』未知谷、二〇一五年。

金子健二『人間漱石』協同出版、一九五六年。

金子美都子『フランス二〇世紀詩と俳句——ジャポニズムから前衛へ』平凡社、二〇一五年。

亀井俊介『英文学者夏目漱石』研究社、二〇一一年。

古財運平『漱石あれこれ』熊本県天水町役場、一九六二年。

小宮豊隆『漱石襍記』小山書店、一九三五年。

小宮豊隆『夏目漱石』岩波書店、一九三八年。

小宮豊隆『知られざる漱石』弘文堂、一九五一年。

佐々木英昭『「新しい女」の到来——平塚らいてうと漱石』名古屋大学出版会、一九九四年。

佐々木英昭『乃木希典——予は諸君の子弟を殺したり』ミネルヴァ書房、二〇〇五年。

佐々木英昭『漱石先生の暗示《サジェスチョン》』名古屋大学出版会、二〇〇九年。

鈴木三重吉「上京当時の回想」一九一三年、「処女作を出すまでの私」一九二八年、『鈴木三重吉全集』岩波書店、一九八二年所収。

高島俊男『漱石の夏やすみ——房総紀行文「木屑録」』朔北社、二〇〇〇年。

高橋正雄『漱石文学が物語るもの』みすず書房、二〇〇九年。

高浜虚子『漱石氏と私』アルス、一九一八年。

塚本利明『漱石と英国――留学体験と創作との間』彩流社、一九八七年。

津田青楓『漱石と十弟子』芸艸社、一九七四年。

坪内稔典『俳人漱石』岩波書店、二〇〇三年。

出口保夫『漱石と不愉快なロンドン』柏書房、二〇〇六年。

寺田寅彦「夏目漱石先生の追憶」「俳諧の本質的概論」以上一九三二年、『寺田寅彦全集』岩波書店、一九八五年所収。

中島義道『ぐれる！』新潮社、二〇〇三年。

夏目鏡子『漱石の思ひ出』岩波書店、一九二九年。

夏目伸六『父・夏目漱石』文藝春秋新社、一九五六年。

夏目房之介『漱石の孫』実業之日本社、二〇〇三年。

半藤末利子『漱石の長襦袢』文藝春秋、二〇〇九年。

平川祐弘「漱石を招いてくれた英国人（補遺）」一九七七年、「漱石の師マードック先生」一九八一年、ともに『内と外からの夏目漱石』河出書房新社、二〇一二年所収。

平塚らいてう『元始、女性は太陽であった』第一巻、大月書店、一九七一年。

福島章『甘えと反抗の心理』日本経済新聞社、一九七六年。

正岡子規「筆まかせ」一八八四年〜、「明治三十年の俳句界」一八九七年、「俳諧大要」一八九九年、「墨汁一滴」一九〇一年、『子規全集』講談社、一九七五〜七八年所収。

松岡譲『漱石――人とその文学』潮文閣、一九四二年。

松岡譲『漱石の漢詩』朝日新聞社、一九四六年。

水川隆雄『漱石と落語』彩流社、一九八六年。

森田草平『夏目漱石』甲鳥書林、一九四二年（『続夏目漱石』との合本で講談社学術文庫、一九八〇年）。

森田草平『続夏目漱石』甲鳥書林、一九四三年（一九四七年に『漱石先生と私』と改題して東西出版社から刊行）。
＊師への深い傾倒と愛慕のみならず、批判的視点や微妙に怨恨めいた屈折をも織り込む、異色の弟子による異色の評伝。
吉川幸次郎『続人間詩話』岩波書店、一九六一年。
吉川幸次郎『漱石詩注』岩波書店、一九六七年。
Hart, Earnest, *Hypnotism, Mesmerism and the New Witchcraft*, London: Smith, Elder, & Co., 1898.
Spencer, Herbert, *The Philosophy of Style : An Essay*, New York: D. Appleton and Company, 1876.

# あとがき

もう三〇年も昔の話になるが、小林秀雄の『本居宣長』にふれて、蓮實重彦先生が「『君の名は』みたいだ」と喝破されたことがある（柄谷行人氏との対談「マルクスと漱石」『現代思想』一九七九年三月）。「しかしまあ一生『君の名は』で通したのは偉いですけどもね」と付け加えられたのを読んで笑ってしまい、そのことを当時、助手としてお仕えしていた江藤淳先生に申し上げた。すると先生、にんまりとされて「でも小林ってのは、そういう風にして日本の『批評』を創って来たんだからね。そうバッサリ斬り捨てる気はしないな」。それから少し間を置いて「『君の名は』だってのはウマいけどね」と呟かれた（「先生」の敬称は、かつて教えを賜り、実際に「先生」とお呼びしていたという個人的な事情による）。

若い世代のために注釈しておくと、この『君の名は』は二〇一六年の大ヒット・アニメ映画『君の名は。』ではなく、一九五二年から二年にわたって放送されて、これも大ヒットし、五三年には映画化もされた菊田一夫脚本のラジオドラマのことである。

小林が『君の名は』だというのはウマいけれども自分は斬り捨てない、という江藤先生のお立場は、理解しにくいものではない。江藤批評自体が小林的『君の名は』に浸されているように見えなくもないからである。そのことを最も顕著に露呈した本が『漱石とその時代』第一部（一九七〇年）であり、この本のクライマックスとしての濡れ場が「嫂登世説」であったと思う。

あるいは蓮實的趣意の拡大解釈を冒すことになるのかもしれないが、私はここで『君の名は』を〈読者を惹き込むべく創案された吸引力の強い物語が、事実的データを正確に伝達する努力に優先してしまう書法〉といった意味で用いている。「事実」自体がすでに「物語」だというニーチェ的解釈学をもって、『君の名は』もよしとすべきだろうか。本書がそれをよしとしていないことは、すでに一読された読者には明瞭なことと思う。だからといって蓮實先生の『夏目漱石論』（一九七八年）の方へにじり寄ったわけでもないことは断るまでもないだろうが。

漱石伝を書けといわれたのは、同評伝選の前著『乃木希典――予は諸君の子弟を殺したり』を上梓して間もなくのことであったから、かれこれ一〇年を費やしたことになる。気長に面倒を見てくれた旧知の編集者、ミネルヴァ書房の堀川健太郎氏には深謝のほかない。

実は初め同氏にお渡しした原稿は現状よりかなり分量の多いもので、同評伝選の標準サイズをオーヴァーしていたため、減量せよとの指令を受け、これを断腸の思いで削ぎ落とし、スリム化した結果が本書である。

本書に載りそこねた内容は、「夏目漱石『ノート』の洞察――開化ハ suggestion ナリ」（『比較文学』

六〇号、日本比較文学会刊）、「漱石・子規の共鳴と乖離——千代女、スペンサー、Rhetoric、気節」（『比較文学研究』一〇二号、東大比較文学会刊）を皮切りに、雑誌論文の形でいずれ続々と日の目を見るものと希望している。本書に不足をお感じの向きには、是非ともこれらのご参照をお願い申し上げたい。

二〇一六年一二月　漱石没後百年となる日を目前に

佐々木英昭

# 夏目漱石略年譜

| 和暦 | 西暦 | 齢 | 関係事項 | 一般事項 |
|---|---|---|---|---|
| 慶応 三 | 一八六七 | 0 | **1・5**（新暦**2・9**）江戸牛込馬場下横町（現新宿区喜久井町一）の名主、夏目小兵衛直克の五男として出生し金之助と命名。母は千枝は四〇歳を越えており、生後まもなく四谷の古道具屋（一説に源兵衛村の八百屋）に里子に出される。 | **10月**大政奉還の奏上。**12月**王政復古の大号令。 |
| 四／明治 元 | 一八六八 | 1 | 内藤新宿北町裏の門前名主、塩原昌之助・やす夫妻の養子となる。 | **1月**戊辰戦争開始。**4月**江戸開城。 |
| 四 | 一八七一 | 3 | 種痘が原因の疱瘡に罹患し、痘痕（あばた）が残る。 | |
| 七 | 一八七四 | 7 | 養父昌之助、旧幕臣の寡婦日根野かつと通じ、やすとは不和に。金之助はやすに連れらて数か月間のわび住まいの後、養父に引き取られ、かつとその娘れんと生活。**12月**小学校入学。 | **2月**佐賀の乱。 |
| 九 | 一八七六 | 9 | **5月**塩原家在籍のまま夏目家に戻る（塩原夫妻は前年に離婚）。 | **3月**廃刀令。**10月**萩の乱。 |

| | | | | |
|---|---|---|---|---|
| 一二 | 一八七九 | 12 | 3月東京府立第一中学校正則科入学。 | |
| 一四 | 一八八一 | 14 | 1月母千枝死去。中学校を退学して漢学塾二松学舎入学（翌年中退か）。 | 10月明治十四年の政変。 |
| 一六 | 一八八三 | 16 | 9月成立学舎入学。 | 11月鹿鳴館開館。 |
| 一七 | 一八八四 | 17 | 9月大学予備門予科入学。 | |
| 一九 | 一八八六 | 19 | 7月腹膜炎を患って試験を受けられず原級留置。9月ごろから江東義塾教師となりその寄宿舎に柴野（中村）是公と住み込む。 | 4月大学予備門が第一高等中学校と改称。 |
| 二〇 | 一八八七 | 20 | 3月に長兄大一、6月に次兄直則がともに肺結核で死去。夏、トラホームを患う。 | 7月二葉亭四迷『浮雲』第一篇刊行。 |
| 二一 | 一八八八 | 21 | 1月夏目家に復籍。7月第一高等中学校予科を卒業し、9月同校本科英文学に進学。 | |
| 二二 | 一八八九 | 22 | 5月一月から親交した正岡子規が喀血。9月紀行漢詩文集『木屑録』が子規を驚かす。 | 2月大日本帝国憲法公布。 |
| 二三 | 一八九〇 | 23 | 7月第一高等中学校本科を卒業し、9月東京帝国大学文科大学英文学に入学。文部省貸費生となり月額八五円を支給される。 | 1月森鷗外『舞姫』発表。7月第一回総選挙。10月教育勅語下賜。 |
| 二五 | 一八九二 | 25 | 4月分家して本籍を北海道後志国岩内郡吹上町一七番地に移す。5月東京専門学校講師となる。 | |
| 二六 | 一八九三 | 26 | 7月東京帝国大学文科大学を卒業し、大学院に進学。 | 1月『文学界』創刊。 |

| | | | | |
|---|---|---|---|---|
| 二七 | 一八九四 | 27 | 10月東京高等師範学校講師となる。精神に変調を来し、12月鎌倉円覚寺で釈宗演に参禅。 | 5月北村透谷死去。8月日清戦争勃発。 |
| 二八 | 一八九五 | 28 | 4月愛媛県尋常中学校に嘱託教員（月俸八〇円）として赴任。12月上京し貴族院書記官長中根重一長女キヨ（鏡子）と見合い、婚約成立。 | 1月樋口一葉「たけくらべ」を連載。4月下関条約により日清講和成立。 |
| 二九 | 一八九六 | 29 | 4月愛媛県中学を辞して第五高等学校講師（月俸一〇〇円）として熊本へ赴任。6月結婚。 | 11月樋口一葉死去。 |
| 三〇 | 一八九七 | 30 | 6月実父直克死去。12月～翌年1月同僚山川信次郎と小天温泉の前田案山子別宅に滞在し、前田の長女卓（つな）子を識る。 | 1月『ホトトギス』創刊。6月京都帝国大学開学。 |
| 三一 | 一八九八 | 31 | 6月または7月妻鏡子が白川出川淵で投身自殺未遂。 | 3月ロシアが旅順・大連を租借。 |
| 三二 | 一八九九 | 32 | 5月長女筆子出生。9月山川信次郎と阿蘇旅行。 | 1月『中央公論』創刊。 |
| 三三 | 一九〇〇 | 33 | 5月文部省より現職のままでの英国留学（年学資一八〇〇円で二年間）を命じられ、9月出航し、10月着。ロンドン大学の講義は二か月でやめ、クレイグ教授の個人授業を受け始める。 | 4月『明星』創刊。5月義和団事件。 |
| 三四 | 一九〇一 | 34 | 1月次女恒子出生。五月から約二か月間、同宿した池田菊苗から刺激を受ける。 | 8月与謝野晶子『みだれ髪』刊行。 |
| 三五 | 一九〇二 | 35 | 精神に変調を来し、同宿した土井晩翠らを驚かす。 | 1月日英同盟成立。9月正岡子 |

| | | | | |
|---|---|---|---|---|
| | | | 10月スコットランドのディクスン邸に滞在し、12月帰国の途につく。 | 規死去。 |
| 三六 | 一九〇三 | 36 | 1月帰国し、3月東京帝国大学文科大学講師（年棒八〇〇円）および第一高等学校講師（年俸七〇〇円）に就任。7～9月妊娠中の妻と約二か月間別居。11月三女栄子出生。 | 5月藤村操投身自殺。10月尾崎紅葉死去。 |
| 三七 | 一九〇四 | 37 | 9月明治大学講師（月俸三〇円）を兼任。12月『吾輩は猫である』第一回を執筆。 | 2月日露戦争勃発。9月小泉八雲死去。 |
| 三八 | 一九〇五 | 38 | 1月から『ホトトギス』に『吾輩は猫である』を連載するほか、各誌に短篇小説を発表し、門下生の訪問も繁くなる。12月四女愛子出生。 | 9月日露講和条約調印。 |
| 三九 | 一九〇六 | 39 | 4月『坊っちゃん』、9月『草枕』を発表。岳父中根重一死去。10月面会日を木曜に限定する。 | 3月島崎藤村『破戒』刊行。 |
| 四〇 | 一九〇七 | 40 | 4月教職を辞し朝日新聞社入社（月俸二〇〇円）。5月『文学論』刊行。6～10月入社第一作『虞美人草』を同紙に連載。6月長男純一出生。 | 9月田山花袋「蒲団」を発表。10～12月二葉亭四迷『平凡』連載。 |
| 四一 | 一九〇八 | 41 | 3月平塚明（らいてう）と心中未遂事件を起こした森田草平を保護し事件の小説化を勧める。9～12月『三四郎』連載。12月次男伸六出生。 | 6月国木田独歩死去。 |
| 四二 | 一九〇九 | 42 | 3月ごろ塩原昌之助が金銭を要求。6～10月『それ | 5月二葉亭四迷死去。10月伊藤 |

| | | | | |
|---|---|---|---|---|
| | | | から』連載。9月満鉄総裁中村是公の招きで満韓各地を旅行し、10～12月『満韓ところ〴〵』連載。11月「朝日文芸欄」を新設・主宰。 | 博文、ハルビン駅頭で暗殺。 |
| 四三 | 一九一〇 | 43 | 3月五女ひな子出生。同月開始の『門』の連載を6月に終え胃潰瘍で入院。8月修善寺温泉に転地するも大量吐血で危篤（修善寺の大患）。 | 4月『白樺』創刊。5月『三田文学』創刊。6月幸徳秋水逮捕。8月日韓併合。 |
| 四四 | 一九一一 | 44 | 2月退院。文学博士号辞退問題で紛糾。8月関西講演旅行中、胃潰瘍再発。9月痔の手術。10月「朝日文芸欄」廃止。11月ひな子急死。 | 1月幸徳事件判決。9月『青鞜』創刊。10月中国で辛亥革命始まる。 |
| 四五／大正元 | 一九一二 | 45 | 1～4月『彼岸過迄』連載。9月痔の再手術のため入院。12月『行人』連載開始。 | 7月明治天皇崩御し、9月大葬当日、乃木希典夫妻自刃。 |
| 二 | 一九一三 | 46 | 3月胃潰瘍再発し、4月『行人』の連載を中断。9月に再着手して十一月完結。 | |
| 三 | 一九一四 | 47 | 4～8月『心』連載。6月北海道から東京府に復籍。11月「私の個人主義」を講演。 | 7月第一次世界大戦勃発。 |
| 四 | 一九一五 | 48 | 1～2月『硝子戸の中』連載。6～9月『道草』連載。 | 1月中華民国政府に二十一箇条要求を提出。 |
| 六 | 一九一六 | 49 | 5月『明暗』連載開始。11月胃潰瘍の発作で病床に着く。12・9連載中絶のまま死去。 | |

＊竹越与三郎　西田　毅
内藤湖南・桑原隲蔵　礪波　護
＊廣池千九郎　橋本富太郎
岩村　透　今橋映子
＊西田幾多郎　大橋良介
＊金沢庄三郎　石川遼子
柳田国男　鶴見太郎
厨川白村　張　競
天野貞祐　貝塚茂樹
大川周明　山内昌之
西田直二郎　林　淳
折口信夫　斎藤英喜
シュタイン　瀧井一博
＊西　周　清水多吉
＊福澤諭吉　平山　洋
成島柳北　山田俊治
福地桜痴　山田俊治
島田三郎　武藤秀太郎
田口卯吉　鈴木栄樹
＊陸　羯南　松田宏一郎
黒岩涙香　奥　武則
長谷川如是閑　織田健志
＊吉野作造　田澤晴子
山川　均　米原　謙
＊岩波茂雄　十重田裕一
＊北　一輝　岡本幸治
＊穂積重遠　大村敦志
中野正剛　吉田則昭

＊満川亀太郎　福家崇洋
エドモンド・モレル　林田治男
＊北里柴三郎　福田眞人
高峰譲吉　木村昌人
田辺朔郎　秋元せき
＊南方熊楠　飯倉照平
石原　純　金子　務
＊辰野金吾　河上眞理・清水重敦
＊七代目小川治兵衛　尼崎博正
ブルーノ・タウト　北村昌史

## 現代

昭和天皇　御厨　貴
高松宮宣仁親王　後藤致人
＊李方子　小田部雄次
吉田　茂　中西　寛
マッカーサー　柴山　太
石橋湛山　増田　弘
重光　葵　武田知己
市川房枝　村井良太
＊池田勇人　藤井信幸
高野　実　篠田　徹
和田博雄　庄司俊作
朴正熙　木村　幹
田中角栄　新川敏光

竹下　登　真渕　勝
＊松永安左エ門　橘川武郎
鮎川義介　井口治夫
＊出光佐三　橘川武郎
松下幸之助　米倉誠一郎
渋沢敬三　井上　潤
＊本田宗一郎　伊丹敬之
井深　大　武田　徹
＊佐治敬三　小玉　武
幸田家の人々　金井景子
＊正宗白鳥　大嶋　仁
大佛次郎　福島行一
＊川端康成　大久保喬樹
＊薩摩治郎八　小林　茂
坂口安吾　千葉一幹
太宰　治　安藤　宏
松本清張　杉原志啓
安部公房　鳥羽耕史
＊三島由紀夫　島内景二
井上ひさし　成田龍一
R・H・ブライス　菅原克也
柳　宗悦　熊倉功夫
バーナード・リーチ　鈴木禎宏
イサム・ノグチ　酒井忠康
熊谷守一　古川秀昭

川端龍子　岡部昌幸
藤田嗣治　林　洋子
＊井上有一　海上雅臣
＊手塚治虫　竹内オサム
古賀政男　藍川由美
＊吉田　正　金子　勇
武満　徹　船山　隆
＊八代目坂東三津五郎　田口章子
＊力道山　岡村正史
＊西田天香　宮田昌明
安倍能成　中根隆行
サンソム夫妻　平川祐弘・牧野陽子
和辻哲郎　小坂国継
矢代幸雄　稲賀繁美
石田幹之助　岡本さえ
＊平泉　澄　若井敏明
＊早川孝太郎　須藤　功
安岡正篤　片山杜秀
島田謹二　小林信行
田中美知太郎　川久保剛
前嶋信次　杉田英明
唐木順三　澤村修治
保田與重郎　谷崎昭男
＊福田恆存　川久保剛
井筒俊彦　安藤礼二
佐々木惣一　伊藤孝夫
小泉信三　都倉武之
＊瀧川幸辰　伊藤孝夫

矢内原忠雄　等松春夫
式場隆三郎　服部　正
＊フランク・ロイド・ライト　大久保美春
＊中谷宇吉郎　杉山滋郎
大宅壮一　有馬　学
今西錦司　山極寿一
清水幾太郎　庄司武史

＊は既刊
二〇一六年十二月現在

大村益次郎　竹本知行
河合継之助　小川和也
西郷隆盛　家近良樹
*塚本明毅　塚本学
*月性　海原徹
*吉田松陰　海原徹
*高杉晋作　海原徹
久坂玄瑞　一坂太郎
ペリー　遠藤泰生
ハリス　福岡万里子
オールコック　佐野真由子
アーネスト・サトウ　奈良岡聰智
緒方洪庵　米田該典

## 近代

*明治天皇　伊藤之雄
*大正天皇　F・R・ディキンソン
*昭憲皇太后・貞明皇后　小田部雄次
大久保利通　三谷太一郎
山県有朋　鳥海靖
木戸孝允　落合弘樹
井上馨　伊藤之雄
*松方正義　室山義正
北垣国道　小林丈広
板垣退助　小川原正道
長与専斎　笠原英彦
大隈重信　五百旗頭薫
伊藤博文　坂本一登
井上毅　大石眞
*井上勝　老川慶喜
*桂太郎　小林道彦
*渡邉洪基　瀧井一博
*乃木希典　佐々木英昭
星亨　小林道彦
林董　奈良岡聰智
*児玉源太郎　小林道彦
*高宗・閔妃　木村幹
山本権兵衛　室山義正
*金子堅太郎　松村正義
高橋是清　鈴木俊夫
小村寿太郎　簑原俊洋
*犬養毅　小林惟司
*加藤高明　櫻井良樹
牧野伸顕　小宮一夫
田中義一　黒沢文貴
内田康哉　高橋勝浩
石井菊次郎　廣部泉
平沼騏一郎　堀田慎一郎
*鈴木貫太郎　小堀桂一郎
宇垣一成　北岡伸一
*宮崎滔天　榎本泰子
*浜口雄幸　川田稔
幣原喜重郎　西田敏宏
関一　玉井金五
水野広徳　片山慶隆
広田弘毅　井上寿一
安重根　上垣外憲一
*グルー　廣部泉
*永田鉄山　森靖夫
東條英機　牛村圭
今村均　前田雅之
蔣介石　劉岸偉
石原莞爾　山室信一
木戸幸一　波多野澄雄
*岩崎弥太郎　武田晴人
伊藤忠兵衛　末永國紀
五代友厚　田付茉莉子
大倉喜八郎　村上勝彦
*安田善次郎　由井常彦
渋沢栄一　武田晴人
益田孝　鈴木邦夫
山辺丈夫　宮本又郎
武藤山治　阿部武司・桑原哲也
池田成彬　松浦正孝
西原亀三　森川正則
小林一三　橋爪紳也
大倉恒吉　石川健次郎
大原孫三郎　猪木武徳
*河竹黙阿弥　今尾哲也
イザベラ・バード　加納孝代
*林忠正　木々康子
*森鷗外　小堀桂一郎
*二葉亭四迷　ヨコタ村上孝之
*夏目漱石　佐々木英昭
徳冨蘆花　半藤英明
巌谷小波　千葉信胤
樋口一葉　佐伯順子
*島崎藤村　十川信介
泉鏡花　東郷克美
上田敏　小林茂
*有島武郎　亀井俊介
永井荷風　川本三郎
北原白秋　平石典子
菊池寛　山本芳明
芥川龍之介　髙橋龍夫
*宮沢賢治　千葉一幹
高浜虚子　坪内稔典
与謝野晶子　佐伯順子
*種田山頭火　村上護
*斎藤茂吉　品田悦一
*高村光太郎　湯原かの子
石川啄木　先崎彰容
萩原朔太郎　エリス俊子
*原阿佐緒　秋山佐和子
*狩野芳崖・高橋由一　古田亮
*小堀鞆音　小堀桂一郎
竹内栖鳳　北澤憲昭
黒田清輝　高階秀爾
中村不折　石川九楊
横山大観　高階秀爾
*橋本関雪　西原大輔
小出楢重　芳賀徹
土田麦僊　天野一夫
岸田劉生　北澤憲昭
*山田耕筰　後藤暢子
松旭斎天勝　川添裕
中山みき　鎌田東二
佐田介石　谷川穣
*ニコライ　中村健之介
出口なお・王仁三郎　川村邦光
島地黙雷　阪本是丸
*新島襄　太田雄三
新島八重　佐伯順子
木下広次　冨岡勝
海老名弾正　西田毅
嘉納治五郎　クリストファー・スピルマン
柏木義円　片野真佐子
津田梅子　田中智子
*澤柳政太郎　新田義之
河口慧海　高山龍三
山室軍平　室田保夫
大谷光瑞　白須淨眞
*久米邦武　髙田誠二
フェノロサ　伊藤豊
井上哲次郎　井ノ口哲也
三宅雪嶺　長妻三佐雄
*岡倉天心　木下長宏
志賀重昂　中野目徹
徳富蘇峰　杉原志啓

恵信尼・覚信尼　西口順子
覚如　今井雅晴
*道元　船岡誠
叡尊　細川涼一
*忍性　松尾剛次
*日蓮　佐藤弘夫
一遍　蒲池勢至
夢窓疎石　原田正俊
*宗峰妙超　竹貫元勝

## 南北朝・室町

後醍醐天皇　上横手雅敬
*護良親王　新井孝重
*赤松氏五代　渡邊大門
*北畠親房　岡野友彦
楠正成　兵藤裕己
*新田義貞　山本隆志
*光厳天皇　深津睦夫
足利尊氏　市沢哲
*足利直義　亀田俊和
佐々木道誉　下坂守
円観・文観　田中貴子
足利義詮　早島大祐
足利義満　川嶋將生
足利義持　吉田賢司
足利義教　横井清
大内義弘　平瀬直樹
伏見宮貞成親王　松薗斉
*山名宗全　山本隆志
細川勝元・政元　古野貢
足利成氏　阿部能久
世阿弥　西野春雄
雪舟等楊　河合正朝
宗祇　鶴崎裕雄
*満済　森茂暁
一休宗純　原田正俊
蓮如　岡村喜史

## 戦国・織豊

北条早雲　家永遵嗣
北条氏政　黒田基樹
大内義隆　藤井崇
斎藤氏三代　木下聡
*毛利元就　岸田裕之
*毛利輝元　光成準治
*今川義元　小和田哲男
六角氏五代　村井祐樹
*武田信玄　笹本正治
*武田勝頼　笹本正治
*真田氏三代　笹本正治
*三好長慶　天野忠幸
*宇喜多直家・秀家　渡邊大門
*上杉謙信　矢田俊文
島津義久・義弘　福島金治
*長宗我部元親・盛親　平井上総
吉田兼倶　西山克
山科言継　松薗斉
*雪村周継　赤澤英二
正親町天皇・後陽成天皇　神田裕理
足利義輝・義昭　山田康弘
織田信長　三鬼清一郎
豊臣秀吉　藤井譲治
*北政所おね　田端泰子
*淀殿　福田千鶴
前田利家　東四柳史明
*黒田如水　小和田哲男
*蒲生氏郷　藤田達生
*細川ガラシャ　田端泰子
伊達政宗　伊藤喜良
*支倉常長　田中英道
*長谷川等伯　宮島新一
顕如　神田千里
教如　安藤弥

## 江戸

*徳川家康　笠谷和比古
*徳川家光　野村玄
徳川吉宗　横田冬彦
*後水尾天皇　久保貴子
光格天皇　藤田覚
崇伝　杣田善雄
春日局　福田千鶴
宮本武蔵　渡邊大門
*池田光政　倉地克直
保科正之　八木清治
シャクシャイン　岩崎奈緒子
*田沼意次　藤田覚
*二宮尊徳　小林惟司
末次平蔵　岡美穂子
*高田屋嘉兵衛　生田美智子
*林羅山　鈴木健一
吉野太夫　渡辺憲司
中江藤樹　辻本雅史
*山崎闇斎　澤井啓一
山鹿素行　前田勉
*北村季吟　島内景二
伊藤仁斎　澤井啓一
貝原益軒　辻本雅史
松尾芭蕉　楠元六男
*ケンペル　B・M・ボダルト＝ベイリー
新井白石　大川真
荻生徂徠　柴田純
*雨森芳洲　上田正昭
石田梅岩　高野秀晴
白隠慧鶴　芳澤勝弘
前野良沢　松田清
平賀源内　石上敏
本居宣長　田尻祐一郎
杉田玄白　吉田忠
木村蒹葭堂　有坂道子
*大田南畝　沓掛良彦
菅江真澄　赤坂憲雄
*鶴屋南北　諏訪春雄
良寛　阿部龍一
*山東京伝　佐藤至子
*滝沢馬琴　高田衛
平田篤胤　山下久夫
国友一貫斎　太田浩司
シーボルト　宮坂正英
本阿弥光悦　岡佳子
小堀遠州　中村利則
狩野探幽・山雪　山下善也
尾形光琳・乾山　河野元昭
*二代目市川團十郎　田口章子
伊藤若冲　狩野博幸
鈴木春信　小林忠
*佐竹曙山　成瀬不二雄
葛飾北斎　岸文和
酒井抱一　玉蟲敏子
孝明天皇　青山忠正
*和宮　辻ミチ子
徳川慶喜　大庭邦彦
島津斉彬　原口泉
横井小楠　沖田行司
*古賀謹一郎　小野寺龍太
*永井尚志　高村直助
*岩瀬忠震　小野寺龍太
*栗本鋤雲　小野寺龍太

# ミネルヴァ日本評伝選

企画推薦
梅原　猛
ドナルド・キーン
佐伯彰一
角田文衞

監修委員
上横手雅敬
芳賀　徹

編集委員
石川九楊
伊藤之雄
猪木武徳
今谷　明
今橋映子
熊倉功夫
佐伯順子
坂本多加雄
武田佐知子
竹西寛子
西口順子
兵藤裕己
御厨　貴

## 上代

*俾弥呼　古田武彦
日本武尊　西宮秀紀
*仁徳天皇　若井敏明
雄略天皇　吉村武彦
継体天皇　若井敏明
*蘇我氏四代　遠山美都男
推古天皇　義江明子
聖徳太子　仁藤敦史
斉明天皇　武田佐知子
小野妹子・毛人　大橋信弥
*額田王　梶川信行
弘文天皇　遠山美都男
天武天皇　新川登亀男
持統天皇　丸山裕美子
阿倍比羅夫　熊田亮介
*藤原四子　木本好信
*柿本人麿　古橋信孝
*元明天皇・元正天皇　渡部育子
聖武天皇　本郷真紹
光明皇后　寺崎保広
*孝謙・称徳天皇　勝浦令子
藤原不比等　荒木敏夫
橘諸兄・奈良麻呂　遠山美都男
吉備真備　今津勝紀
*藤原仲麻呂　木本好信
道鏡　吉川真司
*藤原種継　木本好信
大伴家持　和田　萃
*行基　吉田靖雄

## 平安

*桓武天皇　井上満郎
嵯峨天皇　西別府元日
宇多天皇　古藤真平
醍醐天皇　石上英一
村上天皇　京樂真帆子
花山天皇　上島　享
*三条天皇　倉本一宏
藤原薬子　中野渡俊治
藤原良房・基経　瀧浪貞子
菅原道真　竹居明男
*紀貫之　神田龍身
源高明　所　功
*安倍晴明　斎藤英喜
藤原実資　橋本義則
*藤原道長　朧谷　寿
藤原伊周・隆家　倉本一宏
藤原定子　山本淳子
清少納言　三田村雅子
紫式部　竹西寛子
和泉式部　ツベタナ・クリステワ
大江匡房　小峯和明
*阿弖流為　樋口知志
坂上田村麻呂　熊谷公男
*源満仲・頼光　元木泰雄
平将門　西山良平
藤原純友　寺内　浩
最澄　吉田一彦
円珍　岡野浩二
*空也　石井義長
奝然　上川通夫
*源信　小原　仁
慶滋保胤　吉原浩人
*後白河天皇　美川　圭
式子内親王　奥野陽子
建礼門院　生形貴重
*藤原秀衡　入間田宣夫
平時子・時忠　元木泰雄
平維盛　根井　浄
守覚法親王　阿部泰郎
藤原隆信・信実　山本陽子

## 鎌倉

源頼朝　川合　康
*源義経　近藤好和
源実朝　神田龍身
*九条兼実　加納重文
九条道家　上横手雅敬
北条時政　野口　実
熊谷直実　佐伯真一
*北条政子　関　幸彦
北条義時　岡田清一
曾我十郎・五郎　杉橋隆夫
北条時頼　山本隆志
北条時宗　近藤成一
安達泰盛　山陰加春夫
平頼綱　細川重男
竹崎季長　堀本一繁
西行　光田和伸
鴨長明　浅見和彦
藤原定家　赤瀬信吾
*京極為兼　今谷　明
*兼好　島内裕子
重源　横内裕人
*運慶　根立研介
快慶　井上一稔
法然　今堀太逸
慈円　大隅和雄
明恵　西山　厚
*親鸞　末木文美士

# 刊行のことば

歴史を動かすものは人間であり、興趣に富んだ人間の動きを通じて、世の移り変わりを考えるのは、歴史に接する醍醐味である。

しかし過去の歴史学を顧みるとき、人間不在という批判さえ見られたように、歴史における人間のすがたが、必ずしも十分に描かれてきたとはいえない。二十一世紀を迎えた今、歴史の中の人物像を蘇生させようとの要請はいよいよ強く、またそのための条件もしだいに熟してきている。

この「ミネルヴァ日本評伝選」は、正確な史実に基づいて書かれるのはいうまでもないが、単に経歴の羅列にとどまらず、歴史を動かしてきたすぐれた個性をいきいきとよみがえらせたいと考える。そのためには、対象とした人物とじっくりと対話し、ときにはきびしく対決していくことも必要になるだろう。

今日の歴史学が直面している困難の一つに、研究の過度の細分化、瑣末化が挙げられる。それは緻密さを求めるが故に陥った弊害といえるが、その結果として、歴史の大きな見通しが失われ、歴史学を通しての社会への働きかけの途が閉ざされ、人々の歴史への関心を弱める危険性がある。今こそ歴史が何のためにあるのかという、基本的な課題に応える必要があろう。評伝という興味ある方法を通じて、解決の手がかりを見出せないだろうかというのも、この企画の一つのねらいである。

狭義の歴史学の研究者だけでなく、多くの分野ですぐれた業績をあげている著者たちを迎えて、従来見られなかった規模の大きな人物史の叢書として、「ミネルヴァ日本評伝選」の刊行を開始したい。

平成十五年（二〇〇三）九月

ミネルヴァ書房

《著者紹介》

佐々木英昭（ささき・ひであき）

1954年　生まれ。

1982年　東京大学大学院（比較文学・比較文化研究科）修士課程修了。

1992年　博士（学術）号（東京大学）取得。

　　　　東京工業大学，名古屋工業大学などを経て，

現　在　龍谷大学国際学部教員。

著　書　『「新しい女」の到来――平塚らいてうと漱石』名古屋大学出版会，1994年（第一回日本比較文学会賞受賞）。

　　　　『漱石文学全注釈(8)それから』若草書房，2000年。

　　　　『乃木希典――予は諸君の子弟を殺したり』ミネルヴァ書房，2005年。

　　　　『漱石先生の暗示（サジェスチョン）』名古屋大学出版会，2009年，ほか。

ミネルヴァ日本評伝選

夏《なつ》目《め》漱《そう》石《せき》

――人間は電車ぢやありませんから――

2016年12月10日　初版第1刷発行　〈検印省略〉

定価はカバーに
表示しています

著　者　佐々木　英　昭

発行者　杉　田　啓　三

印刷者　江　戸　孝　典

発行所　株式会社　ミネルヴァ書房

607-8494 京都市山科区日ノ岡堤谷町1

電話代表（075）581-5191

振替口座 01020-0-8076



共同印刷工業・新生製本

ISBN978-4-623-07893-6

Printed in Japan

# 人名索引

## あ 行



## か 行

## さ　行



## た　行

## な　行

## は　行



## ま　行

## や　行



## ら・わ　行

# 事項索引

## あ　行



## か　行

## さ　行

## た 行



## な 行



## は 行

## ま　行



## や　行